JOHN SANDFORD

John Sandford est le pseudonyme d'un journaliste américain lauréat du prix Pulitzer de la presse écrite. Auteur d'une dizaine de romans, son nom est attaché à celui de son héros Lucas Davenport, dont il a fait l'un des officiers de police les plus originaux du thriller américain. Les aventures de son célèbre personnage sont retracées dans une série de romans, parmi lesquels *Une proie en hiver* (1994), *La proie de l'ombre* (1995), *La proie de la nuit* (1996), *La proie de l'esprit* (1996), et plus récemment, *La proie secrète* (1999), qui gagnent un public toujours plus nombreux.

LA PROIE
DE LA NUIT

DU MÊME AUTEUR

CHEZ POCKET

La Proie de l'ombre

La Proie de l'esprit

JOHN SANDFORD

LA PROIE DE LA NUIT

BELFOND

Titre original :
NIGHT PREY

Traduit de l'américain
par Thierry Marignac

ISBN 2-266-11237-6

CHAPITRE PREMIER

La soirée était tiède, le crépuscule prometteur : des couples entre deux âges en chemises pastel se promenaient main dans la main sur les vieux quais craquelés qui bordaient le Mississippi. Un essaim d'étudiantes en survêtements et chaussures de sport couraient sur la voie cyclable tout en papotant, leurs queues de cheval uniformément blondes rebondissant sur leur dos au rythme de la course. A huit heures, les lampadaires s'allumèrent, par rues entières simultanément, avec un bruit sec parfaitement audible. Plus haut, au-dessus de la verdure toute neuve des ormes, les engoulevents poussaient leur cri, *skizzizik*, les traînées claires sur leurs ailes comme des galons d'argent sur l'uniforme d'un lieutenant de première classe fraîchement promu.

Imperceptiblement, le printemps cédait la place à l'été : les jonquilles et les tulipes avaient disparu, et les pétunias qui recouvraient les plates-bandes leur donnaient l'air d'un édredon fleuri.

Pour Koop, la chasse était ouverte.

Il roulait en Chevrolet S-10 dans les rues résidentielles, la radio branchée sur la station Country-Lite, le coude dépassant de la vitre ouverte, une bouteille de bière Pig's Eye entre les cuisses. L'air nocturne, léger et doux comme des doigts de femme, caressait sa barbe.

A l'intersection de Lexington et de Grant, une femme vêtue d'une veste rouge vif traversa la rue devant lui. Son cou était long et gracieux, ses cheveux foncés étaient noués en chignon, ses talons hauts claquaient en cadence sur le bitume. Elle était trop sûre d'elle, trop pleine d'entrain, elle avançait trop vite ; elle savait où elle allait. Pas le genre de Koop. Il poursuivit sa route.

Koop était âgé de trente et un ans, mais, à quelque distance qu'on le considérât, il semblait avoir dix ou quinze ans de plus. C'était un petit homme large, au visage buriné et amer de travailleur agricole, avec de petits yeux gris soupçonneux — il avait une façon bien à lui de poser sur les gens un regard oblique. Ses cheveux blond roux étaient coupés ras. Il avait un nez étroit et long, à la peau tannée, et portait une courte barbe fournie tirant beaucoup plus sur le roux que ses cheveux. Ses lourdes épaules et sa poitrine épaisse s'affinaient progressivement jusqu'à des hanches minces. Ses bras courts et puissants se terminaient par des poings de pierre. A une époque, il avait eu une prédilection pour les bagarres dans les bars, en homme que trois bières et un regard mal venu suffisaient à rendre haineux. Elle brûlait encore en lui, cette haine, mais il savait se contrôler, maintenant, sauf en des occasions très particulières, quand elle jaillissait dans son ventre, fusant comme les étincelles d'un fer à souder...

Koop était un athlète, hautement spécialisé. Seul l'ennui pouvait le faire arrêter ses tractions, il pouvait courir le cinquante mètres aussi rapidement que l'arrière d'une équipe de football américain. Il était capable de grimper onze étages d'un escalier d'incendie sans un halètement.

Koop était un cambrioleur, un monte-en-l'air. Un monte-en-l'air et un tueur.

Koop connaissait toutes les rues et la plupart des ruelles de Minneapolis et de Saint Paul. Il était en repérage dans la banlieue résidentielle, et apprenait à s'y retrouver. Il passait ses journées à rouler en voiture, à errer, à chercher des endroits nouveaux, notant avec soin sa progression dans le labyrinthe de routes, d'avenues, de rues, de chemins, de terrains de sport et de boulevards qui constituaient le territoire où il exerçait son métier.

Il descendit Grand Avenue jusqu'à Summit et à la cathédrale de Saint Paul, dépassant un dealer de crack qui faisait ses affaires devant les bureaux du diocèse de Saint Paul et

Minneapolis, au pied de la colline. Il fit plusieurs fois le tour de United Hospitals, observant les infirmières en chemin vers le parking qui leur était réservé, bénéficiant d'une surveillance et d'une protection particulières — en réalité, une farce. Il examina les boutiques d'antiquaires le long de la Septième Avenue Ouest, laissant le Centre civique derrière lui, et bifurqua dans Kellog Boulevard en direction de Robert Street, la dépassa, et jeta un coup d'œil au tableau de bord. Il était encore tôt. Il y avait deux ou trois librairies au centre-ville, mais il ne s'intéressait qu'à une seule. On donnait une lecture publique à *The Saint*. Un truc sur les femmes de la Prairie.

Cette librairie était tenue par un diplômé grisonnant de la St. John's University. Neuf et occasion, livres de poche repris et échangés sur la base de deux pour un. Le café coûtait vingt cents, on se servait soi-même, on payait pour ne pas décevoir le propriétaire des lieux. La viande à l'étal était respectable, c'était un endroit où les gens timides venaient pour draguer. Koop n'avait pénétré à l'intérieur qu'une seule fois, pour une lecture de poésie, et la boutique, ce jour-là, était remplie de femmes aux longs cheveux dont le visage reflétait bien des déconvenues — le genre de femmes qui plaisaient à Koop — et d'hommes bedonnants à la calvitie naissante, aux cheveux gris noués en catogan avec des élastiques.

Une femme s'était approchée pour demander :

— Avez-vous lu les *Rubaiyyat* ?

— Euh... ?

De quoi parlait-elle ?

— Les *Rubaiyyat* d'Omar Khayyam. Je viens de les relire, bafouilla-t-elle. (Elle tenait entre ses mains un livre mince à la couverture noire et poétique.) La traduction de Fitzgerald. Je ne m'étais pas penchée dessus depuis la fac. Ça m'a profondément touchée. D'une certaine manière, ça ressemble aux poèmes que James a lus ce soir.

Koop se foutait éperdument de James et de ses poèmes. Mais la phrase sonnait bien, « Avez-vous lu les *Rubaiyyat* ? » Intellectuel, quoi ! La compagnie d'un homme posant une question pareille, « Avez-vous lu les *Rubaiyyat* ? », ne présenterait certainement aucun danger. Ce ne pouvait être qu'un homme prévenant. Réfléchi.

Koop n'était pas entré dans la boutique pour y chercher une femme, ce soir-là. Mais il acheta le livre et y jeta un coup d'œil. De la foutaise. De la foutaise d'une qualité si pure et sans mélange que Koop finit par balancer le bouquin par la vitre ouverte, parce qu'il se sentait idiot de garder ça sur le siège passager.

Il se débarrassa du livre, mais garda la phrase en mémoire : « Avez-vous lu les *Rubaiyyat* ? »

Koop traversa l'Interstate 94, puis la retraversa dans l'autre sens ; il tournait en rond. Pas question d'arriver à la librairie avant que la lecture ait commencé : il voulait que les regards soient braqués sur le lecteur, pas sur lui ; son comportement de ce soir était un écart par rapport à ses habitudes de prudence. Il ne pouvait s'en empêcher — l'impulsion était irrésistible —, mais il prendrait autant de précautions que possible.

S'apprêtant à traverser l'Interstate de nouveau, il s'arrêta à un feu rouge et regarda le poste de police de Saint Paul par la vitre ouverte. On n'était qu'à deux semaines du solstice d'été, et, à vingt heures trente, il faisait encore suffisamment jour pour pouvoir distinguer les visages, même de loin. Une bande de flics en uniforme, trois hommes, deux femmes, en train de bavarder, assis sur les marches du perron, et de rire pour une raison quelconque. Il les observait, la tête parfaitement vide, rien qu'un œil qui enregistre...

La voiture qui le suivait klaxonna.

Koop jeta un coup d'œil sur le rétroviseur de gauche, puis sur celui de droite, et sur le feu de signalisation : il était passé au vert. Un dernier coup d'œil sur le rétroviseur et il démarra pour tourner à gauche. Devant lui, un groupe de gens s'étaient engagés sur le passage clouté. Ils l'aperçurent, s'arrêtèrent.

Koop les vit en levant les yeux, écrasa la pédale de frein, le véhicule pila avec une secousse. Quand il se rendit compte qu'ils s'étaient arrêtés, il repartit de nouveau pour virer à gauche. Lorsqu'ils l'avaient vu freiner, ils avaient avancé dans l'axe de la camionnette. Ils finirent par s'éparpiller, et Koop donna un coup de volant afin d'éviter un homme corpulent en salopette, pas assez agile pour s'écarter de sa route. L'un d'entre eux cria, un croassement bizarre, et Koop lui fit un doigt d'honneur.

Il le regretta aussitôt. Koop, c'était l'homme invisible. Il n'était pas censé faire des doigts d'honneur, surtout pas quand il était en chasse ou au boulot. Il jeta un regard en direction des flics, encore éloignés d'un demi-pâté de maisons. Un visage se tourna vers lui, puis se détourna. Il regarda dans le rétroviseur. Les piétons riaient, à présent, gesticulaient, tendaient le bras vers lui.

La colère monta au creux de l'estomac.

— Pédés, marmonna-t-il, pauvres lopettes...

Il se maîtrisa, continua jusqu'au bout de la rue et tourna à droite. Une voiture libéra une place juste en face de la librairie. Parfait. Koop fit demi-tour, attendit que la voiture ait fini de sortir, recula pour se garer, et verrouilla la camionnette.

Quand il mit le cap sur le trottoir opposé, il entendit à nouveau le croassement. Le groupe de gens qu'il avait failli renverser était au carrefour suivant, en train de le regarder. L'un d'entre eux fit un grand geste vers lui, et ils se mirent à croasser tous ensemble. Ils éclatèrent de rire, et disparurent derrière un immeuble.

— Bande de trous-du-cul.

Dans la rue, les gens comme ça lui mettaient les nerfs à vif. *Merdeux!* pensa-t-il, *il faudrait les...* Il secoua son paquet de Camel pour en sortir une cigarette, l'alluma, en tira deux bouffées rageuses, et se dirigea vers la librairie, les épaules voûtées. A travers la vitrine, il vit des gens rassemblés autour d'une grosse femme, qui avait l'air de fumer le cigare. Il tira une dernière fois sur sa Camel, l'expédia sur la chaussée d'une pichenette, et entra.

L'endroit était bondé. La grosse femme était assise sur une chaise en bois posée sur le podium, suçotant ce qui se révéla être un bâton de réglisse, devant deux douzaines de spectateurs installés en demi-cercle sur des chaises pliantes. Quinze ou vingt autres personnes se tenaient debout derrière les sièges ; quelques-unes jetèrent un bref regard vers Koop, puis leurs yeux retournèrent se poser sur la grosse femme. Elle disait :

— On éprouve une sensation de familiarité choquante quand on commence à remuer la merde — en l'appelant par son nom, de bons vieux mots anglais, crottin de cheval, merde de cochon, bouse de vache ; je vais vous expliquer, les jours où on doit étaler le fumier à la fourche, la première chose qu'on fait c'est de s'en mettre un peu sur les cheveux et sous les aisselles, en frottant bien. Comme ça, on n'a pas peur de se salir, on peut travailler...

Une pancarte indiquait « Photographie », au fond de la boutique, et Koop alla traîner par là. Il possédait un livre appelé *Jungle Fever*, avec des photos et des dessins de femmes noires dans le plus simple appareil. Un livre qui l'excitait encore. Il trouverait peut-être quelque chose dans ce goût-là.

Il s'empara d'un livre situé sous l'écriteau et se mit à le feuilleter. Des granges et des champs. Il balaya la pièce du regard, en réfléchissant à la façon dont ça se présentait. Plusieurs femmes dans l'assistance avaient l'air un peu « flottant » de qui est à l'affût d'une rencontre possible, l'air de ne pas avoir vraiment fixé leur attention sur l'auteur qui disait :

— ... plus rentable de se servir de la main-d'œuvre agricole que des machines pour cueillir les haricots ; oh, il fait chaud parfois, si chaud que la bouche se dessèche complètement, on n'arrive plus à cracher...

Koop était inquiet. Il n'aurait jamais dû être là. Il n'aurait jamais dû être en chasse. Il avait capturé une femme l'hiver dernier et ça aurait dû suffire pour un petit moment. Ça *aurait* d'ailleurs suffi, sans Sara Jensen.

Il lui suffisait de fermer les yeux pour la voir...

Dix-sept heures plus tôt, Koop avait pénétré dans son immeuble en se servant d'une clé. Il n'avait jamais rencontré Sara Jensen auparavant. Il portait un pardessus léger et un chapeau pour se protéger du regard indiscret des caméras vidéo. Ensuite, il avait grimpé l'escalier d'incendie jusqu'au dernier étage. Il se déplaçait rapidement et sans bruit, les semelles de caoutchouc de ses mocassins étouffaient le bruit de ses pas.

A trois heures du matin, les couloirs étaient déserts, silencieux, exhalaient une odeur de nettoyant pour moquette, de cire, et de cigarettes. Au onzième étage, il s'arrêta un moment devant la porte de service, tendit l'oreille, avant de l'ouvrir et de s'engager sur la gauche dans le couloir. Il s'était immobilisé à hauteur du numéro 1135, avant de coller son orbite à l'œilleton. Tout était sombre. Il avait enduit la clé de cire d'abeille, qui assourdissait les cliquetis métalliques et lubrifiait le mécanisme des serrures. Il tenait la clé dans sa main droite, et celle-ci dans sa main gauche, la guidant dans l'ouverture. La clé glissa à l'intérieur avec facilité.

Koop avait fait ça au moins deux cents fois, mais, pour ordinaire qu'il fût, ce moment créait toujours un choc nerveux. Qu'est-ce qui se cachait derrière la porte numéro trois ? Un détecteur de mouvement, un doberman, cent mille dollars en liquide ? Koop allait bientôt le savoir... Il tourna la clé et poussa : pas vite, mais fermement, d'un geste continu, le cœur au bord des lèvres. La porte s'ouvrit avec un léger *clic*. Il attendit, l'oreille aux aguets, puis pénétra dans l'appartement plongé dans l'obscurité, referma la porte derrière lui, se contenta de rester là.

Et de respirer son odeur à elle.

Ce fut la première chose.

Koop fumait quotidiennement quarante à cinquante Camel sans filtre. Il prenait de la cocaïne quasiment tous les jours. Son nez était engorgé de goudron et de nicotine, rongé par la coke, mais il était une créature nocturne, sensible aux sons, aux odeurs, aux textures — et ce parfum était sombre, sensuel, irrésistible, chevauchant l'air aseptisé de l'appartement, comme une femme nue sur sa monture. L'odeur le surprit, ralentit ses mouvements. Il leva la tête, comme un rongeur, la huma. Il ne se rendait pas compte qu'il laissait derrière lui son propre sillage, le fumet du tabac brun.

Les rideaux du salon n'étaient pas tirés, et la lumière de la rue s'infiltrait dans la pièce. Tandis que ses yeux s'habituaient à l'obscurité, Koop distingua les meubles les plus volumineux, les rectangles des tableaux et des affiches. Il passa encore un peu de temps à attendre tranquillement, debout dans la pièce. Sa vision s'affinait, il respirait la femme, l'oreille tendue pour capter un mouvement, un mot, n'importe quoi — la petite lueur rouge d'une console de signal d'alarme. Rien. Les lieux étaient endormis.

Koop ôta ses mocassins, et, d'un pas sûr et silencieux, traversa l'appartement, s'engageant dans un couloir plus sombre, dépassant une salle de bains à sa gauche, un bureau à sa droite. Il y avait deux portes au bout, la chambre du maître des lieux à gauche, et une chambre d'amis à droite. Il le savait parce qu'un ancien détenu, employé d'une entreprise de déménagement, le lui avait dit. Celui-ci avait installé les meubles, fait un moulage de la clé, dessiné un plan. Il avait dit à Koop que la femme s'appelait Sara Jensen, une poufiasse pleine aux as qui « fricotait en Bourse », et avait une prédilection pour l'or.

Koop tendit le bras et toucha la porte de la chambre. Elle était entrebâillée de quelques centimètres. Bien. Les paranoïaques et les gens au sommeil agité ferment la porte, en principe. Il la poussa tout doucement d'une trentaine de centimètres, du bout des doigts, et scruta l'intérieur. La fenêtre à gauche était ouverte, et, comme dans le salon, les rideaux n'étaient pas tirés. Une demi-lune planait au-dessus du toit d'un immeuble voisin, et il pouvait voir, au-delà, le parc et le lac, tout comme dans un spot publicitaire vantant les mérites d'une marque de bière.

La lumière pâle de la lune lui permit aussi de voir distinctement la femme.

Sara Jensen avait rejeté la légère couverture de printemps. Elle était allongée sur le dos, sur un drap de couleur foncée. Elle portait une chemise de nuit en coton blanc qui l'enveloppait des chevilles jusqu'au cou. Ses cheveux d'un noir de jais s'étalaient autour de sa tête comme un halo sombre, son visage était légèrement tourné d'un côté. Elle avait replié un bras comme pour lui faire signe, la main ouverte à hauteur de l'oreille. L'autre main reposait sur son bas-ventre, là où il rejoignait l'extrémité supérieure de l'os pubien.

Juste au-dessous, Koop crut voir un triangle plus foncé ; et, au niveau de ses seins, l'ombre des aréoles brunes des mamelons. Sa vision n'aurait pu être capturée par une pellicule photographique. Le triangle foncé, l'ombre au bout des seins devaient tout à son imagination. Le tissu de la chemise de nuit était plus épais, moins diaphane qu'il ne lui semblait, mais Koop venait de tomber amoureux.

Un amour comme une allumette craquée dans la nuit.

Koop feuilletait les livres de photos, observait, attendait. Il regardait le portrait d'une star de cinéma disparue quand la femme qu'il avait repérée s'approcha, pour jeter un coup d'œil à un livre intitulé *Marottes et objets de collection.*

Il la reconnut immédiatement. Elle portait une veste marron assez floue, un peu trop longue, un peu démodée, mais propre et bien entretenue. Elle avait des cheveux courts et bien coiffés. Elle avait relevé la tête pour pouvoir examiner les rayons du haut, suivant des yeux une rangée de livres sur la brocante. Elle était quelconque, pas maquillée, ni grosse ni maigre, ni grande ni petite, avec des lunettes trop grandes aux montures en écaille. Le genre de femme qu'on ne remarquait même pas dans un ascenseur. Elle continuait à inspecter le rayon du haut, lorsque Koop intervint :

— Vous voulez que je vous prenne quelque chose sur l'étagère ?

— Oh... Je ne sais pas.

Elle essaya timidement de sourire, mais elle avait l'air nerveuse. Elle eut du mal à s'en sortir.

— Si je peux me permettre, dit-il poliment.

— Merci.

Elle ne se détourna pas de lui. Elle attendait quelque chose. Elle ne savait pas comment provoquer ça elle-même.

— J'ai raté la lecture, dit Koop. Je viens de relire les *Rubaiyyat.* Je pensais qu'il pourrait y avoir ici quelque chose, disons, d'analogue...

Et, quelque temps plus tard, la femme disait :

— Je m'appelle Harriet. Harriet Wannemaker.

Sara Jensen, étendue sur son lit, frémit dans son sommeil.

Koop, sur le point d'aller vers la commode, s'immobilisa. Sara avait été une grosse fumeuse à la fac : son inconscient tabagique avait humé la nicotine exhalée par les poumons de Koop, mais elle était trop éloignée pour que l'odeur la réveille. Elle frémit à nouveau, puis se détendit. Koop, dont le cœur battait la chamade, s'approcha, tendit la main, et faillit toucher son pied.

En pensant : *Qu'est-ce que je fabrique ?*

Il recula d'un pas, fasciné, les rayons de lune jouaient sur le corps de la femme.

L'or.

Il cessa de retenir sa respiration, et se tourna de nouveau vers la commode. Tout ce qu'elles peuvent bien posséder et qui a de la valeur, les femmes le mettent dans leurs chambres — et Jensen était semblable aux autres. Son appartement était protégé des intrusions par les deux verrous de la porte, il y avait des caméras vidéo dans le hall d'entrée, des vigiles passaient en voiture devant l'immeuble une demi-douzaine de fois dans la nuit, et s'arrêtaient de temps en temps pour fouiner un peu. Elle était en sécurité, pensait-elle. Son coffret à bijoux, en bois de noyer poli, était posé en plein milieu de sa coiffeuse.

Par précaution, Koop le prit à deux mains, le colla sur son estomac, le protégeant comme l'arrière d'une équipe de football américain protège le ballon. Il repassa la porte à reculons et marcha à pas feutrés dans le couloir, jusqu'au salon, où il posa le coffret sur la moquette et s'agenouilla à côté de lui. Il avait une petite torche électrique dans sa poche de poitrine. La lentille en était recouverte de bande adhésive noire avec juste un trou comme une tête d'épingle au milieu. Il l'alluma, la tint entre les dents. Il obtint un faisceau de lumière suffisant pour éclairer une pierre ou permettre de deviner une couleur, sans pour autant lui faire perdre sa vision nocturne.

Le coffret à bijoux de Sara Jensen comportait une demi-douzaine de plateaux tapissés de velours. Il les prit un par un, et trouva de bonnes choses. Des boucles d'oreilles, plusieurs paires en or, dont quatre ornées de pierres précieuses : deux avec des diamants, une avec des émeraudes, une avec des rubis. Les pierres étaient passables — une des montures de diamants ressemblait plus à des éclats qu'à de la pierre taillée par un orfèvre. Au prix de détail, le tout atteignait peut-être cinq mille dollars. Il en tirerait deux mille, au mieux.

Il trouva deux broches, l'une cerclée de perles, l'autre avec des diamants, une alliance en or, une bague de fiançailles. La broche de diamants était de première qualité, le meilleur bijou qu'elle possédât. Il se serait dérangé rien que pour ça. La bague de fiançailles n'était pas mal, mais rien d'extraordinaire. Il y avait deux bracelets en or et une montre, une Rolex pour femme, or et acier inoxydable.

Pas de ceinture.

Il fourra le tout dans un petit sac noir, avant de se lever, de faire soigneusement le tour des plateaux vides, et retourna dans la chambre. Tout doucement, il se mit à ouvrir les tiroirs de la commode. C'était vraisemblablement dans celui du haut. Le suivant dans l'échelle des probabilités était celui du bas, selon qu'elle essayait de la dissimuler ou non. L'expérience lui avait appris ça.

Il commença par le tiroir du haut, et le sortit en douceur. Ses mains tâtèrent les vêtements. Rien de dur au toucher...

La ceinture était dans le tiroir du bas à gauche, au fond, enfouie sous des lainages d'hiver, ce qui dénotait une certaine méfiance de sa part. Il la sortit, l'éleva, et se tourna vers Sara Jensen. Elle avait le menton ferme et volontaire, mais sa bouche s'était légèrement relâchée dans son sommeil. Ses reins étaient ronds et proéminents, ses hanches imposantes. Une femme de taille respectable. Pas grosse, bien en chair.

La ceinture dans les mains, Koop s'apprêtait à s'éloigner, mais il s'interrompit. Il avait repéré la bouteille sur la coiffeuse, et l'avait ignorée, comme d'habitude. Mais cette fois... Il tendit le bras derrière lui et la prit. Son parfum. Il repartit en direction de la porte et faillit trébucher : il ne faisait pas attention à la route à suivre, mais à la femme étendue si près de lui, à portée de main. Son souffle s'accéléra. Il fit un pas en arrière, et la regarda de nouveau. Blanc visage, joues rondes, sombres sourcils. Les cheveux étalés autour de la tête.

Sans réfléchir, sans même se rendre vraiment compte de ce qu'il faisait — choqué par sa propre audace, renâclant intérieurement —, Koop s'avança près du lit, se pencha sur elle, et passa une langue, légère, si légère sur le front de la femme endormie...

Harriet Wannemaker était franchement intéressée par un verre chez *McClellan* : son visage avait pris des couleurs à la chaleur de son excitation soudaine. Elle retrouverait là-bas cet homme à l'air un peu farouche et à la barbe rousse en broussaille.

Il s'en alla avant elle. Il avait les nerfs en pelote, à présent. Il n'avait rien commencé pour l'instant, il était encore en règle, aucune raison de s'inquiéter. Est-ce qu'on les avait vus bavarder tous les deux ? Il ne le pensait pas. Personne ne faisait attention à elle, elle était si terne... Dans quelques minutes...

C'était un état de tension physique, un poids dans le ventre, un gonflement exagéré de la poitrine, une douleur à l'arrière de la nuque. Il pensa à rentrer chez lui, à laisser tomber la femme. Mais il n'en ferait rien. Il subissait une autre pression, plus exigeante celle-là. Sa main tremblait sur le volant. Il gara la camionnette dans la Sixième Avenue, sur la colline, ouvrit la portière. Inspira nerveusement une grande bouffée d'air. Il était encore temps de s'en aller...

Il tâtonna sous le siège, trouva la bouteille d'éther et le sac en plastique avec le chiffon. Il ouvrit la bouteille, versa rapidement de l'éther dans le sac, et la reboucha. L'odeur était écœurante, mais elle se dissipa presque aussitôt. Dans le sac hermétiquement fermé, le liquide imbiba le chiffon. Où était-elle ?

Elle arriva quelques instants plus tard, se gara en contrebas, derrière la camionnette, passa un moment dans la voiture à se refaire une beauté. Une enseigne publicitaire pour de la bière, à l'ampoule défectueuse, clignotait dans la vitrine latérale de chez *McClellan*. C'était la lumière la plus puissante aux alentours, au sommet de la colline. Il pouvait encore renoncer...

Non. Vas-y.

Sara Jensen avait un goût de transpiration et de parfum... Elle avait bon goût.

Sara remua quand il la lécha, et il fit un pas en arrière, recula en direction de la porte... et s'arrêta. Elle dit quelque chose, une onomatopée incompréhensible, et il passa la porte rapidement, sans bruit, se dirigea vers ses chaussures : pas tout à fait au pas de course, mais son cœur battait à grands coups martelés. Il se glissa dans ses mocassins, prit son sac.

Et s'arrêta à nouveau. Pour un cambrioleur, tout reposait sur un précepte assez simple : prendre son temps. Quand on sentait que ça se gâtait, il fallait ralentir encore la marche des choses. Et si ça tournait mal, s'enfuir à toutes jambes. Koop se maîtrisa. Aucune raison de courir si elle ne s'était pas réveillée, aucune raison de paniquer — mais il pensait : *espèce de connard, connard, connard !*

Mais elle ne venait pas. Elle était retombée dans un profond sommeil ; et, bien que Koop ne pût le voir — il quittait l'appartement, refermait doucement la porte derrière lui —, la traînée de salive brillait sur son front à la lueur de la lune, fraîcheur en train de s'évaporer sur la peau.

Koop mit le sac en plastique dans sa poche, marcha jusqu'à l'arrière de la camionnette, ouvrit la portière du fond.

Son cœur battait fort, maintenant...

— Salut ! s'exclama-t-elle. (Elle se tenait à cinq mètres de lui. Rougissante ?) Je n'étais pas sûre que vous viendriez.

Elle avait peur qu'il ne lui ait posé un lapin. Il avait failli. Elle souriait, timide, elle avait peut-être un peu peur de lui, mais moins que de la solitude...

Personne aux alentours...

Maintenant, il était possédé. Les ténèbres fondirent sur lui, l'envahirent — les ténèbres, littéralement, une sorte de brouillard, une rage qui surgissait de nulle part, comme un vent vagabond. Il déroula le sac en plastique, glissa sa main à l'intérieur ; le chiffon imbibé d'éther était froid.

Avec un sourire, il dit :

— Un p'tit verre, pourquoi pas ? Allons-y. Hé ! regardez ça, là-bas !...

Il se tourna comme pour lui montrer quelque chose ; ce qui le plaça derrière elle, un peu à droite. Il l'entoura de ses bras, et la souleva de terre ; elle rua des deux pieds, comme un écureuil pris au collet, bien que, vus sous un certain angle, ils eussent pu ressembler à des amants au plus fort d'une étreinte passionnée ; quoi qu'il en soit, elle ne se débattit que peu de temps...

Sara Jensen appuya sur le bouton pour arrêter le réveil, se retourna sur le ventre, étreignant l'oreiller. Elle souriait, quand la sonnerie avait retenti. Le sourire ne s'estompa que lentement : un cauchemar étrange rôdait toujours au fond de son crâne. Elle n'arrivait pas à se le remémorer tout à fait, mais il était là, menaçant, comme un bruit de pas au grenier...

Elle inspira profondément, souhaitant se lever, sans en avoir vraiment le courage. Juste avant de se réveiller, elle avait rêvé d'Evan Hart. Celui-ci était avocat dans la branche de la société qui s'occupait des affaires boursières. Pas exactement un héros romantique, mais il était séduisant, stable, et avait un certain sens de l'humour — qu'elle le soupçonnait de mettre de côté, par crainte de l'effaroucher. Ils ne se connaissaient pas encore très bien.

Il avait de belles mains. De longs doigts solides, à la fois sensibles et forts. Il l'avait touchée une fois, sur le nez, et, dans son lit, la sensation lui revint, une petite chaleur. Hart était veuf, avec une fille en bas âge. Sa femme était morte dans un accident de voiture, quatre ans plus tôt. Depuis lors, il s'était soucié de son chagrin et d'élever sa fille. Au bureau, les ragots lui prêtaient deux brèves liaisons orageuses avec des femmes qui n'étaient pas pour lui. Il était prêt à rencontrer celle qui lui était destinée.

Et il lui tournait autour.

Sara Jensen était divorcée ; ce mariage était une erreur qui avait duré un an, juste après la fac. Pas d'enfants. Mais cette rupture avait été pour elle un choc émotif. Elle s'était jetée dans le travail, la réussite sociale. Mais à présent...

Elle sourit. *Elle* était prête, songea-t-elle. Quelque chose de permanent ; qui dure toute la vie. Elle s'assoupit, cinq minutes seulement, rêvant d'Evan Hart et de ses mains, un peu chaudes, un peu amoureuses...

Et le cauchemar revint. Un homme, cigarette au coin des lèvres, qui l'observait dans le noir. Elle se recroquevilla... Et la sonnerie du réveil retentit de nouveau. Sara se toucha le front, se redressa, regarda dans la pièce autour d'elle, et rejeta les couvertures, avec l'impression très nette que quelque chose clochait.

— Il y a quelqu'un ? cria-t-elle, mais elle savait qu'elle était seule dans l'appartement.

Elle alla aux toilettes, et s'arrêta sur le seuil. Quelque chose... quoi au juste ?

Le rêve ? Elle avait transpiré pendant ce cauchemar ; elle se souvenait de s'être essuyé le front d'un revers de main. Mais ça lui paraissait bizarre...

Elle tira la chasse et se dirigea vers la pièce principale avec cette image dans l'esprit : la sueur, s'essuyer le front...

Son coffret à bijoux traînait par terre au milieu de la pièce, les différents étages éparpillés autour. Elle dit à voix haute :

— Qu'est-ce que ça fait ici, ça ?

Pendant un instant, elle fut désorientée. L'avait-elle sorti la nuit précédente, s'agissait-il d'un accès de somnambulisme ? Elle fit un pas supplémentaire, et vit un petit tas de bijoux mis de côté, toutes les babioles bon marché.

Alors elle sut.

Elle recula, le choc comprimait sa poitrine, l'adrénaline se déversait à grands jets dans son sang. Sans réfléchir, elle porta le revers de sa main à son visage, à ses narines, et respira l'odeur de nicotine, et l'autre...

Quoi ?

De la salive.

— Non !

Elle avait hurlé, la bouche ouverte, les yeux écarquillés. Elle essuya compulsivement sa main sur sa chemise de nuit, recommença, passa sa manche sur son front, qui lui semblait grouillant de fourmis. Puis elle cessa, s'attendant à le voir — surgi de la cuisine, d'un placard, ou même du tapis ou du plancher, comme un golem. Elle pivota d'un côté, puis de l'autre, et recula frénétiquement vers la cuisine, cherchant le téléphone à tâtons.

En hurlant tout le long du chemin.

En hurlant.

CHAPITRE II

Lucas Davenport exhiba son insigne à la vitre de sa Porsche. Le flic banlieusard au visage constellé de taches de rousseur leva la bande en plastique jaune qui délimitait le lieu du crime, et lui fit signe d'avancer. Il dépassa les camions de pompiers, roula sur un tuyau d'incendie aplati, et s'arrêta sur une parcelle de terrain carbonisé qui, quelques heures plus tôt, avait été une pelouse. Deux pompiers en train de boire du café se retournèrent, pour regarder la voiture de plus près.

Le téléphone sonna tandis qu'il sortait du véhicule, et il se baissa pour le décrocher. Quand il se releva, la puanteur de l'incendie vint frapper ses narines : du plâtre brûlé, de l'isolant, de la peinture, et du bois vermoulu.

— Ouais ? Davenport à l'appareil.

Lucas était un homme de haute taille avec de lourdes épaules, un teint foncé, un visage carré, et l'amorce de pattes-d'oie au coin des yeux. Le gris commençait tout juste à pointer dans ses cheveux bruns ; ses yeux étaient d'un bleu stupéfiant. Une mince cicatrice blanche barrait son front et son arcade sourcilière droite, pour descendre jusqu'à la commissure des lèvres. Il ressemblait à un athlète vieillissant, un joueur de base-ball, ou un défenseur de hockey sur glace, à la retraite depuis peu.

Il avait aussi une cicatrice rose, plus récente celle-là, au-dessus du nœud de cravate.

— C'est Sloan. Le standard m'a dit que tu étais sur les lieux de l'incendie.

La voix de Sloan avait un son rauque, comme s'il avait une angine.

— Je viens d'arriver, dit Lucas, en regardant les restes noircis du baraquement Quonset.

— Attends-moi, je viens.

— Qu'est-ce qui se passe ?

— On a un nouvel ennui pas prévu au programme, dit Sloan. Je t'en parlerai tout à l'heure.

Lucas raccrocha, claqua la portière, et fit face au bâtiment qui avait brûlé. Le hangar était un grand baraquement couleur vert clair de type Quonset, utilisé par l'armée pendant la Seconde Guerre mondiale, en acier galvanisé. La chaleur dégagée par les flammes avait été si intense que les feuilles d'acier qui le composaient pour l'essentiel s'étaient tordues, gondolées, et repliées sur elles-mêmes, comme des tacos métalliques géants.

A la viande de porc.

Lucas passa ses doigts sur sa gorge, là où l'enfant lui avait tiré dessus juste avant d'être déchiquetée par le M-16. Cette affaire-là aussi avait commencé par un incendie, avec la même puanteur, une odeur de cochon grillé émanant de la carcasse du bâtiment qui avait flambé comme une torche. Mais ce n'était pas du porc.

Il toucha de nouveau la cicatrice et s'approcha de l'enchevêtrement de poutres noircies. Un flic était mort là-dedans, avait-on précisé au premier appel, les mains liées derrière le dos. Del avait ensuite passé un coup de fil pour dire que le flic était l'un de ses contacts. Lucas ferait mieux d'aller voir, bien que l'endroit soit en dehors de la juridiction de Minneapolis. Les flics de banlieue avaient une expression sinistre, du genre « l'un d'entre nous y a eu droit ». Lucas avait vu mourir suffisamment de flics au cours de sa carrière pour ne plus faire de distinction entre ceux-ci et des civils, tant qu'il ne s'agissait pas d'amis à lui.

Del marchait avec précaution à l'intérieur du bâtiment carbonisé. Vêtu d'un sweat-shirt gris anthracite, d'un jean et de bottes de cow-boy, il n'était pas rasé, comme d'habitude. Il aperçut Lucas et lui fit signe d'entrer.

— Il était déjà mort avant que le feu ne le touche.

Lucas hocha la tête.

— Comment ça s'est passé ?

— On lui a attaché les poignets avec du fil de fer avant de lui tirer disons trois, quatre balles dans sa putain de denture, pour autant qu'on ait compris quelque chose à ce bon Dieu de cauchemar, dit Del en faisant inconsciemment le geste de se laver les mains. Il aurait dû savoir que ça allait arriver.

— Ouais, bon Dieu, mec, je suis désolé, dit Lucas.

Le flic mort était un agent du Hennepin County. Au début de l'année, il avait passé un mois avec Del, à essayer d'apprendre comment s'en sortir dans la rue. Lui et Del étaient presque devenus des amis.

— Je l'avais prévenu, pour ses dents : aucun lascar n'affiche ces grandes dents saines et blanches payées par la mutuelle, dans la rue, dit Del en se logeant une cigarette dans le bec. (Ses dents à lui étaient des bâtonnets jaunis par la nicotine.) Je lui ai conseillé de prendre une autre couverture. Tout valait mieux que celle-là. Il pouvait choisir de se faire passer pour un vendeur de pièces détachées auto, un barman, n'importe quoi. Mais il a fallu qu'il joue le rôle d'un mec des rues, pas moyen d'en sortir.

— Ouais... Qu'est-ce que tu voulais, au fait ?

— T'as du feu ?

— Du feu, c'est ça que tu voulais ?

Del grimaça un sourire derrière la cigarette non allumée, et dit :

— Viens voir à l'intérieur. Je voudrais te montrer quelque chose.

Lucas suivit Del dans le hangar, le long d'un chemin étroit à travers les trous des cloisons à moitié brûlées, et les piles de palettes de bois carbonisées. A l'arrière du bâtiment, il vit la feuille de plastique noir qui recouvrait le corps, et l'odeur de cochon grillé se fit plus vive. Del l'emmena jusqu'à un mur de placoplâtre effondré, où, dans les débris d'une boîte en bois, se trouvaient trois cylindres d'un diamètre modeste, d'un mètre cinquante de long environ.

— Est-ce qu'il s'agit bien de ce que je crois ? demanda Del.

Lucas s'accroupit près de la boîte, s'empara d'un des tubes métalliques, examina le pas de vis à une extrémité, avant de le retourner pour jeter un coup d'œil aux rayures internes de l'autre côté.

— Ouais, c'est bien ça — si tu crois qu'il s'agit de canons de rechange pour des fusils de calibre cinquante.

Il lâcha le cylindre sur les autres, marcha en canard sur cinquante centimètres vers une autre boîte aplatie, prit une autre pièce détachée.

— C'est un percuteur. Automatique, un seul coup, calibre cinquante. Cassé. On dirait qu'il y a une fissure, l'acier doit être de mauvaise qualité... Qu'est-ce qu'il y avait ici, avant ?

— Un atelier. Confection de pièces détachées.

— Ouais, un atelier. Ils fabriquaient des percuteurs, je parie. Les canons venaient d'ailleurs — en principe, on n'en voit jamais des comme ça sur des armes à un coup. Trop lourds. Il faut que les types de la balistique y jettent un coup d'œil pour voir si on ne pourrait pas déterminer d'où ils viennent, et qui, ici, les a achetés.

Il lâcha le percuteur défectueux, se leva, et désigna le corps d'un signe de tête.

— Dans quoi est-ce qu'il grenouillait ?

— Le gang des Bouseux, d'après ses amis.

Lucas, exaspéré, secoua la tête.

— Il manquait plus que ces trous-du-cul.

— Ils font de la politique. Ils ont décidé de flinguer du nègre.

— Ouais. Ça t'intéresse ?

— C'est pour ça que je t'ai fait venir, expliqua Del, en hochant la tête. Tu as vu les flingues, senti l'odeur de cochon grillé, tu ne peux plus dire non.

— D'accord. Mais tu me fais un rapport tous les quarts d'heure, répliqua Lucas en lui tapant sur la poitrine. Je veux être au courant de tout ce que tu fais. Tous les noms que tu découvres, toutes les gueules que tu repères. A la moindre alerte, tu te planques dans un coin et tu en discutes avec moi. Ils sont complètement tarés, mais ça ne les empêcherait pas de te descendre.

Del hocha la tête, puis :

— Tu es sûr que tu n'as pas de feu ?

— Je ne plaisante pas, Del. Si tu fais le malin avec moi, tu vas te retrouver en uniforme à diriger la circulation à l'entrée d'un parking. Ta bourgeoise est en cloque, et c'est pas moi qui vais élever ton gamin.

— Il me faut du feu, merde !

Les Bouseux : la mafia des Ploucs, les Mauvaises Graines, moto club. Cinquante ou soixante braqueurs, voleurs de voitures, trafiquants, pirates de la route spécialisés dans le détournement de camions, tous dingues de Harley-Davidson, la plupart originaires du nord-ouest du Wisconsin, apparentés par le sang, le mariage, ou la promiscuité des cellules, en prison. Des péquenots à la tignasse couleur paille, au visage poupin : armés et nomades. Ils avaient récemment été contaminés par un germe virulent de démence antinoire, et étaient soupçonnés d'avoir tué un petit voyou noir mineur devant une salle de billard de Minneapolis.

— Pourquoi est-ce qu'ils auraient des calibres cinquante ? demanda Del.

— Peut-être qu'ils sont en train de se construire un Waco quelconque dans les bois.

— C'est une idée qui m'a traversé l'esprit.

Quand ils ressortirent, une voiture de patrouille de la police de Minneapolis se faufilait entre les rangées de camions de pompiers, des voitures de flics autochtones, et des véhicules appartenant au bureau du shérif. Elle s'arrêta presque à leurs pieds, et Sloan en sortit. Il se pencha vers le chauffeur, un sergent en uniforme :

— Gardez la monnaie.

— Suce-moi, répliqua le chauffeur cordialement, avant de s'éloigner en douceur.

Sloan était un homme plutôt menu, au visage en lame de couteau. Il portait un costume d'été beige, des chaussures marron tirant un peu trop sur le jaune, et un feutre couleur viandox.

— Comment va, Lucas ? (Ses yeux se posèrent sur Del.) Del, mon vieux, tu fais une tronche de déterré.

— Tu l'as trouvé où, le chapeau ? demanda Lucas. C'est trop tard, pour le rendre ?

— C'est ma femme qui l'a acheté, répondit Sloan, en passant son doigt sur le bord. Elle dit que c'est un complément idéal à mon exubérante personnalité.

— Elle a toujours la tête dans le cul, hein ? dit Del.

— Doucement les basses, fit Sloan, vexé. C'est de mon chapeau que tu parles. (Il regarda Lucas.) Il faut qu'on aille faire un tour.

— Où ça?

— Dans le Wisconsin. (Il se balança sur la pointe de ses chaussures un poil trop jaunes.) A Hudson. Pour voir un cadavre.

— Quelqu'un que je connais?

Sloan haussa les épaules.

— Tu connais une fille nommée Harriet Wannemaker?

— Je ne crois pas, dit Lucas.

— C'est probablement d'elle qu'il s'agit.

— Pourquoi est-ce que j'irais voir cette fille?

— Parce que c'est moi qui te le demande et que tu as confiance en mon jugement?

Sloan avait tourné ça comme une question.

Lucas sourit.

— D'accord, j'y vais.

Sloan lança un regard vers la Porsche de Lucas.

— Je peux conduire?

— C'était moche, là-dedans? demanda Sloan.

Il jeta son chapeau à l'arrière et rétrograda en arrivant devant un stop au carrefour de l'autoroute 280.

— Ils l'ont exécuté. Lui ont tiré dans les dents, répondit Lucas. Probablement les Bouseux.

— Saloperies d'enfoirés, commenta Sloan sans trop de conviction.

Il accéléra en direction de l'autoroute.

— Et comment s'appelle-t-elle, déjà, qu'est-ce qui lui est arrivé? demanda Lucas. Wannabe?

— Wannemaker. Elle avait disparu depuis trois jours. Ses amis disent qu'elle devait se rendre dans une librairie vendredi soir, ils ne savent pas laquelle, et elle a manqué son rendez-vous chez le coiffeur samedi. On a lancé un avis de recherche, et ça n'a rien donné jusqu'à ce matin, quand Hudson a appelé. On leur a envoyé un polaroïd, il était pas excellent, mais ils pensent que c'est elle.

— Abattue d'une balle?

— Poignardée. La technique employée, c'est l'éventration — planter la lame dans le bas-ventre et remonter vers le haut. Pratiquée avec une force maximale. C'est pour ça que je m'y intéresse.

— Quelque chose à voir avec, comment s'appelle-t-elle, déjà, la nana qui bosse pour l'administration de l'État ?

— Meagan Connell. Ouais.

— On m'a dit qu'elle était casse-pieds.

— Ouais. Celle-là, faudrait lui faire une greffe de personnalité, dit Sloan.

Il doubla une Lexus SC, la frôlant au passage, et s'autorisa un mince sourire. Le conducteur de la Lexus portait des lunettes à verres teintés et des gants de pilote de course.

— Mais quand tu lis le dossier, les informations qu'elle a rassemblées — elle tient quelque chose, Lucas. Mais, bon Dieu, j'espère que c'est pas lui qui a fait le coup. On dirait bien, mais c'est trop tôt. Si c'est lui, il accélère la cadence.

— Ça arrive à la plupart d'entre eux, dit Lucas. Ils deviennent accros.

Sloan marqua un temps d'arrêt à un feu, puis brûla le rouge et remonta le toboggan en direction de l'autoroute 36. Passant à la vitesse supérieure, il poussa la Porsche jusqu'à cent vingt, et s'y maintint, fendant le trafic comme un requin fend les flots.

— Ce type avait des habitudes régulières. S'il existe, bien sûr. Il commettait un meurtre par an environ. Là, il s'agit d'un intervalle d'à peine quatre mois. La dernière fois qu'il a tué, c'était à peu près quand tu t'es fait tirer dessus. Il l'avait levée à Duluth, et avait abandonné le corps à la réserve naturelle Carlos Avery.

— Aucune piste ?

Lucas toucha la cicatrice rose qui lui barrait la gorge.

— Très peu d'indices. Meagan a tout un dossier.

Ils mirent vingt minutes à rejoindre le Wisconsin, s'extraire du labyrinthe des Interstates, et atteindre la campagne qui s'étendait à l'est de Saint Paul. Le paysage était vert et la végétation dense, après un printemps très humide.

— On se sent mieux ici, à la campagne, dit Sloan. Bon Dieu, les médias vont être intenables avec ce flic qui s'est fait descendre !

— Ça sent le roussi, renchérit Lucas. Au moins, c'est pas un flic de chez nous.

— Quatre assassinats en cinq jours, continua Sloan. Avec Wannemaker, ça va faire cinq en une semaine. En fait, peut-être six. On fouine autour d'une vieille dame qui vient de claquer dans son lit. Deux de mes gars pensent qu'on l'a peut-être aidée. Pour l'instant, c'est encore une mort naturelle.

— Tu as résolu l'affaire du domestique de chez Dupont ?

— Ouais, celle au marteau et au burin.

— Ça me fait mal rien que d'y penser.

Lucas grimaça un sourire.

— Planté entre les deux yeux, dit Sloan, impressionné. Il n'avait jamais eu à s'occuper d'un assassinat commis avec un marteau et un burin auparavant, et l'originalité n'était pas si courante en matière de meurtre. La plupart du temps, il s'agissait d'un type à moitié cuit, qui se grattait le cul en se disant : *Bon Dieu, cette fois elle m'avait vraiment fait sortir de mes gonds, vous voyez ?* Sloan poursuivit :

— Elle avait attendu qu'il dorme, et pan ! En fait, d'ailleurs, pan, pan, pan ! Le burin a traversé le matelas. Elle l'a arraché, elle l'a mis dans le lave-vaisselle, et elle a appelé la police. Maintenant, j'y réfléchis à deux fois, avant de m'endormir. Quand tu vois ta bourgeoise te regarder un peu fixement...

— Des circonstances atténuantes, femme battue ?

— Pour l'instant non. Elle se contente de dire qu'il faisait chaud, et qu'elle en avait marre de l'entendre ronfler et péter. Tu connais Donovan, au bureau du procureur ? Il dit qu'il aurait accepté de ne l'accuser que de meurtre au second degré, s'il n'y avait eu qu'un seul coup porté. Avec trois, c'est un meurtre au premier degré.

Un camion déboucha brusquement devant eux, et Sloan jura, freina, braqua à droite et le dépassa.

— Et l'affaire Louis Capp ?

— On l'a eu, répondit Sloan avec satisfaction. Deux témoins, dont un qui le connaissait. Il a tiré trois fois sur le type, il a ramassé cent cinquante dollars.

— Je l'ai traqué pendant dix ans, et j'ai jamais réussi à le coincer, dit Lucas, avec une pointe de regret dans la voix.

Sloan le regarda et sourit.

— C'est quoi, sa défense ?

— Deux mecs sur le coup. *Le coupable, c'est un autre mec*. Cette fois, il ne s'en tirera pas comme ça.

— Ça a toujours été un abruti, déclara Lucas, en se remémorant Louis Capp.

Un type colossal, des bras comme des troncs d'arbres, une bedaine imposante. Ses pantalons étaient toujours fermés sous le ventre, et l'entrejambe lui descendait presque jusqu'aux genoux.

— Le truc, c'est qu'il était tellement abruti, ses agressions étaient si simples que le seul moyen pour l'avoir c'était de le prendre en flagrant délit. S'approcher d'un quidam par-derrière, lui taper sur la tête, lui prendre son portefeuille. Ce mec a bien dû amocher deux cents personnes dans toute sa carrière.

— Il est aussi méchant qu'abruti.

— Au moins, acquiesça Lucas. Qu'est-ce qui reste ? Le membre du gang des Hmong et la serveuse qui a sauté, qui est tombée, ou qu'on a poussée par la fenêtre.

— Je ne crois pas qu'on réussira à coincer le Hmong. La serveuse avait des lambeaux de peau sous les ongles.

— Ah !...

Lucas hocha la tête. Ça lui plaisait. Des échantillons de peau, c'était toujours de bon augure.

Lucas avait quitté le service deux ans plus tôt, à la suite de pressions, après une bagarre avec un maquereau. Il avait créé une entreprise de conception de jeux, qui l'occupait à plein temps. Les mômes fous d'informatique avec lesquels il travaillait l'avaient orienté dans une autre direction : concevoir des exercices de simulation pour les ordinateurs de la police. Il était en train de faire fortune quand le nouveau chef de la police de Minneapolis lui avait demandé de revenir.

Il ne pouvait le faire en tant que fonctionnaire, on lui avait assigné un poste de chef adjoint. Il travaillerait dans le service des renseignements, comme avant, avec deux objectifs principaux : boucler les criminels les plus dangereux et les plus actifs, et servir de bouclier au service dans les crimes bizarres qui attiraient l'attention des médias.

— Essaie de ne pas te faire prendre au collet par les psychopathes qui traînent, avait dit le chef.

Lucas s'était fait prier un petit moment, mais les affaires l'ennuyaient, et il avait fini par accepter. Il avait embauché un gérant pour diriger la compagnie, et l'avait laissé s'en occuper.

Ça faisait un mois qu'il était de retour dans la rue, essayant de reconstruire son réseau, mais c'était plus difficile qu'il ne l'avait imaginé. Les choses avaient changé en deux ans. Beaucoup changé.

— Ça m'étonne que Louis ait eu un flingue, dit Lucas. Il travaillait toujours avec une matraque, ou un tuyau de plomb.

— Ils ont tous des flingues, maintenant, expliqua Sloan. Tous. Et ils s'en servent pour un oui pour un non.

St. Croix était une étendue d'eau bleu acier, sous le pont Hudson. Des bateaux, à moteur ou à voile, étaient disséminés à la surface de la rivière, comme autant de confettis blancs.

— Tu devrais acheter un port de plaisance, dit Sloan. Je pourrais m'occuper de la distribution du carburant. Je veux dire : c'est pas magnifique, ça ?

— Est-ce qu'on s'arrête ici, ou est-ce qu'on continue jusqu'à Chicago ?

Sloan cessa de bayer aux corneilles et freina, fit une queue de poisson à un break, s'engagea dans la première sortie pour le Wisconsin, et prit la direction du nord pour rejoindre Hudson. Une demi-douzaine de véhicules de secours étaient groupés autour d'une rampe d'ancrage pour les bateaux, et des hommes en uniforme de la police routière d'Hudson déviaient la circulation. Deux flics étaient debout près d'une benne à ordures, les pouces passés dans la ceinture de leur arme réglementaire. Sur le côté, une femme blonde au dos large faisait face à un troisième flic. Ils n'avaient pas l'air d'accord.

— Ah, merde ! s'exclama Sloan pendant qu'ils s'approchaient, avant de baisser sa vitre et de crier : « Police de Minneapolis ! » au flic qui faisait la circulation.

Celui-ci leur fit signe d'entrer sur le parking.

— Qu'est-ce qu'il y a ?

— Des ennuis en perspective. (Il ouvrit la portière.) C'est Connell.

Un shérif adjoint osseux au visage sombre et buriné parlait à un flic municipal près de la benne. Quand la Porsche s'arrêta, il eut un bref sourire, cria quelque chose à celui qui discutait avec la femme blonde, et vint vers eux.

— Helstrom, dit Lucas après s'être creusé la tête un instant pour retrouver son nom. D. T. Helstrom. Tu te souviens du professeur que Carlo Druze avait tué ?

— Ouais ?

— C'est Helstrom qui avait trouvé le corps. C'est un type régulier.

Quand ils descendirent de voiture, Helstrom s'approchait de Lucas en lui tendant la main.

— Davenport. J'avais entendu dire que vous étiez de retour au boulot. Chef adjoint, hein ? Félicitations.

— D. T., comment ça va ? fit Lucas. Je ne vous ai pas revu depuis que vous aviez exhumé le cadavre du professeur.

— Ouais, eh bien, cette fois, ça m'a l'air encore pire, prévint Helstrom, en jetant un coup d'œil à la benne par-dessus son épaule.

Il se frotta le nez.

La femme blonde cria :

— Hé, Sloan !

Celui-ci marmonna quelque chose dans sa barbe, avant d'élever la voix :

— Hé, Meagan.

— La dame travaille avec vous ? demanda Helstrom à Sloan, en levant le pouce en direction de la femme.

Sloan hocha la tête :

— Plus ou moins.

Lucas désigna son ami d'un signe de tête :

— Je vous présente Sloan. Brigade criminelle de Minneapolis.

— Sloan ! cria la femme. Hé, Sloan ! Viens voir !

— Votre amie est une emmerdeuse, dit Helstrom à Sloan.

— Vous avez raison sur toute la ligne, mis à part le fait que ce n'est pas mon amie, répliqua Sloan, avant de se diriger vers elle. Je reviens tout de suite.

Ils se tenaient sur un quai d'ancrage recouvert de bitume, avec des bandes indiquant les places de parking pour les voitures et les remorques, un parcmètre, et une benne à ordures.

— De quoi s'agit-il ? demanda Lucas à Helstrom quand ils s'avancèrent vers la benne.

— Un cinglé... Il l'a tuée sur votre territoire, je crois, de l'autre côté du pont. A part celui qu'elle a sur elle, il n'y a pas de sang, ici. Elle avait cessé de saigner avant d'être jetée dans la benne, aucune trace sur le sol. Et il y a sûrement eu beaucoup de sang... Bon Dieu, regardez-moi ça !

Sur la partie ouest du pont, une camionnette avec des gyrophares jaunes était arrêtée près de la rambarde, et un homme portant une caméra de télévision les filmait.

— C'est légal ?

— Je n'en ai pas la moindre idée, répondit Helstrom.

Sloan s'approcha, la femme à son côté. Elle était jeune, la trentaine sans doute, corpulente. Malgré sa colère, son visage était pâle comme un cierge ; ses cheveux blonds étaient coupés si court que Lucas pouvait distinguer le cuir chevelu.

— Je ne suis pas satisfaite de la façon dont on me traite ici, se plaignit-elle.

— Vous n'êtes pas dans votre juridiction. Vous pouvez ou la boucler ou retourner de l'autre côté du pont, rétorqua Helstrom. Je commence à vous avoir assez vue.

Lucas la regarda avec curiosité.

— Vous êtes Meagan O'Connell ?

— Connell tout court. Pas de O'. Je suis enquêteur au BCA. Qui êtes-vous ?

— Lucas Davenport.

— Hum, grogna-t-elle. J'ai entendu parler de vous.

— Ah bon ?

— Ouais. Un enfoiré de macho.

Lucas rit du bout des lèvres, ne sachant pas si elle était sérieuse. Il jeta un coup d'œil à Sloan, qui haussa les épaules. Elle l'était. Elle regarda Helstrom qui s'était permis un sourire quand elle s'en était prise à Lucas.

— Alors, je peux la voir ou quoi ?

— Si vous travaillez avec la brigade criminelle de Minneapolis... (Il regarda Sloan qui fit un signe d'assentiment.) Je vous en prie. Ne touchez à rien, c'est tout.

— Bon Dieu ! marmonna-t-elle avant de se diriger vers la benne d'un pas raide.

Elle lui arrivait aux épaules, et elle dut se mettre sur la

pointe des pieds pour jeter un coup d'œil. Elle resta dans cette position un moment, le regard plongeant, puis elle s'éloigna, retournant vers la rivière, et se mit à vomir.

— Tout le putain de plaisir est pour moi, murmura Helstrom.

— Qu'est-ce qu'elle a fait ? s'enquit Lucas.

— Elle a débarqué comme si elle avait le feu aux trousses, et elle s'est mise à hurler après tout le monde. Comme si on avait de la merde sur les pompes et qu'on l'avait pas vu, répondit Helstrom.

Sloan, inquiet, fit quelques pas en direction de Connell, puis s'arrêta, se gratta la tête, marcha jusqu'à la benne et jeta un coup d'œil à son tour.

— Ouah ! (Il se détourna et ajouta :) Nom de Dieu !, puis, à l'adresse de Lucas : Retiens ton souffle.

Lucas respirait par la bouche quand il regarda dans la benne. Le corps était nu et avait été emballé dans un sac poubelle vert. Le plastique s'était déchiré lors de la chute, ou bien quelqu'un s'en était chargé.

La femme avait été éviscérée, les intestins débordaient de la blessure comme sur une image porno obscène. Et la description qu'en avait faite Sloan était exacte : elle n'avait pas été poignardée, mais ouverte comme une boîte à sardines, une longue entaille courait de l'os pubien jusqu'au sternum. Il pensa tout d'abord que les vers étaient déjà au travail sur le cadavre, mais se rendit compte ensuite que les taches blanches qu'il voyait sur le cadavre étaient des grains de riz tombés d'une autre poubelle.

La femme avait la tête tournée et son profil se découpait à travers le plastique vert. Le sac se nouait avec un fil rouge, serré juste au-dessus de l'oreille comme un ruban sur un cadeau de Noël. Les mouches grouillaient sur le corps comme de minuscules Mig noirs de l'Armée rouge... Au-dessus de ses reins, à environ cinq centimètres de la blessure, il y avait deux coupures de dimensions plus réduites, peut-être des lettres. Lucas les observa pendant environ cinq secondes, puis recula, et attendit d'être à plus de six pas de la benne pour recommencer à respirer par le nez.

— Le type qui l'a balancée là doit être sacrément costaud, dit-il à Helstrom. Il a fallu ou qu'il la jette dedans, ou qu'il la soulève assez haut pour pouvoir la lâcher sans répandre les tripes aux alentours.

Connell, blanche comme un linge, revint en chancelant.

— Qu'est-ce que vous venez de dire ?

Lucas répéta, et Helstrom approuva du chef.

— Ouais, et d'après la description qu'on nous en a faite, elle n'était pas si légère que ça. Elle devait peser dans les soixante kilos. S'il s'agit bien de Wannemaker.

— C'est elle, dit Sloan.

Il était passé de l'autre côté de la benne et en examinait à nouveau le contenu. De l'endroit où se trouvait Lucas, avec les yeux, le nez et les oreilles penchés par-dessus le bord, il ressemblait à Kilroy.

— Et je vais vous dire une bonne chose : j'ai vu une bande vidéo sur le cadavre qu'ils ont retrouvé dans la réserve Carlos Avery. Si ce n'est pas le même type qui s'est occupé de celui-ci, alors ils ont tous les deux appris la boucherie au même endroit.

— Exactement la même technique ?

— Identique, dit Connell.

— Pas tout à fait, rectifia Sloan en reculant de quelques pas. Celui de Carlos Avery n'avait pas les gribouillis sur les ni... les seins.

— Les gribouillis ? demanda Connell.

— Ouais. Jetez-y un coup d'œil.

Elle s'exécuta. Au bout d'un moment, elle dit :

— Ça ressemble à un S et un J majuscule.

— C'est bien ce que je pensais, fit Lucas.

— Qu'est-ce que ça veut dire ? voulut savoir Connell.

— Je ne sais pas lire dans les pensées, répondit Lucas. Et encore moins quand il s'agit de cadavres. (Il tourna la tête vers Helstrom.) Impossible de relever des traces de quoi que ce soit sur les rebords de la benne, c'est ça ?

— J'en doute. Il a plu depuis vendredi, et les gens ont balancé des trucs là-dedans tout le week-end... Pourquoi ?

— Simplement pour ne rien laisser au hasard.

Lucas retourna à la Porsche, ouvrit le coffre, en sortit un petit imperméable qu'il gardait là en cas d'urgence, un morceau de plastique plié dans un sac pas beaucoup plus grand que la main. Il en tira l'imperméable, retourna à la benne et dit :

— Tiens-moi les jambes, que je ne tombe pas dedans, s'il te plaît, D. T.

— Bien sûr...

Lucas étala soigneusement le plastique sur le rebord de la benne, et se hissa jusqu'à ce que son estomac soit posé dessus. La partie supérieure de son buste était maintenant plongée à l'intérieur, son visage n'était qu'à une trentaine de centimètres de la femme assassinée.

— Elle a, euh...

— Quoi ?

— Elle a quelque chose dans la main... Je n'arrive pas à voir. Peut-être une cigarette.

— Ne touche à rien.

— J'en ai pas l'intention. (Il se rapprocha du corps.) Elle a quelque chose sur la poitrine. Je pense que c'est du tabac... collé à la peau.

— On lui a balancé des ordures sur le corps.

Lucas se redressa, retomba les deux pieds sur le bitume, et recommença à respirer normalement.

— Il y a du sang dessus. Comme si elle s'était elle-même écrasé une cigarette sur la poitrine.

— Qu'est-ce que vous en pensez ? demanda Helstrom.

— Que le mec fumait quand il l'a tuée, répondit Lucas. Qu'elle lui a arraché la cigarette des lèvres. Je veux dire qu'il n'est pas possible qu'elle ait été en train de fumer quand elle a été attaquée.

— Sauf si ça n'est pas vraiment d'une agression qu'il s'agit, rectifia Sloan. Elle était peut-être consentante, il lui a réglé son compte pendant qu'ils se détendaient après l'amour.

— Foutaises ! grogna Connell.

Lucas hocha la tête dans sa direction.

— Trop de violence, expliqua-t-il. Il n'aurait jamais pu se déchaîner comme ça après un orgasme. Ce qu'on voit là, c'est de l'excitation sexuelle.

Helstrom regarda successivement Lucas, puis Connell, puis Sloan. La femme parut bizarrement satisfaite, après le commentaire de Lucas.

— Il fumait quand il a fait ça ?

— Arrangez-vous pour qu'ils analysent la cigarette, si c'est bien de ça qu'il s'agit. J'ai pu distinguer le papier, précisa Lucas à l'intention d'Helstrom. Fouillez le parking, pour voir s'il y a des recoupements possibles avec ça.

— On a ramassé tout ce qui pourrait avoir un rapport — papiers de bonbons, cigarettes, capsules de bouteilles, tout ça.

— C'est peut-être de la marijuana, dit Connell d'un ton plein d'espoir. Ça serait un point de départ.

— Les fumeurs d'herbe ne font pas ce genre de saloperies, pas en grillant un joint, répliqua Lucas. (Il regarda Helstrom.) Quand est-ce que la benne a été nettoyée pour la dernière fois ?

— Vendredi. Ils la vident le jeudi et le vendredi.

— Elle a disparu vendredi soir, dit Sloan. Probablement tuée le jour même, ramenée ici dans la nuit. Comme il faut se dresser sur la pointe des pieds pour voir le fond de la benne, il a dû se contenter de la larguer et de la recouvrir d'un ou deux sacs poubelle.

Helstrom hocha la tête.

— C'est comme ça qu'on voit la chose, nous aussi. Les gens ont commencé à se plaindre de l'odeur ce matin, et un mec du port de plaisance est venu regarder ça de plus près. Il a vu un genou dépasser et nous a appelés.

— Il y a un petit sac blanc sous elle, comme si elle avait atterri dessus. Il faudrait voir s'il y a quoi que ce soit dedans qui permette d'identifier celui qui l'a jeté, suggéra Lucas. Si vous arrivez à retrouver qui c'est, on pourra peut-être savoir à quelle heure ça s'est passé.

— On va s'en occuper, répondit Helstrom.

Lucas retourna jeter un dernier coup d'œil, mais il n'y avait rien d'autre à voir, juste la peau d'un blanc grisâtre, les mouches, et les cheveux teints avec application, souillés d'une traînée de gelée blanche. Elle prenait soin de sa coiffure, pensa Lucas ; elle aimait ses cheveux, et il ne restait plus rien de cet amour, maintenant évaporé comme de l'essence.

— Rien d'autre ? questionna Sloan.

— Non. On peut y aller.

— Il faut qu'on discute, déclara Connell à Sloan.

Elle lui faisait face, la posture belliqueuse, les poings sur les hanches.

— Pas de problèmes, dit Sloan, d'un ton résigné.

Lucas se dirigea vers la voiture, puis s'arrêta si brusquement que Sloan se heurta à lui.

— Désolé, fit Lucas en rebroussant chemin, pour examiner la benne encore une fois.

— Qu'est-ce qu'il y a ? le questionna Sloan.

Connell le regardait avec curiosité.

— Tu te souviens de Junky Doog ? demanda Lucas à Sloan.

Sloan détourna la tête, cherchant le nom dans sa mémoire, puis claqua des doigts, et regarda Lucas, une lueur d'excitation dans les yeux.

— Junky ! s'exclama-t-il.

— Qui est-ce ? interrogea Connell.

— Un psychopathe obsédé par les couteaux, répondit Lucas. Il avait grandi dans une décharge, jamais eu de parents. Les types de la décharge s'étaient occupés de lui. Il aimait sculpter des bas-reliefs sur les femmes. Son gibier, c'était les mannequins professionnels. Il découpait dans la chair des formes élaborées, puis les signait. (Son regard se tourna une fois de plus vers la benne.) C'est presque trop grossier, ça, comme travail, pour Junky.

— Sans compter que Junky est enfermé à St. Peter, précisa Sloan. Pas vrai ?

Lucas secoua la tête.

— On a vieilli, Sloan. Junky, c'était il y a une éternité, ça doit faire dix ou douze ans... (Sa voix s'éteignit, et ses yeux se perdirent dans le vague, en direction de la rivière, avant de revenir vers Sloan.) Mon Dieu, ça fait dix-sept ans ! Ma deuxième année sous l'uniforme. Combien de temps est-ce qu'on les garde à St. Peter, en moyenne ? Cinq ou six ans ? Et rappelle-toi, il y a quelques années, quand ils ont trouvé cette nouvelle théorie sur la réinsertion et qu'ils ont libéré tout le monde, dans les institutions psychiatriques de l'État. Ça s'est passé au milieu des années quatre-vingt.

— Le premier meurtre dans ce genre dont je me suis occupée a eu lieu en 84, et le dossier n'est toujours pas classé, dit Connell.

— Il faut explorer la piste Junky, approuva Sloan.

— Si c'était lui, dit Lucas, ça serait un coup de pot, mais il était vraiment dingue, cet enfoiré. Tu te souviens de ce qu'il avait fait au mannequin qu'il avait suivi après l'avoir repéré au défilé de mode de Dayton ?

— Ouais, répondit Sloan. (Il se frotta le visage tout en réfléchissant.) Il faut demander à Anderson de s'en occuper.

— Je ferai des vérifications de mon côté, indiqua Connell. Je vous verrai là-bas, Sloan ?

Cette idée n'eut pas l'air de remplir celui-ci d'allégresse.

— Ouais. A tout à l'heure, Meagan.

Une fois dans la voiture, Sloan boucla sa ceinture, mit le contact et dit :

— Euh... le chef voudrait te parler.

— Ah bon ? Au sujet de cette affaire ?

— Je crois.

Sloan quitta le quai et prit la direction du pont.

— Sloan, qu'est-ce que tu as fait ? demanda Lucas d'un ton soupçonneux.

Sloan rit, un grincement coupable.

— Lucas, il y a deux personnes dans ce service susceptibles de prendre ce type au collet. Toi et moi. Je m'occupe en ce moment de trois affaires importantes. Je me fais engueuler toutes les cinq minutes. Les casse-couilles de la télé campent devant mon bureau.

— Ce n'est pas ce qui était convenu quand je suis revenu, dit Lucas.

— Ne te fais pas prier, répliqua Sloan. Ce taré tue des gens.

— Si c'est toujours le même. S'il existe.

— Il existe.

Il y eut un moment de silence, rompu par Lucas :

— La Société de Jésus.

— Quoi ?

— La Société de Jésus. L'organisation des jésuites, en d'autres termes. Ils mettent les initiales après leurs noms, par exemple, le père John Smith, SJ. Comme le SJ gravé sur la poitrine de Wannemaker.

— Trouve autre chose, lui conseilla Sloan. La brigade criminelle de Minneapolis ne se lance pas aux trousses de putains de jésuites.

Quand ils traversèrent le pont, Lucas jeta un regard vers

la benne, et vit Connell toujours en train de discuter avec Helstrom.

— C'est quoi, le fin mot de l'histoire, pour Connell ?

— Le chef t'en parlera, répondit Sloan. Elle est chiante, mais, sans elle, cette affaire n'existerait pas. Je ne l'avais pas vue depuis un mois, quelque chose comme ça. Bon Dieu, elle a pas perdu de temps, pour venir ici.

Lucas regarda le quai encore une fois.

— Elle est à cran, remarqua-t-il.

— Elle est pressée de coincer ce type, dit Sloan. Il faut qu'elle l'ait dans le mois qui vient.

— Ah bon ? Qu'est-ce qui la rend si impatiente ?

— Elle est en train de mourir.

CHAPITRE III

La secrétaire du chef était une femme osseuse avec une petite verrue sur la pommette, et des sourcils en broussaille. Elle vit arriver Lucas, poussa un bouton de l'interphone.

— Chef, Davenport est là.

Elle ajouta à l'adresse de Lucas :

— Allez-y, entrez.

Elle dressa le pouce et l'index pour simuler un pistolet avant de braquer l'arme improvisée vers la porte du chef.

Rose Marie Roux était assise derrière un large bureau de merisier où s'entassaient des piles de rapports et de notes de service, humant le parfum d'une cigarette non allumée qu'elle se passait sous le nez. Quand Lucas entra dans la pièce, elle lui fit un signe de tête, joua un moment avec la cigarette, puis soupira, ouvrit un des tiroirs du bureau et la jeta dedans.

— Asseyez-vous, Lucas.

Sa voix était éraillée par la nicotine.

A l'époque où Lucas avait quitté la police, le bureau du chef, Quentin Daniel, était impeccable, bien rangé, et sombre. La pièce dans laquelle travaillait Roux était encombrée de livres et de rapports, son bureau n'était qu'une masse de papiers épars, de rolodex, de calculettes, de disquettes informatiques. Une lumière bleue brutale diffusée par des néons illuminait les moindres recoins. Daniel ne s'était jamais embarrassé d'ordinateurs ; un modèle récent d'IBM trônait sur son support à proximité du bureau de Roux, un signal lumineux clignotant dans le coin supérieur gauche de l'écran. Roux avait balancé les meubles en cuir style club de Daniel, et les avait remplacés par des sièges en tissu plus confortables.

— J'ai lu le rapport de Kupicek sur le viol et le cambriolage des sépultures, dit-elle. Comment va-t-il, à propos ?

— Il ne peut pas marcher.

Lucas travaillait avec deux collègues, Del et Danny Kupicek. Le gamin de Kupicek lui avait roulé sur le pied avec une Dodge Caravan.

— Il en a pour un bon mois d'arrêt.

— Si les médias nous tombent dessus à cause de cette histoire de cimetière, vous vous en chargez ?

— Pas de problème. Mais ça m'étonnerait qu'ils s'intéressent à ça.

— Je ne sais pas — c'est une histoire assez juteuse.

Il s'agissait d'une série continue de vols dans les tombeaux, d'abord attribuée à de petits malfaiteurs à la recherche d'alliances ou de bijoux, bien que, dans la brigade, certains paranoïaques du complot aient trouvé le moyen d'échafauder l'hypothèse d'un réseau de satanistes qui démembraient les cadavres pour des messes noires. Quoi qu'il en soit, les familles étaient en émoi. Roux avait demandé à Lucas d'y regarder de plus près. Sensiblement à la même période, des phalanges et des métatarses avaient fait leur apparition dans la bijouterie d'art. Kupicek avait déniché l'orfèvre colporteuse de cette marchandise particulière, l'avait coincée, et les viols de sépultures avaient cessé.

— Ça va très bien avec une petite robe noire toute simple, fit remarquer Lucas. Évidemment, pour les boucles d'oreilles, il faut trouver la paire.

Roux étira un mince sourire.

— Vous dites ça parce que vous vous en foutez. Vous êtes riche, amoureux, vous achetez vos costumes à New York. Qu'est-ce que ça peut bien vous faire à vous, une histoire pareille ?

— Détrompez-vous, ça m'importe, répliqua Lucas gentiment. Mais se passionner pour une affaire, quand les victimes sont déjà mortes, c'est plus dur... Qu'est-ce que vous me vouliez ?

Il y eut un long silence. Lucas attendit, et elle poussa un autre soupir avant d'avouer :

— J'ai un problème.

— Connell.

Elle leva les yeux, surprise.

— Vous la connaissez ?

— Je l'ai rencontrée il y a une heure environ, dans le Wisconsin, en train de râler.

— C'est elle, dit Roux. En train de râler. Comment est-ce qu'elle était arrivée là ?

Lucas haussa les épaules.

— Je ne sais pas.

— Nom de Dieu ! Elle travaille en sous-main avec des gens du service !

Elle se mordilla un ongle avant de répéter « Nom de Dieu ! ». Elle se hissa sur ses pieds, et marcha à la fenêtre. Elle coinça deux doigts entre les lames de ses stores vénitiens, et considéra la rue pendant un moment. Elle avait un derrière imposant, des hanches larges. Elle avait été autrefois une jeune femme corpulente, un bon flic dans une forme décente. Il y avait longtemps qu'elle n'était plus en forme, après trop d'années passées sur des sièges administratifs bien rembourrés.

— Sur la façon dont j'ai obtenu ce boulot, il n'y a pas de mystère, finit-elle par dire en se tournant vers lui. Mon arrivée à ce poste arrangeait pas mal de problèmes politiques. Il y a toujours eu beaucoup de pressions venues des Noirs. Après ça, les féministes se sont mises de la partie, quand il y a eu ces histoires de viols, à Noël dernier. Je suis une femme, un ancien flic, j'ai un diplôme de droit, j'ai travaillé comme procureur. J'ai été un sénateur à la chambre d'État connu pour son libéralisme, et jouissant d'une bonne réputation dans le domaine des relations interraciales.

— Ouais, ouais, vous étiez celle qu'il fallait, maugréa Lucas avec impatience. Venons-en au fait.

Elle se tourna vers lui.

— L'hiver dernier, des gardes-chasse de la réserve naturelle Carlos Avery ont découvert un corps. Vous savez où ça se trouve ?

— Ouais. Il y a souvent des cadavres, là-bas.

— Celui-là s'appelait Joan Smits. Vous en avez probablement entendu parler par les journaux.

— Vaguement. Une fille de Duluth ?

— C'est ça. Une immigrante d'Afrique du Sud. Elle est sortie d'une librairie et ça y était. Quelqu'un lui a planté un couteau juste au-dessus de l'os pubien et l'a ouverte jusqu'à la gorge. On l'a balancée dans une congère de neige à Carlos Avery.

Lucas opina du chef.

— D'accord.

— Connell a été chargée de l'affaire, elle assistait les autorités locales. Ça l'a mise dans tous ses états. Je veux dire : elle a vraiment disjoncté. Elle est venue me raconter que Smits lui rendait visite durant la nuit, pour voir comment se passait l'enquête. Smits lui a dit qu'il y avait d'autres assassinats commis par le même homme. Connell a fouiné un peu, et a échafaudé une théorie.

— Bien entendu, dit Lucas sèchement.

Roux prit un paquet de Winston Light dans le tiroir de son bureau, et demanda :

— Ça vous gêne ?

— Non.

— C'est illégal, ici, à cause de l'interdiction de fumer, précisa-t-elle. J'y prends beaucoup de plaisir. (Elle secoua le paquet pour en sortir une cigarette, l'alluma avec un briquet Bic vert, qu'elle remit dans le tiroir avec les cigarettes.) Connell pense qu'elle a retrouvé la trace d'un maniaque sexuel qui tue en série. Elle pense qu'il vit ici, à Minneapolis. Ou à Saint Paul, ou aux environs, en banlieue. Pas loin, en tout cas.

— Vraiment ? Un tueur en série ?

Lucas avait un ton sceptique et Roux le regarda de l'autre côté du bureau.

— Cette idée vous dérange ?

— Il me faudrait des faits.

— Il y en a pas mal, répliqua Roux en soufflant la fumée vers le plafond. Mais laissez-moi vous expliquer les données du problème pendant une petite minute encore. Connell n'est pas un enquêteur comme un autre. C'est quelqu'un d'influent chez les féministes de gauche du syndicat des employés municipaux de l'État.

— Je connais.

— C'est une fraction importante de mes électeurs,

Lucas. Le syndicat m'a installée à la chambre sénatoriale de l'État, et m'y a maintenue. Et soixante pour cent peut-être de ses membres sont des femmes. (Elle expédia d'une chiquenaude sa cendre de cigarette dans la corbeille.) J'ai besoin de leur soutien. Maintenant. Si j'arrive à tenir au poste que j'occupe à présent pendant quatre, disons six ans, avec un peu de chance, je peux me faire élire au Sénat des États-Unis comme féministe libérale, partisan de la loi et de l'ordre.

— D'accord, admit Lucas.

Il fallait que tout le monde vive.

— Alors, Connell est venue me parler de son tueur en série. L'État ne dispose pas des ressources nécessaires pour mener ce genre d'enquêtes, mais nous, si. Je l'ai caressée dans le sens du poil et j'ai dit qu'on allait s'y mettre. Je pensais : elle est dingue, mais elle a des relations dans toutes les organisations féministes, et elle fait partie du syndicat.

Lucas hocha la tête et ne fit aucun commentaire.

— Elle m'a donné les résultats de ses recherches... (Elle tambourina sur un épais dossier qui traînait sur le bureau.) J'ai descendu ça à la brigade criminelle, et je leur ai demandé de procéder à des vérifications. Connell pense qu'il y a eu deux meurtres dans le Minnesota, d'autres en Iowa, dans le Wisconsin, le Dakota du Sud, et juste de l'autre côté de la frontière, au Canada.

— Et que dit la brigade criminelle ? demanda Lucas.

— Ils ont roulé des yeux et j'ai eu droit aux commentaires misogynes de rigueur dans ces cas-là. Deux des meurtres avaient déjà été éclaircis. Les flics de Madison tenaient déjà un coupable. On soupçonnait des gens de la région dans deux autres affaires.

— On dirait bien que tout ça n'était que de la...

Il allait dire *foutaise*, mais Roux tapa sur son bureau avec l'index, et sa voix couvrit celle de Lucas.

— Mais votre vieux copain Sloan a fouiné dans les rapports d'enquête de Connell et décidé que tout ça n'était peut-être pas dénué de fondement.

— Il m'en a parlé, admit Lucas. (Il regarda le dossier.) Il n'avait pas l'air très heureux de collaborer avec elle, cela dit.

— Elle lui fait peur. Bref, ce que Connell a fourni, ce n'est pas tant des preuves... (elle chercha le mot exact)... qu'une argumentation qui se tient.

— Mmmm.

Le chef hocha la tête.

— Je sais. Elle peut se tromper. Mais son argumentation tient debout. Et je n'arrête pas de me dire : *Si j'étouffe l'affaire, et qu'il se révèle que j'ai eu tort ?* Une féministe, comme moi, membre du comité de soutien, vient me trouver pour une histoire de tueur en série. On laisse tomber, quelqu'un d'autre se fait assassiner et la vérité éclate.

— Je ne suis pas certain que...

— Sans compter que je commence à avoir des ennuis, ici. On va atteindre un taux record d'assassinats cette année, à moins qu'il ne se passe quelque chose d'inattendu. Ça n'a aucun rapport avec moi, mais je suis le patron. On commence à murmurer qu'il faudrait quelqu'un de plus ferme à ce poste. J'ai entendu ça dans le service, et en dehors. Le syndicat des policiers ne rate jamais une occasion de me rentrer dedans. Vous savez que leur candidat, c'était MacLemore.

— MacLemore est un putain de nazi.

— Oui, c'est ce qu'il est... (Elle tira une bouffée de sa cigarette, souffla la fumée, et ajouta :) Il y a plus fort. Elle pense que le tueur pourrait être flic.

— Oh, mon pote !

— Ce n'est qu'une hypothèse.

— Si vous commencez à vous en prendre aux flics, la profession va ruer dans les brancards.

— Exactement. Et c'est ce qui fait de vous l'homme de la situation. Vous êtes un des enquêteurs du pays les plus expérimentés en matière de tueurs en série, en dehors du FBI. A l'intérieur du service, politiquement, vous êtes à la fois de la vieille école, et du noyau dur. Vous, vous pourriez traquer un flic, si c'était nécessaire.

— Pourquoi pense-t-elle qu'il s'agit d'un flic ?

— L'une des victimes, une femme de Des Moines, un agent immobilier, avait un téléphone cellulaire dans sa voiture. Elle a appelé sa fille, une adolescente, chez elle, et lui a dit qu'elle sortait avec un homme boire un verre et qu'elle rentrerait peut-être tard. Elle a dit que le type n'était pas de la région, et que c'était un flic.

— Doux Jésus !

Lucas passa ses doigts dans ses cheveux.

— Lucas, il y a combien de temps que vous êtes revenu ? Un mois ?

— Cinq semaines.

— Cinq semaines. D'accord. Je sais que vous aimez bien le boulot des renseignements. Mais il y a toutes sortes de gens qui s'occupent des renseignements pour moi. On a ceux de la division, l'unité de renseignements proprement dite, l'antigang en fait aussi, les mœurs, les stups, et la brigade qui s'occupe des fraudes sur les alcools... Je vous ai fait revenir, je vous ai donné un bon petit boulot bien politique, parce que je savais que je finirais par me retrouver dans la merde à un moment ou à un autre, et que j'aurais besoin de quelqu'un qui m'aide à m'en sortir. Cette personne, c'est vous. C'est le marché que nous avions passé ensemble.

— Pour que vous puissiez vous faire élire au Sénat.

— On a connu pire comme sénateurs.

— J'ai des choses en cours...

— Tout le monde a des choses en cours. Mais tout le monde ne peut pas mettre des tueurs fous hors d'état de nuire, répliqua Roux avec impatience. (Elle s'approcha et resta près de lui, regardant par la fenêtre, tira une autre bouffée goulue sur sa cigarette.) J'aurais pu vous laisser un peu de temps, s'il n'y avait pas eu l'histoire Wannemaker. Mais maintenant, il faut bouger, avant que la presse ne s'en mêle. Et si on ne s'y met pas sérieusement, Connell en personne pourrait être à l'origine des fuites.

— Je...

— Si ça se sait, mais que vous travailliez déjà sur le dossier, ce sera beaucoup plus facile pour tout le monde.

Lucas finit par acquiescer d'un signe de tête.

— Vous m'avez sauvé d'une vie de technocrate, dit-il. Je suis votre débiteur.

— C'est exact. C'est ce que j'ai fait et vous devez me renvoyer l'ascenseur. (Elle appuya sur le bouton de l'interphone et se pencha :) Rocky ? Réunissez les suspects habituels. Qu'ils amènent leurs culs par ici.

Roux mit cinq minutes à organiser une réunion : Lester,

le patron de la brigade des enquêtes criminelles, Swanson, son adjoint, et Curt Meyer, le nouveau directeur des renseignements. Anderson, le spécialiste de l'informatique dans le service, fut invité à la demande de Lucas.

— Comment allons-nous ? demanda Roux à Lester.

— Les cadavres s'accumulent. Je vous jure que je n'ai jamais rien vu de pareil. (Il regarda Lucas.) Sloan me dit qu'il y a peu de chances que Wannemaker ait été tuée à Hudson. Qu'elle a probablement été transportée là-bas.

Lucas acquiesça.

— Il semble bien.

— Ça nous en fait un de plus.

Roux alluma une autre cigarette et se tourna vers Lucas.

— De quoi avez-vous besoin ?

Lucas, à son tour, regarda Lester.

— Le même arrangement que la dernière fois. Sauf que je veux Sloan avec moi.

— De quel arrangement s'agit-il ? demanda Roux.

Lester la regarda.

— Lucas travaille tout seul, en parallèle avec mon enquête. Tout ce qu'il trouve, et tout ce qui ressort de l'enquête officielle est consigné dans un registre quotidiennement. C'est Anderson qui se charge de le tenir. Il joue un rôle de coordinateur.

Lester leva le pouce vers Anderson, qui fit un signe d'assentiment, puis se tourna vers Lucas.

— Impossible de vous prêter Sloan.

Lucas ouvrit la bouche, mais Lester secoua la tête.

— Impossible, mon vieux. C'est le meilleur élément de la brigade, et on est submergés de boulot.

— Il y a longtemps que je n'ai pas travaillé dans la rue...

— Rien à faire ! se récria Lester. (S'adressant à Roux :) Je vous préviens, nous enlever Sloan en ce moment, c'est le coup de grâce.

Roux hocha la tête.

— Il faudra vous y faire, au moins pour un temps, dit-elle à Lucas. Vous ne pouvez pas avoir recours à Capslock ?

Il secoua la tête.

— Non, il a quelque chose en train, ces temps-ci, avec ce policier qui s'est fait tuer. Il faut qu'on soit sur la brèche en permanence.

— Il y a un type que je pourrais vous affecter, proposa Lester. Il peut vous servir de garçon de courses, accomplir les corvées à votre place. A vrai dire, vous lui rendrez service. En lui montrant comment on fait.

Lucas haussa les sourcils.

— Greave ?

Lester fit un signe de tête.

— On m'a dit que c'était un idiot.

— C'est un nouveau, c'est tout, répliqua Lester sur la défensive. Si vous ne l'aimez pas, vous me le rendez.

— D'accord, fit Lucas. Et il faut que je sache où est passé un type. Un maniaque du couteau bouclé il y a des années.

— Qui est-ce ?

— Il s'appelle Junky Doog...

Roux retint Lucas à la fin de la réunion.

— Meagan Connell va vouloir travailler sur l'affaire. J'apprécierais beaucoup que vous la preniez avec vous.

Lucas secoua la tête.

— Bon Dieu, Rose Marie, elle appartient à la police de l'État, elle peut faire ce qu'elle veut !

— Je vous le demande comme un service personnel, reprit Roux avec insistance. La brigade criminelle n'acceptera jamais de bosser avec elle. Elle est plongée dans cette affaire jusqu'au cou. Elle est intelligente. Elle vous aidera. J'apprécierais beaucoup.

— D'accord. Je lui trouverai quelque chose à faire, déclara Lucas. (Puis il reprit :) Au fait, vous ne m'avez pas dit qu'elle était à l'article de la mort.

— J'ai pensé que vous le découvririez par vous-même.

La secrétaire avait l'écouteur d'un dictaphone dans l'oreille. Quand Lucas sortit du bureau de Roux, elle pointa un doigt sur lui, et leva la main pour l'arrêter, tapa une demi-phrase, et ôta l'écouteur de son oreille.

— Le détective Sloan est passé pendant que vous discutiez, lui annonça-t-elle, ses sourcils bruns en arc de cercle. (Elle ramassa une chemise sur son bureau et la lui tendit.) Il a dit que les empreintes digitales confirmaient qu'il s'agissait bien de Wannemaker. Elle avait un morceau de cigarette sans filtre dans la main, une Camel. Ils l'ont envoyé au labo, à Madison. Il vous demande de jeter un coup d'œil à la photo.

— Merci.

Lucas se détourna et ouvrit la chemise.

— J'ai déjà regardé, précisa-t-elle. Assez brutal, mais intéressant.

— Hmm.

A l'intérieur de la chemise se trouvait une photo en couleurs de format moyen, un cadavre dans une congère. La posture était à peu près la même que celle de Wannemaker, avec le même genre de blessures abdominales énormes, béantes ; des morceaux de sac poubelle en plastique étaient éparpillés dans la neige. La secrétaire regardait par-dessus son épaule, et Lucas se tourna à moitié.

— Il y a une enquêtrice de la police d'État qui est passée ici, elle se nomme Meagan Connell. Vous pourriez me la trouver et lui demander de m'appeler ?

CHAPITRE IV

Le bureau de Lucas faisait cinq mètres carrés, était dépourvu de fenêtre, et la porte donnait directement sur le couloir. On y trouvait un bureau en bois, trois chaises pour les visiteurs, deux meubles classeurs, une étagère pour les livres, un ordinateur, et un téléphone à trois boutons. Un plan des Cités jumelles couvrait la majeure partie d'un des murs, et un tableau d'affichage en liège, l'essentiel d'un autre. Il mit sa veste sur un cintre en bois, et suspendit celui-ci à un crochet fixé à la cloison, s'assit, ouvrit le dernier tiroir du bureau avec un orteil, mit son pied dedans, prit le téléphone et composa un numéro. Une femme répondit.

— Weather Karkinnen, s'il vous plaît ?

Il ne reconnaissait pas encore la voix de toutes les infirmières.

— Le Dr Karkinnen est en salle d'opération... C'est Lucas ?

— Oui. Vous pouvez prendre un message ? Je rentrerai peut-être tard, ce soir. J'essaierai de la rappeler.

Il fit un autre numéro, tomba sur une secrétaire.

— Lucas Davenport pour Sœur Marie Joseph.

— Lucas, elle est à Rome. Je pensais que vous le saviez.

— Merde !... Oh, ciel, excusez-moi !

La secrétaire était une novice au couvent.

— Lucas..., commença-t-elle, en feignant l'exaspération.

— J'avais complètement oublié. Elle revient quand ?

— Elle est encore là-bas pour deux semaines. Elle fait des recherches.

— Nom de Dieu !... Oh, excusez-moi !

Sœur Marie Joseph — Elle Kruger à l'époque où ils avaient fréquenté ensemble l'école communale — était une vieille amie à lui, psychiatre de son état, qui s'intéressait au meurtre. Elle l'avait aidé dans plusieurs affaires. Rome. Lucas secoua la tête et ouvrit le dossier établi par Connell.

La première page consistait en une liste de noms et de dates. Les huit pages suivantes étaient des photos de blessures prises pendant les autopsies. Lucas les passa en revue. Elles n'étaient pas identiques, mais il y avait incontestablement des similitudes.

Les photos des blessures étaient suivies de clichés pris sur les lieux des crimes. Les corps avaient été abandonnés à des endroits divers, parfois en ville, parfois à la campagne. Deux d'entre eux avaient été retrouvés dans des fossés sur le bas-côté de la route, un derrière une porte cochère, un autre sous un pont. Un autre encore avait été simplement roulé sous une camionnette dans un quartier résidentiel. On n'avait pas fait beaucoup d'efforts pour les dissimuler. A l'arrière-plan de plusieurs des clichés, il vit des lambeaux de sac poubelle.

En regardant alternativement les photos et les rapports qui les accompagnaient, Lucas s'accrocha à un fil qui à ses yeux semblait tout ficeler. Les femmes avaient été... mises au rebut. On les avait balancées comme des Kleenex après usage. Pas dans un geste désespéré, coupable, mais discrètement, comme si le tueur avait eu peur de se faire prendre en train de laisser traîner ses ordures sur la voie publique.

Certaines différences sautaient aux yeux lorsqu'on lisait les rapports d'autopsie.

Éventrées était une façon subjective de décrire les blessures qu'avaient subies les victimes. Certaines ressemblaient plus à des coups de couteau portés dans un état de frénésie qu'à des éventrations délibérées. Certaines des femmes avaient été battues, et d'autres non. Pourtant, quand on considérait l'ensemble, ces assassinats donnaient l'impression d'avoir quelque chose en commun. Cette impression était provoquée presque autant par l'absence de faits significatifs que par ceux-ci.

Personne n'avait vu les femmes quand on les avait emmenées. Personne n'avait vu l'homme qui s'en était chargé, ni sa voiture, quoiqu'il ait dû apparaître à un moment ou à un autre. Il n'y avait pas d'empreintes digitales, pas de traces de sperme dans les prélèvements vaginaux, bien qu'on en ait relevé quelques-unes sur les vêtements de l'une des femmes. Pas assez pour obtenir un groupe sanguin ou un ADN, apparemment : aucun n'était mentionné dans le dossier.

Quand il eut achevé cette première lecture, il parcourut rapidement ces rapports une nouvelle fois, fixant son attention sur les aspects mineurs du dossier. Il allait falloir le relire, plusieurs fois. Il n'aurait pas assez de deux, ni même de trois lectures pour retenir tous les détails qui y figuraient. Mais d'autres enquêtes sur des affaires de meurtres lui avaient appris que les dossiers désignaient les tueurs bien avant qu'on leur mette la main au collet. La vérité se nichait dans les détails...

Des coups frappés à la porte l'interrompirent.

— Ouais. Entrez.

Connell entra, énervée, mais toujours aussi pâle qu'un spectre.

— J'étais en ville. Je me suis dit que j'allais passer au lieu d'appeler.

— Entrez. Asseyez-vous, dit Lucas.

La coupe de cheveux de Connell avait quelque chose de déconcertant : elle prêtait un air punkoïde à une femme qui était tout ce qu'on voulait sauf une punk. Elle avait un visage sérieux, avec un court nez irlandais, et un menton carré comme le reste de la figure. Elle portait le costume bleu qu'elle avait déjà le matin, avec une traînée plus sombre sur le devant, peut-être laissée par les ordures. Un harnais de hanche incongru en cuir noir était bouclé autour de sa taille, et le sac qu'il supportait se trouvait juste au-dessus du nombril : une gaine taillée spécialement pour accueillir une arme de fort calibre. Elle pouvait se le permettre : elle avait de grandes mains, et elle en tendit une à Lucas qui se leva à moitié pour la serrer.

Elle s'était décidée à faire la paix, pensa Lucas ; mais sa main était froide.

— J'ai lu votre dossier, déclara-t-il. C'est du bon boulot.

— Être pourvue d'un vagin n'implique pas nécessairement qu'on soit stupide, répliqua Connell.

Elle était toujours debout.

— Ne vous fâchez pas ! (Lucas plissa le front en se rasseyant.) C'était un compliment.

— Je veux que les choses soient claires dès le départ, c'est tout, précisa Connell d'un ton cassant. (Elle contempla le siège vide, ne s'assit toujours pas.) Et vous croyez qu'il y a quelque chose ?

Lucas la fixa un moment, mais elle ne flanchait pas, et ne paraissait pas décidée à s'asseoir. Les yeux toujours braqués sur ceux de Connell, il répondit :

— Je pense que oui. Les meurtres sont tous... différents, mais on a la sensation qu'il s'agit du même homme.

— Il y a autre chose. C'est difficile à percevoir dans le dossier, mais on s'en rend compte quand on parle aux amis des victimes.

— Et c'est ?

— Il s'agit toujours du même type de femme.

— Ah ? Parlez-moi de ça. Et, pour l'amour du Ciel, asseyez-vous !

Elle s'assit à contrecœur, comme si elle cédait du terrain.

— Une ici, en ville, une à Duluth, une à Thunder Bay, une à Des Moines, une à Sioux Falls. Toutes célibataires, entre vingt-huit et quarante-deux ans. Toutes un peu timides, un peu seules, un peu intellectuelles, un peu portées sur la religion ou une forme quelconque de spiritualité. Elles sortaient le soir pour aller dans des librairies, des galeries, au théâtre, ou au concert, comme d'autres vont dans les bars. Bref, elles étaient toutes comme ça. Et ces femmes timides, discrètes, sont retrouvées éventrées...

— C'est un mot infect, la coupa Lucas avec désinvolture. Éventrées.

Connell frissonna et son teint naturellement pâle prit une couleur papier mâché.

— Je fais des rêves à propos de cette femme, à Carlos Avery. C'était encore pire que ce matin, ce jour-là. Je suis sortie, j'ai jeté un coup d'œil, et j'ai commencé à vomir. J'en ai mis plein la radio.

— C'était la première fois, remarqua Lucas.

— Non, j'ai vu beaucoup de morts. (Elle était penchée en avant, les mains jointes.) C'est très différent. Joan Smits réclame vengeance. Ou simplement justice. J'entends ses appels de l'autre côté — je sais que ça ressemble à de la schizophrénie, mais je l'entends, et je sens les autres victimes. Chacune d'entre elles. Je suis allée dans chacun des endroits où les crimes ont eu lieu, pendant mon temps libre. J'ai discuté avec les témoins, avec les flics. C'est le même type, et ce type, c'est le diable.

Sa voix était empreinte d'une conviction inébranlable, cristalline, le ton tranchant de la psychose, qui poussa Lucas à détourner la tête.

— Et alors, et la série que nous avons là ? demanda Lucas, cherchant à se dérober à cette intensité. Il laissait passer un an entre la plupart des meurtres. Mais ensuite, il a sauté deux intervalles — une fois vingt et un mois, une autre fois, vingt-trois. Vous pensez qu'il y a deux victimes encore dans la nature ?

— Seulement s'il a changé complètement sa façon d'opérer, répondit Connell. S'il s'est servi d'une arme à feu. Mes données de recherches étaient centrées sur des meurtres à l'arme blanche. Ou bien il a peut-être pris le temps de les enterrer, et on ne les a jamais retrouvées. Un comportement assez atypique, pour lui. Mais il y a tellement de gens qui disparaissent qu'il est impossible d'en avoir la certitude.

— Peut-être qu'il est allé ailleurs — LA, Miami, ou bien on n'a tout simplement pas retrouvé les corps.

Elle haussa les épaules.

— Je ne crois pas. Il reste près de chez lui. Je pense qu'il se rend sur les lieux du crime en voiture. Il fait ses repérages avant d'agir, et se déplace en automobile. J'ai examiné tous les endroits où ces femmes ont été enlevées, et, à part celle de Thunder Bay, elles ont toutes disparu dans un rayon de dix kilomètres autour d'une interstate qui traverse les Cités jumelles. Et celle de Thunder Bay se trouvait à proximité de l'autoroute 61. Alors il s'est peut-être rendu à LA — mais ça ne colle pas.

— J'ai cru comprendre que vous pensiez qu'il pourrait s'agir d'un flic.

Elle se pencha de nouveau, toute l'intensité était revenue dans sa voix.

— Il y a encore une ou deux choses à vérifier. La piste du flic est le seul indice sérieux dont nous disposions : la femme qui a parlé à sa fille...

— J'ai lu ce qu'il y avait là-dessus dans le dossier, précisa Lucas.

— Bon. Et vous savez ce qu'il y avait sur le PPP ?

— Mmm. Non. Je ne m'en souviens pas.

— C'est une des premières dépositions d'un type nommé Price, qui a été condamné pour avoir tué la femme de Madison.

— Ah, oui ! j'ai vu la copie. Je n'ai pas eu le temps de la lire.

— Il prétend qu'il ne l'a pas fait. Je le crois. Je sens que je vais aller le voir pour parler avec lui, s'il ne se passe rien entre-temps. Il était dans la librairie où l'assassin a rencontré la victime, et il assure qu'il a vu un homme barbu avec PPP tatoué sur la main. Entre le pouce et l'index.

— Alors on cherche un flic avec PPP tatoué sur la main ?

— Je ne sais pas. Personne d'autre n'a vu ce tatouage, et on n'a jamais arrêté qui que ce soit avec PPP sur la main. Rien non plus dans le fichier informatique, pas trace d'une telle marque d'identification. Mais ce qu'il y a, c'est que Price a fait de la prison, et il a dit que c'était un tatouage de prisonnier. Vous voyez le genre, fait à l'encre de stylo bille avec des aiguilles.

— Bien, dit Lucas. C'est quelque chose, ça.

Connell était découragée.

— Mais ça n'est pas grand-chose.

— Jusqu'à ce qu'on trouve le tueur — à ce moment ça peut servir à l'identifier, répliqua Lucas. (Il prit le dossier et le feuilleta jusqu'à ce qu'il tombe sur la liste des meurtres et des dates auxquelles ils avaient été commis.) Avez-vous une théorie quelconque qui expliquerait pourquoi les crimes sont si dispersés géographiquement ?

— J'ai cherché des modèles de comportement, chez lui. Je ne sais pas...

— Jusqu'au cadavre que vous avez retrouvé l'hiver dernier, il n'avait jamais tué deux fois de suite dans le même État. Et le précédent avait été retrouvé il y a presque neuf ans.

— Oui. C'est exact.

Lucas ferma le dossier et le posa sur le bureau.

— Ouais. Ce qui signifie des rapports dans des juridictions différentes. L'Iowa n'est pas au courant de ce que nous faisons, le Wisconsin ne sait ce que fabrique l'Iowa, personne n'a aucune idée de ce que peut bien faire le Dakota du Sud. Le Canada est évidemment en dehors de la course.

— Vous êtes en train de me dire qu'il a compris ça, dit Connell. Alors, *c'est* un flic.

— Peut-être, admit Lucas. Mais c'est peut-être un ancien taulard. Un malin. Peut-être que la raison des deux longs intervalles entre deux meurtres, c'est qu'il était sous les verrous. Un petit truand qui se fait serrer pour cambriolage, ou pour une affaire de drogue, et il est hors circuit.

Connell se redressa, et le regarda d'un air grave.

— Ce matin, quand vous vous êtes plongé dans la benne, vous êtes resté froid. Je ne pourrai jamais être aussi froide ; je n'aurais jamais remarqué le tabac sur elle.

— J'ai l'habitude.

— Non, non, c'était... impressionnant. Il me faudrait ce genre de distance. Quand j'ai dit que le seul indice sérieux qu'on ait sur lui, c'était cette histoire de flic, j'avais tort. Vous en avez trouvé plusieurs autres : il est vigoureux, il fume...

— Des Camel sans filtre, précisa Lucas.

— Ah bon ? C'est intéressant. Et maintenant, vous trouvez toutes ces idées... Il n'y a jamais eu personne pour échanger des idées avec moi. Est-ce que vous allez me laisser travailler avec vous ?

Il acquiesça.

— Si vous voulez.

— Est-ce qu'on va s'entendre ?

— Peut-être, peut-être pas. Qu'est-ce que ça change ?

Elle lui adressa un regard dénué d'hostilité.

— C'est exactement comme ça que je vois les choses. Alors, qu'est-ce qu'on fait ?

— On va fouiner dans les librairies.

Connell examina son costume.

— Il faut que je me change. J'ai de quoi, dans la voiture...

Pendant que Connell se changeait, Lucas appela Anderson pour qu'il le mette au courant du travail préliminaire de la brigade criminelle sur le meurtre de Wannemaker.

— On vient de s'y mettre, déclara Anderson. Skoorag a appelé il y a quelques minutes. Selon lui, un des amis de Wannemaker est quasiment sûr qu'elle allait dans une librairie ce soir-là. Mais si on regarde le dossier, quand elle a été portée disparue, quelqu'un d'autre a dit qu'elle était peut-être allée dans une galerie de la Première Avenue.

— On s'occupe des librairies. Peut-être que vos gars peuvent se charger des galeries.

— Si on a le temps. Lester cravache tout le monde pour qu'ils s'agitent dans tous les sens. Ah !... votre type, Junky Doog. J'ai beaucoup de points de chute, mais le dernier date de trois ans. Il vivait dans un hôtel borgne sur Franklin Avenue. Les chances de le trouver là sont minces ou nulles.

— Donnez-moi l'adresse, dit Lucas.

Quand il eut terminé avec Anderson, Lucas prit son annuaire pour aller photocopier la section « Librairies » des pages jaunes dans le couloir, et retourna dans son bureau chercher sa veste. Il l'avait *effectivement* achetée à New York; une pensée un peu embarrassante. Il l'enfilait quand on frappa légèrement à la porte.

— Ouais ?

Un homme dans la trentaine, bien en chair, aux joues roses et aux cheveux blonds mousseux, dans un costume vert assez flou, passa sa tête, et dit avec un sourire de représentant d'encyclopédies :

— Hé, Davenport ! Je suis Bob Greave. Je suis censé me présenter au rapport chez vous.

— Je me souviens de vous, répondit Lucas, et ils se serrèrent la main.

— De la campagne « La police est sympa » ?

Greave était cordial, de bonne humeur, son costume s'était froissé naturellement. Mais ses yeux verts s'accordaient un peu trop bien avec le tissu de celui-ci, et il arborait une barbe de deux jours un peu trop à la mode.

— Ouais, il y avait une affiche à l'école maternelle de mon gamin.

Greave grimaça un sourire.

— Ouais, c'est moi.

— Jolie promo, la brigade criminelle.

— De la foutaise, ouais. (Son sourire s'évanouit, et il se laissa tomber sur la chaise libérée par Connell avant de lever les yeux.) Je suppose que vous avez entendu parler de moi.

— Je n'ai pas vraiment, euh...

— Greave le bon-à-rien ?

— Je n'ai rien entendu de semblable, mentit Lucas.

— Ne me racontez pas de conneries, Davenport. (Greave l'étudia pendant une minute, avant de dire :) C'est comme ça qu'ils m'appellent. Greave le bon-à-rien, en un seul mot. La seule raison pour laquelle je suis à la brigade criminelle, c'est que ma femme est la nièce du maire. Elle en avait marre du policier sympa. Ça manquait de drame. Elle n'avait rien à raconter aux copines.

— Eh bien...

— Alors, maintenant, je fais un boulot que je ne sais pas faire, et je suis coincé entre ma femme et les collègues.

— Qu'est-ce que vous attendez de moi ?

— Un conseil.

Lucas écarta les mains, et haussa les épaules.

— Si vous aimiez la fonction de « policier sympa »...

Greave eut un signe de dénégation.

— Je n'ai pas besoin de ce genre de conseils. Je ne peux pas retourner à mon ancien poste, ma régulière me casserait les oreilles. Elle n'apprécie pas que je sois flic, tout simplement. La brigade criminelle arrange un tout petit peu les choses. Elle m'oblige à porter ces costumes italiens excentriques, ne m'autorise à me raser que le mercredi et le samedi.

— On dirait qu'il faudrait prendre une décision à son sujet.

— Je l'aime, dit Greave.

Lucas sourit.

— Alors, vous avez un problème.

— Ouais.

Greave gratta les poils de la barbe naissante, sur son menton.

— Bref, les types de la brigade passent leur temps à me mettre des bâtons dans les roues. Ils trouvent que je n'ai pas beaucoup de résultats, et ils ont raison. Chaque fois qu'il y a une affaire pourrie, c'est moi qui en écope. J'en ai une là tout de suite. Toute la brigade en fait des gorges chaudes. C'est à propos de ça que je suis venu vous voir.

— Que s'est-il passé ?

— On ne sait pas, répondit Greave. On a estimé que c'était un assassinat, et on connaît le coupable, mais on ne sait pas comment il a fait.

— Jamais entendu un truc pareil, admit Lucas.

— Bien sûr que si, répliqua Greave. Tout le temps.

— Quoi ?

Lucas était décontenancé.

— C'est une bon Dieu d'énigme pour vieilles dames anglaises, un meurtre dans une pièce fermée de l'intérieur. Ça me rend fou.

Connell poussa la porte. Elle portait un costume bleu marine, des chaussures à talons plats dans le même ton, une chemise blanche assez ample avec une cravate lie-de-vin, et trimbalait un sac à main de la taille d'un bison. Elle regarda Greave, puis Lucas, et annonça :

— Prête.

— Bob Greave, Meagan Connell, dit Lucas.

— Oui, on s'est entr'aperçus il y a quelques semaines, précisa Greave.

Il y avait de la tension dans l'air. Lucas rafla le dossier de Connell sur son bureau, et le donna à Greave.

— Meagan et moi allons faire les librairies. Lisez ce dossier. On en discutera demain matin.

— A quelle heure ?

— Pas trop tôt. Demain, ici, vers onze heures, ça vous va ?

— Et l'affaire dont je viens de vous parler ? demanda Greave.

— On en parle demain.

Quand Connell et lui sortirent de l'immeuble, Connell dit :

— Greave est un bouffon. Il est mal rasé comme les acteurs et il porte des costards à la *Miami Vice*, mais il pourrait même pas retrouver ses pompes dans un placard.

Lucas secoua la tête, irrité.

— Soyez un peu plus clémente. Vous ne le connaissez pas si bien que ça.

— On lit dans certaines personnes comme dans un livre ouvert, renifla Connell. Lui, c'est une bande dessinée.

Connell continua à l'irriter : ils n'avaient pas du tout le même style. Lucas aimait faire la conversation, bavarder un peu, évoquer des amis communs. Connell était une interrogatrice : les faits, rien que les faits, monsieur.

Ça ne changeait pas grand-chose. Personne ne connaissait Wannemaker dans la demi-douzaine de librairies du centre-ville qu'ils visitèrent. Ils eurent vent d'elle chez Smart Book, en banlieue.

— Elle venait quand il y avait des lectures, raconta le libraire. (Il se mordillait la lèvre en regardant la photo.) Elle n'achetait pas souvent, mais on organise des soirées avec du vin et du fromage, pour les auteurs qui passent en ville, et elle venait une fois sur deux. Peut-être plus.

— Est-ce qu'il y avait une lecture vendredi dernier ?

— Pas ici, mais il y en avait.

— Où ça ?

— Je n'en sais rien. (Il leva les mains.) Ces bon Dieu d'auteurs pullulent comme des cafards. Il y a toujours une lecture quelque part. Surtout en fin de semaine.

— Comment pourrai-je le savoir ?

— Appelez le *Star Tribune*. Il y aura sûrement quelqu'un pour vous renseigner là-bas.

Lucas passa un coup de fil d'un téléphone public, fit le numéro de mémoire.

— Je me demandais si tu appellerais un jour. (La voix de la femme était étouffée.) Tu lances tes filets ?

— Oui, c'est ce que je suis en train de faire. Ils sont pleins de trous.

— J'en suis.

— Merci, j'apprécie beaucoup. Et ces lectures, alors ?

— Il y avait de la poésie au *Startled Crane*, un truc appelé « Femme de la Prairie » à *The Saint* — je me demande comment j'ai pu rater ça —, « Gynostic » à *Wild Lily Press*, et « Le Pilier de la Virilité » chez *Crosby*. « Le Pilier de la Virilité » était une soirée réservée aux hommes. Si tu m'avais appelée la semaine dernière, j'aurais probablement pu te faire entrer gratis.

— Trop tard, répliqua Lucas. Mon tambour est cassé.

— Mince. C'était un beau tambour.

— Ouais, eh bien, merci, Shirlene. (A l'adresse de Connell :) On peut rayer *Crosby* de la liste.

Le propriétaire du *Startled Crane* sourit à Lucas avec un « Vingt-deux, v'là les flics... Comment ça va, Lucas ? ». Ils se serrèrent la main, et le libraire fit un signe de tête à Connell, qui le fixa comme un serpent fixe un oiseau.

— Ça va pas mal, Ned, répondit Lucas. Et ta bourgeoise ?

Ned haussa les sourcils.

— Enceinte, encore. Il suffit de l'agiter dans sa direction et elle est en cloque.

— Tout le monde est enceinte. J'ai un ami, on vient de me dire que sa femme est enceinte. Combien ça en fait maintenant. Six ?

— Sept... Qu'est-ce qui se passe ?

Connell, qui les avait écoutés avec impatience, lui mit les photos sous le nez.

— Est-ce que cette femme est venue ici, vendredi soir ?

Lucas, plus doucement :

— On essaie de reconstituer les derniers jours d'une femme tuée la semaine dernière. On se disait qu'elle était peut-être venue ici pour la lecture de poésie.

Ned regarda les photos.

— Ouais, je la connais. Harriet quelque chose, pas vrai ? Je ne crois pas qu'elle était là l'autre jour. Il y avait une vingtaine de personnes, mais je ne crois pas qu'elle en faisait partie.

— Mais tu la connais ?

— Ouais, c'était presque une habituée. J'ai vu le reportage télé à *Midi Trente*. Je me suis dit que ça pouvait être elle.

— Tu peux te renseigner ?

— Bien sûr.

— Qu'est-ce que c'est, *Midi Trente* ? demanda Connell.

— Les actualités de midi sur TV3, répondit Ned. Mais je ne l'ai pas vue vendredi. Ça ne m'étonnerait pas qu'elle soit allée ailleurs, cela dit.

— Merci, Ned.

— Pas de problème. Et passe, un jour. J'ai étoffé le rayon poésie.

Une fois dans la rue, Connell demanda :

— Vous avez beaucoup d'amis libraires ?

— Quelques-uns. Ned vendait un peu d'herbe. Je l'ai un peu secoué et il a cessé.

— Hum, réfléchit-elle à voix haute. (Puis :) Pourquoi vous a-t-il parlé de poésie ?

— Je suis un lecteur de poésie.

— Foutaises.

Lucas haussa les épaules et s'avança vers la voiture.

— Dites-moi un poème.

— Allez vous faire foutre, Connell.

— Non, allez-y, insista-t-elle en le rattrapant et en lui faisant face. Dites-moi un poème.

Lucas réfléchit une seconde avant de réciter :

— « Le cœur demande avant tout du plaisir/Et puis d'être exempté de la douleur/et puis ces petits antalgiques/qui amoindrissent la souffrance. Et puis de s'endormir/et puis si c'est la volonté de son inquisiteur/le privilège de mourir. »

Connell, déjà pâle, pâlit encore d'un ton, et Lucas se souvint tout à coup, *oh merde*.

— Qui a écrit ça ?

— Emily Dickinson.

— Roux vous a dit que j'avais un cancer ?

— Oui, mais je ne pensais pas à ça.

Connell l'observa, et, brusquement, un mince sourire fit son apparition sur ses lèvres.

— J'espérais presque que si. Je me disais : *oh merde, quelle claque dans la gueule !*

— Eh bien...

Elle fit un pas en direction de la voiture.

— On va où, ensuite ?

— A *Wild Lily Press* sur la rive ouest.

Elle secoua la tête.

— Je ne crois pas. C'est une librairie féministe. Il se ferait remarquer, là-bas.

— Alors à *The Saint*, à Saint Paul.

Sur le chemin, Connell dit :

— Je suis pressée, Davenport. Je vais mourir dans trois ou quatre mois, six au maximum. Pour l'instant, je suis en rémission, et je ne me sens pas trop mal. Je ne suis pas sous chimiothérapie en ce moment. Je reprends des forces. Mais ça ne va pas durer. Deux semaines, peut-être trois, et ça recommencera à me travailler. Je veux le coincer avant de disparaître.

— On peut essayer.

— Il faudra faire mieux que ça. J'ai une dette envers certaines personnes.

— D'accord.

— Je ne voulais pas vous faire peur.

— C'est pourtant ce que vous êtes en train de faire.

Le libraire de *The Saint* reconnut Wannemaker aussitôt.

— Oui, elle était là.

Sa voix était calme et douce. Il regarda Lucas pardessus les verres de ses binocles cerclés d'or à la John Lennon.

— Elle a été tuée ? Mon Dieu ! elle n'était pas du genre à se faire tuer.

— C'était quoi, son genre ?

— Eh bien, vous voyez, quoi. (Il eut un geste du bras.) Douce et résignée. Le genre que personne ne remarque. Elle a posé une question après que Margaret eut fini de lire, mais je crois que c'est parce que personne ne posait de questions et qu'elle était gênée. Ce genre-là.

— Est-ce qu'elle est partie avec quelqu'un ?

— Non. Elle est partie toute seule. Je m'en souviens

parce que c'était brusque, comme départ. La plupart du temps, elle traîne un peu ; si elle n'a rien d'autre à faire, elle est toujours la dernière. Mais là, elle est partie un quart d'heure après la fin de la lecture. Il y avait encore du monde, dans la boutique. Je me suis dit qu'elle n'aimait peut-être pas Margaret.

— Est-ce qu'elle avait l'air pressée ?

Le libraire se gratta la tête, regarda la rue à travers la vitrine.

— Ouais. Maintenant que vous me le dites, elle avait l'air d'aller quelque part.

Lucas regarda Connell, dont le visage commençait à prendre timidement des couleurs.

Le libraire, fronçant les sourcils, ajouta :

— Vous savez, quand j'y repense, la question qu'elle a posée était un peu improvisée, comme si elle se forçait. Je roulais des yeux, mentalement, du moins, quand elle l'a fait. Et ensuite, elle est partie à toute vitesse...

— Comme s'il s'était passé quelque chose pendant qu'elle était dans le magasin ?

— Je suis au regret de le dire, mais... oui.

— Intéressant, laissa tomber Lucas. Il nous faut une liste de toutes les personnes que vous connaissiez dans l'assistance.

Le libraire, gêné, détourna la tête.

— Hum. Je pense qu'un certain nombre de mes clients pourraient y voir une intrusion dans leur vie privée.

— Vous voulez voir les photos de Wannemaker ? demanda gentiment Lucas. Le type lui a ouvert l'estomac et ses intestins ont débordé. Nous pensons qu'il fréquente peut-être les librairies.

Le libraire considéra Lucas un moment, puis hocha la tête.

— Je vais m'en occuper.

Lucas se servit du téléphone de la librairie pour appeler Anderson et lui dire que Wannemaker avait été identifiée.

— Elle est partie d'ici à neuf heures.

— On a retrouvé sa voiture il y a à peine un quart d'heure, raconta Anderson. Elle était à la fourrière, enlevée dans le centre de Saint Paul... Attends une minute, ne quitte pas... (Anderson parla à quelqu'un au bout du fil, et revint en ligne.) Le véhicule a été enlevé sur une colline dans la Sixième Avenue. On me dit que c'est à côté de Dayton.

— Alors elle se rendait quelque part.

— Sauf si elle était déjà quelque part, et qu'elle est allée à la librairie à pied.

— Je ne crois pas. C'est à huit ou dix rues de là. Il y a beaucoup de parkings là-bas. Elle y serait allée en voiture.

— Est-ce qu'il y a encore quelque chose d'ouvert à Dayton à neuf heures du soir ? Un magasin ?

— Il y a un bar là-bas. *Chez Harp*. Au coin. On va y passer, Connell et moi.

— D'accord. Saint Paul examinera la voiture, répondit Anderson. J'informerai les autres de ce que vous avez trouvé dans cette librairie. Vous allez avoir une liste de noms ?

— Ouais. Mais ça n'avancera peut-être pas à grand-chose.

— Donnez-moi les noms, et je ferai les vérifications au fichier.

Lucas raccrocha et se retourna. Connell venait vers lui du fond du magasin, où le libraire s'était mis à discuter des gens présents pendant la lecture avec un de ses employés.

— Il y avait un flic, ici, ce jour-là, annonça-t-elle d'un ton farouche. Un policier en uniforme de Saint Paul nommé Carl Erdrich.

— Bon Dieu ! dit Lucas.

Il décrocha le téléphone et rappela Anderson pour lui communiquer le nom.

— Alors ? voulut savoir Connell, à la fin du coup de fil.

— On va aller faire un tour au bar. Il va falloir quelques négociations pour obtenir la photo d'Erdrich.

Connell pivota sur elle-même et se planta devant lui.

— Qu'est-ce que c'est que cette histoire ? demanda-t-elle.

— On appelle ça les Foutaises Habituelles, répondit-il. Calmez-vous. Ça va prendre une heure ou deux, pas toute la vie.

Mais elle était furieuse, ses talons martelaient la chaussée quand ils retournèrent à la Porsche de Lucas.

— Pourquoi faut-il que vous rouliez dans ce tas de ferraille ? Vous ne pouvez pas acheter une voiture décente ?

— Fermez votre gueule.

— Quoi ?

Elle le regarda d'un air éberlué.

— J'ai dit : Fermez votre gueule. Si vous ne la fermez pas, vous pouvez prendre le bus pour rentrer à Minneapolis.

Connell, toujours en colère, le suivit chez *Harp*, et marmonna : « Oh, Seigneur ! » quand elle vit la barmaid. C'était une femme toute menue aux airs de lutin, aux cheveux bruns, avec de grands yeux noirs, trop de fond de teint, et une lèvre inférieure proéminente. Elle portait un tricot de soie ondoyant décolleté, une lavallière noire avec une fermeture en turquoise sur la gorge, et n'avait pas de soutien-gorge.

— Les flics ? demanda-t-elle, mais elle souriait.

— Ouais. (Lucas fit un signe de tête, sourit, et tenta de capter son regard.) Il faut qu'on parle à quelqu'un qui était là vendredi soir.

— J'étais là, dit-elle.

Elle posa les coudes sur le bar et se pencha vers Lucas, tout en jetant un coup d'œil à Connell. Il émanait d'elle un léger parfum de cannelle, comme un rêve ; sa poitrine avait l'air douce et couverte de taches de rousseur.

— Qu'est-ce que vous voulez ?

Lucas déroula la photo de Wannemaker.

— Est-ce qu'elle est venue ici ?

La barmaid le regarda dans les yeux, et, satisfaite de son petit effet, prit la photo et l'examina.

— C'est un portrait ressemblant ?

— Assez, répondit Lucas qui soutenait son regard.

— Qu'est-ce qu'elle a fait ?

— Est-ce qu'elle est venue ?

— Méchant. Vous ne voulez pas me le dire. (Elle fronça les sourcils, retroussa la lèvre inférieure, étudia la photo, avant de secouer lentement la tête.) Non, je ne crois pas. En fait, je suis même sûre qu'elle n'était pas là, si elle était habillée comme ça. Ici la clientèle s'habille en noir.

Chemises noires, pantalons noirs, robes noires, chapeaux noirs, bottes de paras noires. Je l'aurais remarquée.

— Beaucoup de clients ?

— A Saint Paul ?

Elle prit un chiffon et se mit à essuyer un coin du bar.

— D'accord...

Quand ils prirent la direction de la sortie, la barmaid les rappela :

— Qu'est-ce qu'elle a fait ?

— C'est ce qu'on lui a fait, à elle, qui nous amène, répondit Connell, ouvrant la bouche pour la première fois.

Elle avait dit ça sur le ton de la punition.

— Ouais ?

— Elle a été tuée.

La barmaid eut un mouvement de recul.

— Assassinée ? Comment ?

— Allons-nous-en, dit Lucas, en prenant la manche de Connell.

— Poignardée, continua Connell.

— Allons-nous-en, répéta Lucas.

— Inutile d'attendre le Jugement dernier. Il a lieu tous les jours, énonça la barmaid d'une voix solennelle, citant manifestement une œuvre quelconque.

Cette fois Lucas s'arrêta.

— Qui a dit ça ? demanda-t-il.

— Un Français.

— C'était répugnant ! fulminait Connell.

— Quoi ?

— La façon dont elle s'est jetée à votre tête.

— Quoi ?

— Vous savez très bien.

Lucas jeta un coup d'œil en arrière, vers le bar, puis à Connell, l'air complètement ahuri.

— Vous croyez qu'elle me faisait des avances ?

— Allez vous faire foutre, Davenport, dit-elle en se hâtant vers la voiture à grandes enjambées.

Lucas rappela Anderson.

— Roux est encore en train de discuter avec Saint Paul, prévint Anderson. Elle veut vous voir aussi vite que possible.

— Pourquoi ?

— Je ne sais pas, mais elle insiste pour que vous rentriez.

Connell se plaignit presque tout au long du chemin : ils avaient une piste, ils devaient rester sur la brèche. Lucas, fatigué, offrit de la déposer au quartier général de la police de Saint Paul. Elle refusa. Roux était sur le point de prendre une décision importante, fit-elle remarquer. Quand ils entrèrent dans le vestibule, la secrétaire osseuse pointa le pouce vers la porte du chef.

Roux était en train de fumer comme un sapeur. Elle jeta un coup d'œil à Connell, puis fit un signe de tête.

— Je suppose qu'il vaut mieux que vous restiez pour entendre ce que j'ai à dire.

— Qu'y a-t-il ? demanda Lucas.

Roux haussa les épaules.

— On retire nos billes, voilà ce qui se passe. Aucun des crimes n'a été commis à Minneapolis. Vous venez de le prouver. Wannemaker est allée dans cette librairie, à Saint Paul, a été abandonnée à Hudson. Ils n'ont qu'à se disputer l'enquête.

— Attendez une minute, intervint Connell.

Roux secoua la tête.

— Meagan, j'ai promis de vous aider et je l'ai fait. Mais on a beaucoup d'ennuis en ce moment, et ce meurtre dépend de Saint Paul. Le vôtre, à Carlos Avery, dépend ou d'Anoka ou de Duluth. Pas de nous. On va publier un communiqué de presse expliquant que notre enquête a conclu que l'assassinat n'a pas été perpétré dans cette ville, et que nous coopérerons avec les autorités qui se chargeront de la suite de l'affaire, etc.

— ATTENDEZ UNE PUTAIN DE MINUTE ! hurla Connell. Est-ce que vous êtes en train de me dire que c'est fini ?

— *C'est* fini, précisa Roux, encore amicale, mais d'un ton plus tranchant. Vous avez encore des possibilités. Nous transmettons le dossier réuni par vos soins à Saint Paul et je vais leur demander de vous laisser les assister dans l'enquête. Ou alors vous pouvez continuer sur l'affaire Smits. Je ne sais plus exactement où ils en sont, à Duluth.

Connell se tourna vers Lucas, et demanda d'un ton âpre :

— Qu'est-ce que vous en pensez ?

Lucas recula d'un pas.

— C'est une affaire intéressante, mais elle a raison. Ça relève de Saint Paul.

Le visage de Connell resta de marbre. Elle fixa Lucas un instant, puis Roux, et sortit sans un mot en claquant la porte.

— Vous auriez pu trouver une façon plus élégante de vous en sortir.

— Probablement, dit Roux, regardant dans la direction de Connell. Mais je ne savais pas qu'elle allait venir, et j'étais trop contente de pouvoir me tirer de cette ornière. Bon Dieu ! Davenport, vous m'avez sauvé la mise en quatre heures, en trouvant cette librairie.

— Et maintenant, qu'est-ce qu'on fait ?

Roux agita sa cigarette d'un geste vague.

— Faites ce que vous voulez. (Elle tira une bouffée de sa cigarette, puis l'ôta de sa bouche et la regarda.) Doux Jésus, il y a des moments où j'aimerais être un homme.

— Pourquoi ? demanda Lucas que son excitation amusait.

— Parce que je pourrais prendre un cigare cubain et le fumer jusqu'au mégot.

— Je ne vois pas ce qui vous en empêche.

— Rien, mais si je faisais ça, les gens qui ne pensent pas déjà que je suis une grosse gouine hommasse se mettraient à le penser. En plus ça me ferait dégueuler.

Lucas discuta brièvement avec Anderson et Lester de la façon de ficeler le rapport sur l'affaire.

— Saint Paul voudra probablement avoir une conversation avec vous, prévint Lester.

— Pas de problème. Donnez-leur mon numéro chez moi s'ils appellent. Je ne bouge pas.

— Connell pense que c'est un coup bas, pas vrai ? Laisser tomber l'affaire...

— *C'est* un coup bas.

— Oh ! mon pote, on souffre pour elle, répliqua Lester.

On n'a jamais tant souffert. Et si vous cherchez quelque chose à faire, on a des cadavres plein les bras. Est-ce que Greave vous a raconté, pour le sien ?

— Il m'a parlé de quelque chose, mais ça n'avait pas l'air très intéressant.

Sloan entra, les mains dans les poches. Il leur fit un signe de tête, bâilla, s'étira, et dit à Lester :

— Tu n'aurais pas un Coca par hasard ? J'ai la gorge un peu sèche.

— J'ai une gueule de distributeur automatique ? demanda Lester.

— Qu'est-ce qui s'est passé, Sloan ? demanda Lucas qui reconnaissait des signes familiers dans son attitude.

Sloan bâilla à nouveau, avant de répondre :

— Un petit étudiant pisseux nommé Larry Bryson a jeté Heather Tatten du pont.

— Quoi ?

Un sourire fit son apparition sur le visage de Lester comme un rayon de soleil.

— J'ai tout sur bande, expliqua Sloan, en examinant ostensiblement ses ongles. Elle faisait le trottoir à mi-temps. Elle avait baisé une fois avec lui, mais ne voulait pas recommencer, même pour de l'argent. Ils se disputaient, en traversant le pont, et il a essayé de lui en mettre une, mais elle a frappé la première, un coup de poing dans le nez. Ça lui a fait mal, il était furieux ; quand elle s'est éloignée il lui a tapé sur la tête avec un manuel de sciences économiques — un énorme bouquin — et l'a étourdie. Elle était sonnée, alors il l'a prise et balancée par-dessus la rambarde. Elle a essayé de se raccrocher au dernier moment, et lui a griffé les avant-bras.

— Tu lui as mis des électrodes ?

— Il nous a tout débité d'un seul trait. On lui a expliqué ses droits deux fois sur la bande. On a fait des polaroïds de ses avant-bras ; on aura une empreinte ADN plus tard pour recouper ça. Il est bouclé en cellule, il attend l'avocat d'office.

Lucas, Anderson et Lester se regardèrent à tour de rôle, puis leurs yeux se posèrent sur Sloan. Lester s'approcha de lui, le prit par le bras et demanda :

— Je peux t'embrasser sur la bouche ?

— Vaut mieux pas, répondit Sloan. Les gens pourraient croire que tu me pistonnes quand viendra mon tour de promotion.

Une pizza fit son apparition, trop grosse pour une seule personne, alors ils la découpèrent, avant d'aller chercher des Coca au sous-sol, et de fêter ça, Sloan faisant les frais de leur bonne humeur.

Lucas partit en souriant. Sloan était un ami, peut-être son meilleur ami. Mais, en même temps, il se sentait... il chercha le mot exact. Contrarié ? Oui. Sloan avait remporté une victoire. Mais, quelque part au-dehors, un monstre écumait les rues...

CHAPITRE V

Koop, luisant de sueur, les yeux fermés, comptait : *onze, douze, treize*. Ses triceps étaient en feu, ses orteils cherchaient le sol, son esprit seul les empêchait de céder. *Quatorze, quinze... seize ?* Non.

Il en avait assez fait. Il retomba sur le sol entre les barres parallèles et ouvrit les yeux ; la sueur lui dégoulinait sur les paupières. La brûlure dans ses bras commença à s'apaiser, il chancela jusqu'à sa serviette, s'essuya le visage, ramassa une paire d'haltères légères, et retourna à la salle des miroirs.

Le *Two Guy's Body Shop*, avec l'apostrophe mal placée, était le dernier bâtiment d'un centre commercial moribond le long de l'autoroute 100, un centre commercial où les mauvaises herbes se frayaient un passage dans le bitume et atteignaient la hauteur du genou, où la peinture s'écaillait sur des pancartes peintes à la main signalant des cabinets de conseillers fiscaux en faillite, ou des clubs d'arts martiaux obscurs. Koop avait garé la camionnette dans un amas de bitume effrité, l'avait verrouillée avant d'aller dans la salle.

A droite, l'un des propriétaires du *Two Guy's* était assis derrière le bureau d'accueil en train de lire un vieux numéro de *Heavy Metal*. A gauche, une femme et deux hommes s'entraînaient autour de divers râteliers d'haltères. Le propriétaire leva les yeux quand Koop entra, et replongea dans son magazine. Koop le dépassa pour aller au vestiaire, avançant dans un couloir où, punaisés à la cloison, cinquante culturistes le contemplaient sur des polaroïds gondolés. Il se changea, enfila un slip, un pantalon de survêtement coupé, et un tee-shirt sans manches. Il boucla une ceinture de cuir de travailleur de force autour de sa taille, passa des gants en peau de bouc que la sueur séchée avait rendus rigides, et retourna dans la salle principale.

Koop avait un système : il divisait son corps en trois, et travaillait un tiers différent chaque jour pendant trois jours. Il prenait un jour de repos, et, le lendemain, recommençait.

Les bras et les épaules, le premier jour; la poitrine et le dos, le deuxième jour; puis la partie inférieure du corps. C'était le jour des bras et des épaules : il travailla les deltoïdes, les triceps, les biceps. Contrairement à la plupart des gens, il travaillait dur les avant-bras, pressant des balles de caoutchouc dans ses paumes jusqu'à ce que les muscles pleins d'acide lactique se mettent à hurler.

Et il travailla aussi les muscles du cou, sur la machine et en faisant le pont. Il n'avait jamais vu personne faire le pont au *Two Guy's* mais ça ne le gênait pas. Il était allé une fois à une compétition publique de lutte libre entre l'université du Minnesota et l'université de l'Iowa, et ceux du Minnesota faisaient le pont. Ils avaient cassé la baraque.

Koop aimait faire des développés-couchés. Bon Dieu! tout le monde aimait ça. Il travaillait de façon pyramidale, dix répétitions à cent cinquante kilos, deux ou trois à cent soixante, une ou deux à cent soixante-dix. Il fit des développés assis, la barre derrière la nuque; il travailla ses biceps en ramenant vers l'épaule des petites haltères, s'arrêtant à trente kilos.

A la fin, trempé de sueur, il monta sur un StairMaster et grimpa une centaine d'étages au compteur, avant de retourner, haletant, à la salle des miroirs.

Une femme dans un bikini orange avec des taches de transpiration répétait devant les miroirs du mur ouest, passant d'une pose frontale, les bras au-dessus de la tête, à une pose latérale, les biceps contractés contre l'estomac. Koop abandonna les haltères et se déshabilla, ne gardant que son slip. Il prit les haltères, fit dix mouvements rapides, les reposa, et se mit au travail. A l'arrière-plan, il entendait la femme grogner en prenant la pose, le ronronnement du ventilateur au-dessus de leurs têtes, mais ne voyait que lui-même... Et, de temps en temps, dans ce brouillard de sueur, le corps enveloppé d'étoffe légère de Sara Jensen lui apparaissait, les bras en croix, les jambes écartées sur le lit, le renflement sombre du pubis et...

Défonce-toi, défonce-toi, défonce-toi, vas-y!...

La femme s'arrêta, prit sa serviette. Il se rendit compte vaguement qu'elle restait dans un coin à l'observer.

Quand il eut fini, elle lui jeta sa serviette à lui.

— Les pectoraux, c'est bientôt ça, dit-elle.

— Faut que je m'entraîne plus, marmonna-t-il en épongeant la sueur. Que je m'entraîne plus.

Il emporta ses vêtements d'entraînement au vestiaire, les passa sous le jet de la douche, les essora à la main, les jeta dans un séchoir qu'il mit en route. Puis il se doucha, s'essuya, s'habilla, alla dans la salle principale, acheta un Coca, le but, retourna prendre ses vêtements dans le séchoir, les suspendit dans son casier au vestiaire, et partit.

Il n'avait adressé la parole à personne, sauf pour dire : « Faut que je m'entraîne plus. »

John Carlson était déjà en tenue d'été, une veste à l'effigie des Black Raiders passée sur un short de rapper qui descendait jusqu'au genou, et des Nike noires à lacets rouges.

— Alors, mec, qu'est-ce qui se passe?

John était noir, et beaucoup trop lourd. Koop lui tendit une petite liasse. John ne prit pas la peine de compter, se contenta de la fourrer dans sa poche.

— J'ai un rencart, dit Koop.

— Super, mon pote!... (John tambourina sur la carrosserie du véhicule, comme pour porter chance.) Je vais aller te chercher du latex, mon vieux, que t'ailles pas choper le sida.

— Bonne idée, commenta Koop.

John recula, enleva sa casquette, et se gratta la tête. Koop se mit à descendre la rue, tourna au coin. Un autre gamin noir s'approchait du trottoir. Il traversa le parking de terre battue pour venir au bord, et, lorsque Koop ralentit à sa hauteur, jeta un sachet en plastique par la vitre du côté passager, avant de rebrousser chemin. Trois rues plus loin, Koop, ne voyant rien dans le rétroviseur, s'arrêta pour y goûter. Juste y goûter, histoire de se réveiller un peu.

Koop ne comprenait rien à la fascination qu'il éprouvait pour Jensen. Ne comprenait pas ce qui le poussait à l'observer, à s'approcher d'elle. A boucler en vitesse ses rondes quotidiennes pour aller la voir après le boulot...

Il finit de se débarrasser des bijoux qu'il avait pris dans l'appartement de Jensen dans un bar sur l'Interstate 494 qui passait à Bloomington. Il vendit la bague de fiançailles et l'alliance à un type qui s'habillait et parlait comme un acteur jouant le rôle d'un athlète professionnel : le bronzage, la chemise de golf, les dents refaites, et une chaîne en or autour d'un cou épais. Mais il s'y connaissait en pierres précieuses, et ses yeux ne souriaient plus quand il les examina. Il donna mille trois cents dollars à Koop pour le tout. Le butin ramassé dans l'appartement s'élevait presque à six mille dollars à présent, sans compter la ceinture. Faire le rapprochement entre ces bijoux et la femme qui avait capturé son cœur ne vint pas à l'esprit de Koop. Les bijoux étaient à lui, pas à elle.

Il quitta Bloomington et retourna à Minneapolis sans se presser, tuant le temps au volant, et finit par tourner en direction de l'est, s'arrêtant dans un restaurant de la chaîne Arby à Saint Paul. Il appela le déménageur qui lui avait donné le plan de l'appartement, et lui fixa rendez-vous. Koop était toujours à la fois en avance et en retard, arrivant une demi-heure avant, pour observer le lieu de rencontre de loin. Quand l'homme qu'il devait voir arrivait, à l'heure, il observait les alentours pendant encore dix minutes avant d'y aller. Aucun de ses contacts ne l'avait encore trahi. Il n'avait pas l'intention de leur en fournir la possibilité.

Le déménageur arriva quelques minutes en avance, et se dirigea droit sur le restaurant. Quelque chose donna à Koop l'assurance que tout se passait comme prévu : aucune hésitation dans sa démarche, il ne jetait aucun coup d'œil furtif autour de lui. Il avait un carnet à la main. Koop attendit encore cinq minutes, aux aguets, puis le rejoignit. Le type était assis dans un box avec une tasse de café, un jeune, il avait une tête d'étudiant. Koop lui fit un signe de tête, s'arrêta pour s'offrir une tasse de café lui aussi, paya la fille derrière le comptoir et se glissa dans le box.

— Comment ça va ?

— Ça fait un bail, répondit le type.

— Ouais, eh bien...

Koop lui tendit une brochure d'Holliday Inn. Le type la prit et jeta un coup d'œil à l'intérieur.

— Merci, dit-il. Ça a dû être rentable.

Koop haussa les épaules. Il n'était pas très porté sur la conversation.

— T'as quelque chose d'autre ?

— Ouais. Quelque chose de bien. (Le type poussa le carnet vers lui.) Je n'en pouvais plus d'attendre ton coup de fil. On a installé des meubles dans une maison sur les hauteurs de St. Dennis à Saint Paul, tu sais où c'est ?

— Sur la colline vers la Septième Avenue, répondit Koop en s'emparant du carnet. Il y a des belles baraques, par là. Et un peu de racaille, aussi.

— Ça, c'est une belle baraque, mon vieux. (La tête du type se balançait.) *Vraiment bien.* Il y avait un type d'une compagnie de coffres-forts là-bas. Ils venaient d'installer un gros coffre-fort scellé dans le béton, au sous-sol, dans le coin d'un placard. Je l'ai vu de mes yeux.

— Je ne touche pas aux coffres-forts...

Le carnet était trop épais. Koop l'ouvrit et trouva l'empreinte d'une clé dans du mastic séché. C'était lui qui avait montré au type comment s'y prendre. L'empreinte était nette et propre.

— Pour l'amour du Ciel, attends une minute ! poursuivit le type en levant les mains. Alors le propriétaire de la maison tenait un morceau de papier à la main en parlant au type du coffre-fort. Quand ils ont eu fini, il est venu nous voir et nous a demandé combien de temps on allait rester, parce qu'il voulait prendre une douche et se raser pour sortir. On lui a répondu qu'on en avait encore pour un moment, alors il est monté prendre sa douche, dans la salle de bains de sa chambre. On travaillait dans le couloir, mon copain installait un lit dans la chambre d'amis. Alors je suis allé voir dans sa chambre. J'entendais la douche qui marchait, et j'ai vu le bout de papier sur la commode avec son portefeuille et sa montre, alors j'ai pris le risque, mon pote. Je suis allé voir, et c'était la putain de combinaison, hein, qu'est-ce que tu dis de ça ? Je l'ai notée. Et écoute un peu ça, tu sais ce qu'il fait ce type, dans la vie ? Il gère la moitié des lavages automatiques de bagnoles des Cités jumelles. Il s'est vanté auprès de nous de descendre à Las Vegas tout le temps. Je te parie que le coffre est bourré d'oseille.

— Et sa famille ?

Ça se présentait mieux, tout à coup ; Koop préférait voler de l'argent.

— Il est divorcé. Ses enfants vivent avec sa femme.

— C'est la bonne clé ?

— Ouais, mais, euh... Il y a un système d'alarme sur la porte. Je ne sais rien là-dessus.

Koop regarda l'homme qui lui faisait face une minute, puis il hocha la tête.

— J'y réfléchirai.

— J'ai besoin d'argent, pour sortir un peu de mon trou, ajouta le type. En septembre, je ne serai plus sous contrôle judiciaire. Je pourrais peut-être aller faire un tour à Vegas, moi aussi.

— Je vais te rappeler.

Il termina son café, prit le carnet, fit un signe de tête, et sortit. Quand il quitta le parking, il jeta un coup d'œil à sa montre. Sara devait être en train de sortir du boulot...

Koop avait tué sa mère.

Il l'avait tuée avec un long cran d'arrêt mince qu'il avait trouvé dans une boutique de prêt sur gages à Séoul, en Corée, à l'époque où il était à l'armée. Quand il était rentré aux États-Unis, il avait passé un long week-end à faire de l'auto-stop de Fort Polk à Hannibal dans le Missouri, rien que pour aller l'éventrer.

Et il l'avait fait. Il avait cogné à la porte, et elle avait ouvert, une Camel au bec. Elle avait demandé : « Qu'est-ce que tu veux ? » et il avait dit : « Ça. » Puis il avait grimpé dans la caravane, elle avait reculé, et lui avait planté le couteau dans le nombril, et il l'avait éventrée jusqu'au sternum. Elle avait ouvert la bouche pour crier. Il n'en était sorti que du sang.

Koop n'avait touché à rien, et vu personne. Il avait grandi à Hannibal, comme Huckleberry Finn, mais il n'avait rien à voir avec Huck. C'était juste un gamin abruti qui n'avait jamais connu son père, et dont la mère taillait des pipes pour du fric après avoir fini son service au bar. Certains soirs, il y avait trois ou quatre poivrots qui venaient frapper à la porte d'aluminium. Elle les suçait, crachant dans l'évier près de sa chambre, se gargarisant avec un mélange de sel et de soda au milieu de la nuit. Elle le traînait en ville, des yeux respectables les foudroyaient alors du regard, des femmes en jupes jusqu'aux genoux, et vestes de tweed, compatissantes et dédaigneuses. « Salopes ! Ces salopes valent pas mieux que moi, tu peux me croire », disait sa mère. Mais elle mentait, Koop en était certain. Elles *valaient* mieux que sa mère, ces femmes en costumes, chapeaux et hauts talons claquant sur le trottoir...

Il était rentré à Fort Polk, assis sur sa couchette à lire le magazine *Black Belt*. Le sergent-chef du bataillon était passé. Il avait dit :

— Koop, j'ai de mauvaises nouvelles. Ta mère a été retrouvée morte.

Et Koop avait répondu :

— Ah ouais ? avant de tourner la page.

A l'époque où il était en Corée, les putes des alentours de la base lui avaient appris qu'il avait un problème avec la baise. Rien ne fonctionnait normalement. Y penser l'excitait, mais au moment de passer à l'action... il ne réagissait plus.

Jusqu'au jour où, furieux, il avait cogné sur une des femmes. Lui avait expédié son poing en plein front, la sonnant pour le compte. Sa chair avait commencé à réagir.

Il avait tué une femme à La Nouvelle-Orléans. Il y pensait comme à un accident : il lui tapait dessus pour s'échauffer un peu, quand, brusquement, elle avait cessé de se débattre, et sa tête s'était mise à se balancer un peu trop librement. Ça lui avait collé la trouille. La peine de mort était en vigueur en Louisiane, et les juges n'avaient aucun scrupule à s'en servir. Il était rentré à toute allure à Fort Polk, et avait été surpris qu'il ne se passe rien, ensuite.

Même pas un article dans le journal, rien dont il ait eu connaissance.

C'est à ce moment-là que lui était venue l'idée de tuer sa mère. Pas compliqué. Il suffisait de le faire.

Après l'armée, il avait passé un an à travailler sur le Mississippi, manœuvre sur les péniches. Il avait fini par débarquer à Saint Paul, avait continué son errance avec une série de boulots minables, avant de se servir de son statut d'ancien soldat pour trouver quelque chose d'un peu mieux. Un an après, il avait levé une femme dans une librairie de Minneapolis. Il était venu chercher un calendrier de culturiste et la femme l'avait abordé. Il l'avait reconnue immédiatement : elle avait un tailleur en laine et des hauts talons qui claquaient. Elle lui avait posé une question se rapportant à l'exercice physique ; il ne se rappelait plus laquelle, c'était manifestement une entrée en matière...

Il n'avait pas pensé tout d'abord qu'il la tuerait, mais il l'avait fait, et c'était meilleur que de taper sur des putes. Cette femme avait de la classe, des bas nylon et le maquillage discret, des phrases bien tournées. Une de celles qui valaient tellement mieux que sa mère.

Et il y en avait partout. Certaines étaient trop rusées et trop dures pour qu'on s'y attaque. Il restait à l'écart de cette sorte-là. Mais il y avait aussi les hésitantes, maladroites, craintives : elles n'avaient pas peur de la mort, ni de la souffrance, rien d'aussi dramatique, mais simplement de la solitude. Il les avait dénichées dans une galerie de Des Moines, une librairie de Madison, chez un disquaire de Thunder Bay, un peu plus vieilles, sirotant du vin blanc, soigneusement vêtues de couleurs gaies, les cheveux teints pour cacher le gris qui pointait, le sourire aux lèvres en permanence, voletant comme des moineaux à la recherche d'un perchoir.

Koop le leur fournissait. Elles étaient moins méfiantes qu'anxieuses de ne pas faire de gaffes.

Koop cueillit Jensen à la sortie du bureau, l'escorta

jusqu'à un supermarché Cub. La suivit à l'intérieur, observa ses moindres mouvements, ses seins sous la tunique, ses jambes musclées, la façon dont elle écartait les mèches qui lui tombaient dans les yeux.

Sa progression au rayon des produits frais était une véritable leçon de sensualité. Jensen se déplaçait comme un chat en train de chasser, tâtant ceci, reniflant cela, se contentant de toucher le reste du bout des doigts. Elle acheta des cerises, des oranges et des citrons, de gros champignons blancs et du céleri, des pommes et des noix d'Angleterre, du raisin blanc et du raisin noir, de l'ail. Elle faisait une salade remarquable.

Koop était dans les céréales. Il passait sa tête au coin du rayon suivant, pour la contempler. Elle ne le voyait pas, mais son attention était si polarisée sur elle qu'il ne remarqua pas l'employé du magasin jusqu'à ce que celui-ci soit à sa hauteur.

— Je peux vous aider ?

Le gamin se servait du même ton qu'avec un garçon de dix ans qui vole à l'étalage.

Koop sursauta.

— Quoi ?

Il était décontenancé. Dans son caddy, il avait un paquet d'abats de bœuf et une boîte de cornichons à l'aneth.

— Qu'est-ce que vous cherchez ?

Le gamin avait une attitude d'apprenti flic ; et il était costaud, la peau trop blanche, boutonneux, les cheveux en brosse, et de petits yeux de porc.

— Je ne cherche rien, je réfléchissais, répondit Koop.

— D'accord. Je posais la question, c'est tout, dit le gamin.

Mais il ne s'éloigna pas de plus de trois mètres, et se mit à changer la disposition des boîtes de corn-flakes sur le rayon, l'œil ostensiblement fixé sur Koop.

Sara, au moment où le gamin avait posé la question à Koop, décidait qu'elle avait fait des courses suffisantes. Un moment plus tard, quand le gamin se mit à ranger les cornflakes, elle surgit au coin du rayon. Koop se détourna, mais elle eut le temps de lui jeter un coup d'œil. Avait-il détecté le moindre froncement de sourcils ? En fait, elle aurait pu le voir vingt fois déjà, si elle sondait le troisième plan des gens qui se trouvaient autour d'elle. Si elle avait remarqué un type assis sur un banc du trottoir d'en face, là où elle faisait son jogging. Est-ce qu'elle s'était souvenue de lui? Est-ce que c'était pour ça que son front s'était plissé? Le gamin l'avait vu espionner la femme. Est-ce qu'il allait dire quelque chose?

Koop songea à abandonner son caddy, mais décida que ce serait pire que de faire comme si de rien n'était. Il le poussa dans la file rapide pour les clients avec peu d'articles, acheta un journal en plus, paya, et retourna au parking. Pendant qu'il attendait pour payer, le gamin sortit d'une allée, les poings sur les hanches, continuant à le surveiller. Une vague de haine monta en lui. Il allait s'occuper de ce petit salopard, le coincer sur le parking, lui ouvrir la gueule en deux... Koop ferma les yeux, tentant de retrouver le contrôle de lui-même. Quand il se mettait à avoir des fantasmes de ce genre, l'adrénaline courait dans ses veines, et il *fallait* presque qu'il casse quelque chose.

Ce gamin n'en valait pas la peine. Enfoiré...

Il quitta le parking du supermarché, l'œil braqué sur le rétroviseur pour voir si le gamin n'apparaissait pas, mais celui-ci était apparemment retourné au boulot. Parfait — mais Koop n'irait plus là-bas. A la sortie, il trouva une place dans la rue, et attendit.

Vingt minutes plus tard, Jensen arriva.

Son amour véritable...

Koop adorait la regarder quand elle était en mouvement. Il adorait qu'elle marche dans les rues, là où il pouvait voir ses jambes et son cul, aimait les contorsions de son corps quand elle se penchait, ou se baissait, ou se voûtait; aimait regarder ses seins ballotter quand elle allait courir autour du lac. Il aimait vraiment ça.

Koop s'embrasait.

La soirée du lundi était chaude, les papillons de nuit voletaient autour des lampadaires du parc. Quand elle eut fini de courir, Jensen disparut à l'intérieur. De la voir s'en aller comme ça, Koop fut alors secoué par une vague de ce qu'on aurait pu appeler du chagrin. Il resta dehors à surveiller la porte. Est-ce qu'elle allait ressortir? Ses yeux parcoururent la surface de l'immeuble. Il savait quelle était la fenêtre correspondant au domicile de Jensen, il le savait depuis la première nuit... La lumière s'alluma.

Il soupira et fit demi-tour. De l'autre côté de la rue, un homme tâtonna à la recherche de ses clés, ouvrit la porte d'accès à l'immeuble, entra, puis se servit de sa clé pour ouvrir la porte intérieure. Koop leva les yeux. Le dernier étage était à peu près à la hauteur de l'appartement de Jensen.

Sous le coup d'une excitation croissante, il compta les étages. Et son excitation retomba de haut. Le toit était situé au-dessous de la fenêtre de Jensen. Il ne pourrait pas voir à l'intérieur. Mais ça valait le coup de vérifier. Il traversa la rue à vive allure, entra dans l'immeuble. Deux cents appartements avec tous un bouton d'interphone. Il appuya une centaine de fois, il y aurait forcément quelqu'un attendant une visite. L'interphone grésilla, mais la serrure de la porte intérieure bourdonna au même moment et il la poussa, laissant derrière lui une voix qui crachotait dans le haut-parleur :

— Qui est là ? Qui est là ?

Ça pouvait marcher une fois ou deux, ce truc, mais pas plus. Il tourna au coin pour prendre l'ascenseur, et monta jusqu'en haut. Dans le couloir, personne. L'enseigne lumineuse signalant la sortie était au fond à gauche. Il se dirigea vers celle-ci, ouvrit la porte, entra. Une volée de marches descendait sur la gauche, et deux marches supplémentaires remontaient sur la droite, vers une porte grise en métal. Une petite pancarte signalait : « Accès au toit — Clé personnelle nécessaire pour sortir et pour rentrer. »

Merde ! Il tira sur la porte. Rien. Bonne serrure.

Il se tourna vers les marches, presque décidé à redescendre. Puis il se dit : *Attends.* Est-ce que la fenêtre au bout du couloir donnait sur l'immeuble de Jensen ?

Oui.

Koop resta devant la fenêtre, les yeux levés, et, à peine deux étages au-dessus, Sara Jensen s'approcha de la sienne en robe de chambre, et regarda en bas. Koop fit un pas en arrière, mais elle regardait la rue et n'avait pas remarqué sa présence devant cette fenêtre à moitié dans l'ombre. Elle avait un verre à la main. Elle prit une gorgée et recula hors de vue.

Doux Jésus. Un tout petit peu plus haut, et il vivrait virtuellement dans le salon de Jensen. Elle ne tirait jamais les rideaux. Jamais...

Koop s'embrasait. Une allumette ; un tueur.

Il lui fallait une clé. Pas n'importe quand. Il la lui fallait maintenant.

Il avait conçu sa philosophie à Stillwater : le pouvoir est au bout du fusil ; ou de la matraque, ou du poing. Charité bien ordonnée commence par soi-même. Les forts vivent, les faibles meurent. Quand on meurt on va dans un trou : fin de l'histoire. Pas de harpes funèbres, pas de chœur céleste. Pas de feux de l'enfer. Cette logique ordonnait les pensées de Koop. Elle s'appliquait si bien à tout ce qu'il avait vécu jusque-là !

Il retourna à la camionnette chercher un peu de matériel, ne réfléchissant pas vraiment — du moins, en surface — à ce qu'il allait faire. Quand il lui fallait quelque chose, cette chose devenait sienne : les gens qui la détenaient étaient de simples obstacles entre lui et elle. Il avait le *droit* de la prendre.

Koop était fier de sa camionnette. Elle aurait pu appartenir à n'importe qui. Mais ce n'était pas le cas. Elle était à lui, et elle était spécialement aménagée.

Il n'y avait pas grand-chose à l'arrière : une boîte à outils, deux sacs d'un mélange de sel et de sable datant de l'hiver précédent, une pelle, des pneus neige, une corde de remorquage qui se trouvait dans la camionnette quand il l'avait achetée. Et quelques longueurs de tiges métalliques rouillées pour le béton armé — le genre de choses qui traînaient sur un chantier, ce qui était, d'ailleurs, exactement l'endroit où il les avait ramassées. Le genre de choses qu'un travailleur manuel aurait conservées au fond de son camion.

La plupart de ces objets n'étaient là que pour faire diversion. La grosse boîte à outils Sears, c'est là que ça se passait. Le rayon du haut contenait quelques petits tournevis, des pinces, des roues dentelées pour une perceuse, une demi-douzaine de boîtes de sucrettes pleines de vis à bois, et divers autres menus articles. Le compartiment du fond recelait un marteau d'un kilo, un ciseau à froid, deux limes, une scie à métaux, un court pied-de-biche, une paire de gants de travail, et une boîte de mastic de vitrier. Ce qui ressemblait à une boîte à outils ordinaire était, en fait, une trousse de cambrioleur tout à fait respectable.

Il mit les gants dans la poche de sa veste, sortit le mastic de vitrier, vida une boîte de sucrettes de ses vis dans un compartiment de l'étage supérieur, et la remplit avec du mastic. Il le lissa du pouce, ferma la boîte qu'il mit dans une poche.

Puis il choisit une tige métallique de la bonne longueur, trente-cinq centimètres, facile à cacher, et assez allongée pour servir de matraque.

Il agissait encore sans vraiment réfléchir à ce qu'il faisait : la clé lui appartenait. Ce trou-du-cul — un trou-du-cul — l'empêchait de s'en emparer. C'était *ça*, qui le mettait hors de lui. Le rendait fou furieux. Légitimement furieux. Koop se mit à fulminer en pensant à *sa putain de clé* et se dirigea vers l'immeuble avec le camion.

Il se gara à un demi-pâté de maisons de là, marcha jusqu'à la porte cochère, enfila les gants de travail et glissa la tige de fer dans la manche de sa veste. Les alentours étaient déserts. Il entra dans l'immeuble, écarta le panneau de verre qui protégeait l'éclairage scellé au plafond du rez-de-chaussée, et se servit de la tige métallique pour fracasser les deux néons. Dans l'obscurité, il laissa retomber le panneau à sa place et retourna à la camionnette. Il laissa la porte du côté du conducteur entrouverte de quelques centimètres et attendit.

Et attendit un peu plus. Il ne se passait pas grand-chose.

C'était le siège du passager qui rendait sa camionnette si particulière. Il l'avait fait aménager dans un atelier de mécanique de l'Iowa : un casier en acier un peu moins profond mais plus long et plus large qu'une boîte de cigares avait été installé sous le siège. Le plancher originel de la camionnette servait de couvercle au casier, et, vu d'au-dessous, il était impossible de remarquer quoi que ce soit. Pour ouvrir le casier, il suffisait de faire tourner le siège avant droit vers la droite, et le couvercle se levait. Il y avait suffisamment de place à l'intérieur pour dissimuler n'importe quelle quantité de bijoux, d'argent liquide... Ou de cocaïne.

La moitié des détenus de Stillwater y avaient échoué parce qu'ils s'étaient fait prendre en s'arrêtant à un barrage de police sur la route, avec de la cocaïne, une chaîne stéréo volée, un flingue sur le siège arrière. Ça ne risquait pas d'arriver à Koop.

Il observa la porte de l'immeuble pendant encore un petit moment, puis ouvrit le couvercle du casier, sortit le sachet de cocaïne, en prit une pincée, le rangea. Rien qu'un petit sniff, juste assez pour aiguiser ses sens aux aguets.

Deux épineux parvenus à maturité se dressaient comme des sentinelles sur le perron en béton de l'immeuble. Pour Koop, ça tombait bien : les arbres obstruaient l'angle de vision de chaque côté. Pour voir ce qui se passait à l'intérieur de l'immeuble, il fallait quasiment être juste devant.

Un couple descendit l'allée, le trousseau de clés de l'homme cliquetait. Ils entrèrent et Koop attendit. Ensuite, ce fut le tour d'une femme, seule, et Koop s'anima brusquement. Mais elle marchait en droite ligne sur le trottoir, distraite, et ne pivota sur elle-même pour s'engouffrer à l'intérieur qu'à la dernière minute. C'était une cible idéale, mais elle ne lui avait pas laissé le temps de frapper. Elle disparut.

Deux hommes, main dans la main, s'engagèrent dans l'allée. Non. Deux ou trois minutes plus tard, ils furent suivis par un type à la carrure si impressionnante que Koop décida de ne pas s'y risquer.

Puis Jim Flory apparut au coin de la rue, les clés à la main. Flory se gratta les poils du favori gauche et marmonna quelque chose, parlant tout seul, dans la lune. Il mesurait environ un mètre soixante-quinze, et il était plutôt mince. Koop ouvrit la portière et se glissa au-dehors, avança sur le trottoir. Flory obliqua à hauteur de l'immeuble, tâtonna à la recherche de la bonne clé, ouvrit la porte cochère, entra.

Koop était furieux ; ses entrailles étaient en feu. *Ce salopard a ma clé. Salopard !...*

Il suivit Flory dans l'allée ; il sifflotait, tactique inconsciente pour masquer ses intentions réelles, mais il était enragé. *Il a ma clé...* Le tueur portait une casquette de base-ball, un jean, une chemise de golf, et de grandes chaussures de sport blanches, comme un type revenant du match, en bon supporter de l'équipe des Cités jumelles. Il avait baissé la visière sur ses yeux. La tige d'acier dépassait de sa poche de trente bons centimètres mais elle était cachée par son bras qui se balançait naturellement au rythme de son pas.

Bon Dieu de trou-du-cul, il a ma clé!... Zip-a-dee-doo-dah, sifflait-il, *Zip-a-dee-ay*, chaque seconde qui passait augmentait sa fureur. *Ma clé!...*

A travers la porte vitrée, il voyait Flory se battre dans l'obscurité avec la serrure intérieure. Il devait avoir la clé en main. Koop entra dans l'immeuble, et Flory, réussissant enfin à faire jouer le verrou de la porte intérieure, jeta un coup d'œil par-dessus son épaule et dit : « Salut. »

Koop répondit par un signe de tête et un « Hé », la visière toujours baissée. Flory se tourna vers la porte, la tirant vers lui ; au même moment, la cocaïne lui battant aux tempes, Koop fit glisser la tige d'acier hors de sa poche.

Flory sentit peut-être qu'il se passait quelque chose, à cause de la soudaineté du mouvement : il lâcha la clé, tournant la tête, mais trop tard.

Ce salopard a ma clé... clé... clé...

La tige fendit l'air, atteignant Flory derrière l'oreille. L'acier s'abattit, *pak!*, choc du métal contre la chair, un bruit de hachoir tranchant un plat de côtes.

Flory ouvrit la bouche, laissant échapper une unique syllabe : « Unk. » Sa tête heurta la porte et il s'écroula, les mains traînant sur le verre.

Très vite, toute trace de sa désinvolture précédente disparue, Koop se baissa, jeta au-dehors un coup d'œil fureteur, puis dépouilla Flory de son portefeuille : *une agression à mobile crapuleux*. Il le planqua dans sa poche, retira la clé de Flory de la serrure, ouvrit la boîte de sucettes, et appliqua rapidement les deux faces de la clé dans le mastic. Celui-ci, tout juste en train de se raffermir, prenait des empreintes parfaites. Il ferma la boîte, essuya la clé sur son pantalon, et la remit dans la serrure.

C'était fait.

Il fit volte-face, toujours à demi baissé, tendit la main vers la porte extérieure — et vit les jambes.

Une femme trébucha de l'autre côté en essayant de faire marche arrière, tournant déjà les talons.

Elle portait des baskets et un survêtement. Il ne l'avait pas vue venir. Il explosa littéralement au-dehors, repoussant la porte vitrée d'une main, tandis que l'autre sortait la tige d'acier de sa poche.

— Non !

La femme avait crié. Son visage était figé, la bouche ouverte. Dans la pénombre, elle pouvait deviner le corps inerte par terre derrière lui, et elle chancelait en arrière, choquée, tentant de mettre ses jambes en mouvement pour détaler...

D'une détente brusque de léopard, Koop la frappa, la tige tournoyait déjà dans l'air.

— Non ! cria-t-elle de nouveau, les yeux écarquillés, les dents brillantes sous des lèvres retroussées par la peur. (Elle leva le bras, et la tige s'écrasa dessus, le fracturant, manquant la tête.) Non ! hurla-t-elle une troisième fois, en se détournant, et Koop, au-dessus d'elle, tapa sur la nuque, à la base du crâne, un coup qui l'aurait décapitée s'il s'était servi d'une épée.

Le sang éclaboussa le trottoir. Elle s'effondra sur le perron et Koop cogna de nouveau, cette fois au sommet du crâne, un endroit vulnérable, sans protection, en prenant son élan. Un coup sans pitié qui s'acheva dans un bruit d'écrasement, comme lorsqu'un homme corpulent marche sur le gravier.

La tête de la femme s'aplatit, et Koop, que son intervention et le dérangement occasionné, la crise qu'il avait fallu résoudre, avaient rendu fou furieux, la jeta d'un coup de pied sur la première marche du perron sous l'épineux.

— Putain de ma mère, dit-il. Putain de ma mère.

Il n'avait jamais voulu que les choses prennent cette tournure. Maintenant, il fallait qu'il *dégage*.

Il s'était écoulé moins d'une minute depuis qu'il avait attaqué Flory. Personne ne remontait l'allée. Il braqua son regard de l'autre côté de la rue, pour voir s'il y avait du mouvement aux fenêtres de l'immeuble de Sara Jensen, un visage en train de l'observer de là-haut. Rien.

Il se mit en chemin à vive allure, rangeant la tige métallique dans sa poche. Doux Jésus, c'était quoi, ça ? Il y avait du sang sur sa veste. Il tenta de l'essuyer d'une main, et ne réussit qu'à l'étaler. Si un flic survenait...

La colère bouillonnait en lui : *bon Dieu de salope, arriver comme ça !*

Il ravala sa fureur, la combattit, poursuivit sa route. *Pas question de s'arrêter...* Il jeta un coup d'œil en arrière, traversa la rue presque au pas de course, l'odeur du sang chaud des humains dans les narines, dans la bouche. Ça ne le gênait pas, mais pas ici, pas maintenant...

Il aurait peut-être dû s'en aller à pied, songea-t-il. Il fut tenté de le faire et de revenir plus tard chercher la camionnette d'entreprise : si quelqu'un le suivait après l'avoir vu frapper la femme, il remarquerait l'inscription sur les flancs du véhicule et pourrait l'identifier. D'un autre côté, les flics allaient probablement relever les numéros des plaques dans tout le secteur pour trouver des témoins.

Non, il prendrait la camionnette.

Il ouvrit la portière, et entr'aperçut son propre reflet dans le verre noyé d'ombre, les traits tirés sous la casquette, le visage zébré de traînées sombres.

Il mit le contact, lança le moteur et s'essuya en même temps : encore du sang sur ses gants. Bon Dieu, il en était couvert ! Il en reconnaissait le goût, il en avait dans la bouche...

Il sortit en douceur de la place où il était garé. Scruta le rétroviseur à la recherche de quelqu'un en train de courir, ou de le montrer du doigt. Il ne vit rien que la rue vide.

Rien.

Il était tendu comme un arc. Les veines battaient dans ses muscles, son corps se gonflait. Goûter le sang... et soudain, une vague de plaisir déferla accompagnée d'une douleur vive, comme être caressé par une main experte tandis que des fourmis grouillent sur la peau.

Plus de bien-être que de souffrance. Beaucoup plus.

CHAPITRE VI

Weather n'était pas à la maison. Lucas réprima un accès d'inquiétude : elle aurait dû rentrer une heure plus tôt. Il prit le téléphone, mais il n'y avait pas de message sur le répondeur, et il raccrocha.

Il retourna dans la chambre, tirant sur sa cravate pour s'en débarrasser. La pièce avait un parfum presque subliminal de Chanel n° 5, auquel se mêlait une très faible odeur de vernis. Elle venait d'acheter des meubles en bois, très simples, à la ligne élégante. Il grommela. Son ancien mobilier était très bien, il l'avait depuis des années. Elle n'avait rien voulu entendre.

— Tu as un lit vieux de vingt ans qui a l'air d'avoir été pilonné à mort par toutes sortes de femmes inconnues — je ne poserai pas de questions —, et il est dépourvu de tête-de-lit, alors il trône là tout seul comme une rampe de lancement. Ça ne t'arrive jamais de lire au lit? Tu as entendu parler des lampes de chevet? Ça ne te dirait rien d'avoir des oreillers dignes de ce nom?

Peut-être, si quelqu'un d'autre se chargeait de les acheter.

Sa vieille commode, ajouta-t-elle, avait l'air de venir de l'Armée du Salut.

Il ne le lui avait pas signalé, mais elle avait vu juste.

Elle n'avait rien dit pour son fauteuil. Le fauteuil était plus ancien que le lit, acheté dans une vente aux enchères après la mort d'un professeur de St. Thomas qui avait laissé cet objet derrière lui. Il était massif, confortable, en imitation cuir. Elle avait cependant mis au rebut un deuxième fauteuil dont l'un des bras était maculé — Lucas ne se rappelait plus quelle substance était à l'origine des taches, il savait juste que ça s'était passé pendant un match des Vikings contre les Packers —, et l'avait remplacé par un divan d'amoureux très confortable.

— Si on se met à regarder la télévision sur nos vieux jours, il faut qu'on soit assis l'un près de l'autre, avait-elle dit. La première chose que font les hommes quand ils ont une télévision, c'est de coller deux fauteuils pour somnoler devant l'écran et une petite table au milieu pour les bières et les pizzas. Je jure devant Dieu que je ne permettrai jamais ça chez moi.

— Ouais, ouais, touche pas à mon fauteuil, c'est tout, avait répondu Lucas.

Il avait dit ça d'un ton léger, mais il commençait à s'inquiéter.

Elle l'avait compris.

— Le fauteuil n'a rien à craindre. Il est moche, mais il n'a rien à craindre.

— Moche ? On fait des gants... dans cette matière.

— Vraiment ? On fait des gants avec des sacs poubelles ?

Weather Karkinnen était chirurgien. C'était une petite femme à la trentaine bien sonnée, des traînées blanches commençaient à parsemer ses cheveux blonds. Elle avait des yeux bleu foncé, des pommettes hautes, et une large bouche. Elle avait un air vaguement russe, pensait Lucas. Ses épaules étaient larges pour sa taille, ses muscles élancés et nerveux ; au squash, elle avait un service foudroyant, et pouvait renvoyer n'importe quelle balle. Il aimait la regarder bouger, il aimait la regarder au repos, quand elle essayait de résoudre un problème. Il aimait même la regarder dormir, parce qu'elle le faisait à fond, comme un chaton.

Quand Lucas pensait à elle, ce qui pouvait lui arriver à n'importe quel moment, c'était toujours la même image qui lui venait à l'esprit : Weather tournant la tête vers lui pour le regarder, souriante, une simple perle se balançant juste au-dessus de l'épaule.

Il fallait qu'il l'épouse, songeait-il. Elle l'avait prévenu.

— Ne me demande pas en mariage tout de suite.

— Pourquoi ? Tu dirais non ?

Elle avait enfoncé son index dans le nombril de Lucas.

— Non. Je dirais oui. Mais ne fais pas ta demande tout de suite. Attends un peu.

— Jusqu'à quand ?

— Tu sauras le moment venu.

Alors il n'avait pas fait sa demande ; et, quelque part au fond de lui, il avait peur, il était soulagé. Est-ce qu'il voulait rompre ? Il ne s'était jamais senti aussi proche de quelqu'un auparavant. C'était différent de tout ce qu'il avait connu. C'était parfois... effrayant.

Lucas était en caleçon quand le téléphone sonna dans la cuisine. Il prit le combiné silencieux dans la chambre et dit :

— Ouais ?

— Officier Davenport ?

C'était Connell. Elle avait la gorge serrée.

— Meagan, vous pouvez m'appeler Lucas, répondit-il.

— D'accord. Je voulais vous dire, euh, ne balancez pas encore vos dossiers, sur l'affaire.

On distinguait derrière elle un bruit assourdi, étrange, martelé. Il avait déjà entendu ça, mais il était incapable de se souvenir de ce que c'était.

— Quoi ?

— J'ai dit : ne balancez pas vos dossiers.

— Qu'est-ce que vous racontez, Meagan ?

— On se voit demain. D'accord ?

— Meagan... ?

Mais elle avait raccroché.

Lucas contempla le téléphone, fronça les sourcils, secoua la tête, et raccrocha. Il fouilla dans la nouvelle commode, trouva un short de course à pied, prit un sweat-shirt sans manches qu'il jeta sur un panier d'osier avant de l'enfiler et de s'arrêter au beau milieu de la manœuvre, un seul bras engagé dans une manche. Le bruit sourd et martelé qu'il avait entendu derrière Connell, c'était des claviers d'ordinateurs. Où qu'elle ait pu être, il y avait trois ou quatre personnes en train de taper sur des claviers dans un rayon de quelques mètres. Elle était peut-être dans son bureau, bien que l'heure soit tardive.

Elle pouvait aussi se trouver à la rédaction d'un quotidien.

Ou dans une station de télévision.

Son raisonnement fut interrompu par le bruit de la porte du garage en train de se lever. Weather. Sa poitrine fut libérée d'un petit poids. Il passa le sweat-shirt par-dessus sa tête, prit ses chaussettes et ses chaussures de course à pied à la main et traversa la maison pieds nus.

— Hé.

Elle avait fait un arrêt frigo à la cuisine pour prendre un soda. Il l'embrassa sur la joue.

— Tu faisais quelque chose de bien ?

— J'ai regardé Harrison et Mac Rinney charcuter gratuitement un gamin hémiplégique, répondit-elle en ouvrant la boîte de soda.

— Intéressant ?

Elle posa son sac sur le buffet de la cuisine et se tourna vers lui : elle avait le visage un peu de travers, comme si elle avait fait carrière dans la boxe professionnelle avant de s'orienter vers la médecine. C'était un visage qu'il adorait. Il se souvenait de la façon dont il avait réagi la première fois qu'il lui avait parlé, au beau milieu de l'horreur, le théâtre carbonisé d'un crime de sang dans le nord du Wisconsin : elle n'était pas très jolie, avait-il pensé alors, mais elle était très séduisante. Un peu plus tard, elle lui avait tailladé la gorge avec un couteau de poche...

Maintenant, elle hochait la tête.

— Durant quelques moments critiques, je n'ai pas pu voir distinctement ce qui se passait — il s'agissait essentiellement d'enlever pas mal de graisse, ce qui est assez délicat. Ils avaient un double microscope d'opération, alors j'ai quand même réussi à voir en partie le boulot d'Harrison. Il s'est débrouillé pour faire cinq nœuds autour d'une artère pas beaucoup plus grosse qu'un brin de paille.

— Tu saurais le faire ?

— Peut-être, répondit-elle, sur un ton sérieux.

Il n'avait à présent plus rien à apprendre sur les instincts compétitifs des chirurgiens. Il savait comment s'y prendre pour la provoquer.

— Éventuellement, mais... tu cherches à me provoquer.

— Peut-être.

Elle s'arrêta, recula d'un pas et le regarda, réagissant à une note particulière dans la voix de Lucas.

— Il s'est passé quelque chose ?

Il haussa les épaules.

— J'ai eu une affaire assez intéressante sur les bras, cet après-midi, pendant environ un quart d'heure. C'est fini, maintenant, encore que... je ne sais pas.

— Intéressant ? s'inquiéta-t-elle.

— Ouais, il y a une femme qui travaille pour le BCA, et pense qu'on a affaire à un tueur en série. Elle est un peu cinglée, mais elle a peut-être raison.

Maintenant, elle s'inquiétait pour de bon. Elle alla vers lui.

— Je ne veux pas que tu te fasses encore amocher par un maniaque.

— C'est fini, je pense. L'affaire n'est plus de notre ressort.

— Ah bon ?

Lucas lui expliqua tout, y compris l'étrange appel de Connell, plus tôt dans la soirée. Weather écouta avec attention tout en finissant son soda.

— Tu crois qu'elle va faire quelque chose ? l'interrogeat-elle quand il eut achevé son récit.

— C'est ce qu'il m'a semblé. J'espère qu'elle ne va pas se brûler à ce jeu-là. Bon, viens, on va courir.

— On pourra descendre à Grand et manger des glaces, après ?

— Seulement si on fait six kilomètres.

— Mon Dieu, tu es dur.

Après la tombée de la nuit, après la course à pied et les glaces, Weather se mit à consulter des notes pour une opération prévue le matin suivant. Qu'elle opérât si souvent impressionnait Lucas. Sa connaissance de la chirurgie était fondée sur ce qu'il voyait à la télévision, où les opérations n'étaient entreprises qu'en cas de force majeure, après une étude approfondie, et présentaient toujours des risques. Avec Weather, c'était la routine. Elle opérait presque tous les jours, parfois à deux ou trois reprises dans la même journée. « Quand on veut être chirurgien, il faut pratiquer beaucoup », disait-elle. Elle se couchait à dix heures, et se levait à cinq heures et demie.

Lucas vaqua un moment à ses occupations, puis se mit à arpenter la maison, avant de finir par descendre au sous-sol chercher une petite arme de poing non réglementaire, qu'il glissa dans sa ceinture, enfilant sa chemise de golf par-dessus.

— Je vais sortir un moment, dit-il.

Weather, installée sur le lit, leva les yeux.

— Je croyais que l'affaire était classée.

— Je recherche un type.

— Alors, fais attention.

Elle parlait avec un crayon entre les dents. Elle était charmante, mais il repéra une minuscule lueur d'inquiétude dans ses yeux.

Il sourit et dit :

— Te fais pas de bile. Quand il y aura un risque, je t'en parlerai aussitôt.

— D'accord.

La maison de Lucas était située sur la rive est du Mississippi, dans un quartier tranquille où se dressaient quelques chênes, où des érables et des frênes venaient remplacer des ormes moribonds. Le soir, les rues étaient pleines de joggers de la classe moyenne qui tentaient de raffermir des chairs avachies par le travail de bureau, et de couples qui se promenaient main dans la main dans des allées mal éclairées. Quand Lucas s'arrêta dans la rue à la sortie du garage pour changer de vitesse, il entendit s'élever le rire d'une femme à proximité ; il faillit retourner voir Weather.

Refusant de céder à cette impulsion, il prit la direction du pont du lac Randolph, traversa le Mississippi, et, un kilomètre et demi plus tard, il s'était enfoncé profondément dans Lake Street. Il dépassa les bars à entraîneuses, les sex-shops, les boutiques offrant de la pacotille bas de gamme, les loueurs de mobilier, les officines d'encaissement de chèques, et les fast-foods de dernière catégorie qui s'étendaient sur un paysage agressivement affreux d'enseignes aux lumières chiches. Des enfants traînaient dans le secteur à toute heure du jour et de la nuit, se mêlant aux banlieusards venus chercher de la coke, aux dealers, aux agents d'assurances en costumes élimés, et aux quelques âmes égarées de Saint Paul qui cherchaient désespérément un raccourci pour rentrer à la maison. Deux flics de patrouille s'arrêtèrent près de la Porsche à un feu et l'examinèrent attentivement, en pensant : *c'est un trafiquant de drogue*. Il baissa sa vitre, le conducteur du véhicule sourit et dit quelque chose. Le flic qui était sur le siège passager baissa sa vitre à son tour et demanda :

— Davenport ?

— Ouais.

— Belle bagnole, mon vieux.

Le conducteur s'exclama, derrière son collègue :

— Hé mec, t'as pas un petit caillou de crack ? Ça serait pas de refus, tu vois.

Franklin Avenue était aussi mal famée que Lake Street, mais plus sombre. Lucas sortit de sa poche un morceau de papier, alluma la veilleuse, vérifia l'adresse qu'on lui avait donnée pour Junky Doog, et se mit à la chercher. La moitié des immeubles étaient dépourvus de numéro. Quand il trouva où c'était, il y avait de la lumière aux fenêtres et une demi-douzaine d'individus assis devant, sous le porche.

Lucas se gara, sortit de la voiture, et la conversation cessa. Il s'arrêta au milieu du trottoir défoncé.

— Est-ce qu'un type du nom de Junky Doog habite ici ?

Une Indienne corpulente se leva lourdement de sa chaise de jardin.

— Non. C'est toute ma famille qui vit ici, maintenant.

— Est-ce que vous le connaissez ?

— Non, monsieur le policier. (Elle était polie.) Ça fait presque quatre mois qu'on est installés, et on n'a jamais entendu ce nom-là.

Lucas fit un signe de tête.

— D'accord.

Il la croyait.

Lucas se mit à écumer les bars, à parler aux clients et aux barmen. Il était resté longtemps à l'écart, loin de la rue, les acteurs avaient changé. De temps en temps, on le reconnaissait dans la foule, on prononçait son nom, on lui tendait la main : les noms et les visages lui revenaient en mémoire, mais les informations étaient maigres.

Il s'apprêtait à rentrer chez lui, mais vit sur le chemin l'enseigne du *Blue Bull* dans une rue latérale, et décida de faire un dernier arrêt.

Une demi-douzaine de voitures étaient garées dans un ordre bizarre autour du parking du bar, comme si on les avait abandonnées pour courir aux abris pendant un bombardement. Les vitres du *Blue Bull* étaient passées au mercure, afin que les tenanciers puissent voir les gens venir du parking sans être vus eux-mêmes. Lucas laissa la Porsche devant une bouche d'incendie, respira l'air de la nuit — créosote et goudron —, et entra.

Le *Blue Bull* pouvait se permettre d'être bon marché, disait son propriétaire, parce qu'il limitait les faux frais. Il les limitait en ne réparant jamais rien. Les sillons qui creusaient la table de billard permettaient à une boule d'atterrir dans une poche de coin en décrivant un arc de cercle de trente degrés. Les ventilateurs du plafond n'avaient pas bougé de là depuis les années soixante. Le juke-box avait rendu l'âme au milieu d'un disque de Guy Lombardo et il trônait toujours au même endroit.

Le décor mural ne changeait pas, lui non plus : un papier constellé de flocons rouges digne d'un bordel, avec une patine de bière et de fumée de cigarette. Le barman, par contre, était un nouveau venu. Lucas se laissa tomber sur un tabouret, et celui-ci s'approcha en essuyant le comptoir.

— Ouais ?

— Est-ce que Carl Stupella travaille toujours ici ?

Le barman toussa avant de répondre, en tournant la tête, sans prendre la peine de mettre sa main devant sa bouche. Des gouttes de salive tombèrent sur le bar.

— Carl est mort, répondit-il quand il eut récupéré un peu.

— Mort ?

— Ouais. S'est étouffé avec une saucisse pendant un match de base-ball.

— Vous vous moquez de moi ?

Le barman haussa les épaules, commença un sourire, se ravisa, et haussa les épaules à nouveau. Toussa.

— Son heure était venue, dit-il avec gravité, déplaçant son chiffon en cercle sur le bar. Vous êtes un de ses amis ?

— Mon Dieu, non. Je cherche un autre type. Carl le connaissait.

— Carl *était* un trou-du-cul, commenta le barman avec philosophie. (Il posa un coude sur le comptoir.) Vous êtes flic ?

— Ouais.

Le barman jeta un regard autour de lui. Il y avait sept autres personnes dans l'établissement, cinq étaient assises toutes seules et regardaient dans le vague, les deux autres têtes étaient baissées et collées l'une à l'autre pour pouvoir chuchoter sans avoir besoin de tendre l'oreille.

— Vous cherchez qui ?

— Randolph Leski, il fréquentait ici, autrefois.

L'œil du barman parcourut la longueur du comptoir, puis revint vers Lucas. Il se pencha en avant et baissa la voix.

— Est-ce que ça peut rapporter du fric ?

— Quelquefois. On vous met sur la liste des gens qui ont fourni des tuyaux...

— Randy est sur le huitième tabouret en partant de votre place. A côté des deux types suivants.

Lucas hocha la tête, et, un moment plus tard, se pencha en arrière pour jeter un coup d'œil sur la droite. Son regard revint au barman.

— Le type que je cherche est aussi corpulent que vous.

— Vous voulez dire gros.

— Fort.

Le barman inclina la tête.

— Randy a eu une tumeur. Ils lui ont enlevé la majeure partie du bide. Il n'arrive plus à regrossir. On dit que quand il mange une côte de porc, il chie des saucisses. Il n'arrive plus à digérer.

Lucas regarda de nouveau dans cette direction, et dit :

— Donnez-moi un demi, ou ce que vous voudrez.

Le barman fit un signe de tête, s'éloigna du bar. Lucas sortit une carte de visite et un billet de vingt dollars de ses poches.

— Merci. Comment vous appelez-vous ?

— Earl. Stupella.

— Le frère de... ?

— Le frère de Carl.

— Si vous entendez quelque chose d'intéressant, un jour, appelez-moi. Gardez la monnaie.

Lucas prit son verre de bière et avança le long du comptoir. S'arrêta pour s'assurer qu'il s'agissait bien du même type. L'homme maigre juché sur le tabouret tourna la tête : la peau pendait autour de la face et du cou comme celle d'un basset, mais c'étaient bien les petits yeux de cochon teigneux de Randy Leski qui le dévisageaient.

— Randy ! s'exclama Lucas. Eh bien ça !...

Leski secoua la tête une fois, comme s'il était gêné par une mouche dans la cuisine. Il était spécialisé dans les arnaques aux travaux de réparations ; sa cible principale, c'étaient les personnes âgées. Le persécuter était un des passe-temps préférés de Lucas.

— Je t'en prie. Dégage.

— Doux Jésus, un vieil ami ! dit Lucas en ouvrant les bras.

Toutes les autres conversations s'interrompirent.

— Tu as l'air en forme, mon vieux. Tu as fait un régime ?

— Va te faire dorer, Davenport. Je ne sais pas ce que tu cherches, mais moi, je ne suis pas au courant.

— Je cherche Junky Doog.

Leski se redressa un peu.

— Junky ? Il a encore découpé quelqu'un en rondelles ?

— Je voudrais seulement lui parler.

Leski se mit à glousser.

— Ce vieux Junky, bon Dieu ! (Il eut un geste comme s'il essuyait une larme.) Je vais te dire, la dernière fois que j'ai entendu parler de lui, il travaillait sur une décharge dans le comté de Dakota.

— Une décharge ?

— Ouais. Les ordures. Je ne sais pas où, c'est des mecs qui m'ont raconté ça. Bon Dieu ! Né dans un cimetière de voitures, le mec se fait enfermer chez les dingues. Quand ils le foutent dehors, il atterrit dans une décharge publique. Il y a des gens qui ont vraiment du pot, hein ?

Leski se mit à rire, un concert sifflant de raclements pleins de glaires.

Lucas l'observa un moment, en attendant que les sifflements cessent, puis il hocha la tête.

Leski dit :

— On m'a dit que tu étais de retour.

— Ouais.

Leski prit une gorgée de bière, fit la grimace, regarda son demi, et reprit :

— J'ai su que tu t'étais fait tirer dessus, l'hiver dernier. Ça m'a fourni l'occasion de retourner dans une église pour la première fois depuis que j'étais môme.

— A l'église ?

— J'ai passé mon temps à prier pour que tu claques. Dans des souffrances atroces.

— C'est gentil de penser à moi. Tu arnaques toujours les vieux ?

— Va te faire mettre.

— Tu es un rayon de soleil, pour moi, Randy... Hé !...

La vieille veste de sport de Randy avait un pli bizarre, les contours d'une masse informe. Lucas lui palpa le flanc.

— T'es armé ?

— Allez, fous-moi la paix, Davenport !

Randy Leski ne portait jamais d'arme : c'était un des articles de la foi selon sa religion.

— Qu'est-ce qui t'est arrivé ?

Leski était un repris de justice. La possession d'une arme pouvait le renvoyer sous les verrous. Son regard plongea vers sa bière.

— Tu as vu ce qui se passe dans mon quartier ?

— Pas ces temps-ci.

— Ça va mal. Ça va très mal, Davenport. Je suis content que ma mère ne soit plus là pour voir ça. Ces gamins, Davenport, ils sont capables de te descendre parce que tu les as bousculés. (Il inclina la tête pour regarder Davenport. Ses yeux avaient la couleur de l'eau.) Je jure devant Dieu, j'étais chez *Pansy* l'autre nuit, et un petit con se met à dégoiser des saloperies à une fille, et son petit ami se lève — le fils de Bill Mac Guane — et dit à la fille : « Viens. On s'en va. » Et ils s'en vont. Un jour, je vois Bill, je lui en parle, et il me répond : « J'ai dit à ce gamin de ne jamais se battre. C'est pas un dégonflé, mais une bagarre, de nos jours, ça coûte la vie. » Et il a raison, Davenport. On peut plus sortir dans la rue sans avoir peur de se faire assommer. Pour rien. Rien du tout. Avant, si quelqu'un te cherchait, il avait une raison. Maintenant ? C'est pour rien.

— Bon. Vas-y mollo avec le flingue, hein ?

— Ouais.

Il se retourna vers le bas, et Lucas s'éloigna. Puis Leski se remit brusquement à glousser. L'effort faisait trembler la peau qui pendait à son cou. Il dit : « Junky Doog », avant de se remettre à glousser.

Une fois dehors, Lucas jeta un regard autour de lui, ne réussit pas à trouver ce qu'il pouvait faire de plus. Il entendait des sirènes, au loin — des tas de sirènes. Il se passait quelque chose, mais il ne savait pas où. Il pensa à donner un coup de fil, pour savoir où il y avait de l'action, ce soir-là ; mais pour qu'il y ait autant de sirènes, ça devait être un incendie, ou un accident de voiture. Il soupira, commençant à sentir la fatigue, et retourna à la voiture.

Weather dormait. Elle se levait à six heures, se déplaçant sans bruit pour ne pas l'éveiller ; à sept heures elle était en salle d'opération ; Lucas dormait encore pendant trois heures. Il se déshabilla dans la salle de bains principale au bout du couloir, prit une douche rapide pour se débarrasser de l'odeur de fumée du bar, puis se glissa près d'elle. Il se laissa rouler contre elle, sentit la jambe lisse contre la sienne. Weather dormait avec un vieux maillot de corps d'homme, et un slip de bikini qui laissait un peu de travail — pas beaucoup — à l'imagination.

Il se mit sur le dos et un instantané d'elle en slip et en maillot, se mouvant dans la chambre, passa rapidement sur son écran mental. Parfois, quand elle n'opérait pas le lendemain matin, la même image lui venait à l'esprit, il ne parvenait pas à la chasser, et sa main s'insinuait dans le maillot...

Pas ce soir. Il était trop tard. Il tourna la tête et l'embrassa pour lui souhaiter bonne nuit. Il ne devait jamais oublier de faire ça avant de dormir, lui avait-elle dit un jour, s'il s'en abstenait, elle s'en rendrait compte, son subconscient s'en souviendrait.

Lucas sentit la main de Weather sur sa peau et ouvrit les yeux, au bout de ce qui lui sembla être un long sommeil. La pièce était dans la pénombre, le jour filtrait à travers les rideaux. Weather était assise tout habillée sur le lit. Elle imprima une autre secousse délicieuse.

— C'est assez commode que les hommes soient munis de poignées, dit-elle. Ça les rend faciles à réveiller.

— Hein ?

Il était à peine conscient.

— Tu devrais te lever et regarder la télé, poursuivit-elle en lâchant prise. Ils parlent de toi à l'émission du matin.

— Moi ?

Il fit un effort surhumain pour se redresser.

— Quelle est cette phrase piquante dont vous vous servez dans la police, dans ces cas-là ? « La merde nous est tombée dessus » ? Je crois que c'est exactement ce qui est en train de se passer.

CHAPITRE VII

Anderson attendait dans le couloir devant le bureau de Lucas, lisant, appuyé au mur, une poignée de documents tout frais sortis de l'imprimante. Il se redressa quand il aperçut Lucas.

— Le chef veut nous voir tout de suite.

— Je sais, on m'a prévenu par téléphone. J'ai vu l'émission sur TV3, répliqua Lucas.

— Ces papiers vous sont destinés, dit Anderson, tendant une chemise à Lucas. Les derniers rapports concernant l'affaire Wannemaker. Les galeries n'ont rien donné. Pour les Camel, il y a confirmation, le tabac trouvé sur son corps est le même que celui de la cigarette. Il y a des marques sur ses poignets, mais pas de liens ; ses chevilles ont été attachées avec une corde jaune en polypropylène. C'est une vieille corde, en partie abîmée par son exposition au soleil, alors, si on en retrouve, ils pourront probablement établir qu'il s'agit de la même.

— Rien d'autre ? Des échantillons de peau, de sperme, quelque chose ?

— Pas pour l'instant... Voici le dossier Bey.

— Doux Jésus !

Lucas prit le dossier et l'ouvrit. La plupart des papiers qu'il contenait étaient des photocopies destinées au rapport d'enquête de Connell ; il y avait quelques petites choses mineures qu'il n'avait pas encore vues. Mercedes Bey, trente-sept ans, tuée en 1984, dossier pas encore classé. Le premier meurtre sur la liste de Connell, la pièce centrale du reportage de TV3.

— Vous avez entendu ce qui s'est passé près du lac ? demanda Anderson en baissant la voix comme s'il allait raconter une histoire salace.

— Qu'est-ce qui s'est passé ?

Lucas leva les yeux.

— Une sale histoire. Ça a eu lieu trop tard pour pouvoir figurer dans l'émission du matin. Un type et sa petite amie, enfin, c'était peut-être sa petite amie. Le type est dans le coma, c'est presque un légume. La femme est morte. On lui a écrasé la tête à coups de tuyau ou de barre de fer. Ou avec un fusil, ou encore un pistolet à canon long, peut-être un Redhawk. Ça ressemble à un crime crapuleux de dernière catégorie. Pas beau à voir. *Vraiment* pas beau à voir.

— Et la brigade criminelle est dans tous ses états ?

— Tout le monde panique, répondit Anderson. Tout le monde est allé voir. Roux vient de rentrer. Et, sur ces entrefaites, TV3 — le chef est à cran. Pour de bon.

Roux était furieuse. Elle pointa sa cigarette vers Lucas.

— Dites-moi que vous n'avez rien à voir là-dedans.

Lucas haussa les épaules, regarda les autres et s'assit.

— Je n'ai rien à voir là-dedans.

Roux hocha la tête, tira une longue bouffée de sa cigarette ; son bureau empestait comme une salle de bowling, un soir de compétition. Lester était assis dans un coin, les jambes croisées, l'air malheureux. Anderson, semblable à un hibou perché sur une chaise, contemplait Roux à travers d'épais verres de lunettes.

— Je ne le croyais pas, de toute manière, précisa Roux. Mais on sait tous qui est responsable.

— Mmm.

Lucas ne voulait pas dire de qui il s'agissait.

— Vous ne voulez pas le dire ? demanda Roux. Très bien, je le ferai. Cette salope de Connell.

— Douze minutes, expliqua Anderson. Le plus long reportage que TV3 ait jamais diffusé. Il *fallait* qu'ils soient en possession du dossier de Connell pour pouvoir faire ça. Ils avaient toutes les dates et tous les noms. Ils ont pêché des images d'archives sur le meurtre de Mercedes Bey. Ils se sont servis d'images qu'ils avaient coupées au montage à l'époque, quand ils les avaient prises. Et ce qu'ils ont montré sur Wannemaker, bon Dieu, ils avaient une vidéo où on voyait le corps hissé hors de la benne à ordures, et pas dans un sac, rien, comme ça, juste ce tas de tripes au bout duquel pendait la tête !

— Ils ont tourné ça du pont, dit Lucas. On les a vus là-haut. Je ne savais pas qu'ils avaient des objectifs aussi bons, par contre.

— L'affaire Bey n'a bien entendu jamais été classée, intervint Lester en recroisant les jambes dans l'autre sens. Il n'y a pas prescription dans les affaires de meurtre.

— C'était hier qu'il fallait penser à ça, commenta Roux, qui se mit à arpenter la moquette, en secouant sa cendre de cigarette tous les deux pas.

Ses cheveux, qui n'avaient jamais fait l'objet de soins exagérés, se dressaient par endroits comme de petites cornes.

— Ils ont interviewé la mère de Bey. C'est une vieille dame fragile au visage parcheminé. Elle a dit qu'on avait abandonné sa fille au tueur. Elle avait l'air en très mauvais état, quasiment à l'article de la mort. Ils ont dû la faire sortir du lit à trois heures du matin pour avoir la bande-vidéo à temps.

— Le reportage sur Connell était assez bizarre, si c'est bien elle qui les a tuyautés, dit Anderson.

— Ah ! ils ont fabriqué ça de toutes pièces, trancha Roux en agitant sa cigarette d'un geste sans appel. J'ai fait la même chose quand j'essayais d'obtenir de l'argent de la commission des finances. Ils vous emmènent dans une rue et vous font entrer dans un immeuble pour que ça ressemble à une vidéo de surveillance ou à des images d'archives. Elle a fait ça, elle aussi. (Elle regarda Davenport.) Je reçois la presse dans dix minutes.

— Bonne chance.

Il sourit, un sourire étriqué, déplaisant.

— Vous n'avez jamais été déchargé de cette affaire, d'accord ?

Son sourcil se leva et s'abaissa.

— Bien sûr que non, répondit Lucas. On les a mal informés. J'ai passé la soirée à travailler dessus, et j'ai même trouvé une nouvelle piste.

— Est-ce que c'est le cas ?

Le sourcil s'agita à nouveau.

— Plus ou moins. Junky Doog travaille peut-être dans une décharge dans le comté de Dakota.

— Ah ! Je dirais que c'est un rebondissement crucial dans cette affaire, dit Roux, d'une voix où affleurait une pointe de satisfaction. Si vous pouvez le ramener ici dans la journée, je me chargerai personnellement d'en informer le *Strib* en exclusivité. Que TV3 aille se faire foutre.

— Si c'est Connell leur source d'informations, ils sauront que vous mentez en affirmant que vous n'avez pas cherché à vous débarrasser de l'affaire.

— Ah ouais, et alors ? Qu'est-ce qu'ils vont faire, organiser un débat ? Révéler de qui ils tiennent leurs informations ? Qu'ils aillent se faire foutre.

— Est-ce que je collabore toujours avec Connell sur ce dossier ? demanda Lucas.

— On n'a pas le choix, répondit Roux d'un ton mordant. Si on n'a pas classé l'affaire, elle y est toujours affectée, pas vrai ? Je m'occuperai d'elle plus tard.

— Il n'y aura jamais de plus tard, pour elle, répliqua Lucas.

— Mon Dieu ! dit Roux, s'immobilisant brusquement. Je souhaiterais que vous n'ayez jamais dit ça.

Le reportage de TV3 consistait en un montage d'images d'archives commentées par une journaliste blonde sensationnelle, avec deux dents de devant légèrement en avant, qui la rendaient encore plus sexy. En tenue de ville, des vêtements chers de style grunge, elle débitait avec insistance des accusations fondées sur le dossier élaboré par Connell sur un ton d'une grande intensité ; le taudis de brique rouge où Mercedes avait été retrouvée taillée en pièces se détachait derrière elle, inondé d'une lumière façon famille Adams. Elle raconta le meurtre de Bey et ceux qui avaient suivi, extrayant les détails les plus frappants des rapports d'autopsie, ponctuant son récit de phrases du genre : « Après la décision controversée du chef Roux de balancer cette enquête aux oubliettes... », « Après l'abandon de cette enquête pour ce qui semble être des raisons politiques par la police de Minneapolis... » et : « La paperasserie de la police de la ville va-t-elle enterrer le cri de Mercedes Bey, qui réclame que justice soit faite ? D'autres innocentes de la région de Minneapolis seront-elles forcées de payer un horrible tribut au tueur à cause de cette décision ? Nous sommes pour l'instant contraints à l'expectative... »

— Personne ne va me faire chier comme ça ! hurlait Roux à son attaché de presse quand Lucas sortit de son bureau avec Anderson. Personne ne va me faire chier !...

Anderson grimaça un sourire à l'adresse de Lucas et dit :

— Connell s'en charge déjà.

Greave intercepta Lucas dans le couloir.

— J'ai lu le dossier, mais c'était une perte de temps. J'aurais pu me contenter du résumé à la télé, ce matin.

Il était habillé d'un costume flou couleur lavande, avec une cravate en soie bleue.

— Ouais, grogna Lucas.

Il ouvrit la porte de son bureau avec sa clé et Greave le suivit à l'intérieur. Lucas prit le téléphone, il y avait un message sur le répondeur et il composa le code sur les touches. C'était la voix de Meagan Connell, humble : « J'ai vu le reportage télé ce matin. Est-ce que ça change quelque chose à nos accords ? » Son impertinence fit sourire Lucas, et il griffonna le numéro qu'elle avait laissé sur un morceau de papier.

— Qu'est-ce qu'on fait ? demanda Greave.

— On va voir si on peut trouver un type dans le comté de Dakota. Un ancien maniaque sexuel avec un goût marqué pour les couteaux. (Il avait composé le numéro de Connell tout en parlant. Elle décrocha à la première sonnerie.) Davenport à l'appareil.

— Doux Jésus ! dit Connell. J'ai regardé la télé ce matin...

— Ouais, ouais. Il y a trois personnes en ville qui ne connaissent pas l'origine des informations, et Roux n'en fait pas partie. Vous feriez mieux de garder le profil bas aujourd'hui. Elle est fumasse. Toujours est-il qu'on est de nouveau sur l'affaire.

— De nouveau sur l'affaire...

Elle s'était débrouillée pour le dire sur le ton du constat, mais la satisfaction perçait dans l'intonation. Elle ne niait pas.

— Est-ce qu'il y a du neuf?

Il lui fit un compte rendu des informations que lui avait données Anderson sur les conclusions du laboratoire de la police du Wisconsin.

— Des marques laissées par des liens? S'il l'a ligotée, il a dû l'emmener quelque part. C'est une première. Je parie qu'il l'a emmenée chez lui. Il habite dans le coin — ça n'était pas le cas les fois précédentes, alors il ne pouvait pas les ramener... Hé, si vous avez lu le dossier Mercedes Bey, je crois qu'elle avait disparu depuis déjà un bon moment, quand ils l'ont retrouvée.

— Oui, c'est peut-être un élément intéressant, approuva Lucas. Greave et moi, on va aller à la recherche de Junky Doog. J'ai un tuyau sur lui.

— Je veux vous accompagner.

— Non. Je ne veux pas vous voir aujourd'hui. Ça vaut mieux, croyez-moi.

— Alors, je peux peut-être téléphoner? demanda-t-elle.

— A qui?

— Aux gens qui figurent sur la liste du libraire.

— C'est aux gens de Saint Paul de faire ça.

— Non, ils n'ont pas encore commencé. Moi, je peux m'y mettre tout de suite.

— Parlez-en d'abord à Lester. Faites-leur tirer ça au clair avec Saint Paul. Cette partie de l'enquête leur revient.

— Est-ce que vous allez écouter mon histoire? demanda Greave quand ils sortirent de la Porsche.

— Il le faut absolument?

— Sauf si vous tenez à m'entendre geindre pendant deux heures.

— Parlez, dit Lucas.

— Une prof appelée Charmagne Carter avait été retrouvée morte dans son lit, dit Greave. Sa porte était fermée de l'intérieur. L'appartement était protégé par un système d'alarme avec des détecteurs de mouvement infrarouges reliés directement par téléphone à une compagnie de sécurité.

— La porte était vraiment fermée ?

— Hermétiquement.

— Pourquoi pensez-vous qu'on l'a assassinée ?

— Sa mort tombait à point nommé pour certains individus assez louches.

— Donnez-moi des noms.

— Les frères Joyce, John et George, répondit Greave. Vous les connaissez ?

Lucas sourit.

— Excellent, dit-il.

— Quoi ?

— Je jouais au hockey avec eux quand j'étais gamin. C'était déjà des salopards à l'époque, et ça n'a pas changé.

Les Joyce avaient quasiment fait fortune, raconta Greave. Ils avaient commencé par s'occuper de la gestion d'immeubles de rapport à la place des propriétaires — essentiellement des avocats défendeurs, semblait-il — et de louer les appartements. Ils avaient acheté deux asiles de nuit, après avoir amassé un peu d'argent. Quand héberger les sans-domicile était devenu à la mode, ils avaient entrepris le minimum de réfections nécessaires pour ne pas être en infraction et avaient bazardé le tout à une fondation charitable.

— Le directeur de la fondation s'est mis à circuler dans une grosse BMW, peu de temps après.

— Il sautait le déjeuner pour mettre l'argent de côté, expliqua Lucas.

— Aucun doute, approuva Greave. Alors les Joyce ont raflé le fric et se sont mis à trafiquer dans l'immobilier, à vendre des appartements qui n'existaient que sur le papier, etc. On me dit qu'à un certain moment ils contrôlaient cinq à six millions de dollars. Après ça, l'économie s'est cassé la gueule. Surtout l'immobilier.

— Ah !

— Bref, les Joyce ont sauvé ce qu'ils ont pu de leurs petites combines, et ont investi chaque dollar dans un vieil immeuble du Southeastside. Quarante unités d'habitations. Des couloirs très larges.

— Très larges ?

— Ouais. Larges. L'idée, c'était d'élever des cloisons de placoplâtre, d'enduire, de passer un coup de peinture, de déménager les buffets, de mettre des gazinières de taille réduite, des frigos, et de vendre ça à la mairie comme résidence pour les handicapés. Ils avaient des appuis : le conseil municipal était prêt à marcher. Les Joyce prévoyaient un profit d'un million et demi de dollars sur cette affaire. Mais il y avait un os.

Le professeur, Charmagne Carter, et une douzaine d'autres locataires plus anciens, à qui le syndic avait accordé des baux à long terme avant le rachat de l'immeuble, poursuivit Greave. Apparemment, il s'agissait de la revanche du syndic qui savait qu'il allait perdre son boulot. La ville refusait d'acheter l'immeuble tant que ces baux étaient en vigueur. Les Joyce en avaient racheté quelques-uns, et tenté de poursuivre les gens qui refusaient de vendre. Le tribunal avait maintenu les baux.

— Les loyers sont de cinq cents dollars par mois pendant quinze ans avec une hausse de deux pour cent par an, et c'est tout. A ce prix-là, des appartements comme ça, c'est une affaire, et l'augmentation des loyers n'est même pas indexée sur le taux d'inflation. Raison pour laquelle les gens ne voulaient pas partir. Mais ils seraient peut-être partis quand même, parce que les Joyce leur créaient toutes sortes de difficultés. Sauf que la vieille dame refusait de se laisser intimider, et c'était autour d'elle que la résistance s'organisait. Et puis, on l'a retrouvée morte.

— Ah !

— La semaine dernière, elle n'est pas venue au lycée, continua Greave. Le directeur appelle chez elle, pas de réponse. Un flic va jeter un coup d'œil, et ne parvient pas à ouvrir la porte, elle est verrouillée de l'intérieur, le téléphone ne répond toujours pas. Ils finissent par défoncer la porte, le système d'alarme retentit, et elle était là, dans son lit, morte. George Joyce se tamponne les yeux avec un mouchoir, et il a la tête du chat qui vient de bouffer le canari. On s'est dit qu'ils l'avaient tuée.

— Et l'autopsie ?

— Ouais. Pas une marque, rien. Les rapports de toxicologie indiquent une quantité de sédatifs correspondant à deux cachets de somnifères, qui lui avaient été prescrits. Il y avait une bouteille de bière et un verre sur sa table de nuit, mais son métabolisme avait apparemment désintégré les molécules d'alcool parce qu'on n'en a pas retrouvé trace dans le sang. Sa fille a dit qu'elle souffrait d'insomnie depuis longtemps, et qu'elle avalait deux somnifères avec une bière, qu'elle lisait ensuite jusqu'à ce qu'elle ait sommeil, et qu'elle allait pisser avant de se coucher. Il semble que ce soit exactement ce qu'elle ait fait. Le médecin dit que son cœur s'est arrêté. Point final.

Lucas haussa les épaules.

— Ça arrive.

— Personne n'a jamais souffert du cœur dans cette famille. Elle avait subi des examens en février, aucun problème à part l'insomnie, et le fait qu'elle était un peu maigre — ce qui semble exclure l'infarctus.

— Ça arrive quand même de temps en temps. Les gens tombent morts.

Greave secoua la tête.

— Quand les Joyce s'occupaient des asiles de nuit, ils avaient un type pour maintenir l'ordre là-dedans. Ils l'ont parachuté dans cet immeuble. C'est un vieil ami à vous ; d'après le fichier vous l'avez arrêté trois ou quatre fois. Vous vous souvenez de Ray Cherry ?

— Cherry ? Doux Jésus, ça c'est un salaud ! Il boxait quand il était môme, il a fait le tournoi des Gants d'Or... (Lucas se gratta la mâchoire, il réfléchissait.) Une sacrée bande que vous avez sur les bras, bon Dieu !

— Alors, qu'est-ce que je fais ? Je n'ai aucun élément pour agir.

— Trouvez une gégène et un sous-sol bien obscur. Cherry finira par se mettre à table.

Lucas eut un petit sourire, et Greave un mouvement de recul presque visible.

— Vous ne parlez pas sérieusement ?

— Mmm. Non, pas vraiment, dit Lucas. (Puis son visage s'illumina.) On l'a peut-être tuée avec un pic à glace.

— Quoi ?

— Laissez-moi le temps d'y réfléchir.

Il y avait deux décharges dans le comté de Dakota.

Fidèles à la loi énoncée par Murphy, ils allèrent tout d'abord à la mauvaise, avant de parcourir une série de petites routes écartées jusqu'à la bonne. Ils firent le dernier kilomètre entre deux camions d'ordures qui avançaient péniblement. L'été qui s'annonçait avait considérablement aggravé l'état déjà avancé de leur cargaison.

— Bureau, dit Greave en pointant le doigt sur la gauche.

Il épousseta son costume lavande, comme s'il essayait de se débarrasser de l'odeur de fruits pourris.

Le bureau était un petit bâtiment en brique avec une grande fenêtre donnant sur des balances servant à peser les camions, et sur les files de véhicules qui se dirigeaient en grondant jusqu'aux bords de la trouée de terre jaune constituant la décharge proprement dite.

A l'intérieur, un comptoir en formica séparait le bureau en deux. Un gros type en tee-shirt vert était assis derrière, en face d'un bureau métallique, un cigare non allumé aux lèvres. Il était en train de se plaindre au téléphone et d'arracher des peaux mortes de la taille d'une pièce de monnaie à ses coudes ; le calvaire du psoriasis. Derrière lui, une porte donnait sur une pièce de la taille d'une cabine téléphonique avec un lavabo et des toilettes. La porte était ouverte et les toilettes gargouillaient. Un demi-rouleau de papier hygiénique trônait sur le réservoir de la chasse d'eau, et un autre traînait par terre, où il s'était imbibé d'eau sale.

— Alors il m'a dit : ça vous coûtera cent sacs de venir ici pour y jeter un coup d'œil, poursuivit le gros qui parlait au téléphone, en regardant vers les toilettes. Je vais te dire, je vais descendre à Fleet-Farm et prendre les pièces détachées... Je sais, Al, mais ça commence à me rendre marteau, cette histoire.

Le gros type mit sa main sur le microphone et leur dit :

— Je suis à vous dans une minute.

Puis, reprenant sa conversation téléphonique :

— Al, il faut que je te laisse, il y a deux types en costume, ici. Ouais.

Il leva les yeux vers Lucas et demanda :

— Vous êtes de l'EPA ?

— Non.

Le gros homme dit « Non » dans l'appareil, puis leva les yeux à nouveau :

— De l'OSHA ?

— Non, on est des flics de Minneapolis.

— Des flics de Minneapolis, répéta le gros homme. (Il écouta une minute et leva les yeux.) Il a envoyé le chèque.

— Quoi ?

— Il a envoyé le chèque à sa bourgeoise. Il l'a mis au courrier ce matin. Tout ce qu'il devait.

— Parfait, dit Lucas. J'espère que c'est vrai, ou on sera obligés de l'arrêter pour outrage à officier de police dans l'exercice de ses fonctions, un délit de troisième catégorie.

Greave se détourna pour sourire tandis que le gros homme répétait les termes de Lucas dans l'appareil, ajoutant après un silence :

— C'est ce qu'il a dit. (Il raccrocha.) Il dit qu'il l'a envoyé.

— D'accord. On cherche aussi un type qui traîne aux alentours. Junky Doog...

Les yeux de l'homme fuirent son regard, et Lucas ajouta :

— Il est bien ici ?

— Junky, euh, est un peu...

Le gros homme se martela la tempe de l'index.

— Je sais. J'ai déjà eu affaire à lui.

— Ces derniers temps ?

— Pas depuis qu'il est sorti de St. Peter.

— Je crois qu'il a la maladie d'Alzheimer, expliqua le gros homme. Certains jours, il est carrément ailleurs. Il oublie de manger, il chie dans son froc.

— Alors, il est où ? demanda Lucas.

— Bon Dieu, j'ai pitié de ce mec ! Il n'a jamais eu de pot. Pas une seule fois dans toute sa vie.

— Il découpait les gens en rondelles. Ça ne se fait pas.

— Ouais, je sais. Des jolies femmes. Et je ne suis pas particulièrement porté au laxisme en ce qui concerne les criminels, mais, quand on discute avec Junky, on *sait* qu'il ne se rend pas compte. C'est un môme. Je veux dire : évidemment, ça n'est pas un môme, un môme ne fait pas ça... Mais il ne se rend pas compte. Comme un *pit-bull* ou quelque chose comme ça. C'est tout simplement pas de sa faute.

— On en tiendra compte, le rassura Greave, la voix douce. Vraiment, on fait attention à ce genre de choses.

Le gros homme soupira, se hissa sur ses pieds tant bien que mal, fit le tour du comptoir, s'approcha d'une fenêtre.

— Vous voyez le saule, là-bas ? Il a une crèche dans les bois par là. On n'est pas censé l'autoriser à rester là, mais qu'est-ce qu'on peut y faire ?

Lucas et Greave traversèrent la décharge. Leurs chaussures s'enfonçaient dans la terre jaune. Ils essayaient de rester à l'écart du sillage de poussière des camions qui passaient dans un grondement. La décharge ressemblait plus à un chantier d'autoroute qu'à un dépôt d'ordures, avec de gros bulldozers à l'œuvre, à l'exception des bords : un amas de sacs poubelles verts, de couches-culottes, de boîtes de céréales, de cartons, de lambeaux de plastique et de métal, le tout à demi enfoui dans la terre jaune, et entouré par un sous-bois maladif. Des mouettes, des corbeaux et des pigeons planaient au-dessus des détritus, à la recherche de nourriture ; un chien gris osseux, se déplaçant subrepticement comme un chacal, traînait aux alentours.

Le saule pleureur était un vieil arbre jaune, aux longues branches couvertes d'un feuillage d'un vert éclatant. Deux bâches de plastique bleu avaient été tendues comme de la toile de tente sur des branchages situés au-dessous. Sous l'une se trouvait un barbecue récupéré dans les ordures ; sous l'autre, il y avait un matelas. Un homme était allongé, le visage tourné vers le ciel, les yeux ouverts, immobile.

— Doux Jésus, il est mort, dit Greave d'une voix étouffée.

Lucas s'engagea dans l'étroit sentier qui serpentait dans les buissons, Greave le suivant avec de plus en plus de répugnance, jusqu'à ce que la puanteur dégagée par des excréments humains vienne frapper leurs narines. C'était une odeur lourde, qui ne provenait de nulle part en particulier. Lucas se mit à respirer par la bouche, et sa main vint inconsciemment se poser sur sa hanche, tirant son pistolet légèrement hors de la gaine, le dégageant, avant de le remettre en place. Il prit soin de s'approcher et appela :

— Salut ! Hé !...

L'homme frémit sur le matelas, puis se relâcha de nouveau. Il avait un bras étendu et l'autre posé sur l'aine.

Lucas vit en s'approchant que le bras étendu avait quelque chose de bizarre. Juste à côté du matelas, une souche aplatie servait de table. De petits cylindres bruns traînaient dessus, comme des boyaux de bœuf. Près de la souche se trouvait un bidon de quatre litres de décapant ouvert, couché sur le flanc.

— Hé !

L'homme tenta de se redresser. Junky Doog. Et il avait un couteau recourbé à manche de nacre, d'où jaillissait une lame de quinze centimètres. Doog le tenait délicatement, comme un rasoir. Il cria « Foutezlecamp ! » d'un seul trait. Ses yeux étaient d'un blanc nuageux, comme s'ils s'étaient couverts de cataracte, et son visage était brun, brûlé par le soleil. Il n'avait plus de dents, et ne s'était pas rasé depuis des semaines. Ses cheveux grisonnants lui tombaient sur les épaules. Lucas ne l'avait jamais vu en si mauvais état. Il n'avait jamais vu d'être humain en si mauvais état.

— Il y a de la merde partout, remarqua Greave. (Puis :) Attention, attention, le couteau !...

Junky fit tournoyer la lame avec une dextérité de majorette. L'acier luisait dans les rayons du soleil affaiblis par le feuillage des arbres. « Foutezlecamp ! » cria-t-il. Il fit un pas vers Lucas, tomba, essaya de se rattraper à quelque chose avec sa main libre, cria de nouveau et roula sur le dos en la tenant. Il n'avait plus de doigts sur la main. Lucas regarda la souche : les cylindres bruns, c'étaient des morceaux de doigts et d'orteils.

— Jésus-Christ Tout-Puissant, murmura-t-il.

Il jeta un coup d'œil à Greave, qui restait bouche bée, essaya de se relever en pleurnichant. Le couteau luisait toujours dans sa main valide. Lucas s'approcha de lui par-derrière, lui mit son pied entre les omoplates et le poussa la tête la première dans la terre battue près du matelas. Le maintenant plaqué au sol, il saisit le bras mutilé, et, pendant que Junky se tortillait pour se dégager, attrapa l'autre bras, le secoua, faisant tomber le couteau. Junky était trop faible pour résister ; il était plus faible qu'un enfant.

— Est-ce que tu peux marcher ? demanda Lucas, en essayant de mettre Junky debout. (Il regarda Greave.) Donnez-moi un coup de main.

Junky, en pleine crise de larmes, hocha la tête, et, avec l'aide de Lucas et de Greave, se remit sur pied.

— Il faut qu'on t'emmène, mon vieux. Il faut y aller, Junky, le prévint Lucas. On est flics, il faut que tu viennes avec nous.

De nouveau la puanteur et les mauvaises herbes avec lui qui titubait, pleurait toujours ; à la moitié du chemin, il se passa quelque chose, son regard se fit moins brumeux et il se tourna vers Lucas :

— Va chercher ma lame. S'il te plaît, va chercher ma lame. Elle va rouiller, là-bas.

Lucas le considéra une minute, avant de jeter un coup d'œil en arrière.

— Tiens-le, ordonna-t-il à Greave.

Junky n'avait rien à voir avec les meurtres ; c'était impossible. Mais il fallait tout de même que Lucas récupère l'arme blanche.

— Va me chercher ma lame.

Lucas s'élança jusqu'au bivouac improvisé, prit le couteau, le referma, et revint à l'endroit où Greave tenait Junky par le bras. La silhouette de ce dernier oscillait au milieu du sentier. Son esprit battait à nouveau la campagne, et il suivit Lucas et Greave sur la terre jaune, la démarche raide, comme si ses jambes étaient des poteaux. Ses pieds n'avaient plus que les gros orteils. Il ne restait à la main gauche que le pouce et les premières phalanges ; la main elle-même était rongée par l'infection.

De retour au baraquement, le gros homme sortit et Lucas dit :

— Appelez le 911. Dites-leur qu'un officier de police a besoin d'une ambulance. Je m'appelle Lucas Davenport et je suis chef adjoint à Minneapolis.

— Qu'est-ce qui s'est passé, vous avez... ? commença le gros homme, avant de voir d'abord la main de Junky, puis son pied. Jésus, Marie, Joseph, murmura-t-il, et il courut à l'intérieur.

Lucas regarda Junky, plongea la main dans sa poche et lui tendit le couteau.

— Lâchez-le, ordonna-t-il à Greave.

— Qu'est-ce que vous allez faire ? demanda celui-ci.

— Lâchez-le, c'est tout.

Greave le lâcha à contrecœur, et le couteau fermé se mit à luire dans la main de Junky. Lucas, en face de lui, fit un pas de côté, un déplacement d'homme habitué à se battre au couteau.

— Je vais te planter, Junky, menaça-t-il, la voix basse, sur un ton de défi.

Junky se tourna vers lui, un sourire en coin sur son visage ravagé. Le couteau tournoya dans sa main, et la lame en jaillit brusquement. Il s'avança vers Lucas d'un pas incertain.

— Je te plante ; tu me plantes pas, rectifia-t-il.

— Je vais te planter, mec, répéta Lucas, en tournant sur la droite, du côté opposé à la lame.

— Tu me plantes pas.

Le gros homme sortit et s'exclama :

— Hé, qu'est-ce que vous faites ?

Lucas lui jeta un coup d'œil.

— Du calme. L'ambulance va venir ?

— Ils sont en route, répondit le gros homme. (Il fit un pas vers Junky.) Junky, mon vieux, passe-moi ce couteau.

— Je vais le planter, insista Junky en faisant un pas vers Lucas.

Il trébucha, et celui-ci avança, saisit le bras mutilé, fit tourner Junky, attrapa la manche râpée de la main qui tenait le couteau, le fit tourner un peu plus, prit la main valide et la secoua, faisant tomber l'arme blanche.

— Tu es en état d'arrestation pour agression sur un officier de police, dit Lucas. (Il écarta le gros homme, ramassa le couteau, le replia et l'enfouit dans sa poche.) Tu comprends ? Tu es en état d'arrestation.

Junky le regarda, et fit un signe de tête.

— Assieds-toi ! ordonna Lucas.

Junky avança d'un pas traînant et s'assit sur le perron devant la bâtisse. Lucas se tourna vers le gros homme.

— Vous avez tout vu. Souvenez-vous-en.

Celui-ci le regarda d'un air dubitatif.

— Je ne crois pas qu'il aurait pu vous faire grand-chose.

— L'arrêter, c'est ce que je peux faire de mieux pour lui, expliqua tranquillement Lucas. Ils vont l'enfermer, le nettoyer, s'occuper de lui.

Le gros homme réfléchit, hocha la tête. Le téléphone sonna, et il retourna à l'intérieur. Lucas, Greave et Junky attendirent en silence. Junky leva brusquement la tête :

— Davenport, qu'est-ce que tu veux ?

Sa voix était claire, mesurée, son regard ferme.

— Quelqu'un découpe des femmes en rondelles. Je voulais être sûr que ce n'était pas toi.

— J'ai découpé des femmes, il y a longtemps. Il y en avait une, elle avait des beaux... tu vois ce que je veux dire. J'ai fait une gravure, dessus.

— Ouais, je sais.

— Il y a longtemps. Elles aimaient ça.

Lucas secoua la tête.

— Il y a un mec qui découpe des bonnes femmes ? demanda Junky.

— Ouais, il découpe des bonnes femmes.

Après un temps de silence, Greave demanda à Junky :

— Pourquoi est-ce qu'ils font ça ? Pourquoi est-ce qu'il découpe les bonnes femmes ?

Par-dessus le bruit des camions qui roulaient vers la décharge, on entendait le bruit lointain d'une sirène. Le gros homme avait dû préciser qu'il s'agissait d'une urgence.

— C'est nécessaire, répondit solennellement Junky à Greave. Si on les découpe pas, surtout les belles, elles font n'importe quoi. On peut pas laisser les femmes faire n'importe quoi.

— Ah bon ?

— Ouais. Quand on les plante, elles restent tranquilles, ça c'est sûr. Elles restent tranquilles.

— Alors, pourquoi tu es resté longtemps sans les planter, et puis tu t'es mis à en planter des tas ?

— J'ai pas fait ça ! se récria Junky.

Il jeta un regard de défiance à Greave.

— Non, c'est le type qu'on cherche qui l'a fait.

Lucas les observa d'un œil curieux : l'homme au costume italien couleur lavande bavardait avec l'homme auquel manquaient les doigts de pied, comme s'ils étaient en train de boire un cappuccino au café.

— Il vient de s'y mettre ?

— Ouais.

Junky réfléchit un moment, se passant la main valide sur le visage, avant de dodeliner de la tête, comme s'il était enfin arrivé à une conclusion.

— Parce que les bonnes femmes font exprès de t'exciter, voilà pourquoi. Peut-être tu vois une femme, et elle t'excite. Elle te prend par la queue. Tu te balades la queue en l'air pendant quelques jours, et *il faut que tu fasses quelque chose*. Il faut que tu découpes des bonnes femmes.

— Une femme t'a excité ?

— Ouais.

— Alors tu l'as plantée.

— Eh bien... (Junky avait l'air en pleine introspection.) Peut-être pas elle exactement. Des fois, tu peux pas planter celle-là. Il y en avait une... (Il parut se perdre en réminiscences. Puis :) Mais il faut que tu découpes quelqu'un, tu vois ? Si tu ne le fais pas, ta queue reste en l'air.

— Et alors ?

— Et alors ? Tu peux pas te balader tout le temps la queue en l'air.

— Je voudrais bien, pourtant, plaisanta Greave.

Junky s'énerva, son visage tremblait de colère.

— Tu peux pas. Tu peux pas te balader comme ça.

— D'accord...

L'ambulance s'arrêta devant la décharge, suivie quelques secondes plus tard par une voiture de shérif.

— Allez, Junky, on t'emmène à l'hôpital, dit Lucas.

Junky poursuivit ses réflexions, à l'intention de Greave, en tirant sur sa jambe de pantalon de sa main valide.

— Mais il faut que tu l'aies, tôt ou tard. Tôt ou tard, il faut que tu retrouves celle qui t'a fait lever la queue. Tu vois si elle se trimballe comme ça et qu'elle te fait lever la queue quand ça lui plaît, c'est qu'elle fait n'importe quoi. Elle fait n'importe quoi et il faut la planter.

— D'accord...

Lucas porta plainte auprès du shérif adjoint qui suivait l'ambulance, et ils emmenèrent Junky.

— Je suis content d'y être allé avec vous, reconnut Greave. Il faut voir ça une fois dans sa vie. Une décharge, et un mec qui se coupe en rondelles comme du salami.

Lucas secoua la tête.

— Vous vous êtes bien débrouillé là-bas. Vous avez un baratin assez au point.

— Ah ouais ?

— Ouais. Parler avec les gens, vous savez, ça compte pour une bonne moitié du boulot, à la criminelle.

— Le baratin, ça d'accord, il est au point. C'est le reste qui déconne, insista Greave, l'air lugubre. Écoutez, vous voulez pas vous arrêter et faire un saut à mon appartement mystère sur le chemin du retour ?

— Non.

— Allez, un petit effort...

— Il y a trop à faire pour l'instant, expliqua Lucas. Une autre fois, peut-être.

— Ils me font une vie infernale, à la criminelle. Je trouve des petits mots, du genre : « L'enquête avance ? » Je les emmerde.

Greave s'en fut signaler sa présence à la criminelle, pendant que Lucas allait au bureau de Roux. Il passa sa tête à la porte.

— On a ramassé Junky Doog. Il est en dehors du coup, c'est quasiment sûr.

Il lui raconta comment Junky s'était mutilé. Roux lui demanda en se mordillant la lèvre :

— Et si je parle de lui au *Strib*, qu'est-ce qui risque de se passer ?

— Ça dépend comment vous vous y prenez, répondit Lucas en s'appuyant contre la porte et en croisant les bras. Si vous faites ça bien, si vous vous contentez de leur donner l'information d'une manière très officieuse... ça peut relâcher un peu la pression. Ou, au moins, les faire courir dans une autre direction. Quel que soit le cas de figure, c'est un calcul assez cynique.

— Je m'en fous. Ses arrestations précédentes ont eu lieu à Hennepin, c'est ça ?

— La plupart, je pense. Les mandats d'amener ont été émis ici. Si vous les tuyautez assez tôt, ils peuvent aller consulter le dossier de l'autre côté de la rue.

— Même si c'est du pipeau, c'est une exclusivité. Un reportage à sensation, se justifia Roux. (Elle se frotta les yeux.) Lucas, ça ne me plaît pas de faire ça. Mais ça se gâte, pour moi. Il me reste deux semaines de répit. Après ça, je ne suis pas sûre de pouvoir encore m'en sortir.

De retour dans son bureau, il y avait un message sur le

répondeur : « Ici Connell. J'ai trouvé quelque chose. Appelez-moi sur le récepteur. »

Lucas composa le numéro du récepteur, laissa retentir le bip, et raccrocha. Junky avait constitué une perte de temps, bien qu'il s'agît d'un os qu'ils pouvaient jeter en pâture aux médias. Pas grand-chose à ronger dessus...

N'ayant rien de mieux à faire, il se mit à feuilleter une fois de plus le rapport de Connell, essayant d'assimiler autant de détails que possible sur ces meurtres.

Il y avait plusieurs indices permettant de relier les affaires entre elles, mais celui qui l'alarmait vraiment, c'était la simplicité de l'ensemble. Le tueur choisissait une femme, lui réglait son compte, s'en débarrassait. On ne les avait pas toutes trouvées tout de suite — dans un ou deux cas, Connell suggérait qu'il était possible qu'il les ait séquestrées plusieurs heures, voire toute une nuit —, mais, une fois, dans le Dakota du Sud, le cadavre d'une des femmes avait été découvert quarante-cinq minutes après qu'un témoin eut assuré l'avoir vue en vie. Il ne prenait pas le risque de les garder avec lui ; ils n'avaient aucune chance de le coincer comme ça.

Il ne laissait aucun indice derrière lui. Les endroits où avaient été perpétrés les meurtres se résumaient peut-être à l'arrière de son véhicule — Connell pensait qu'il s'agissait probablement d'une camionnette, bien qu'il ait pu se servir d'un motel, s'il le choisissait avec soin.

A Thunder Bay, il se pouvait qu'il y ait eu du sperme sur la robe, mais la tache avait été détruite au cours d'un effort infructueux pour obtenir un groupe sanguin. Un flic signalait qu'il pouvait aussi s'agir d'une tache de vinaigrette. A cette époque-là, on ne faisait pas encore de test pour déterminer l'ADN.

Les examens vaginaux et anaux s'étaient révélés négatifs, mais certaines traces de contusions à la bouche semblaient indiquer que quelques-unes des femmes avaient été violées oralement. Le contenu des estomacs n'avait rien montré, ce qui ne signifiait pas qu'il n'éjaculait pas, il pouvait le faire en dehors de la bouche, ou peut-être que les victimes avaient vécu assez longtemps encore pour que les fluides digestifs détruisent les preuves.

Le système pileux posait un problème totalement différent. Des échantillons de poils d'origine inconnue avaient été prélevés sur certains cadavres, mais, quand on en trouvait, il y en avait de plusieurs sortes. On ne pouvait pas savoir laquelle venait du tueur — ni affirmer avec certitude que la sienne figurait dans le lot. Connell avait essayé de les faire comparer entre eux, mais certains avaient été détruits ou égarés, ou bien encore l'embrouillamini bureaucratique était tel que rien n'avait été fait. Lucas rédigea une note pour demander qu'on compare les poils et cheveux retrouvés sur Wannemaker et sur Joan Smits. Il s'agissait d'affaires assez récentes et d'autopsies pratiquées par des médecins légistes de premier ordre.

Il ferma le dossier et se leva pour aller regarder dans le vague par la fenêtre, tout en réfléchissant. Le tueur ne laissait jamais rien d'identifiable derrière lui. Le poil, jusque-là, était leur seule chance : il leur fallait établir une similitude à tout prix. Rien d'autre ne pouvait permettre de rattacher un homme en particulier à l'un de ces cadavres. Rien.

Le téléphone sonna.

— Meagan à l'appareil. J'ai trouvé quelqu'un qui se souvient du tueur...

CHAPITRE VIII

Tard dans l'après-midi, le soleil chauffait encore les trottoirs de la ville. Greave ne voulait pas y aller.

— Écoutez, je ne vous serai pas d'un grand secours. Je ne sais pas dans quoi vous êtes embarqué avec Connell, ni ce que vous avez en tête — mais je veux m'occuper de ce que j'ai à faire. Et je suis déjà allé visiter une putain de décharge aujourd'hui.

— On a besoin d'une personne supplémentaire qui soit au courant de ce qui se passe dans cette affaire, expliqua Lucas. C'est vous. Je veux qu'il y ait quelqu'un d'autre que nous qui voie ces gens et qui leur parle.

Greave se frotta les cheveux avec ses deux mains, avant de répondre.

— D'accord, d'accord, je vais venir. Mais... si on a le temps, on s'arrête devant mon immeuble, ça marche ?

Lucas haussa les épaules.

— Si on a le temps.

Connell attendait au coin de la rue de Woodbury sous une enseigne de Lavomatic, habillée dans le plus pur style puritain, en noir et blanc. Elle portait encore son énorme sac à main. Les bâtiments d'un centre de révision pour automobiles s'étendaient en longueur plus bas dans la rue.

— Ça fait longtemps que vous êtes là ? demanda Greave.

Il boudait encore.

— Une minute.

Elle était à cran, la tension masquant sa profonde lassitude. Elle n'avait pas dormi de la nuit, songea Lucas. Elle l'avait passée à parler à la télé. A mourir.

— Vous avez discuté avec Saint Paul ? demanda-t-il.

— Ils en sont au point zéro, déclara Connell, d'une voix où perçait son impatience. Le flic présent dans la librairie ce jour-là est un type de chez eux. Il boit trop, il trompe sa femme. Un type, là-bas, m'a raconté qu'ils en étaient venus aux mains, lui et elle. Je crois qu'une de leurs bagarres est assez célèbre dans la brigade — sa femme lui avait cassé deux dents avec un fer à repasser, et il l'a poursuivie dans la cour de l'immeuble avec un manche à balai, ivre, en train de pisser le sang. Les voisins ont appelé les flics. Ils croyaient qu'elle lui avait tiré dessus. C'est ce que j'ai entendu dire.

— Alors, qu'est-ce que vous en pensez ?

— C'est un salopard, mais il y a peu de chances que ce soit lui. C'est aussi un type assez vieux, pas du tout en forme. Il fumait des Marlboro mais il a arrêté, il y a dix ans. Ce qu'il y a surtout, c'est que Saint Paul le couvre à fond. On les a appelés chez lui une demi-douzaine de fois, mais il n'y a jamais eu d'inculpation.

Lucas secoua la tête, et regarda le centre de révision.

— Et le témoin, la femme ?

— Mae Heinz. Elle m'a dit au téléphone qu'elle avait vu un type avec une barbe. Petit. L'air costaud.

Lucas entra le premier, ouvrant la marche, dans un long bureau plein de catalogues de pièces détachées, de pneus, de pots d'échappement, et de l'odeur habituelle, un jumelage d'antigel et de liquide de transmission. Heinz était une femme enjouée aux joues rondes, au teint rose parsemé de taches de rousseur. Elle était assise derrière le comptoir, les yeux écarquillés, pendant que Connell lui parlait du meurtre.

— J'ai parlé à cette femme, raconta Heinz. Je me souviens qu'elle a posé une question...

— Mais vous ne l'avez pas vue partir avec un homme ?

— Elle était toute seule quand elle est partie. Je l'ai vue.

— Il y avait beaucoup d'hommes, ce soir-là ?

— Ouais, pas mal. Il y avait un type avec un catogan et une barbe, il s'appelait Carl, il a posé beaucoup de questions sur les porcs et il avait les ongles sales, alors, il ne m'intéressait pas beaucoup. Il y avait un type dans l'informatique, un blond assez fort, je l'ai entendu parler à quelqu'un.

— Meyer, dit Connell à Lucas. Je lui ai parlé ce matin. Il est en dehors du coup.

— Plutôt mignon, commenta Heinz, à l'intention de Connell, avec un clin d'œil. Si vous aimez les intellectuels.

— Et celui qui...

— Il y avait un flic, le coupa Heinz.

— Je m'en occupe, dit Lucas.

— Il y avait aussi deux types qui restaient ensemble, et je me suis dit qu'ils devaient être homosexuels. Je crois qu'ils étaient architectes, ou paysagistes ou quelque chose comme ça, parce qu'ils discutaient à propos de la densité des terrains destinés à la construction avec l'auteur.

— Et le type à la barbe, ajouta Connell, lui soufflant sa réplique.

— Ouais. Il est arrivé pendant le débat. Et il a dû partir aussitôt, parce que je ne l'ai pas revu. Je le cherchais un peu. Doux Jésus — j'aurais pu mourir ! Je veux dire : si je l'avais retrouvé.

— Il était grand, petit, gros, maigre ?

— Une stature imposante. Pas grand, mais bien bâti. Grosses épaules. Barbu. Je n'aime pas les barbus, mais les épaules me plaisaient bien. (Elle fit de nouveau un clin d'œil à Connell, et Lucas masqua un sourire en se grattant le visage.) Mais surtout, dit-elle à Connell, vous avez demandé s'il fumait, et je l'ai vu jeter sa cigarette dans la rue. Je l'ai vu faire. Il l'a jetée avant de pousser la porte.

Lucas regarda Connell et lui fit un signe de tête. Heinz surprit le geste.

— C'était lui ? demanda-t-elle d'une voix surexcitée.

— Est-ce que vous le reconnaîtriez si nous vous montrions un portrait de lui ? interrogea Lucas.

Elle inclina la tête et regarda sur le côté, comme si elle se passait une bande-vidéo dans la tête.

— Je ne sais pas, répondit-elle au bout d'une minute. Peut-être, si je voyais une vraie photo. Je me souviens de la barbe et des épaules. Sa barbe avait une drôle d'allure. Courte mais très dense, comme de la fourrure... Je me suis dit que c'était plutôt déplaisant. Peut-être une fausse barbe. Je ne me souviens pas bien de son visage. Bosselé, je crois.

— Une barbe claire ou foncée ?

— Mmm... foncée. Entre les deux, en fait. Une couleur assez commune, je pense... brun.

— Parfait, fit Lucas. Il va falloir mettre ça noir sur blanc. Et vous faire rencontrer un portraitiste. Vous avez le temps de venir à Minneapolis ?

— Bien sûr. Tout de suite ? Je vais prévenir mon patron.

Pendant qu'elle allait prévenir son patron, Connell tira Lucas par la manche.

— Ça doit être lui. Il fume, il arrive après le débat, et s'en va tout de suite. Wannemaker reste un peu, mais s'en va brusquement, comme si quelqu'un était arrivé.

— Je ne compterais pas trop là-dessus, à votre place, dit Lucas. (Mais il comptait là-dessus. Il le sentait, une odeur avant-coureuse, une bouffée dans le sillage du tueur.) Il faut qu'on lui fasse examiner les fichiers de criminels sexuels.

La femme revint, le visage très animé.

— Comment voulez-vous qu'on fasse ? Vous voulez que je vous suive ?

— Laissez-moi vous emmener, proposa Connell. On aura le temps de discuter en chemin.

Greave voulait qu'ils s'arrêtent sur le chemin du retour pour que Lucas puisse s'attaquer au mystère de la pièce fermée.

— Allez, mon vieux, c'est juste une histoire de vingt minutes, pas plus ! On sera de retour avant qu'elle en ait fini avec le portraitiste. Allez, mon vieux, ça me tue, cette histoire.

Lucas lui jeta un coup d'œil : mains jointes, costume à la dernière mode. Il soupira.

— D'accord. Vingt minutes.

Ils prirent l'Interstate 94 jusqu'à Minneapolis, et, vers l'hôtel de ville, bifurquèrent en direction du sud au lieu du nord. Greave le dirigea dans un dédale de rues jusqu'à un immeuble en béton de hauteur moyenne datant des années cinquante avec une pancarte en bois gravé à la main sur l'étroite pelouse devant l'entrée. Au sommet de l'écriteau figurait un canard au-dessous duquel on pouvait lire : Eisenhower Docks. Un gros homme s'éloignait en poussant une tondeuse sur la pelouse, laissant dans son sillage une odeur d'essence et de cigare bon marché.

— Eisenhower Docks ? interrogea Lucas en sortant de la voiture.

— En montant sur le toit, on peut voir la rivière, expliqua Greave. Et ils se sont dit qu'Eisenhower, ça ferait plaisir aux personnes âgées.

L'homme qui poussait la tondeuse fit demi-tour au bout de la pelouse et s'apprêta à refaire le trajet en sens inverse. Lucas reconnut Ray Cherry. Il avait pris une vingtaine de kilos depuis l'époque où il boxait dans le tournoi des Gants d'Or, dans les années soixante. L'essentiel de ce poids excédentaire était concentré dans le ventre, qui pendait pardessus la taille d'un jean sans ceinture. Son visage, carré à l'origine, était devenu massif, et une demi-douzaine de plis de graisse roulaient de la nuque aux épaules. Son tee-shirt était trempé de sueur. Il vit Davenport et Greave, poussa la tondeuse jusqu'à leurs pieds, et coupa le moteur.

— Qu'est-ce que tu fais par ici, Davenport ?

— Je fouine un peu, Ray, répondit Lucas en souriant. Comment ça va ? Tu as grossi.

— Tu n'es plus flic, alors dégage, je suis chez moi.

— Je suis de retour dans la police, Ray, rectifia Lucas sans cesser de sourire. (Voir Ray le mettait en joie.) Tu devrais lire les journaux. Chef adjoint, chargé de trouver comment tu as tué la vieille dame.

Le visage de Cherry prit un air particulier, comme une ombre fugitive, où Lucas reconnut quelque chose qu'il avait déjà vu des centaines de fois : Cherry était coupable. Celui-ci chassa l'expression de ses traits, tenta de prendre un air abasourdi, sortit un chiffon souillé de sa poche et se moucha.

— Des conneries, finit-il par dire.

— Je vais t'avoir, Ray, le prévint Lucas. (Le sourire était toujours sur ses lèvres mais sa voix était devenue froide.) Les Joyce aussi, je les aurai. On va vous enfermer à la prison de Stillwater. Tu dois approcher la cinquantaine, Ray. Meurtre au premier degré, ça va te coûter... merde, ils viennent de changer les lois. Pas de chance. Tu auras dépassé quatre-vingts ans avant de sortir.

— Je t'emmerde, Davenport, éructa Cherry.

Il démarra la tondeuse.

— Tu devrais venir tout me raconter, Ray, lui conseilla Lucas par-dessus le bruit du moteur. Dès qu'ils penseront que ça peut les aider à s'en sortir, les Joyce te vendront sans hésiter. Tu le sais bien. Viens me parler, et on pourra peut-être passer un marché tous les deux.

— Va te faire foutre ! grogna Cherry en se remettant à tondre la pelouse.

— Charmant garçon, commenta Greave en prenant un accent anglais faussement distingué.

— Il est coupable, déclara Lucas.

Il se tourna vers Greave et celui-ci recula d'un pas : le visage de Lucas avait l'air taillé dans la pierre.

— Hein ?

— Il l'a tuée. Voyons voir l'appartement.

Lucas se dirigea vers la porte, et Greave s'élança derrière lui.

— Hé, attendez une minute, attendez une minute !...

Il y avait des milliers de livres dans l'appartement, un tapis oriental roulé attaché avec de la ficelle brune, et quinze cartons de rangement encore aplatis. Une femme entre deux âges aux traits tirés était assise sur un tabouret de piano, un foulard sur la tête ; elle avait un visage buriné par le vent et le soleil, comme celui d'un jardinier, où se lisait le chagrin. La fille de Charmagne Carter, Emily.

— ... dès qu'ils ont dit qu'on pouvait déménager tout ça. Si on ne le fait pas, il faut continuer à payer le loyer, expliqua-t-elle à Greave. (Elle regarda autour d'elle.) Je ne sais pas quoi faire des livres. J'aimerais bien les garder, mais il y en a tellement...

Lucas avait jeté un coup d'œil à la bibliothèque : littérature américaine, poésie, essais, histoire. Des ouvrages sur le féminisme, disposés de telle manière qu'on était enclin à croire qu'il s'agissait d'une simple collection, plutôt que d'un choix de lectures.

— Je pourrais vous débarrasser de quelques-uns, proposa-t-il. Je veux dire : si vous fixiez un prix. Je prendrais la poésie.

— Qu'en pensez-vous ? demanda Emily Carter, tandis que Greave le regardait d'un air curieux.

— Il y a... (Il compta rapidement.)... Trente-sept volumes, brochés pour la plupart. Je ne pense pas qu'il y ait quoi que ce soit de particulièrement rare. Cent dollars, ça vous irait ?

— Laissez-moi y jeter un coup d'œil. Je vous appellerai.

— Parfait. (Délaissant les livres, il se tourna plus franchement vers elle.) Votre mère était-elle déprimée, ou quelque chose comme ça ?

— Si vous voulez savoir si elle s'est suicidée, la réponse est non. Pour commencer, elle n'aurait jamais fait ce plaisir-là aux Joyce. Mais surtout, elle aimait la vie qu'elle menait, répondit Carter. (Elle s'anima à mesure que les souvenirs lui revenaient en mémoire.) On avait dîné ensemble le soir précédent, et elle parlait d'un gamin dans sa classe, un Noir, elle pensait qu'il pourrait devenir romancier, mais qu'il fallait qu'on l'encourage... Impossible qu'elle se soit tuée. D'ailleurs, même si elle avait voulu se suicider, comment est-ce qu'elle s'y serait prise ?

— Ouais. Bonne question, admit Lucas.

— La seule chose qui n'allait pas chez maman, c'était la thyroïde. Elle avait un petit problème d'hyperactivité et elle avait tendance à perdre du poids. Ça et l'insomnie. Qui avait peut-être un rapport avec la thyroïde.

— Elle était malade, alors ?

Lucas jeta un regard oblique à Greave.

— Non, non, elle n'était pas vraiment malade. Même pas assez pour prendre des médicaments. Elle était trop maigre, c'est tout. Elle pesait quarante-cinq kilos pour un mètre soixante. C'était au-dessous de son poids idéal, mais elle n'était pas émaciée, ni rien de ce genre.

— D'accord.

— A présent, plus personne ne va aider ce gamin, le romancier, se lamenta Emily, et une larme lui coula sur la joue.

Greave lui donna une tape amicale sur l'épaule — le policier sympa —, et Lucas se détourna, les mains dans les poches, se dirigeant vers la porte. Il n'avait rien trouvé dans l'appartement.

— Vous devriez discuter avec Bob, l'appartement suivant, dans le couloir, conseilla Emily.

Elle ramassa un rouleau adhésif et un carton dont elle fit

un cube; arracha un morceau de chatterton; on aurait dit qu'elle avait déchiré un drap.

— Il est passé juste avant votre arrivée.

— Bob était un ami de Charmagne, expliqua Greave à Lucas. Il était venu ici dans la soirée, la nuit où elle est morte.

Lucas hocha la tête.

— D'accord. Je suis désolé pour votre mère.

— Merci. J'espère que vous les aurez, ces... ces salauds, déclara Emily, la voix réduite à un sifflement.

— Vous croyez qu'on l'a assassinée ?

— Il s'est passé quelque chose, dit-elle.

Bob Wood était lui aussi professeur, il enseignait la physique et la chimie à Central, à Saint Paul. Il était mince, perdait ses cheveux, avait l'air inquiet.

— On va tous s'en aller, maintenant que Charmagne n'est plus là. La ville va nous indemniser, mais je ne sais pas combien. Les prix sont au plus bas.

— Est-ce que vous avez entendu quelque chose cette nuit-là ?

— Non, rien. Je l'ai vue vers dix heures, ce soir-là, on avait tous les deux descendu les poubelles et on a pris l'ascenseur ensemble pour remonter. Elle allait se coucher aussitôt après.

— Elle n'était pas déprimée ?...

— Non, non, elle était assez en forme. Je vais vous répéter ce que j'ai déjà dit aux autres policiers : quand elle a fermé la porte j'ai entendu claquer le verrou de sécurité. On ne pouvait verrouiller que de l'intérieur, et il fallait avoir la clé. Je le sais parce que, depuis qu'elle l'avait installé, elle craignait d'être enfermée en cas d'incendie. Mais Cherry lui a fait peur, un jour — il l'a juste regardée, je crois, mais elle a eu peur —, et elle s'est mise à fermer le verrou. J'étais là le jour où ils l'ont posé. Il a fallu qu'ils enlèvent un bout du mur. Ils ont repeint, mais on peut encore voir les contours du trou.

On distinguait vaguement un endroit replâtré sur le mur. Lucas y toucha, et secoua la tête.

— S'il s'était passé quoi que ce soit chez elle, j'aurais

forcément entendu, fit remarquer Wood. On a un mur en commun dans la chambre à coucher, et la climatisation était en panne depuis deux jours. Il n'y avait aucun bruit. La nuit était étouffante, et d'un calme effrayant.

— Alors, vous pensez qu'il s'agit d'une mort naturelle ?

Wood déglutit deux fois de suite, sa pomme d'Adam coulissant de haut en bas.

— Bon Dieu, je n'en sais rien ! Quand on connaît Cherry on pense forcément à... Bon Dieu !

Dans la rue, Lucas et Greave regardèrent une petite fille faire de la bicyclette, elle tomba, releva le vélo, l'enfourcha de nouveau, et retomba.

— Elle a besoin de quelqu'un pour courir derrière elle, observa Greave.

Lucas grogna.

— On en est tous là, non ?

— Grand philosophe, hein ?

Lucas dit :

— Wood et Carter avaient une cloison commune.

— Oui.

— Vous avez observé Wood ?

— Ouais. Il trouve les bandes dessinées du journal du matin ultra-violentes.

— Il se pourrait qu'il y ait quelque chose à chercher dans cette direction. Qu'est-ce qu'on peut faire avec une cloison commune ? Enfoncer une aiguille pour diffuser un gaz, ou un truc dans ce goût-là ?

— Hé, Davenport ! L'analyse toxicologique n'a rien donné, objecta Greave avec âpreté. *Cette putain d'analyse toxicologique n'a rien donné*. Vous pouvez chercher à « toxicologie » dans le dictionnaire, il y a une photo de la vieille dame, et la légende dit : « Pas elle ».

— Ouais, ouais...

— Elle n'a été ni empoisonnée, ni gazée, ni poignardée, ni abattue d'un coup de feu, ni étranglée, ni battue à mort... Qu'est-ce qu'il y a d'autre ?

— Et l'électrocution ? suggéra Lucas.

— Hum. Et comment est-ce qu'ils s'y seraient pris ?

— Je ne sais pas. Raccorder des fils à son lit, les faire

passer sous la porte, et quand elle s'est mise au lit, zap, ensuite ils ont enlevé les fils.

— Excusez-moi si je ricane, répliqua Greave.

Lucas se tourna vers l'immeuble.

— Laissez-moi réfléchir un peu plus.

— Mais Cherry est coupable ?

— Ouais.

Ils regardèrent la pelouse. Cherry était à l'autre bout, agenouillé sur une tondeuse réduite au silence, occupé à bayer aux corneilles et à les observer.

— Aussi sûr que deux et deux font quatre.

Lucas jeta un coup d'œil à sa montre quand ils retournèrent à la voiture : ils étaient restés dans l'immeuble presque une heure.

— Connell va me faire la peau, soupira-t-il.

— Ah ! c'est une chieuse, commenta Greave.

Ils croisèrent Mae Heinz sur le parking. Elle montait dans sa voiture. Lucas klaxonna, l'appela.

— Comment ça s'est passé ?

Heinz approcha.

— Cette femme, l'agent Connell... Elle a une présence assez forte.

— Oui. Elle est comme ça.

— On a fini par avoir un dessin, mais...

— Quoi ?

Heinz secoua la tête.

— Ce dessin, je ne sais plus si c'est moi qui l'ai fait ou elle. Ce qu'il y a, c'est qu'il est trop spécifique. Je me souviens à peu près du type à la barbe, mais maintenant on a tout un portrait, et je ne sais pas s'il est fidèle ou non. Il me semble fidèle, mais je ne sais plus si je m'en souviens vraiment ou si c'est seulement parce qu'on a essayé toutes sortes d'images.

— Est-ce qu'on vous a fait voir les photos du fichier, les gueules ?...

— Non. Pas encore. Il faut que j'aille chercher mon gamin à la crèche. Mais je reviens ce soir. Et l'agent Connell me recevra.

Connell attendait dans le bureau de Lucas.

— Bon Dieu, vous étiez où ?

— On a fait un détour. Pour une autre affaire.

Les yeux de Connell s'étrécirent.

— Greave, hein ? Je vous avais prévenu. (Elle tendit une feuille de papier à Lucas.) C'est lui. C'est notre homme.

Lucas déplia la feuille et l'examina. Le visage qu'il avait sous les yeux était plutôt carré, avec une barbe drue et foncée, de petits yeux, et un nez dur, triangulaire. Les cheveux étaient mi-longs et foncés.

CHAPITRE IX

Koop était au gymnase des *Two Guy's*, et travaillait ses quadriceps. Le seul autre client était une femme qui s'était entraînée jusqu'à épuisement. Assise à présent, les jambes écartées, sur une chaise pliante près du distributeur de Coke, elle buvait de la Gatorade, la tête baissée, ses cheveux trempés de sueur tombant presque jusqu'au sol.

Les nanas qui faisaient de la musculation n'intéressaient pas Koop : elles n'étaient pas son genre. Il restait à l'écart, et, après une ou deux tentatives d'approche, elles le laissaient tranquille, elles aussi.

Cinq, se dit-il, et il sentit que le muscle cédait.

Il y avait un poste de télévision scellé dans le mur devant le StairMaster déserté, branché sur les actualités de la mi-journée, l'émission *Midi Trente*. Une présentatrice sensationnelle aux cheveux roux disait avec une bouche très suggestive, aux dents de devant légèrement en avant, que Cheryl Young venait de mourir de multiples blessures à la tête...

Koop se raidit, parvint à couvrir les derniers centimètres, puis laissa retomber ses pieds encore une fois, releva les jambes, le muscle tremblant de fatigue. Il ferma les yeux et poussa sur ses jambes dans un effort de volonté; elles se levèrent d'un centimètre, puis un demi-centimètre, jusqu'en haut. *Six.* Il les laissa retomber, et entreprit de les relever encore une fois. La brûlure était intense, comme si quelqu'un lui avait versé de l'alcool sur les jambes et y avait mis le feu. La douleur le faisait trembler, il avait fermé les yeux, la sueur dégoulinait sur sa peau à grosses gouttes. Il lui restait à peine quelques centimètres à couvrir, quelques centimètres... et il ne put y parvenir. Il travaillait toujours jusqu'à la défaillance. Satisfait, il laissa tomber la barre et pivota sur le banc pour regarder la télévision.

« ... tout porte à croire que cette agression est due à de jeunes drogués ». Et, selon un flic : « ... Il s'agit d'une attaque d'une violence démesurée pour un profit aussi mince. Nous pensons que Mr. Flory avait moins de trente dollars dans son portefeuille, et qu'il s'agit de l'œuvre de jeunes recrues des gangs qui se font une réputation avec ce genre de tuerie absurde... »

Parfait. Ils mettaient ça sur le compte des gangs. Ces petits enfoirés méritaient tout ce qu'on leur collait sur le dos. Et Koop n'avait plus la patience d'attendre. Il savait qu'il aurait mieux valu laisser passer un peu de temps. Les gens de l'immeuble devaient être dans tous leurs états. Si on le repérait, et qu'on l'identifiât comme un étranger à la maison, il pouvait avoir de sérieux ennuis.

Mais il ne pouvait plus attendre. Il prit sa serviette et mit le cap sur le vestiaire.

Koop gagna le quartier des lacs à pied, dans le crépuscule déclinant. Il y avait d'autres marcheurs dans le coin, mais aucune effervescence particulière autour de l'immeuble où il avait tué la femme : le sang avait été lavé à grande eau, et on avait ramassé les détritus laissés par l'équipe médicale. Ça n'était plus qu'une porte parmi d'autres donnant accès à un immeuble parmi d'autres.

— Stupide ! dit-il à voix haute. Il regarda autour de lui pour voir si on l'avait entendu. Personne n'était assez près pour ça. Stupide, mais il était sous le coup d'une pression intense. Et différente. Quand il lui fallait une femme, d'habitude, c'était sexuel. Une impulsion venue des testicules, il le sentait.

Cette fois, l'impulsion semblait venir d'ailleurs ; pas complètement, mais c'était différent. Elle le menait par le bout du nez, comme un enfant qui a envie de sucreries...

Koop avait sur lui sa clé toute neuve et il s'était muni d'une serviette. A l'intérieur de celle-ci se trouvait un télescope Kowa TSN-2 avec un trépied en aluminium, un matériel pour les ornithologues ou les voyeurs. Il balança la serviette négligemment, les muscles relâchés, en entrant dans l'allée de l'immeuble, tous ses sens aux aguets. Rien à signaler. De près, les épineux qui encadrent la porte avaient l'air d'avoir été maltraités, déchiquetés aux entournures ; il y avait des traces de pas dans la boue, autour des buissons.

A l'intérieur, l'éclairage du rez-de-chaussée était plus brillant, plus brutal. La réaction du gérant de l'immeuble face au meurtre : mettre une ampoule plus forte. Ils avaient peut-être changé les serrures. Koop glissa sa clé dans la serrure, elle fonctionnait parfaitement.

Il grimpa l'escalier sans problème. Arrivé en haut, il inspecta le couloir, un peu nerveux, mais il était loin d'être aussi tendu que lorsqu'il pénétrait dans un appartement. Il n'aurait jamais dû se trouver là... Personne dans le couloir. Il s'avança, marcha jusqu'à l'enseigne lumineuse signalant la sortie, et prit de nouveau l'escalier pour atteindre l'accès au toit. Il se servit pour la deuxième fois de sa clé toute neuve, passa la porte, grimpa une nouvelle volée de marches jusqu'à la dernière porte et la poussa.

Il était seul sur le toit. La nuit était agréable, mais l'endroit n'était pas particulièrement plaisant, asphalte, gravier, et l'odeur persistante du goudron chauffé par le soleil. Il se déplaça aussi silencieusement que possible jusqu'au bord du toit et regarda de l'autre côté de la rue. Bon Dieu ! Il était juste au-dessous du niveau de la fenêtre de Sara Jensen. Pas beaucoup, mais tout de même suffisamment pour qu'il ne pût réussir à la voir, si elle ne s'approchait pas de la fenêtre.

Un large cube de métal gris abritant la climatisation s'élevait sur le toit, d'une hauteur d'un peu plus de deux mètres. Koop le contourna, et, une fois derrière, tendit les bras, jeta la serviette sur le bord, puis s'agrippa, se hissa et se rétablit au sommet, sans perdre une goutte de sueur, ni reprendre son souffle. Une bouche de ventilation d'environ quatre-vingts centimètres de large dépassait encore de l'abri. Koop se cacha derrière et jeta un coup d'œil de l'autre côté de la rue.

L'appartement de Jensen était un aquarium. A droite, il y avait un balcon avec une rambarde en fer forgé devant des portes coulissantes, et, au-delà de celles-ci, le salon. A gauche, il pouvait voir dans la chambre, à travers les fenêtres, à hauteur du genou. Il devait se trouver à environ trente centimètres au-dessus du niveau du sol de son appartement, ce qui lui donnait un angle de vue légèrement plongeant. Parfait.

Et Jensen était chez elle.

Dix secondes après que Koop eut grimpé sur l'abri de la climatisation, elle traversa le salon vêtue d'une combinaison, avec une tasse de café et un morceau de papier à la main. On la voyait aussi nettement qu'un poisson rouge dans un aquarium illuminé.

— Bon Dieu ! dit Koop, heureux. (C'était bien mieux que ce qu'il avait espéré. Il tâtonna dans la serviette, et en sortit le télescope.) Allez, Sara, fais voir un peu ta chatte.

Koop avait deux objectifs pour le télescope, un de puissance vingt, et l'autre de puissance soixante. Grâce à ce dernier, il avait vue sur la chambre comme s'il s'était trouvé dans la pièce, mais l'objectif se déplaçait au plus léger mouvement qu'il faisait, et le champ de vision était réduit : le visage de Sara l'emplissait complètement. Il voulut mettre l'objectif de puissance vingt à la place, cafouilla avec l'œilleton dans sa hâte à le placer, jura, finit par le visser correctement. Jensen retraversa le salon pour aller et venir dans la cuisine, qu'il ne pouvait voir. Il se résolut à attendre. Il s'était mis à garder un foulard sur lui, avec juste une goutte de son parfum à elle, *Opium*. En observant ses fenêtres, il le tenait près de ses narines pour pouvoir la respirer.

Pendant qu'elle était invisible, il inspecta le salon. Ah ! Serrure neuve. Du solide, à toute épreuve. Il s'y attendait. La porte aussi était neuve. Elle était gris mat, comme si on devait encore y passer une couche de peinture. Du métal, probablement. Jensen s'était payé une porte blindée.

Elle refit son apparition dans la chambre et fit passer la combinaison par-dessus sa tête, puis enleva son collant. Elle disparut dans la salle de bains, et revint sans soutien-gorge. Koop haleta comme un adolescent dans une baraque de strip-tease, à la foire.

Jensen avait de larges seins ronds, le gauche un peu plus gros que le droit, lui sembla-t-il. Elle retourna dans la salle de bains, et revint un peu plus tard sans sa culotte. Koop était en nage. Il la vit sortir quelque chose d'un tiroir de la commode — une serviette ? Il n'en était pas sûr. Elle disparut de nouveau.

Cette fois, elle mit du temps à revenir. Koop, fiévreux, le cœur battant la chamade, garda l'œil collé au télescope si longtemps qu'il commençait à avoir des crampes dans la nuque, tout en se repassant intérieurement le film du corps de Jensen. Elle était robuste, et ondulait un peu en marchant, pas vraiment un roulement de hanches, mais une certaine plénitude ; elle avait un cul de premier ordre, et, encore une fois, exactement comme il les aimait, solide, de bonne taille. Un rien dansant.

Il s'écarta du télescope, se baissa, bien à l'abri derrière la bouche de ventilation, alluma une Camel, la main formant une coque protectrice autour de la cigarette, et contempla la surface de métal qui s'étendait sous son bras. Il n'était pas très porté à l'introspection, mais il pensa : *Qu'est-ce qui m'arrive ?* Il était haletant, comme s'il s'était entraîné sur le StairMaster. Il commençait à ressentir une sorte de brûlure... Bon Dieu ! Il ferma les yeux, s'imaginant aller à sa rencontre dans la rue, l'emmener dans la camionnette.

Mais alors, il lui faudrait en finir avec elle. Cette idée le fit froncer les sourcils. Il ne pourrait plus profiter de tout ça. Il jeta un regard au-dessus de la bouche de ventilation ; elle était toujours invisible, et il prit deux bouffées rapides de sa cigarette avant de l'écraser. Un autre coup d'œil, et il alluma une autre Camel.

Quand Sara Jensen surgit enfin de la salle de bains, elle ne portait pour tout vêtement qu'une serviette-éponge nouée autour de la tête. Sombre et angélique. Elle n'avait pas l'air pressée, ses gestes étaient posés. *Elle va quelque part*, se dit Koop, le cœur battant, la bouche sèche. Elle chaloupait dans la chambre, les mamelons larges et foncés, la toison pubienne noire comme du charbon. Elle prit quelque chose dans la coiffeuse où il avait trouvé le coffret à bijoux — il n'était plus là, où l'avait-elle mis ? —, puis s'assit sur le lit et se mit à se couper les ongles des orteils.

Il pêcha l'objectif puissance soixante dans sa poche, et l'installa à la place de l'autre. La lentille le transporta à trente centimètres du visage de Sara : elle était très concentrée sur la tâche entreprise, le front plissé, tout comme la chair de ses flancs, le pied à quelques centimètres du nez. Elle groupait soigneusement les bouts d'ongles coupés sur le dessus-de-lit. Il laissa le télescope retomber sur ses jambes ; elle était assise latéralement, levant la jambe la plus éloignée de lui ; son nombril était minuscule ; son poil pubien paraissait planté très bas, comme si elle l'avait épilé. En été, elle portait probablement un bikini. Elle avait une petite cicatrice blanche sur le genou le plus proche de lui. Était-ce bien un tatouage qu'il apercevait sur la hanche ? Quoi ? Non, pensa-t-il, il devait s'agir d'une marque de naissance. Ou d'un bleu.

Quand elle eut terminé ce pied-là, elle leva l'autre. De là où il se trouvait, sur le toit, il pouvait voir le repli de son sexe, parsemé de quelques poils. Il ferma les yeux et déglutit avant de les rouvrir. Il revint à la hanche : aucun doute, il s'agissait d'une marque de naissance. Ses seins, son pubis, son visage : la proximité était telle qu'il pouvait presque sentir la chaleur qui émanait d'elle.

Ensuite, elle mit les bouts d'ongles coupés dans sa paume et les emporta hors de vue, dans la salle de bains. De nouveau, elle s'attarda un peu, et, quand elle retourna dans la chambre, la serviette n'était plus enroulée autour de sa tête et ses cheveux tombaient sur ses épaules, en cascade de boucles encore humides.

Elle prit son temps avant de mettre une chemise de nuit ; se promena nue un certain temps, y prenant apparemment du plaisir. Quand elle en sortit finalement une de la commode, Koop désira la contempler nue encore une seconde de toutes ses forces. Mais elle la passa par-dessus sa tête, et son corps disparut dans une lente avalanche érotique de coton blanc. Il ferma les yeux, il ne supportait plus. Quand il les ouvrit, elle boutonnait le vêtement jusqu'au cou ; à présent si virginale, alors qu'un instant plus tôt...

« Non !... » Un petit mot isolé, sec, presque un gémissement. *Rentre, mets-toi au boulot...* Koop avait besoin de quelque chose. Une femme, c'est ce qu'il lui fallait.

Koop attendit que Sara Jensen se mette au lit avant de partir, avec le même désarroi que d'habitude quand il la quittait ; mais, cette fois, il put laisser retomber ses paupières et la revoir. Il attendit une demi-heure, en contemplant les ténèbres. Il se souvint à peine d'avoir sauté du climatiseur et descendu l'escalier. Il se retrouva dans la rue presque sans transition, marchant vers la camionnette.

Et le besoin était impérieux. Il était toujours plus ou moins là, mais devenait parfois irrésistible, quitte à mettre sa vie en danger.

Koop grimpa dans la camionnette, prit Hennepin Avenue jusqu'au rond-point, puis se glissa dans les rues latérales, errant sans but dans le centre-ville. Il visionnait Sara Jensen quelque part au fond de son crâne, comme on se repasse un film. La courbe de sa jambe, la tache rose par là... Il pensa acheter une bouteille. Il avait besoin d'un verre. Ou plus. Ou peut-être aurait-il dû chercher John, racheter de la cocaïne. De la coke, une bouteille de Canadian Club, un pack de Seven-Up, s'amuser un peu...

Peut-être fallait-il retourner là-haut. Elle allait peut-être se lever et il aurait une chance de la revoir. Peut-être pouvait-il faire son numéro sur un téléphone cellulaire et l'obliger à se lever... Mais il n'avait pas de téléphone cellulaire. Comment s'en procurer un ? Peut-être se déshabillerait-elle de nouveau... Il secoua la tête. C'était stupide. Elle dormait.

Koop vit la fille en passant devant la gare routière. Elle avait un sac en nylon rouge à ses pieds et contemplait la rue. Attendait-elle le bus ? Il s'approcha, l'examina. Elle avait les cheveux foncés, elle était un peu boulotte, avec un visage rond, lisse, et sans tache d'aucune sorte. En fermant un peu les yeux, on aurait pu croire Jensen ; et elle avait l'air qu'il recherchait toujours dans les librairies : la passivité...

Il fit impulsivement demi-tour, laissa le véhicule derrière la gare, pénétra à l'intérieur, rebroussa chemin, retourna à la camionnette, ouvrit l'arrière, prit la boîte à outils, verrouilla la portière et retraversa la gare.

La fille était toujours au coin, scrutant Hennepin Avenue. Elle se tourna quand elle le sentit venir, lui adressa le demi-sourire et le regard fuyant des femmes qu'il croisait la nuit, le sourire qui disait : « Je suis une brave fille, ne me fais pas de mal », les yeux qui disaient : « Je ne te regarde pas vraiment... »

Il la dépassa, la lourde boîte à outils à bout de bras, et elle détourna les yeux. Quelques mètres plus loin, il s'arrêta, fronça les sourcils, se tourna vers elle.

— Vous attendez le bus?

— Oui. (Elle acquiesça du menton et sourit.) Je vais voir un ami au nord de la ville.

— Là-haut. (Elle n'était pas de Minneapolis.) Euh, il n'y a pas beaucoup de bus à cette heure de la soirée. Je ne sais même pas s'ils vont jusque là-bas... Est-ce que votre ami peut venir vous chercher?

— Il n'a pas le téléphone. Je n'ai qu'une adresse.

Koop fit mine de poursuivre sa route.

— Il faut prendre un taxi, conseilla-t-il. C'est une rue assez mal famée. Pas mal de prostituées racolent par ici, vous ne voudriez pas que les flics s'imaginent...

— Oh! non...

Sa bouche s'arrondit en O, ses yeux s'écarquillèrent. Koop hésita.

— Vous êtes du Minnesota?

Elle ne savait pas encore vraiment si elle devait parler avec lui.

— Je suis de Worthington.

— Oui, je connais..., dit Koop, en risquant un sourire. Je me suis arrêté au *Holiday Inn*, sur la route de Sioux Falls.

— Je vais tout le temps à Sioux, déclara-t-elle.

Quelque chose en commun. Elle avait gardé les bras croisés sur l'estomac depuis le début; elle les laissa retomber le long de ses flancs. Elle se décontractait.

Koop posa la boîte à outils sur le trottoir.

— Écoutez, je travaille à l'entretien des cars Greyhound. Vous ne me connaissez pas mais je suis un type régulier, ne vous en faites pas. Je suis en route pour Minneapolis Sud, mais je peux peut-être vous déposer...

Elle le regardait de plus près à présent, elle avait peur, mais elle était tentée. Il n'était pas si mal : grand, fort. Plus vieux qu'elle. Il avait au moins trente ans.

— On m'a dit que le bus...

— Bien sûr. (Il sourit de nouveau.) N'embarquez pas dans un véhicule avec un inconnu. C'est une bonne politique. Si vous restez près de l'arrêt du bus et de la gare routière, il ne devrait pas y avoir de problèmes. Il vaudrait mieux ne pas se risquer par là-bas, vous voyez, là où il y a des sex-shops. Il y a toutes sortes de cinglés qui traînent, dans ce coin-là.

— Des sex-shops ?

Elle contempla la rue. Un Noir regardait la vitrine d'un magasin d'appareils photos.

— Il faut que j'y aille, reprit Koop, en s'emparant de sa boîte à outils. Portez-vous bien...

— Attendez ! dit-elle vivement, le visage confiant, encore un peu craintive mais pleine d'espoir. (Elle prit son sac.) J'accepte votre proposition si ça ne pose pas de problèmes.

— Venez. Je suis derrière la gare. Le temps de ranger mes outils... et vous serez rendue en cinq minutes.

— C'est la première fois que je viens à Minneapolis, avoua la fille, tout à coup en veine de confidences. Mais j'allais à Sioux presque tous les week-ends, avant.

— Comment vous appelez-vous ? demanda Koop.

— Marcy Lane. Et vous ?

— Ben. Ben Cooper.

Ben était un nom bien trouvé. Ça sonnait comme Gentle Ben, l'ours, à la télévision.

— Enchantée, Ben, et elle risqua un sourire à son tour, un sourire de voyageuse, de femme de la route.

Elle avait l'air d'une enfant.

Une gamine de la campagne à l'air naïf.

CHAPITRE X

Weather entendit le téléphone sonner à l'autre bout de la maison, se réveilla et lui donna un coup de coude.

— Téléphone, marmonna-t-elle. Cha doit être por toi.

Lucas tâtonna dans le noir, finit par trouver le combiné de la chambre, décrocha. Le standard le mit en communication avec Minneapolis Nord. Encore une.

— On a retrouvé son sac à main et un sac de voyage avec des vêtements. On a son permis de conduire, elle s'appelle Marcy Lane, domiciliée à Worthington, raconta Carrigan. (Sa voix faisait songer à une lime passée sur une feuille de métal.) On essaie de retrouver les parents, maintenant. Vous devriez vous pointer.

— Est-ce que vous avez passé un coup de fil à Lester ?

Lucas était assis sur le lit, tassé près de la lampe de chevet, les pieds nus par terre. Weather ne s'était pas rendormie, elle écoutait la conversation, immobile, l'oreille tendue par-dessus son épaule.

— Pas encore. Il faut que je le fasse ?

— Je vais l'appeler, déclara Lucas. Ne touchez à rien. Rien. On est dans la merde et je ne veux pas qu'on fasse de bêtises. Et ne dites rien aux flics en tenue, pour l'amour de Dieu.

— Rien ne bouge, c'est figé comme de la gelée.

— Il faut que ça reste comme ça.

Lucas coupa la communication, puis composa un autre numéro.

— Qui est mort ? demanda Weather en se mettant sur le dos.

— Une gamine. On dirait que notre enfoiré a encore fait des siennes, dit Lucas. (A la standardiste :) Davenport à l'appareil. Il me faut le numéro de Meagan Connell. Et il faut que je parle à Frank Lester. Tout de suite.

Ils trouvèrent le numéro de Connell et il le griffonna sur un morceau de papier. Pendant qu'on lui passait Lester, il sourit à Weather, qui le regardait, les yeux ensommeillés.

— Ça leur arrive souvent de t'appeler au milieu de la nuit ? demanda-t-elle. Quand tu travailles ?

— Peut-être vingt fois en vingt ans, répondit-il.

Elle se tourna vers la table de chevet, regarda le réveil.

— Je me lève dans trois heures.

— Désolé.

Elle se dressa sur un coude.

— Je n'y avais jamais pensé jusque-là, mais tu as très peu de poils sur le cul.

— De poils ?

Le téléphone sonna à l'autre bout de la maison, et il regarda son cul, pris de court. Un Lester endormi grogna : « Allô ? »

— Davenport à l'appareil, répondit Lucas, reportant son attention sur le téléphone, essayant de chasser de son esprit cette histoire de poils. Carrigan vient d'appeler. Une jeune femme de Worthington a été éviscérée et balancée dans un terrain vague dans le nord de la ville. Si c'est pas le même tueur que celui qui s'est occupé de Wannemaker, c'est son frère jumeau.

— Merde !... lâcha Lester au bout d'un moment.

— Ouais. On a un nouveau cadavre sur les bras. Il faut que vous joigniez Roux et que vous réfléchissiez tous les deux à ce qu'il faut faire vis-à-vis des médias.

— Je vais l'appeler. Vous y allez ? Je veux dire : là-bas ?

— De ce pas, répondit Lucas.

Lucas coupa la communication, puis composa le numéro de Connell. Elle décrocha, la voix faible, étranglée :

— Allô ?

— Davenport à l'appareil. Une fille de la campagne vient de se faire tuer et abandonner quelque part dans le nord de la ville. On dirait que c'est notre homme qui a fait le coup.

— Ça s'est passé où ?

Elle était complètement réveillée, à présent. Lucas lui donna l'adresse.

— Je vous retrouve là-bas.

Lucas raccrocha, sauta du lit, et se dirigea vers la salle de bains.

— Tu devais venir me voir travailler, aujourd'hui.

Il s'arrêta, se retourna.

— Oh ! bon Dieu, c'est vrai ! Écoute, si je finis assez tôt là-bas, j'irai à l'hôpital. Tu commences à sept heures et demie ?

— Oui. C'est à cette heure-là qu'on m'apporte le môme.

— Je peux essayer de me libérer pour cette heure-là. Où est-ce que je dois aller ?

— Demande à l'accueil. Demande le bloc opératoire, et, quand tu y seras, demande-moi. Ils seront prévenus.

— J'essaierai. Sept heures et demie.

La seconde raison de passer à la postérité avancée par Carrigan, c'était qu'il avait de petits pieds menus avec lesquels il dansait. Il avait autrefois fait une apparition sur la scène du *Guthrie*, dans une mise en scène moderne d'*Othello*, vêtu d'un slip en lamé et d'un bandeau autour de la tête.

Sa troisième raison de passer à la postérité, c'était que le jour où une nouvelle recrue avait parlé de lui en l'appelant le danseur pédé, il lui avait enfoncé la tête au fond des toilettes du vestiaire pendant si longtemps que la brigade criminelle avait soumis la candidature du gamin au *Livre des records Guinness* pour la plus longue plongée en apnée de l'année. La candidature avait été examinée, mais rejetée.

Le premier titre de gloire de Carrigan, c'était qu'il avait remporté deux fois le championnat de lutte NCAA dans la catégorie des quatre-vingt-dix kilos, une décennie plus tôt. Il n'était conseillé à personne de lui chercher des noises.

— Ça ne fait probablement pas très longtemps que c'est arrivé, expliqua-t-il à Lucas, en jetant un regard en direction de la foule qui se rassemblait au coin de la rue. (Carrigan était noir comme la majeure partie de cette foule.) Des gens ont joué au base-ball ici jusqu'à la tombée de la nuit, et, à ce moment-là, il n'y avait pas de cadavre. Des mômes qui coupaient par le parc l'ont retrouvée un peu après une heure.

— Quelqu'un a remarqué un véhicule ?

— On a des gars qui font du porte-à-porte autour du parc, mais je ne crois pas qu'on en tirera grand-chose. La voie d'accès à l'Interstate est au carrefour précédent, et elle est facile à louper : les gens viennent jusqu'ici pour faire demi-tour, alors il y a sans arrêt des voitures qui passent.

Le corps était encore à découvert, reposant sur de la terre battue entre deux gros buissons, alignés parallèlement à l'intervalle entre la deuxième et la troisième base d'un terrain de base-ball. Le tueur n'avait aucune intention de le cacher ; il devait savoir qu'on le retrouverait presque tout de suite. Des lampes-torches illuminaient la zone qui s'étendait autour du corps, et une équipe de spécialistes s'affairaient.

— Cherchez des mégots de cigarettes, dit Lucas à Carrigan. Des Camel sans filtre.

— D'accord...

Lucas s'accroupit près de la fille morte. Elle était couchée sur le flanc, la tête et les épaules vers la terre, les hanches à moitié tournées vers le ciel. Lucas voyait la blessure d'assez près pour constater qu'elle était identique à celle de Wannemaker : un coup de pointe avant de remonter la lame pour éventrer. L'odeur des entrailles lui parvenait...

— Méchant, commenta Lucas.

— Ouais, dit Carrigan aigrement.

— Je peux la bouger ?

— Pour faire quoi ?

— Je veux la mettre sur le dos et regarder sa poitrine.

— Si vous voulez — on a déjà des photos et tout... Mais elle est couverte de sang, vous feriez mieux de mettre des gants. Attendez...

Il revint peu après avec une paire de gants très fins en plastique jaune, et les tendit à Lucas. Celui-ci les enfila, prit la femme par le bras et fit rouler le corps sur le dos.

— Regardez-moi ça ! s'exclama Lucas en indiquant deux gribouillis sanglants sur ses seins. Qu'est-ce que c'est ?

— Des lettres. Un *S* et un *J*, dit Carrigan, le mince faisceau de sa lampe de poche balayant le cadavre de la fille. Je veux bien qu'on embrasse mon rectum tout rose. Qu'est-ce que c'est que cette merde, Davenport ?

— De la démence, répondit Lucas en examinant le corps.

Un peu plus tard, Carrigan demanda :

— Qui c'est, celle-là ?

Lucas jeta un coup d'œil par-dessus son épaule et vit Connell s'avancer vers eux à grandes enjambées, sanglée dans un imperméable.

— Mon assistante.

— Ta putain de quoi ?

— C'est notre homme ? demanda Connell, en s'approchant.

Lucas se leva et retira les gants.

— Ouais. Il lui a gravé le *SJ* sur la poitrine.

Il rejeta la tête en arrière et regarda le ciel nocturne, la clarté timide des étoiles au-dessus des lumières de la ville. Ce mec le foutait en boule. Il n'avait pas ressenti l'assassinat de Wannemaker d'une façon aussi personnelle ; celui de cette enfant l'atteignait profondément. Peut-être parce qu'il sentait encore le souffle de la vie chez elle. Il n'y avait pas longtemps qu'elle était morte.

— Il a changé ses habitudes, fit remarquer Connell.

— On s'en fout, de ses habitudes. On sait que c'est lui qui a tué Wannemaker. La fille du nord de l'État n'avait pas de lettres gravées dans la chair.

— Mais elle était dans les temps. Wannemaker et celle-là sont en dehors de sa périodicité habituelle. J'espère qu'il n'y a pas deux assassins différents.

— Non. (Il secoua la tête.) Le couteau dans l'estomac, c'est une signature. Encore plus que les lettres.

— Je ferais mieux d'y jeter un coup d'œil.

Elle s'enfonça un peu dans les buissons pour mieux voir, s'accroupit près du corps, braqua sa lampe dessus. Elle l'examina une minute, puis deux, et s'éloigna pour cracher. Revint.

— Je m'habitue.

— Que Dieu vous vienne en aide, dit Carrigan.

Un policier en uniforme et un gamin noir de haute taille s'approchaient à pas précipités, le gamin un demi-pas devant le policier. Il portait un short qui lui descendait jusqu'aux genoux, un tee-shirt trop grand, une casquette de base-ball. L'expression de son visage était celle de l'exaspération.

Carrigan fit un pas vers eux.

— Qu'est-ce que tu as trouvé, Bill ?

— Le môme a vu le type, expliqua le policier. C'est à peu près certain.

Lucas, Carrigan et Connell se groupèrent autour du gamin.

— Tu l'as vu ?

— Mec, je...

Le môme jeta un regard vers le coin de rue où s'aventuraient les badauds, attirés par la rumeur d'un meurtre dans le quartier.

— Comment tu t'appelles ? demanda Connell.

— Dex ?

La réponse sonnait comme une question, et le gamin leva les yeux au ciel.

— Il y a combien de temps ? intervint Lucas.

Le môme haussa les épaules.

— Putain ! est-ce que je ressemble à une grosse pendule ?

— Putain ! c'est à une grosse croûte que tu vas ressembler, si tu fais pas gaffe à ce que tu racontes, dit Carrigan.

Lucas leva la main, s'approcha du gamin.

— C'est une fille de la campagne, Dex. Elle venait d'arriver en ville, quelqu'un lui a mis les tripes à l'air.

— Je n'ai rien à voir avec ça, se récria Dex, posant à nouveau son regard sur la foule.

— Viens par ici, lui enjoignit Lucas, d'une voix amicale. (Il prit le bras du môme.) Jette un coup d'œil au cadavre.

— Quoi ?

— Allez, viens... (Il lui fit signe de s'approcher, puis se tourna vers le policier en uniforme.) Prêtez-moi votre lampe de poche, s'il vous plaît, mon vieux.

Lucas fit le tour du buisson avec Dex, puis ils s'approchèrent en canard du corps sans vie, du côté où apparaissait la blessure. Le gamin s'y prêta sans trop faire d'histoires ; il avait déjà vu des centaines de cadavres à la télé, et était passé une fois devant une maison où des ambulanciers en sortaient un sur une civière. Ça lui donnerait du prestige.

A trente centimètres du corps, Lucas braqua la lampe sur la blessure et l'alluma.

— Bordel ! jura Dex.

Il se redressa et se débattit pour sortir des buissons.

Lucas saisit sa poche arrière, le ramena vers lui brutalement.

— Allez, mon pote, tu pourras en parler aux autres, raconter comment les flics t'ont tout fait voir. (Il braqua le faisceau de lumière sur le visage de la fille.) Regarde ses yeux, mon pote, ils sont encore ouverts, on dirait des œufs. Tu pourras sentir ses tripes si tu t'approches, une odeur un peu douceâtre.

Le regard de Dex descendit le long du cadavre, il frémit, se redressa, et s'enfuit à toutes jambes. Lucas le laissa partir : Carrigan attendait devant les buissons quand Dex parvint à s'en dégager.

— Jamais rien vu de pareil ! s'écria Dex.

De la salive coulait au coin de sa bouche, et il s'essuya d'un revers de main.

— Alors, c'était qui ? demanda Carrigan.

— Un Blanc. Il roulait en camionnette.

— Quel genre de camionnette ?

— Blanche, avec du noir, peut-être du rouge, je ne sais pas ; je suis sûr qu'il y avait du blanc. (Il continuait à s'éloigner du corps, contournant les buissons pour retourner vers le trottoir. Carrigan lui saisit un bras, et Dex se remit à parler.) L'arrière était aménagé. Les gens viennent ici déposer leurs ordures, quelquefois. Je me suis dit que c'était ça qu'il était venu faire : déposer des ordures.

— Tu étais à quelle distance ? demanda Connell.

— Là-bas, au coin de la rue, répondit Dex, en montrant l'endroit du doigt. Une centaine de mètres.

— A quoi il ressemblait, d'après ce que tu as vu ? insista Connell. C'était un grand mec ? Un petit mec ? Il était gros, maigre ?

— Assez grand. Autant que moi. Et peut-être qu'il joue au basket, vu comment il est entré dans la camionnette. Il a sauté dedans, vous voyez. Vite, comme un mec qui a du ressort. Vite.

Connell fouilla dans son sac et en sortit un carré de papier. Elle commençait à le déplier quand Lucas réalisa de quoi il s'agissait, tendit le bras, saisit sa main et secoua la tête.

— Ne faites pas ça. (Il regarda Dex et demanda :) Il y a combien de temps que ça s'est passé ?

— A quelle heure ? J'en sais rien. Il y a peut-être une heure de ça.

Ce qui ne voulait rien dire : pour la plupart des témoins, une heure signifiait plus de quinze minutes et moins de trois heures.

— Quoi d'autre ?

— Vous savez, je ne crois pas qu'il y ait quoi que ce soit d'autre. Laissez-moi réfléchir... (Il regarda derrière Lucas.) Voilà ma mère.

Une femme se frayait un chemin à travers le cordon de police. Quand un flic tendit le bras vers elle, elle se tourna, lui dit quelque chose qui coupa court à sa tentative de la stopper, et avança vers eux.

— Qu'est-ce que tu fais là ? demanda-t-elle sans aménité.

— On discute avec votre fils, lui expliqua Carrigan. Il est le témoin d'un crime.

— Il n'a jamais eu d'histoires.

— Il n'en a toujours pas, précisa Connell. Il se peut qu'il ait aperçu un tueur — un Blanc. Il essaie seulement de se souvenir de ce qu'il aurait pu voir d'autre.

— Il n'a pas d'ennuis ?

Elle était soupçonneuse.

Connell secoua la tête.

— Il nous aide.

— Maman, tu aurais vu la fille ! dit Dex, en déglutissant.

Il jeta un coup d'œil au buisson. On pouvait voir une hanche dépasser de l'endroit où ils se trouvaient. Il regarda Carrigan.

— Il y avait des marches sur les côtés de la camionnette, vous savez... comment ça s'appelle ?

— Des marchepieds ?

Dex hocha la tête.

— C'est ça. Des marchepieds argentés.

— Chevrolet ? Ford ?

— Dites, mec, pour moi ils se ressemblent tous, j'en ai pas, moi, de camion...

— De quelle couleur était l'arrière ?

Le gamin dut réfléchir.

— Foncé, répondit-il finalement.

— Quoi d'autre ?

Il se gratta l'oreille, regarda sa mère, puis secoua la tête.

— Je me suis dit que c'était juste un Blanc qui venait balancer ses ordures.

— Tu étais seul quand tu l'as vu ?

Il déglutit à nouveau, et jeta un coup d'œil à sa mère. Sa mère le vit et lui donna une claque dans le dos, fort.

— Vas-y, dis-le !

— J'ai vu un type nommé Lawrence, par ici.

Sa mère mit les mains sur ses hanches.

— Tu étais avec Lawrence ?

— J'étais pas avec Lawrence, maman. Je l'ai vu par ici, c'est tout. J'étais pas avec lui.

— Il vaudrait mieux que tu ne sois pas avec lui, ou je vais te foutre dehors. Tu sais ce que je t'ai dit... (Elle avait l'air en colère. Elle regarda Carrigan et expliqua :) Lawrence vend de la poudre.

— Lawrence, c'est son prénom ou son nom de famille ? demanda Carrigan.

— Lawrence Wright.

— Lawrence Wright, je le connais, dit Carrigan. Vingt-deux ou vingt-trois ans, grand et maigre. Il porte bien tout le temps un petit chapeau de marin ?

— C'est lui, confirma la femme. Un vaurien. Il vient d'une longue lignée de vauriens. Sa mère valait rien et tous ses frères sont des vauriens. (Elle frappa de nouveau le gamin en travers du dos.) Tu traînes avec ce vaurien ?

— Où est-ce qu'il est allé ? demanda Lucas. Lawrence ?

— Il est resté dans le coin, jusqu'à ce qu'on trouve le corps. (Dex regarda autour de lui comme s'il avait pu le voir.) Après, il est parti.

— Est-ce qu'il a vu le Blanc ? interrogea Connell.

Dex haussa les épaules.

— Je n'étais pas avec lui. Mais il était plus près de lui que moi. Il marchait par ici quand le Blanc est sorti du parc. J'ai vu le Blanc lui jeter un coup d'œil.

Lucas regarda Carrigan.

— Il nous faut ce Lawrence tout de suite.

— Est-ce qu'il fume ? demanda Carrigan à Dex.

Dex haussa les épaules, et sa mère répondit :

— Il fume. Il passe son temps à se balader, la tête pleine de crack.

— Il faut qu'on mette la main dessus, déclara Lucas.

— Je n'ai aucune idée d'où il traîne. Je le voyais dans le quartier, il y a cinq ans, à l'époque où je m'occupais du trafic de drogue dans le secteur, dit Carrigan, incertain. Je peux passer un coup de fil à un collègue, Alex Drucker, c'est lui qui est chargé des stups par ici, maintenant.

— Trouvez-le ! répéta Lucas.

Carrigan jeta un coup d'œil à sa montre et ricana.

— Quatre heures et demie. Ça doit faire environ deux heures que Drucker s'est couché. Il va adorer ça.

Pendant que Carrigan allait à sa voiture, un des techniciens de l'équipe qui passait les lieux du crime au peigne fin s'approcha :

— Pas de mégots datant de ce soir, que des débris de cigarettes bien plus anciens.

— Laissez tomber, lui conseilla Lucas. On nous a dit qu'elle avait été abandonnée il y a à peine une heure. Vous pourriez jeter un œil dehors dans la rue d'ici jusqu'à... Non, laissez tomber. On sait qui a fait ça.

— On regardera, répliqua le technicien. Des Camel...

— Sans filtre, précisa Lucas. (Il se tourna vers la mère de Dex.) Il faut qu'on envoie Dex au commissariat central avec un agent pour faire une déposition, et peut-être lui demander de décrire le type à un portraitiste. On le ramènera. Ou bien vous pouvez y aller avec eux, si vous voulez.

— Je peux les accompagner ?

— Si vous voulez.

— Je ferais aussi bien de les accompagner, je crois. Il n'a pas d'ennuis ?

— Il n'a aucun ennui.

Carrigan revint.

— Drucker n'est pas chez lui. Ça ne répond pas.

— C'est un type connu par ici, ce Lawrence — on peut descendre au coin de la rue et demander aux gens où est-ce qu'on peut le trouver.

Carrigan regarda le coin de rue le plus proche, puis son regard retourna à Lucas et Connell.

— Vous êtes un peu trop blancs pour leur demander de rendre service.

Lucas haussa les épaules.

— Je n'ai pas dit que j'allais les bousculer ; je veux juste leur demander. Allez, venez.

Ils se mirent en route, et Connell demanda :

— Pourquoi est-ce que je ne peux pas lui montrer le portrait-robot ? Il pourrait confirmer la description.

— Je ne veux pas lui brouiller la mémoire. Si on arrive à obtenir de lui un signalement, je veux que ça soit d'après ses souvenirs, pas d'après ce qu'il aura vu quand vous lui aurez montré un portrait-robot.

— Oh !

Elle réfléchit une minute, puis fit un signe de tête.

Quand ils atteignirent l'intersection, les gens se turent, et Carrigan se dirigea droit sur eux.

— Un Blanc vient d'éventrer une jeune fille et de balancer le corps dans les buissons, là-bas, expliqua-t-il sur le ton de la conversation, sans préambule. Un type appelé Lawrence Wright l'a vu. On n'a pas l'intention de s'en prendre à lui, on veut juste une déposition. Si quelqu'un peut nous dire où est Lawrence, ou même s'il est là en personne...

— Cette fille, elle était blanche ou noire ? demanda une femme.

— Blanche, répondit Lucas.

— Pourquoi est-ce que vous voulez parler à Lawrence ? Si ça se trouve, il a rien vu.

— Il a vu quelque chose, trancha Carrigan. Il était juste à côté du Blanc, le tueur.

— C'est un cinglé, reprit Lucas. C'est comme le type de Milwaukee, qui tuait les petits garçons. Il n'a aucun motif, c'est juste pour tuer.

Un murmure parcourut la foule, puis une voix de femme se fit entendre.

— Lawrence est allé chez *Porter*.

Quelqu'un d'autre fit :

— Ferme-la, et la voix de femme répondit :

— Ferme-la toi-même, il tue des petites filles.

— Des Blanches... Que ça soit des filles ne change rien... elles ont la peau blanche... Qu'est-ce qu'il a à voir avec ça, Lawrence, qu'est-ce qu'il a fait, lui ?...

— On ferait mieux d'y aller en vitesse, conseilla calmement Carrigan. Avant que quelqu'un ne fonce chez *Porter* prévenir Lawrence qu'on est en route.

Lucas et Connell montèrent dans la voiture de Carrigan.

— *Chez Porter*, c'est un bar de nuit dans la Vingt-Neuvième Rue, expliqua Carrigan. Il nous faut une patrouille en uniforme pour bloquer la sortie.

— Ça ne peut pas faire de mal, dit Lucas. C'est encore ouvert ?

— Encore un petit quart d'heure, quelque chose comme ça. En été, il ferme vers cinq heures.

Les flics de patrouille les rejoignirent sur le parking d'un restaurant de la chaîne Perkins, quatre minutes plus tard. Un Noir et un Blanc. Lucas leur expliqua à la recherche de qui ils étaient par la vitre ouverte.

— Empêchez tout le monde de sortir... Vous savez où c'est ?

— Ouais. On se glissera dans la ruelle, derrière. Dès que vous nous voyez nous engager par là, pointez-vous à l'entrée principale.

— Allons-y ! dit Carrigan.

— Est-ce que ça risque de mal tourner ? demanda Connell.

Carrigan lui jeta un coup d'œil.

— Ça devrait se passer sans accroc. C'est un endroit à peu près décent. Porter est un type en règle. Mais, vous savez...

— Ouais. Lucas et moi, on est blancs.

— Il vaut mieux me laisser entrer le premier. Et abstenez-vous d'engueuler les gens.

Au coin de la rue, ils hésitèrent un moment, durant

lequel la voiture de patrouille passa devant, descendit la rue et s'engagea dans la ruelle. Carrigan roula jusqu'à l'entrée principale d'une maison style années vingt au large porche. Celui-ci était désert, mais, quand ils sortirent de la voiture, Lucas entendit un air de Charles Brown s'échapper de la fenêtre ouverte.

Carrigan ouvrait la marche. Quand il passa la porte, Lucas et Connell observèrent une pause, de quoi lui donner le temps de faire son entrée, avant de prendre le même chemin.

Le salon de la vieille maison avait été aménagé en bar; il y avait une demi-douzaine de chaises dans le vestibule, dont trois étaient occupées. Deux hommes et deux femmes étaient assis autour d'une table dans le salon à gauche. Quand Lucas et Connell franchirent le seuil, tout s'arrêta. L'air était saturé de fumée de cigarettes, et de l'odeur du whisky.

— Monsieur Porter, disait Carrigan à un type chauve derrière le bar.

— Messieurs, que puis-je faire pour vous? demanda Porter, les mains sur le bar.

Il n'avait pas de licence, mais, en principe, ça n'était pas un problème. Un des hommes assis à la table recula sa chaise de quelques centimètres, et Lucas le regarda. Il se figea aussitôt.

— L'un de vos clients a vu un suspect dans une affaire de meurtre — un Blanc qui a tué une Blanche et a balancé le cadavre dans le parc, expliqua Carrigan poliment. Ce type est un maniaque, et on voudrait en parler avec Lawrence Wright. L'avez-vous vu?

— Ça ne me revient pas. Ce nom ne m'est pas très familier, répondit Porter, mais il désigna ostensiblement le couloir des yeux.

Il y avait une pancarte sur une porte, où on lisait, écrit à la main : « Hommes ».

— Bien, nous n'allons pas vous déranger plus longtemps, alors, dit Carrigan. Je vais aller pisser, si vous n'y voyez pas d'inconvénient.

Lucas s'était placé devant une horloge Grain Belt, une position qui lui permettait de contrôler l'accès à la porte d'entrée. Son pistolet était fixé à sa ceinture au creux des reins ; il posa la main sur sa hanche, comme si devoir attendre Carrigan l'impatientait. Une voix dit :

— Il y a des flics dehors, à l'arrière de la maison.

Une autre demanda :

— Qu'est-ce que ça veut dire ?

Carrigan s'avança dans le couloir, dépassa la porte, recula d'un pas et l'ouvrit.

Il sourit.

— Hé ! s'exclama-t-il à l'adresse de Lucas, devine qui est là ? Lawrence. Assis sur le pot.

Une voix geignarde s'échappa des toilettes :

— Ferme la porte, mec. Je débourre. Je t'en prie.

La voix avait une intonation digne d'une mauvaise comédie télévisée. Au bout d'un moment, après un temps de silence, un rire de gorge, féminin, un peu rauque, s'éleva dans le salon, et, brusquement, le bar tout entier explosa. Les clients se tenaient les côtes. Porter lui-même posa le front sur son bar, riant aux éclats. Lucas pouffa modérément, puis se décontracta.

Lawrence était très mince, presque émacié. A vingt ans, il avait déjà perdu toutes ses dents de devant, et sa bouche produisait un bruit mouillé quand il parlait :

— ... Je ne sais pas, *slurp*, il faisait noir. Bleu et blanc, je crois, *slurp*. Et il avait une barbe. Des grosses roues de bouseux sur la camionnette.

— Vraiment grosses ?

— Ouais. Vraiment grosses. Quelqu'un a dit qu'il y avait des marchepieds ? *Slurp*. Je ne crois pas. Il y en avait peut-être mais je ne les ai pas vus. C'était un Blanc, mais il avait une barbe. Une barbe foncée.

— Une barbe, dit Connell.

— Comment se fait-il que tu sois certain que c'était un Blanc ?

Lawrence fronça le sourcil comme s'il essayait de rassembler les pièces d'un puzzle, puis son visage s'éclaira.

— Parce que j'ai vu ses mains. Il était en train de se moucher, mec. Il sniffait, c'est pour ça que je l'ai regardé.

— De la coke ?

— Sûrement, dit Lawrence. Il n'y a rien qui ressemble

à ça, vous savez, quand on essaie de sniffer, en marchant ou en faisant quelque chose d'autre. *Slurp*. On ramasse une pincée et on la met entre le pouce et l'index. C'est ce qu'il faisait. Du coup j'ai vu ses mains.

— Il avait les cheveux courts ou longs ? demanda Connell.

— Aucune idée.

— Des autocollants, les plaques du véhicule, quelque chose d'autre ? demanda Lucas.

Lawrence inclina la tête, les lèvres retroussées.

— Non, j'ai rien remarqué de ce genre, *slurp*.

— On dirait que tu n'as pas vu grand-chose, pas vrai ?

— Je vous ai dit qu'il sniffait, se défendit Lawrence. Je vous ai dit qu'il était blanc.

— La belle affaire ! Au cas où tu n'aurais pas remarqué, on est à Minneapolis. Il y a deux millions et demi de Blancs dans le coin.

— C'est pas ma faute.

Camionnette rouge et blanche, ou bien bleue et blanche, peut-être avec des marchepieds argentés, ou peut-être pas. Un cocaïnomane. Blanc. Barbu.

— On va l'embarquer et tout, dit Lucas à Carrigan. Enregistrer sa déposition.

Ils retournèrent sur les lieux du crime, mais rien n'avait bougé, sinon que le soleil s'était levé et jetait sur le monde une clarté livide, glacée. L'équipe de techniciens de la police filmait le secteur avec une caméra vidéo, et des camions de TV3 et de Channel 8 s'étaient garés dans la rue.

— Vos copains de TV3 ! lança Lucas, en envoyant une bourrade du coude à Connell.

— Des cafards.

— Allez !

Il regarda en direction du camion. Une femme aux cheveux foncés lui fit un signe du bras. Il agita le bras en retour.

— Ils transforment le meurtre, le viol, la pornographie, la douleur, la maladie, en distractions grand public, reprit Connell. Aucun fléau de l'humanité dont ils ne puissent faire un dessin animé.

— Vous n'avez pas hésité à aller les voir.
— Évidemment non, répliqua-t-elle calmement. Ce sont des cafards, mais on est bien obligé de faire avec, et, de temps en temps, ils *peuvent* servir à quelque chose.

CHAPITRE XI

Connell voulait assister à l'entretien avec Lawrence, et activer l'autopsie de Marcy Lane en pressant le médecin légiste. Lucas la laissa partir et regarda sa montre. Weather allait quitter la maison dans quinze minutes ; il n'avait pas le temps de rentrer avant son départ. Il retourna au restaurant Perkins où ils avaient retrouvé les flics de patrouille, acheta un journal, et commanda des *pancakes* et du café.

Junky Doog s'étalait à la une du *Strib* : deux papiers, un reportage et un article de fond. Celui-ci commençait ainsi : « Un suspect important dans une série de crimes sexuels commis dans le Midwest a été arrêté hier dans le comté de Dakota... » On pouvait lire dans le reportage : « Junky Doog vivait sous un arbre dans un dépôt d'ordures du comté de Dakota. Il s'était coupé les doigts et les orteils un par un... »

— Un reportage juteux.

Une paire de jambes — de belles jambes — s'arrêta devant la table. Lucas leva les yeux. Une célébrité lui sourit. Il la reconnut, sans savoir exactement de qui il s'agissait.

— Jan Reed. De TV3. Est-ce que je peux me joindre à vous pour prendre un café ?

— Bien sûr... (Il lui fit signe de prendre place en face de lui.) Je ne peux pas vous dire grand-chose.

— Les cameramen m'ont dit que vous n'étiez pas trop remonté contre nous.

Elle était plus vieille que la plupart de ses consœurs, dans les trente-cinq ans, songea Lucas. Elle était extrêmement séduisante, comme toute la dernière génération de reporters femmes à la télévision. Elle avait de grands yeux sombres, des cheveux roux qui lui tombaient sur les épaules, et des dents qui avançaient un tout petit peu, comme le voulait la mode. Lucas avait dit à Weather qu'il devait y avoir un chirurgien en train de faire fortune quelque part, à fabriquer des présentatrices télé aux bouches sensuelles et aux dents plantées légèrement en avant. Weather lui avait répondu que ça n'était pas déontologique ; le lendemain, elle avait toutefois regardé la télé, et il y avait beaucoup trop de dents qui avançaient sur les chaînes locales pour qu'il ne s'agisse que de simples problèmes de mâchoires.

— Qu'est-ce que ça veut dire ? avait-elle demandé.

Elle avait l'air de vraiment s'intéresser à la question.

— Tu ne sais pas ? avait répliqué Lucas.

— Non, je ne sais pas. (Elle l'avait regardé d'un air sceptique.) Tu vas me dire quelque chose de cochon ?

— Les mecs pensent que ce sont des bouches de suceuses.

— Tu me racontes des histoires ! s'était écriée Weather, les mains sur les hanches.

— Je jure devant Dieu que c'est à cause de ça.

— Cette société est mal partie. Je suis au regret d'avoir à le dire, mais on est en pleine décadence. Des bouches de suceuses...

Jan Reed prit une gorgée de café avant de parler.

— D'après nos sources, il s'agit du tueur en série. On a bien sûr vu l'agent Connell, là-bas, alors l'hypothèse est vraisemblable. La confirmez-vous ?

Lucas réfléchit avant de répondre.

— Écoutez, j'ai horreur de faire des déclarations officielles. Ça m'attire toujours des ennuis. Je vais vous fournir quelques informations, à condition que vous les attribuiez à une source anonyme.

— C'est d'accord.

Elle lui tendit la main. Lucas la serra : elle était douce et tiède. Elle sourit et cela lui réchauffa encore le cœur. Elle *était* séduisante.

Il lui donna deux informations : la victime était une femme blanche, et les enquêteurs pensaient qu'il s'agissait du même assassin que celui qui avait liquidé Wannemaker.

— On était déjà au courant de presque tout, avoua-t-elle gentiment.

Elle le provoquait, pour qu'il se mette à prendre l'air avantageux, et à trop parler.

Il refusa de marcher.

— Eh bien, qu'est-ce que je peux vous dire après ça? Une journée de plus dans la vie d'un reporter, passée à poursuivre infructueusement des bribes d'informations.

Elle rit. Elle avait un joli rire, très musical.

— J'ai entendu dire que vous étiez sorti avec une journaliste, à une certaine époque.

— Oui, nous avons une fille.

— C'est assez sérieux, en effet.

— Ça l'a été. (Il but une gorgée de café.) Autrefois.

— Je suis moi-même divorcée. Je n'aurais jamais cru ça possible.

Elle regarda ses mains.

Lucas se dit qu'il fallait parler de Weather mais ne le fit pas.

— Vous savez, je vous ai reconnue tout de suite, mais je pensais que vous étiez présentatrice.

— Oui — bientôt. Je l'ai fait quelquefois, mais il n'y a que trois mois que je suis ici. Ils me font travailler dans différents fuseaux horaires pour que je me rende compte de la façon dont ça marche, et je présente les actualités à l'occasion. Dans un petit mois je présenterai beaucoup plus souvent.

— Intelligent. Explorer le voisinage, comprendre les ficelles.

Ils bavardèrent encore pendant quelques minutes, puis Lucas jeta un coup d'œil à sa montre.

— Bon Dieu, il faut que j'y aille ! s'exclama-t-il, avant de se glisser hors du box.

— Vous avez un rendez-vous ?

Elle leva les yeux vers lui et il faillit tomber la tête la première dans son regard.

— En quelque sorte. (Il essaya de détourner les yeux.) Écoutez, euh... A bientôt, hein ?

— Certainement.

Elle prit congé de lui avec un sourire de ses lèvres pulpeuses.

Weather était aux premières loges, quand Lucas avait résolu une affaire de meurtre dans la petite ville du nord du Wisconsin où elle vivait. Et Lucas avait vu Weather travailler comme médecin légiste (il n'y avait pas beaucoup de médecins par là-bas, et ils remplissaient cette fonction à tour de rôle, dans le comté), mais la seule fois où il avait été présent lors d'une opération sur un patient en vie, il était inconscient. Le patient, c'était lui.

Il lui avait promis qu'il viendrait voir comment elle s'y prenait, sans beaucoup y réfléchir. Elle avait insisté, et ils avaient organisé cette visite une semaine plus tôt, avant le meurtre de Wannemaker.

Il trouverait bien le moyen de caser ça dans son emploi du temps, avait-il pensé.

Il toucha la cicatrice sur son cou, en pensant à Weather. Elle avait été faite pour l'essentiel par un couteau suisse dont celle-ci s'était servie pour tenter de l'égorger ; le reste de la blessure venait d'une balle de calibre 22, tirée par une petite fille...

Lucas laissa sa voiture dans un parking situé à trois rues des University Hospitals, et fit le reste du chemin à pied dans l'air frais du matin, parmi les internes en courtes blouses blanches et les médecins titulaires aux blouses plus longues. Un infirmier nommé Jim indiqua le vestiaire des hommes à Lucas, lui donna un cadenas et une clé pour un casier, et lui expliqua comment s'habiller :

— Il y a des tenues opératoires complètes dans les paniers, de trois tailles différentes. Les couvre-chaussures sont dans les paniers du bas. Les calots et les masques de protection sont dans les boîtes. Prenez-en un de chaque, mais ne mettez pas le masque tout de suite. On vous montrera comment l'attacher quand vous serez prêt... Emportez votre montre, votre portefeuille, vos objets de valeur. Le Dr Karkinnen sera là dans une minute.

Les yeux de Weather lui sourirent quand il sortit du vestiaire. Il se sentait idiot dans sa tenue opératoire, comme un imposteur.

— Comment tu te sens là-dedans ?

— Bizarre. Le tissu est froid.

— La fille assassinée... c'est lui ?

— Oui. On n'a pas appris grand-chose. Un môme l'a vu, quand même. Il est blanc, il sniffe probablement de la cocaïne, il roule en camionnette.

— C'est déjà quelque chose.

— C'est peu. (Il jeta un regard dans le couloir vers les doubles portes qui menaient au bloc opératoire.) Est-ce que ton patient est déjà dans les vapes ?

— Elle attend là-bas, dit Weather, hochant la tête.

Lucas regarda sur sa gauche. Une femme blonde à la mise soignée et une minuscule petite fille rousse étaient assises dans une salle d'attente. La petite fille levait les yeux vers la femme, qui avait l'air de mettre beaucoup d'intensité dans ce qu'elle était en train de lui dire. Les bras de la petite fille étaient couverts de bandages, jusqu'aux épaules. La tête de la femme s'agitait de haut en bas, comme si elle expliquait quelque chose ; la petite fille croisait et recroisait ses jambes qui se balançaient dans le vide.

— Il faut que j'aille leur parler une minute, dit Weather.

Elle s'engagea dans le couloir. Lucas, encore mal à l'aise dans sa tenue opératoire, traînait un peu derrière elle. Il vit la petite fille quand elle aperçut Weather ; son visage fut déformé par la peur. Lucas, dont le malaise augmentait, ralentit davantage. Weather dit quelque chose à la mère, puis s'accroupit et se mit à parler à l'enfant. Lucas s'approcha et la petite fille leva les yeux vers lui. Il se rendit compte alors qu'elle pleurait, sans bruit, mais avec des sanglots quasiment incontrôlables. Son regard revint à Weather.

— Vous allez encore me faire mal, gémit-elle.

— Tout ira bien, dit Weather très vite.

— Ça fait trop mal, se plaignit la petite fille. (Les larmes coulaient sur son visage.) Je ne veux plus qu'on me soigne.

— Il faut que tu guérisses, répliqua Weather, et, quand elle tendit la main pour toucher la joue de la petite fille, les dernières barrières tombèrent, et celle-ci se mit à pleurer franchement, s'agrippant à la robe de sa mère avec ses petits bras bandés comme des souches d'arbres morts.

— Aujourd'hui, ça ne te fera pas trop mal. Une petite piqûre et c'est tout, ajouta Weather en lui tapant sur l'épaule. Quand tu vas te réveiller, on te donnera un cachet qui te fera dormir.

— C'est ce que tu as dit la dernière fois, gémit la petite fille.

— Il faut que tu guérisses, on arrive au bout, insista Weather. Aujourd'hui, une autre fois encore, et on devrait avoir fini. (Elle se tourna vers la mère.) Elle n'a rien mangé ?

— Rien depuis neuf heures, hier soir. (Les larmes coulaient sur ses joues.) Il faut que je sorte d'ici ! poursuivit-elle sur le ton du désespoir. Je ne supporte pas. On peut y aller ?

— En avant. Viens, Lucy, prends-moi la main.

Lucy glissa lentement de sa chaise, serra un des doigts de Weather.

— Ne me fais pas mal.

— On va faire de notre mieux, tu verras.

Weather laissa la petite fille aux bons soins des infirmières et emmena Lucas dans un bureau où elle se mit à parcourir une pile de papiers haute d'une trentaine de centimètres, et à les signer.

— Documents préopératoires, expliqua-t-elle. Ça s'est bien passé, la nuit dernière ?

— Encore une. Une adolescente d'un autre État, une fille de Worthington.

Weather leva les yeux.

— Sale histoire.

— Il faut le voir pour le croire.

— Tu as l'air un peu remué.

— Cette fois, je le suis. Cette fille avait l'air... Elle avait l'air d'avoir fait sa communion la semaine dernière.

La routine de l'opération le captiva : à la fois précise et décontractée. Toutes les personnes présentes dans la pièce étaient des femmes, sauf Lucas et l'anesthésiste ; celui-ci les quitta pour se rendre dans une autre salle d'opérations dès que la petite fille se fut endormie, laissant à une assistante le soin de s'occuper d'elle. L'équipe chirurgicale avait placé Lucas dans une aire rectangulaire située le long du mur et lui avait conseillé de ne pas bouger.

Weather et son assistante avaient l'habitude de travailler ensemble et celle-ci lui tendait les instruments dont elle avait besoin presque avant qu'elle ait eu le temps de les lui demander. Il y avait moins de sang que Lucas ne s'y attendait, mais l'odeur de la cautérisation le dérangea ; du sang qui brûlait...

Weather expliqua rapidement ce qu'elle était en train de faire, étirant les peaux pour recouvrir les brûlures sur les bras de la petite fille. Elle menait la danse, donnant des instructions rapides, condensées. Personne ne posait de questions.

Elle s'adressait de temps en temps à Lucas, distraitement, concentrée sur son travail.

— Son père avait branché une pompe, près du lac, sur du 220 qui venait du secteur, avec une rallonge. Celle-ci a commencé à se défaire à la jonction entre les deux fils. C'est du moins ce qu'on croit. On ne sait pas exactement ce qu'elle a fabriqué, mais il y a eu un éclair et elle a été brûlée aux bras et aux omoplates, sur le dos... On te montrera. On fait des greffes de peau là où on peut, et à d'autres endroits on tire la peau pour recouvrir les marques.

Au bout d'un moment, les personnes présentes autour de la table d'opération se mirent à parler d'un livre qui figurait tout en haut de la liste des best-sellers et racontait une histoire d'amour. Elles discutaient pour savoir si les amants auraient dû s'enfuir ensemble, et détruire un mariage et une famille.

— Elle vivait dans le mensonge, après ça ; elle faisait du mal à tout le monde, déclara une infirmière. Elle aurait dû partir.

— Ouais. Et le foyer est détruit. Ce n'est pas parce qu'elle a une aventure qu'elle n'aime plus sa famille.

— Il ne s'agit pas exactement d'une aventure.

En bruit de fond, de la musique s'échappait d'un transistor branché sur une station qui diffusait des morceaux faciles à écouter; sur la table, sous les mains gantées de Weather, Lucy saignait.

Ils prirent de la peau sur la cuisse de l'enfant pour couvrir une partie de la blessure. L'instrument dont ils se servaient pour prélever la peau ressemblait à une ponceuse électrique croisée avec un sécateur.

— On dirait que c'est une opération douloureuse, finit par dire Lucas. Très douloureuse.

— Impossible à éviter, grogna Weather, sans lever les yeux. Les brûlures, c'est ce qu'il y a de pire. La peau ne se régénère pas, mais il faut couvrir les blessures pour empêcher l'infection. Ce qui signifie faire des greffes et étirer la peau... On a mis une peau provisoire parce qu'on n'a pas réussi à lui en prendre suffisamment les deux premières fois, mais on ne peut pas la laisser : elle aurait une réaction de rejet.

— Tu aurais peut-être dû lui dire que ça lui ferait mal. Quand tu lui as parlé, tout à l'heure.

Weather leva brièvement les yeux, comme pour l'approuver, mais elle secoua la tête en continuant à fixer une des extensions de peau.

— Je ne lui ai pas dit que ça ne ferait pas mal. Je voulais arriver à la faire entrer ici avec le minimum de résistance. La prochaine fois, je pourrai lui dire que c'est la dernière.

— Et est-ce que ça sera la dernière?

— Je l'espère. Il se peut qu'on ait besoin de faire des retouches si on obtient trop de tissu cicatriciel brut. Il faudra peut-être en enlever un peu. Mais la prochaine opération devrait être la dernière pour un petit moment.

— Ah!...

Elle le regarda, l'air grave, tranquille, par-dessus le masque, tenant ses doigts maculés de rose loin des blessures ouvertes de la petite fille; les infirmières le regardaient aussi.

— Je ne fais pas de la médecine. Je fais de la chirurgie. Il arrive qu'on ne puisse pas éviter la douleur. Tout ce qu'on peut faire, c'est réparer, et la douleur s'arrêtera sans doute. C'est le mieux qu'on puisse faire.

Plus tard, quand elle eut fini, ils allèrent s'asseoir quelques minutes dans la pièce réservée au chirurgien.

— Qu'en penses-tu ? lui demanda-t-elle.

— Intéressant. Impressionnant.

— C'est tout ?

Quelque chose transparaissait dans le son de sa voix.

— Je ne t'avais jamais vue dans le rôle du commandant en chef. Tu t'en sors très bien.

— Des objections ?

— Bien sûr que non.

Elle se leva.

— Tu avais l'air troublé en me regardant faire.

Il baissa les yeux, secoua la tête.

— C'est assez intense. Et ce n'était pas comme je pensais, le sang, l'odeur de la cautérisation, l'instrument qui sert à prélever la peau... C'est plutôt brutal.

— Ça l'est quelquefois. Mais ce qui t'a le plus dérangé, c'est mon attitude vis-à-vis de Lucy.

— Je ne sais pas...

— Je ne peux pas m'impliquer personnellement. Il y a une partie de moi-même dont je ne peux pas m'encombrer. Il arrive que j'aime bien certains patients, et c'est le cas avec Lucy, mais je ne peux pas me permettre d'aller au bloc opératoire en m'inquiétant pour eux parce qu'ils vont avoir mal, ou en me demandant si je fais ce qu'il faut. Il faut que ces questions soient résolues avant d'entrer au bloc opératoire. Si je ne faisais pas comme ça, je saloperais le travail.

— Tu as eu l'air un peu froide, admit-il.

— Je voulais que tu me voies dans ce rôle-là. Lucas, en tant que chirurgien, j'ai une personnalité différente. Il me faut parfois prendre des décisions très brutales, et je le fais. Et je dirige tout. Je dirige tout très bien.

— Eh bien...

— Laisse-moi finir. Depuis que je me suis installée ici, on a passé de très bons moments au lit. On a fait des joggings super le soir, et on s'est bien amusés quand on est sortis faire la fête. *Mais ce que tu viens de voir, c'est ce que je suis, ici même.*

Lucas poussa un soupir, et hocha la tête.

— Je sais. Et je te trouve admirable. Je le jure.

Elle sourit alors, à peine.

— Vraiment ?

— Vraiment. Simplement, ce que tu fais... est tellement plus dur que ce que je croyais.

Beaucoup plus dur, pensa-t-il en quittant l'hôpital.

Dans son monde à lui, ou dans celui de Jan Reed, par exemple, très peu de choses étaient parfaitement claires : les meilleurs tentaient toujours d'imaginer ce qui avait pu aller de travers. Erreurs, bêtises, négligence, mensonges et accidents faisaient partie intégrante de la routine. Dans le monde de Weather, c'était différent, ces choses étaient impardonnables.

La chirurgie elle-même, c'était encore autre chose. Le sang, ça ne le dérangeait pas trop, mais le moment où le scalpel planait au-dessus de la peau intacte, où Weather prenait les décisions de dernière minute pour savoir comment elle allait procéder... cela l'avait vraiment dérangé. Trancher dans le vif sous le coup d'une impulsion était une chose ; le faire de sang-froid, le faire à un enfant, même pour son bien, en était une autre. Cela réclamait une dureté intellectuelle d'un genre que Lucas n'avait jamais rencontré dans la rue. Sauf chez les psychopathes.

C'était ce qu'elle avait voulu qu'il voie.

Est-ce qu'elle essayait de lui dire quelque chose ?

CHAPITRE XII

Quand il passa les portes de l'hôtel de ville pour se rendre au bureau du chef, Lucas avait l'impression que sa tête avait pris du volume, sans compter qu'elle était passablement brumeuse. Manque de sommeil. Il vieillissait. La secrétaire de Roux tendit le pouce pour lui faire signe d'entrer, mais Lucas s'arrêta une seconde.

— Vous pouvez vérifier si Meagan Connell est dans les murs, s'il vous plaît ? Et dites-lui où je me trouve.

— Bien sûr. Vous voulez que je vous l'envoie ?

— Ouais. Pourquoi pas ?

— Parce que elle et le chef pourraient en venir aux mains, par exemple ?

Lester et Anderson étaient assis sur les sièges réservés aux visiteurs. Lonnie Shantz, l'attaché de presse de Roux, était appuyé contre le bord de la fenêtre, les bras croisés, une expression accusatrice peinte sur son visage joufflu de permanent de parti politique. Roux fit un signe de tête quand Lucas arriva.

— Ils sont fumasses, au *Strib*. Vous avez vu le journal ?

— Ouais. Le gros papier sur Junky.

— Avec l'assassinat de la nuit dernière, ils pensent qu'on les a menés en bateau, dit Shantz.

Lucas s'assit.

— Qu'est-ce qu'on peut y faire ? Il est devenu complètement dingue. A un autre moment, il aurait pu retenir leur attention pendant quelques jours.

— Ça n'est pas très bon pour nous, Lucas, déclara Roux.

— Et le flic de Saint Paul ? demanda Shantz. Est-ce qu'on peut les lancer sur cette piste-là ?

— On m'a dit que l'administration l'avait obligé à aller voir un psy, intervint Lester. Ils n'ont pas l'air de le croire capable de faire ça.

— Il battait sa femme, insista Shantz.

— Les accusations ont été retirées. Il s'agissait plutôt d'une bagarre. Sa régulière lui avait rendu la monnaie de sa pièce, précisa Anderson. Elle l'a frappé avec une cafetière.

— On m'avait dit que c'était un fer à repasser, observa Lucas. Où se trouvait-il la nuit dernière, à propos ?

— Mauvaises nouvelles, répondit Lester. Sa bourgeoise l'a plaqué après leur dernière grosse scène de ménage, et il était chez lui. Tout seul. En train de regarder la télé.

— Merde ! s'exclama Lucas.

— Les gars de Saint Paul sont en train de l'interroger sur les émissions qu'il a vues.

— Ouais, ouais, mais s'il les a enregistrées au magnétoscope, il pouvait se trouver n'importe où à l'heure du crime, fit remarquer Shantz.

— Foutaises, répliqua Anderson.

Shantz s'adressa à Roux.

— Il suffit de divulguer un nom, et les charges de violence domestique. On peut le faire sans que ça ait l'air de venir d'ici — je pourrais demander à un de mes potes de la DFL. Bon Dieu ! ils adorent rendre service aux médias, pour le renvoi d'ascenseur, ensuite. TV3 va pisser dans son froc et faire des taches par terre avec un tuyau de ce genre. Et ça ressemble tout à fait à une piste qu'on tente de camoufler.

— Ils vont l'accabler, protesta Lester. Ils vont donner l'impression que les accusations contre lui ont été abandonnées parce qu'il est flic.

— Et qui sait si ça n'est pas le cas ? insinua Shantz. Nous, ça nous donnerait le temps de souffler. Bon Dieu ! cet assassinat près des lacs, c'est un putain de désastre pour nous. La femme est morte, et le type est réduit à l'état de légume. Maintenant, cet enfoiré de tueur en série nous tombe dessus et charcute une laitière de province. C'est carrément un cataclysme.

— Si vous livrez ce flic de Saint Paul en pâture à la

presse, vous le regretterez. Vous ne serez jamais sénateur, lança Lucas à Roux.

— Pourquoi ? interrogea Shantz. Je ne vois pas comment...

Lucas l'ignora, s'adressant directement à Roux.

— Ça finira par se savoir. Quand tout le monde aura compris ce qui s'est passé — que vous avez livré un flic innocent aux vautours pour détourner l'attention — on ne l'oubliera jamais, et on ne vous pardonnera pas davantage.

Roux le regarda un moment, puis ses yeux se posèrent sur Shantz.

— Laissez tomber.

— Mais, chef...

— Laissez tomber, coupa-t-elle. Davenport a raison. Le risque est trop important.

Son regard se porta vers la gauche, au-delà de Lucas, et se durcit. Il se retourna et vit Meagan Connell sur le seuil de la porte.

— Entrez, Meagan, dit-il. Vous avez le portrait ?

— Ouais.

Connell fouilla dans son sac, sortit le papier plié, et le tendit à Lucas. Celui-ci le déplia, le lissa, et le passa à Roux.

— Ça n'est pas de la foutaise, ça ; notre homme est probablement comme ça. Plus ou moins. Je ne suis pas sûr qu'il faille le diffuser.

Roux regarda le portrait, puis Connell, puis Lucas.

— Comment est-ce que vous avez obtenu ça ? demanda-t-elle.

— Meagan a déniché hier un témoin qui se souvient d'un type présent dans la librairie de Saint Paul en même temps que Wannemaker. Il ne figure pas sur les listes de noms qu'on a déjà et son signalement correspond à d'autres descriptions. Un type qui l'a vu hier soir nous a dit qu'il portait la barbe.

— Et qu'il roule en camionnette, ajouta Connell.

— Tous ceux qui roulent en camionnette portent la barbe ! protesta Lester.

— Pas toujours, rectifia Lucas. On tient quelque chose. Un avant-goût du personnage.

— Pourquoi est-ce que je ne diffuserais pas son portrait-robot ?

— Parce qu'on n'a pas assez de preuves. Rien qui le rattache à un meurtre d'une façon concluante — un cheveu, des empreintes digitales. Si ce n'est pas un bon portrait, et qu'on finisse par le prendre au collet... un avocat va s'en emparer et nous le mettre dans le cul. Vous connaissez comme moi : « Voilà le type qu'ils cherchaient — jusqu'à ce qu'ils décident de faire porter le chapeau à mon client. »

— Est-ce qu'on va arriver à quelque chose, aujourd'hui ? Quelque chose qui nous permette de respirer ?

— Pas que je sache, sauf si ça tient de l'autopsie pratiquée sur Lane. Ça prendra un certain temps.

— Hum... Bob Greave a reçu un coup de fil de TV3 — un tuyau sur un suspect, déclara Connell. Rien de sérieux.

— Comment ça, rien de sérieux ? De quoi s'agit-il, Lucas ?

— Je ne peux pas vous le dire, je viens de l'apprendre en même temps que vous.

— Qu'il amène son cul au trot, ordonna Roux.

Greave arriva une feuille de papier jaune à la main, et s'adossa au chambranle.

— Alors ? demanda Roux.

Il regarda la feuille.

— Une habitante d'Edina dit qu'elle sait qui est le tueur.

Lucas :

— Et la mauvaise nouvelle, c'est que... ?

— Elle a d'abord appelé TV3. C'est eux qui nous ont passé un coup de fil. Ils veulent savoir si on va faire une arrestation, suite au renseignement qu'ils nous ont fourni.

— Vous auriez dû venir nous raconter ça tout de suite, lui reprocha Roux. On était assis là à se cogner la tête contre les murs.

Greave leva la main.

— Il faut comprendre que cette femme n'a aucune preuve de ce qu'elle avance.

— Continuez, fit Roux.

— Elle se souvient d'avoir vu le tueur revenir de chacun des meurtres pour laver le sang sur ses mains et ses vêtements, avant de la violer. Elle avait refoulé tout ça jusqu'à hier, quand la mémoire lui est revenue, avec l'aide de son psychothérapeute.

— Oh ! non ! gémit Lucas.

— C'est possible, admit Shantz en regardant autour de lui.

— Est-ce que j'ai précisé que c'est son père, l'assassin présumé ? demanda Greave. Soixante-six ans, ancien propriétaire de drive-in. Un type affligé d'une artériosclérose si grave qu'il ne peut même pas monter un étage.

— Il faut vérifier, insista Shantz. Surtout si la télé s'est emparée de l'histoire.

— C'est de la foutaise, protesta Lucas.

— Il faut vérifier, dit Roux.

— On vérifiera, l'assura Lucas. Mais, en réalité, ce qu'il faut, c'est attraper l'assassin, et c'est pas en discutant avec des cardiaques du troisième âge qu'on va y arriver.

— Rien que cette fois, Lucas, bon Dieu ! repartit Roux avec véhémence. Je veux que vous interrogiez ce type, et que vous communiquiez ses déclarations à TV3.

— Depuis quand est-ce que c'est la télé qui nous dicte la façon de mener une enquête ?

— Doux Jésus, Lucas — on est devenus un passe-temps, de nos jours ! On est devenus du cinéma à prix réduit. On vend du déodorant et on obtient des voix aux élections. Ou on en perd. C'est une boucle ; on m'avait dit que vous étiez le premier à vous en être aperçu.

— Bon Dieu ! ça n'était pas à ce point-là, rétorqua Lucas. On se renvoyait l'ascenseur, on se rendait service. Maintenant, c'est...

— Un passe-temps pour le troisième sous-sol.

Quand Lucas sortit de la pièce, Roux lui lança :

— Lucas. Hé... ne tuez pas ce vieillard, hein ? Quand vous allez lui parler...

Ils prirent une voiture de la maison, tous les trois. Greave était vautré à l'arrière.

— Je me charge de l'interview à la télé, suggéra-t-il à Lucas. Je le faisais tout le temps quand j'étais « policier sympa ». Je suis bon dans ce genre de truc. J'ai les costumes qu'il faut pour ça.

— Vous étiez « policier sympa » ? fit Connell, en le regardant par-dessus le dossier du siège avant. Vous savez, ça vous va bien.

Elle avait craché ça comme une insulte. Lucas lui jeta un coup d'œil et faillit dire quelque chose, mais Greave poursuivit.

— Ah bon? C'est ce que je pensais, moi aussi. Aller dans les classes, dire aux petits garçons qu'ils allaient tous devenir flics ou pompiers, et aux petites filles qu'elles deviendraient ménagères ou putes.

Lucas, modérément surpris par la saillie, se tut et regarda pardessus le volant.

— Allez vous faire foutre, Greave, répliqua Connell.

Toujours jovial, il reprit :

— Dites, je vous ai parlé des sourdingues?

— Hein?

— Des sourdingues sont allés voir les flics de Saint Paul, et leur ont dit qu'ils avaient vu le type à la librairie la nuit où Wannemaker a été refroidie. Un type barbu avec une camionnette. Ils ont même relevé une partie de sa plaque minéralogique.

Connell se retourna pour le regarder de nouveau.

— Pourquoi est-ce que vous n'avez rien dit?

— Malheureusement, ils n'ont noté aucun numéro. Que des lettres.

— Eh bien, ça réduit déjà les probabilités d'au moins mille fois...

— Hmm... Les lettres qu'ils ont relevées, c'était CUL.

— CUL?

— Ouais.

— Bon Dieu! fit Connell.

L'État interdisait les plaques dont les combinaisons de lettres pouvaient prendre un sens insultant : il n'y avait pas de BAIZ, PIP, KEU ou BIT. Pas de CON ni de PIN. Il ne pouvait y avoir de CUL.

— Est-ce qu'on a fait les vérifications?

— Ouais. Ça n'existe pas. Personnellement, je pense que c'est le vieux qui tue, avant de rentrer chez lui et de chatouiller un peu sa fille.

— Vos conneries, Greave, je m'assieds dessus.

— Quand vous voulez, où vous voulez.

Un camion de TV3 était garé devant la maison des Weston, une journaliste peignait ses cheveux blond roux face au rétroviseur, un cameraman en gilet était assis au bord du trottoir, occupé à manger un sandwich. Il dit quelque chose à la journaliste quand Lucas s'arrêta devant la maison. Elle se tourna, le vit, entreprit de traverser la rue. Elle avait de longues jambes lisses et des escarpins noirs à hauts talons. Sa robe lui collait à la peau, comme une couche de peinture neuve sur une Chevrolet 55.

— Je crois qu'elle est dans le dernier numéro de *Playboy*, fit observer Greave, le visage collé à la vitre. Elle s'appelle Pamela Stern. C'est un vrai piranha, cette fille.

Lucas sortit de la voiture, Stern s'approcha, sa main jaillit et elle dit :

— Je crois qu'il est calfeutré à l'intérieur.

— Ouais, eh bien...

Lucas leva les yeux vers la maison. Les rideaux frémirent à une fenêtre tout droit sortie d'un vieux film. La journaliste tendit le bras et retourna la cravate de Lucas. Celui-ci baissa les yeux et la vit en train de lire l'étiquette orange.

— Hermès. C'est bien ce que je pensais. Très élégant.

— Il achète ses chaussures chez Emmaüs, ironisa Connell, de l'autre côté de la voiture.

— Et ses caleçons chez *Fruits of the Loom*, renchérit Greave. La noix de coco, c'est lui.

— J'adore vos lunettes de soleil, reprit Stern en les ignorant, ses dents blanches parfaites passant sur sa lèvre inférieure juste une fraction de seconde. Elles vous donnent l'air méchant. C'est *tellement* sexy !

— Doux Jésus ! souffla Lucas.

Il entra dans l'allée avec Greave et Connell et constata que la journaliste ne le lâchait pas d'une semelle. Derrière elle, le cameraman filmait.

— Quand on va arriver devant les marches, je vais demander à ce type s'il veut que je vous arrête pour violation de domicile. S'il répond oui, je vous arrêterai. Quelque chose me dit qu'il répondra oui.

Elle s'arrêta net, les yeux comme des éclats de silex.

— Ça n'est pas gentil d'envoyer Mère Nature sur les roses. Je ne vois vraiment pas ce que Jan Reed peut vous trouver.

Connell demanda : « Qui ça ? Jan Reed ? », Greave : « Whaou ! » et Lucas, irrité, grommela : « Foutaises ! » avant de sonner à la porte. Ray Weston entrebâilla la porte et jeta un regard de souris apeurée.

— Je m'appelle Lucas Davenport, chef adjoint de la police de Minneapolis. Je voudrais vous parler.

— Ma fille est dingue ! lança Weston en ouvrant la porte de quelques centimètres supplémentaires.

— Il faut qu'on discute, répliqua Lucas.

Il enleva ses lunettes de soleil.

— Laisse-les entrer, Ray, fit une voix de femme que la peur rendait tremblante.

Ni Ray ni Mina Weston ne savaient quoi que ce soit des meurtres. Lucas, Connell et Greave en convinrent au bout de cinq minutes de conversation. Ils passèrent encore une demi-heure à vérifier leurs alibis. Les Weston étaient au lit à l'heure où Lane avait été enlevée, et regardaient *L'Équipée sauvage* avec des amis le soir où le tueur avait embarqué Wannemaker.

— Vous croyez que vous pouvez nous débarrasser de ces charlots, dehors ? demanda Ray Weston quand ils s'apprêtèrent à partir.

— Je n'en sais rien, avoua honnêtement Lucas. Les histoires que leur raconte votre fille, c'est assez salé.

— Elle est cinglée, protesta Weston. Comment est-ce qu'ils peuvent y croire ?

— Ils n'y croient pas, affirma Lucas.

Stern attendait à la porte, le micro à la main, le cameraman en action à son côté, lorsque Lucas, Connell et Greave quittèrent la maison.

— Officier de police Davenport, qu'avez-vous appris ? Allez-vous arrêter Ray Weston, père d'Elaine Louise Weston-Brown ?

Lucas secoua la tête.

— Non. Toute votre histoire est un ramassis irresponsable de ragots merdiques, et une honte pour le journalisme.

Greave riait de la réaction de Stern sur le chemin du retour, et Connell elle-même semblait un peu plus détendue.

— Il a fallu qu'elle vous regarde deux fois pour comprendre. Ça m'a beaucoup plu. Elle était déjà en train de préparer la deuxième question, dit Greave.

— S'ils le diffusent, ça sera beaucoup moins drôle, fit remarquer Connell.

— Ils ne feront jamais ça, trancha Lucas.

— Cette histoire, on dirait une blague féministe, reprit Greave. Si ça existait, les blagues féministes...

— Il y en a des tas, rétorqua Connell.

— Oh ! d'accord, excusez-moi. Vous avez raison, admit Greave. Ce que je voulais dire, c'est qu'il n'y a pas de blagues féministes *drôles*.

Connell se tenait vers lui, une petite lueur dans les yeux.

— Vous savez pourquoi les femmes ne sont pas bonnes en maths ?

— Non. Pourquoi ?

Elle écarta le pouce et l'index d'à peine quelques centimètres.

— Parce que toute leur vie on leur a dit que ça, c'était vingt centimètres.

Lucas sourit, et l'amusement étira les lèvres de Greave.

— Une seule putain de bonne blague au bout de trente ans de féminisme.

— Vous savez pourquoi les hommes donnent un nom à leur pénis ?

— Je retiens mon souffle, ironisa Greave.

— Parce qu'ils ne veulent pas que ce soit un parfait inconnu qui prenne les décisions importantes à leur place.

Greave regarda vers ses genoux.

— T'entends ça, Godzilla ? Elle est en train de se payer ta tête.

Juste avant d'arriver, Connell demanda :

— Et maintenant, qu'est-ce qu'on fait ?

— Je ne sais pas, répondit Lucas. On réfléchit. On relit votre dossier. On cherche à en sortir quelque chose. On attend.

— On attend qu'il assassine quelqu'un d'autre ?

— On attend qu'il se passe quelque chose.

— Je pense qu'il faut le pousser dans ses retranchements. Je pense qu'il faut publier le portrait-robot dans les journaux. Je n'ai pu trouver personne pour le confirmer, mais je parie qu'il est ressemblant.

Lucas soupira.

— Ouais, on devrait peut-être le faire. J'en parlerai à Roux.

Roux était d'accord.

— Comme ça, on aura un os à leur jeter, expliqua-t-elle. S'ils nous croient.

Lucas retourna à son bureau, contempla le téléphone en se mordillant la lèvre inférieure ; il essayait de trouver un élément tangible auquel s'accrocher dans cette affaire. Les solutions faciles, comme Junky, s'évanouissaient.

La porte s'ouvrit sans qu'on ait frappé, et Jan Reed passa sa tête.

— Whoops ! Est-ce que j'étais censée savoir ? Je pensais que c'était le bureau de la secrétaire.

— Je ne suis pas assez important pour avoir une secrétaire, répliqua Lucas. Entrez. Vous finirez par avoir notre peau, vous autres.

— Pas moi, le rassura-t-elle en s'asseyant les jambes croisées.

Elle s'était changée depuis le matin, et elle avait dû dormir un peu. Elle avait l'air fraîche et bien réveillée, avec une jupe toute simple, et un corsage de soie blanche.

— Je voulais m'excuser, pour Pam Stern. Il y a un peu trop longtemps qu'elle est sur le terrain.

— Qui a craché le morceau, au départ ?

— Je ne sais pas... C'était un coup de fil.

— Le psychothérapeute ?

— Je ne sais vraiment pas, insista-t-elle en souriant. Et je ne vous le dirais pas si je le savais.

— Ah ! La déontologie pointe son museau hideux.

— Est-ce qu'il y a du nouveau ? demanda-t-elle.

Elle sortit un petit bloc-notes de journaliste de son sac.

— Non.

— Vers quoi orienter mes recherches, ensuite ?

— Il faut attendre l'autopsie. Des échantillons du sang ou du sperme du tueur. Si on obtient ça, on aura quelque chose. Il y a une bonne chance qu'il s'agisse d'un délinquant sexuel récidiviste, et l'État a un fichier d'empreintes ADN. Voilà.

— D'accord. (Elle prit quelques notes.) Je vais rechercher ça. Quelque chose d'autre ?

Lucas haussa les épaules.

— C'est à peu près tout.

— D'accord. Bon, eh bien, je n'ai rien d'autre à vous demander, dans ce cas.

Et elle s'en alla, laissant un sillage parfumé derrière elle. Elle avait marqué une pause minuscule, microscopique, après avoir dit : « D'accord. » Une occasion de donner à la conversation un tour plus personnel ? Il n'en était pas certain.

Connell passa tard dans l'après-midi.

— L'autopsie n'a encore rien donné pour l'instant. Elle a un hématome sur le visage, on dirait que quelqu'un l'a pincée, et ils attendent un spécialiste pour voir s'ils peuvent recueillir une empreinte digitale. Pas beaucoup d'espoir.

— Rien d'autre ?

— Pas encore. Et je fais chou blanc.

— Et le type du tatouage, l'ancien prisonnier qui a vu PPP sur la main ? Comment est-ce qu'il s'appelle... Price ? S'il ne se passe rien entre-temps, pourquoi est-ce qu'on n'irait pas demain à Waupun en voiture pour lui parler ?

— D'accord. Et Greave ?

— Je lui dirai de travailler sur son affaire à lui. C'est tout ce qui le préoccupe pour l'instant, de toute façon.

— Bien. C'est loin, Waupun ?

— Cinq ou six heures.

— Et si on prenait l'avion ?

— Ah !...

— Je pense que je peux obtenir un avion de patrouille de l'État.

Weather avait posé sa tête sous la mâchoire de Lucas, et elle dit :

— Tu aurais dû y aller en voiture. Tu n'as vraiment pas besoin de ce genre de tension supplémentaire.

— Ouais, mais j'aurais eu l'air d'une poule mouillée.

— Il y a beaucoup de gens qui n'aiment pas prendre l'avion.

— Mais ils le prennent quand même.

Elle lui tapota l'estomac.

— Ça ira très bien. Je pourrai te donner quelque chose qui te calmera un peu, si tu veux.

— Non merci, ça me mettrait la tête à l'envers. Ça me ferait planer. (Il soupira et ajouta :) Mon principal problème, c'est que je ne dirige pas vraiment cette enquête. C'est Connell qui a tout fait, et je n'arrive pas à voir au-delà de ce qu'elle a déjà réuni. Je n'arrive pas à réfléchir. Ça ne fonctionne plus comme avant, là-haut.

— Qu'est-ce qui ne va pas ?

— Je ne sais pas exactement — je n'arrive pas à mettre la main sur quelque chose qui me permette de démarrer. Si je pouvais obtenir la moindre information personnelle sur ce type, j'aurais une base de départ — on n'arrive pas à trouver quoi que ce soit. Tout ce que j'ai comme éléments pour travailler, c'est du papier.

— Tu as dit qu'il prenait peut-être de la cocaïne...

— Il doit y avoir cinquante mille personnes qui en prennent régulièrement, dans les Cités jumelles. Je pourrais bousculer quelques petits trafiquants pour avoir des informations, mais les chances que ça nous mène quelque part sont quasi nulles.

— C'est pourtant quelque chose.

— J'ai besoin de quelque chose d'autre, et vite. Il est devenu fou — moins d'une semaine s'est écoulée entre les deux meurtres. Il va tuer à nouveau. Il y pense déjà.

CHAPITRE XIII

Lucas détestait l'avion, il en avait peur. Pour des raisons qu'il avait lui-même de la peine à comprendre, il supportait mieux l'hélicoptère. Pendant toute la durée du vol jusqu'à Waupun, dans un avion biplan à quatre places, il resta à l'arrière.

— Je n'ai jamais rien vu de pareil, affirma Connell d'une voix où perçait la satisfaction.

— Vous exagérez, répliqua Lucas, l'air sinistre.

L'aéroport était une parcelle de terrain battue par les vents, en rase campagne. Une voiture officielle marron les attendait près de la pancarte où l'on pouvait lire le nom de Waupun, et ils se dirigèrent vers elle.

— J'ai cru que vous alliez balancer le pilote par le hublot quand il a heurté les bosses en atterrissant. J'ai cru que vous alliez exploser. Votre tête a gonflé comme un canot pneumatique sur le point d'éclater sous une pression trop forte.

— Ouais, ouais.

— J'espère que vous allez vous réconcilier avec le pilote, que vous l'embrasserez avant qu'on entame le vol du retour. Je n'ai pas envie qu'il vole en étant terrorisé.

Lucas se tourna vers elle, et elle recula d'un pas, à moitié souriante, à moitié effrayée. Les traits figés de son visage, blanc comme un linge sous les lunettes noires, lui donnaient l'air d'un maniaque ; Lucas n'aimait pas l'avion.

Un policier de Waupun jeta son journal sur la banquette arrière et sortit du véhicule quand ils s'approchèrent.

— Madame Connell ?

— Oui.

— Tom Davis.

C'était un homme bien en chair à l'air bienveillant, aux joues roses et aux yeux bleus au regard vague sous un front impeccablement lisse comme celui d'un bébé. Il avait une moustache grisonnante, à peine plus large que celle d'Hitler. Il sourit et serra la main de Connell, puis celle de Lucas.

— Et vous êtes son assistant ?

— C'était une blague, rectifia vivement Connell. Je vous présente... euh... Lucas Davenport, chef adjoint de la police de Minneapolis.

— Zut, désolé, chef ! s'excusa Davis. (Il fit un clin d'œil à Connell.) Allez-y, montez. On a un bout de chemin à faire.

Davis connaissait Wayne D. Price.

— C'est pas le mauvais bougre, assura-t-il.

Il conduisait un pied sur l'accélérateur et l'autre sur le frein. Le mouvement de la voiture, alternance incessante d'accélérations et de ralentissements, rappelait à Lucas celui de l'avion.

— Il a été condamné pour avoir tué une femme en lui ouvrant le ventre avec un couteau, précisa Connell. Il a fallu un seau pour ramasser les intestins, dans la rue.

Elle parlait sur le ton de la conversation.

— Ça ne suffit pas pour le ranger dans les dix pour cent des criminels les plus sauvages de ce genre, rétorqua le policier, sur un ton tout aussi détaché. On a des types qui ont violé et tué des petits garçons avant de les manger.

— *Ça*, c'est moche, intervint Lucas.

— C'*est* moche, approuva Davis.

— Et qu'est-ce qu'on raconte sur Price ? demanda Lucas. Il dit qu'il est innocent.

— Comme environ cinquante pour cent d'entre eux, quoiqu'ils ne prétendent pas vraiment être innocents. Ils disent que les règles n'ont pas été respectées, ou bien que le procès n'a pas été juste. Je veux dire : ils sont coupables, dans tous les cas, mais ils disent que l'État n'a pas mis tous les points sur les *i* et toutes les barres aux *t* avant de les coller à l'ombre — il n'y a pas plus procédurier qu'un taulard.

— Et Price ?

— Je ne connais pas D. Wayne si bien que ça, mais il y a des gens pour croire sa version des faits. Il a fait pas mal de bruit avec son histoire, en déposant toutes sortes de recours en appel. Il n'a jamais cessé ; il continue aujourd'hui encore.

— Je n'aime pas les prisons, déclara Connell.

Le parloir ressemblait à une oubliette.

— Vous craignez que les portes ne se rouvrent pas pour vous laisser sortir ?

— C'est exactement ça. Je pourrais supporter ça pendant peut-être une semaine, et puis un jour ils viendraient me reconduire en cellule et je commencerais à craquer. Je ne crois pas que j'arriverais à tenir un mois entier. Je me tuerais.

— Ça arrive souvent. Les plus tristes sont ceux qu'on met sous surveillance pour empêcher qu'ils ne se suicident. Ils ne peuvent pas sortir, et ne peuvent pas non plus en finir. Ils n'ont qu'à souffrir et prendre leur mal en patience.

— Certains le méritent.

Lucas n'était pas d'accord.

— Je ne suis pas sûr que qui que ce soit mérite un sort pareil.

D. Wayne Price était un homme corpulent, dans la quarantaine ; son visage avait l'air d'avoir été lentement et maladroitement façonné à coups de marteau. Il avait un front brillant et grêlé, présentant des cicatrices qui remontaient jusqu'au cuir chevelu. Au-dessous des yeux s'était formée une peau épaisse, opaque, un tissu cicatriciel dû à de trop nombreux coups de poing. Ses petites oreilles rondes semblaient rattachées à la tête par de minces fentes. Quand son escorte l'accompagna au parloir, il grimaça un sourire obséquieux de détenu. Ses dents étaient petites et ébréchées. Il portait un jean et un tee-shirt blanc au-devant duquel s'étalait le logo « Harley-Davidson ».

Lucas et Connell étaient assis sur des chaises de bureau

légèrement endommagées, devant un canapé dont la seule particularité notable était sa couleur brune. L'escorte consistait en un homme plus âgé que lui, au visage chevalin et à la coupe en brosse ; il avait avec lui un livre à la couverture jaune. Il dit « Assis ! » à l'intention de Price, comme s'il s'était agi d'un labrador, puis « Comment va ? » à Lucas et Connell, et se laissa tomber à l'autre bout du canapé avec son livre.

— Vous fumez ? demanda Connell à Price.

— Oui.

Elle pêcha un briquet et un paquet de Marlboro dans sa poche, avant de les lui tendre. Il fit jaillir une cigarette du paquet, l'alluma, et Connell lui demanda, la voix douce :

— Alors, cette femme, à Madison, vous l'avez tuée ?

— J'ai jamais porté la main sur cette garce ! protesta Price, la mesurant du regard, ses yeux s'attardant sur elle.

— Mais vous la connaissiez...

— Je savais qui c'était.

— Vous avez couché avec elle ? voulut savoir Lucas.

— Jamais eu l'occasion de l'approcher d'aussi près. Elle avait un beau cul, cela dit, fit Price, en regardant Lucas.

— Où est-ce que vous étiez quand elle a été tuée ? demanda Connell.

— J'étais bourré. Mes copains m'ont ramené à la maison, mais je savais que si je rentrais chez moi, j'allais me mettre à dégueuler, alors je suis allé boire un café. C'est ce qui m'a foutu dedans.

— Racontez-moi ça, reprit Connell.

Price regarda le plafond, se logea une autre cigarette au coin des lèvres, la contempla le temps qu'il fallait pour l'allumer, souffla de la fumée et ferma les yeux pour mieux se souvenir.

— J'étais en train de picoler avec des copains. Merde, on a passé l'après-midi à boire et à jouer au billard ! Et vers huit heures mes potes m'ont ramené à la maison parce que j'étais trop soûl pour continuer à pinter.

— Très bourré, alors, observa Lucas.

— Ouais, très. Bref, ils m'ont lâché devant chez moi, et je suis resté assis là un moment, et, quand j'ai pu me relever, j'ai décidé de descendre boire un café. Il y avait un magasin ouvert dans un des centres commerciaux de la rue. Il y avait une pharmacie, une blanchisserie et une librairie. J'étais au supermarché, et elle est venue de la librairie acheter quelque chose. J'étais rond comme une queue de pelle, mais je l'ai reconnue, j'avais fait de la soudure, pour elle.

— De la soudure ?

— Ouais. (Le rire de Price s'acheva en quinte de toux.) Elle avait une bagnole merdique, une Cadillac 1979, couleur crème et citron vert, et le pare-chocs était tombé. Putain, il était tombé tout seul, comme ça, un jour ! Le garage Cadillac réclamait quelque chose comme quatre cents dollars pour arranger ça, alors elle était venue me voir pour me demander ce que je pouvais faire. J'ai ressoudé cette saloperie pour vingt-deux dollars. Si ce pare-chocs avait tenu le coup, je serais un homme libre, à l'heure qu'il est.

— Alors vous l'avez reconnue, reprit Connell, l'incitant à poursuivre. Dans le magasin.

— Ouais, je lui ai dit bonjour et lui ai fait quelques avances, mais ça ne l'intéressait pas, et elle est partie. Je l'ai suivie. (Il avait une voix lente et rêveuse, comme s'il extrayait ces détails un à un de sa mémoire.) Elle est allée à la librairie. J'étais si soûl que je n'arrêtais pas de penser : *Bon Dieu! ça va marcher, avec cette poule*. Aucune chance. Même si elle m'avait dit « Bon Dieu ! oui », dans l'état où j'étais... vous voyez ce que je veux dire. Bon, je suis entré dans la librairie.

— Vous êtes resté combien de temps ?

— Cinq minutes, à peu près. Il y avait beaucoup de gens là-dedans, et je n'étais pas vraiment à ma place avec eux. Je puais comme si un camion de Budweiser m'avait pissé dessus, pour commencer.

— Alors ? insista Connell.

— Alors je suis parti. (Sa voix se durcit et il se redressa.) Il y avait un gamin là-bas, un enfoiré à la gueule pleine d'acné, l'employé de maison. Il a dit que j'étais resté dans la librairie, et qu'après, quand tout a été fini, j'ai suivi la fille dehors. C'est ce qu'il a dit. L'avocat lui a posé la question quand il était à la barre des témoins : « Est-ce que vous pouvez désigner l'homme qui a suivi la victime ? », et le môme a répondu : « Ouais, c'est le type, là-bas », en me montrant du doigt. Terminé pour mézigue, il m'avait enterré.

— Mais ça n'était pas vous.

— Bon Dieu ! non. Le gamin s'est souvenu de moi parce qu'on s'est rentrés dedans. Je l'avais un peu bousculé.

— Et cette histoire de tatouage ?

Les yeux de Price glissèrent en direction du gardien qui l'avait escorté, retournèrent vers Lucas, et son menton bougea rapidement de droite à gauche, d'à peine quelques millimètres.

— Un tatouage ? Ce gamin n'avait pas de tatouage.

Connell, qui prenait des notes, n'avait pu voir le geste. Elle leva les yeux.

— D'après mes notes..., commença-t-elle, mais Lucas lui coupa la parole.

— Il faut qu'on discute. Je préférerais que Mr. Price n'entende pas... Venez.

Le gardien était plongé dans *L'Encyclopédie de la Pop, du Rock et de la Soul*. Il leva les yeux et dit :

— Je peux l'emmener...

— Le coin du fond fera l'affaire, trancha Lucas, entraînant Connell.

— Qu'est-ce qu'il y a ? demanda-t-elle à voix basse.

Lucas tourna le dos à Price et au gardien.

— D. Wayne ne veut pas parler de tatouage devant le gardien. Parlez-lui encore cinq minutes, et après ça demandez au gardien où sont les toilettes des dames. Débrouillez-vous pour qu'il vous y emmène — c'est au fond, derrière des doubles portes.

— Je peux faire ça.

Le gardien était de nouveau plongé dans son livre quand ils se rassirent.

— Où est-ce que vous êtes allé après la librairie ?

— Chez moi.

— Vous n'êtes pas resté avec elle ? Vous n'avez pas tenté votre chance de nouveau ?

— Putain ! non. J'étais vraiment trop soûl pour la suivre où que ce soit. Je suis retourné au supermarché et j'ai acheté de la bière — même pas eu mon putain de café.

J'arrivais à peine à rentrer chez moi. Je me suis assis sur le perron un moment, j'ai bu la bière, après je suis rentré et je me suis écroulé. Je ne me suis pas réveillé jusqu'à ce que les flics viennent me chercher.

— Il doit y avoir autre chose, affirma Lucas.

Price haussa les épaules.

— Rien d'autre. Le type qui vit en face de chez moi m'a même vu m'asseoir sur les marches, et il l'a dit dans sa déposition. Ils ont trouvé ces putains de canettes à côté de l'escalier. Ils ont dit que ça prouvait rien.

— Vous avez eu un avocat foireux, remarqua Lucas.

— Désigné d'office. Il n'était pas mal. Mais vous savez...

— Ouais ?

Price s'appuya sur le dossier et contempla de nouveau le plafond, comme si raconter cette histoire commençait à le lasser.

— Les flics voulaient ma peau. Je volais un peu. Je l'avoue. Des outils. J'étais spécialisé dans le vol d'outils. La plupart des gens volent, je ne sais pas, moi... des chaînes stéréo. Merde, c'est quasiment rien, ce qu'on tire d'une stéréo, comparé à ce qu'on peut obtenir avec des bons outils de mécanicien, vous savez. Bref, les flics essayaient de me coincer depuis toujours, mais ils n'avaient jamais réussi. Je volais quelque chose et, avant qu'on ait remarqué quoi que ce soit, il y avait trois nègres à Chicago avec du matériel de soudure tout neuf, par exemple. Je vais au magasin, je sors les outils, je roule deux heures et demie jusqu'à Chicago, je décharge, je rentre, et je me cuite à mort avec l'argent que j'ai en poche, et personne n'a encore rien vu. Je me disais que j'étais un malin. Les flics *savaient*, et je savais qu'ils *savaient*, mais je n'ai jamais cru qu'ils arriveraient à me coincer. Mais ils s'y sont pris autrement.

— J'ai lu un rapport selon lequel vous auriez braqué des boutiques d'alcool, qu'il y a même eu des blessés. Un vieillard s'est fait taper dessus avec un pistolet.

— C'est pas moi, protesta Price, mais son regard était fuyant.

— Vous avez pris de la gnôle en plus de l'argent de la caisse, précisa Connell. Vous êtes un soiffard prêt à tout.

— Écoutez, j'ai reconnu les vols. Mais je n'ai pas tué cette garce.

— Quand vous étiez dans la librairie, est-ce que vous avez vu quelqu'un d'autre avec elle ?

— Mon vieux, j'étais *soûl*. Quand les flics sont venus me chercher, je ne me souvenais même plus que j'avais vu cette fille, jusqu'à ce qu'ils me rappellent un tas de choses.

— Alors, tu sais absolument que dalle, conclut Lucas.

Un certain éclat au fond de l'œil de Price indiquait qu'il souhaitait se retrouver seul avec Lucas.

— C'est à peu près tout, convint-il. (Lucas soutint son regard, et l'éclat disparut.) Il y avait ce soir-là dans la librairie des gens qu'on n'a jamais retrouvés. Ils lisaient des poèmes là-dedans, et il y avait beaucoup de monde. Ça pouvait être n'importe lequel d'entre eux, bien plus que moi.

Connell soupira puis regarda le gardien.

— Excusez-moi — est-ce qu'il y a des toilettes pour dames, quelque part ?

— Nooon... (Il lui fallut réfléchir.) Les plus proches se trouvent dehors.

— Ça vous serait possible de m'accompagner ? Ça ne vous dérange pas ?

— Je vous en prie. (Le gardien posa les yeux sur Price.) Tu te tiens tranquille, d'accord ?

Price leva les mains.

— Hé, ils veulent m'aider.

— D'accord, fit le gardien. (Puis, s'adressant à Connell :) Venez, fillette.

Lucas fit la grimace, mais Connell le suivit. Dès que la porte se referma, Price se pencha en avant, la voix basse.

— Vous croyez qu'il y a des écoutes, ici ?

— Ça m'étonnerait, répondit Lucas, en secouant la tête. C'est un parloir d'avocats. S'ils se faisaient pincer, ils seraient dans la merde.

Price regarda les murs pâles, comme pour repérer un microphone caché.

— Je dois prendre le risque.

— Quel risque ? demanda Lucas, d'un ton où perçait un certain scepticisme.

Price se pencha de nouveau vers lui, et parla avec un minuscule filet de voix rauque.

— A mon procès, j'ai dit que j'avais vu un autre taulard dans la librairie. Un type avec une barbe et PPP tatoué sur la main. Tatouage de prisonnier, à l'aiguille et à l'encre de stylo-bille. Personne ne l'a retrouvé.

— C'est pour ça qu'on est là. On essaie de lui mettre la main dessus.

— Ouais, eh bien, ça n'était pas PPP ! souffla Price.

Il se tourna pour jeter de nouveau un coup d'œil en direction des murs. Ses yeux revinrent se poser sur Lucas. Il était littéralement en nage, son front bosselé luisant sous l'éclairage de la pièce.

— Doux Jésus ! N'en parlez à personne.

— De quoi ?

— J'ai revu le tatouage. C'était pas PPP. Je l'avais vu à l'envers, c'était 666.

— Ouais ? Qu'est-ce que c'est... une secte ?

— Non, non, murmura Price. Ce bon Dieu de gang des Bouseux.

Cette fois Lucas baissa la voix à son tour.

— Vous en êtes sûr ?

— Évidemment que j'en suis sûr. Il y en a quatre ou cinq ici, en ce moment. C'est ça qui me rend nerveux. S'ils savaient que je parle d'eux, je serais bon pour la morgue. Le 666 vient de l'époque où ils étaient motards, les Mauvaises Graines.

— Vous pouvez me le décrire ?

— Je peux faire mieux que ça. Il s'appelle Joe Hillerod.

— Comment en êtes-vous arrivé là ?

Ils chuchotaient tous les deux, à présent, et Lucas avait pris le tic de Price, sonder les murs du regard.

— Ils m'ont amené ici, et après être passé à l'orientation et avoir été lâché dans la population pénitentiaire, un des premiers mecs que j'ai vus, merde, je croyais que c'était lui. C'était le portrait craché du type que j'avais vu et il avait le même tatouage.

— C'est lui, Joe ?

— Non, non, c'est Bob, ça. Le type qui est ici, c'est Bob Hillerod, le frère de Joe.

— Quoi ?

— Vous voyez, je me suis mis à faire des poids et haltères, juste pour pouvoir m'approcher de ce type, Bob. J'ai appris qu'il était en taule depuis un bon moment — bien avant que la gonzesse se fasse tuer. Et je me suis aperçu qu'il était plus vieux que le type que j'avais vu dans la librairie. Je n'arrivais pas à comprendre. Mais après, on m'a raconté que Bob avait un frangin, plus jeune de six ou sept ans. C'est forcément lui. Forcément.

Lucas se redressa, se renfonçant dans son siège, avant d'élever la voix.

— Ça m'a tout l'air d'être de la foutaise.

— Non, non, je le jure sur le Christ ! C'est lui. Joe Hillerod. Et ce Joe — il a fait de la taule. Pour crime sexuel.

Price tendit la main et toucha celle de Lucas. Il écarquillait les yeux, l'air effrayé.

— Crime sexuel ?

— Viol.

— Est-ce que tu as demandé à Bob... C'est bien Bob, qui est ici ?

— Ouais, Bob était ici, Joe était dehors. C'est Joe le coupable. Bob est sorti, maintenant, mais c'est Joe qui a fait le coup.

— Est-ce que tu as demandé à Bob si Joe a le tatouage, lui aussi ?

Price retomba dans le canapé.

— Putain ! non. Une des choses qu'on apprend ici, c'est à ne pas poser de questions sur ces putains de tatouages. On fait comme si on ne les voyait pas. Mais Joe a fait de la taule. Il faisait partie du gang des Mauvaises Graines. Il est tatoué, je veux bien parier ce que vous voulez.

Quand Connell revint avec le gardien, Lucas prenait des notes.

— Harry Roy Wayne et Gerry Gay Wayne, disait Price. Ils sont frangins et travaillent tous les deux à l'usine Caterpillar. Ils vous le diront.

— Mais c'est tout ce que vous pouvez nous dire ? demanda Lucas.

— Le reste, vous connaissez déjà.

D. Wayne s'avachit sur le canapé, et fuma une cigarette. Il prit le paquet et le mit dans sa poche.

— Je ne vais pas vous raconter d'histoires, le prévint Lucas. Je ne crois pas que ce soit suffisant.

— Ça le sera si vous attrapez le vrai coupable.

— Ouais. S'il y en a un, rétorqua Lucas. (Il se leva et dit à Connell :) A moins que vous n'ayez d'autres questions, on s'en va.

CHAPITRE XIV

— Qu'est-ce qu'on a, au juste ? demanda Connell pendant qu'ils attendaient la voiture.

Elle puisait dans un paquet de chips à l'oignon, acheté soixante cents au distributeur automatique.

— Une sacrée coïncidence ! répondit Lucas.

Il lui parla brièvement des déclarations faites par un Price extrêmement nerveux, des investigations de Del sur les lieux de l'incendie, du policier mort, des canons de fusil calibre .50.

— Ce qui veut dire que les Bouseux s'installent dans les Cités jumelles.

— Et ce Joe Hillerod a été condamné pour viol ?

— Price a parlé de crime sexuel. Je ne sais pas exactement de quoi il s'agissait. Que notre homme fasse partie du gang des Bouseux, ça expliquerait pas mal de choses... Donnez-moi des chips.

Elle lui passa le paquet.

— Qu'est-ce que ça explique ?

Cela croustilla sous les dents de Lucas : féculents et graisses. Excellent.

— Ça fait des années qu'ils ont maille à partir avec la loi, ils ont même lâché une provision à un avocat pour s'attacher ses services de façon permanente. Ils savent comment on fonctionne. Ils se déplacent sans arrêt, mais essentiellement dans le Midwest, dont font partie les États qui nous occupent. Quant aux intervalles irréguliers entre les meurtres — ce vieux Joe était peut-être sous les verrous.

— Hum. (Connell reprit le paquet de chips et le termina.) Ça paraît coller *très* exactement. Dieu sait qu'ils sont assez cinglés pour ça.

Connell passa un long coup de fil de l'aéroport, parla avec une femme de son bureau, prit quelques notes. Lucas était à côté, les yeux dans le vague, tandis que le pilote évitait son regard.

— Hillerod vit près de Superior, déclara Connell lorsqu'elle eut raccroché. Il a été condamné pour agression à Chippewa County en mars 86 et a purgé treize mois de prison. Il est sorti en août 87.

— Parfait. Il n'a pas fait d'autres séjours à l'ombre ?

— Si. Deux petites peines, jusqu'en janvier 90 où il a été condamné pour tentative de viol, a tiré vingt-trois mois. Il a été libéré un mois avant l'agression de Gina Hoff à Thunder Bay.

— Mais, et cette affaire dans le Dakota du Sud ?...

— Ouais. C'était en 91, pendant qu'il était derrière les barreaux. Mais ce meurtre était le plus étrange de ceux que j'ai découverts. La femme avait été lardée de coups de couteau, plus qu'éventrée. Peut-être que c'était quelqu'un d'autre.

— Qu'est-ce qu'il a fait depuis qu'il est dehors ? demanda Lucas.

Connell feuilleta rapidement ses notes.

— Il a été accusé de conduite en état d'ivresse, mais il a réussi à s'en sortir. Et de dépassement de limite de vitesse cette année. Son dernier domicile connu se trouvait aux environs du lac Supérieur, dans une ville appelée Two Horse. Son permis de conduire indique une adresse dans une ville appelée Stedman. Mon amie n'a pas réussi à la trouver sur la carte, mais elle a appelé le bureau du shérif de Carren County, et ils ont dit que Stedman est située à un carrefour à trois kilomètres de Two Horse.

— Est-ce que votre amie leur a parlé des Hillerod ?

— Non. Je pensais qu'il valait mieux ne pas le faire au téléphone.

— Très bien. Rentrons d'abord en ville. Je voudrais discuter le coup avec Del avant qu'on se coltine les Bouseux, déclara Lucas. (Il jeta un regard dans la pièce en direction du pilote, qui sirotait un café.) En supposant, bien sûr, qu'on parvienne à rentrer.

A mi-chemin, Lucas, les yeux fermés et la main crispée sur une poignée accrochée au plafond de l'appareil, dit :

— Vingt-trois mois. Ça ne devait pas être très grave, cette tentative de viol.

— Un viol est un viol, protesta Connell, d'une voix tendue.

— Vous voyez ce que je veux dire, continua Lucas en ouvrant les yeux.

— Je vois ce que les *hommes* entendent quand ils disent ça.

— Allez vous faire dorer !

Le pilote grimaça... faillit se baisser..., et Lucas ferma les yeux à nouveau.

— Certaines sortes de foutaises ne m'intéressent pas, poursuivit Connell sur le même ton. Les commentaires masculins sur le viol en font partie. Ça ne me dérange pas que le type de Waupun m'appelle fillette, parce qu'il est idiot et à côté de la plaque. Mais vous, vous n'êtes pas stupide, et quand vous laissez entendre...

— Je n'ai rien laissé entendre du tout. Mais j'ai connu des femmes violées qui ont dû réfléchir à deux fois pour se rendre compte de ce qui s'était passé. D'un autre côté, on tombe aussi sur des femmes qui ont été frappées à coups de batte de base-ball, on leur a cassé les dents, le nez, les côtes, il faut les opérer parce qu'elles ont le vagin déchiré. Elles n'ont aucun besoin de réfléchir. Si ça doit vous arriver, quelle est votre préférence ?

— Je ne veux pas que ça m'arrive du tout.

— Vous ne voulez pas non plus de la mort, ni des impôts.

— Le viol, ça n'est pas comme la mort et les impôts.

— Toutes les grosses tuiles sont comme ça. Le meurtre, le viol, le vol, l'agression. La mort et les impôts.

— Je ne veux pas me disputer avec vous. On a un travail à faire ensemble.

— Non, pas nécessairement.

— Quoi ?... Vous allez me laisser tomber parce que je ne suis pas d'accord avec vous ?

Lucas secoua la tête.

— Meagan, je ne veux tout simplement pas que vous me tombiez dessus quand je dis quelque chose comme « Ça ne devait pas être très grave comme tentative de viol », vous savez très bien de quoi je parle. Je veux dire que ça n'a pas été un viol accompagné de violences graves, sinon il aurait été condamné à une plus grosse peine. Notre tueur éventre ses victimes. Il se peut qu'il le fasse en grillant une cigarette. C'est un putain de monstre. S'il tente de violer quelqu'un, il ne va pas faire dans la dentelle. Je ne connais pas le détail de ce viol, mais vingt-trois mois seulement, ça ne ressemble pas à notre homme.

— C'est tout simplement parce que ça vous paraît trop facile.

— Foutaises.

— Je le pense vraiment. J'ai sans arrêt l'impression que rechercher le tueur n'est pour vous qu'une sorte de jeu. Pas pour moi. Je veux lui mettre la main au collet coûte que coûte. Si c'est facile, tant mieux. Si c'est dur, ça ne fait rien, du moment qu'on finit par le mettre en cage.

— Parfait ! Mais foutez-moi la paix, d'accord ?

Del était assis sur les marches de l'hôtel de ville, les coudes sur les genoux, occupé à fumer une Lucky Strike. Il contemplait les fourmis rouges qui surgissaient d'une fissure du trottoir. Il avait les cheveux trop longs, et plaqués au crâne par une substance quelconque, peut-être du saindoux. Il portait une chemise de l'armée vert olive avec des taches plus claires sur les manches, là où on avait enlevé les galons de sergent, et une étiquette délavée sur la poche de poitrine droite où l'on pouvait lire : « Halprin », ce qui n'était pas son nom. Il manquait des boutons, elle était ouverte sur un tee-shirt promotionnel faisant la pub d'une station de radio rock, qui disait : « KQ nous gonfle ». Un pantalon kaki déchiré, avec de la terre aux genoux, et des baskets noires en tissu complétaient la panoplie. Un trou à la base du gros orteil permettait de voir que la peau était aussi crasseuse que les chaussures.

— Mec..., marmonna-t-il, en faisant un signe de tête lorsque Lucas et Connell arrivèrent.

Il avait la docilité nerveuse des gens qui ont fait les poubelles pour manger pendant trop d'années.

Connell le dépassa en lui jetant un coup d'œil. Quand Lucas s'arrêta, elle dit :

— Allez !

Lucas, les mains dans les poches, hocha la tête en direction de Del.

— Qu'est-ce que tu fais ?

— J'observe les fourmis.

— Et à part ça ?

Connell, qui était allée jusqu'à la porte, revint vers eux.

— Y a un enfoiré qui va sortir dans quelques minutes, je veux voir qui va venir le chercher. (Il jeta sa cigarette dans la rue et leva les yeux vers Lucas.) C'est qui, cette gonzesse ?

— Meagan Connell. Enquêteur de la police d'État, répondit Lucas.

Connell insista :

— On est pressés, Lucas, vous vous souvenez ?

— Meagan, je vous présente Del Clapstock.

Elle baissa les yeux, Del leva les siens.

— Comment va ? dit-il.

— Vous êtes...

Elle n'arrivait pas à trouver ses mots.

— Officier de police, oui madame, mais les bureaucrates ont déconné, et ça fait quelques années que je n'ai pas touché ma paie.

— Il faut absolument que tu voies cet enfoiré ? lui demanda Lucas.

— Non.

— Alors, entre avec nous. On travaille sur une affaire...

— Ouais ?

— Les Bouseux sont apparus dans le tableau.

Del avait une banque de données sur les Bouseux, qu'il partageait avec la police du Wisconsin, celle du Minnesota, de l'Iowa et de l'Illinois. Joe Hillerod y avait droit à une vingtaine de lignes.

— Son frère Bob est impliqué jusqu'au cou dans les activités du gang, expliqua Del, qui puisait les informations dans l'ordinateur. Il a assuré le transport de drogues, depuis le port où elles étaient arrivées, jusqu'ici, avant d'aller à Chicago et peut-être à Saint Louis, pour le compte de trafiquants semi-grossistes. Il n'en faisait pas le commerce de détail à ce moment-là, mais peut-être qu'il le fait maintenant. Il y avait aussi des putes qui travaillaient pour lui dans tous les grands arrêts routiers du Wisconsin et du nord de l'Illinois. Joe... les renseignements disent qu'il faisait le chauffeur pour son frère mais n'avait pas le sens des affaires. Apparemment, c'est un incontrôlable; il aime les femmes et prendre du bon temps. Il leur sert aussi d'homme de main quand l'occasion se présente.

— Et qu'est-ce qu'ils font, maintenant? demanda Connell.

— Ils vendent un peu de coke et d'amphés dans les routiers du coin. Et ils ont une casse à côté de Two Horse.

— Est-ce qu'il y a une chance qu'ils aient été dans le coup des calibres .50 que tu as retrouvés? demanda Lucas.

Del secoua la tête d'un air dubitatif.

— Les Bouseux se sont fractionnés en un tas de groupuscules. Les types qui se servent des calibres .50 font partie d'une scission chrétienne néo-nazie, des partisans de la suprématie de la race blanche. Ce sont surtout des spécialistes du hold-up, du braquage de fourgons blindés, etc. Les Hillerod, c'est une branche différente, formée à partir du vieux gang de motards, les Mauvaises Graines. Leur truc, c'est la poudre et les femmes. Quelques-uns fournissent des femmes aux salons de massage de Milwaukee et des Cités jumelles, ici même. L'un d'entre eux possède un sex-shop à Milwaukee.

Lucas se gratta la tête et regarda Connell, qui jetait un coup d'œil par-dessus l'épaule de Del.

— Je crois que le seul moyen de découvrir la vérité, c'est d'y aller et de les sortir de leur trou.

— Soyez prudents, dit Del.

— Quand? demanda Connell.

— Demain. J'appellerai le shérif ce soir, et on ira demain matin à la première heure.

— En voiture?

Lucas grimaça un sourire.

— En voiture.

Lucas et Connell se mirent d'accord pour se retrouver à huit heures, le lendemain.

— D'ici là, je vais prendre contact avec le médecin légiste qui s'occupe de Marcy Lane, pour voir s'il y a du nouveau, déclara Connell. Je vais ramasser tout ce que je trouve sur les Hillerod. Le dossier en entier.

Lucas s'arrêta à la criminelle pour voir Greave, mais on lui dit qu'il était sorti. Un flic précisa :

— Il est à Eisenhower Docks, en train de bosser sur son affaire. Il devrait pas tarder.

Une fois dans son bureau, Lucas appela Sheldon Carr, le shérif de Lincoln County, qu'il réussit à joindre à Grant, dans le Wisconsin ; il toucha la cicatrice sur son cou quand Carr prit le téléphone. C'était en présence de celui-ci qu'une enfant avait tiré sur Lucas.

— Alors, Lucas, comment ça va ? (Carr était un type robuste, rustique et intelligent.) Tu viens faire un peu de pêche dans la région ? Est-ce que Weather est enceinte ?

— Pas encore, Shelly. On te préviendra... Écoute, il faut que j'aie une conversation avec George Beneteau à Carren County. Tu le connais ?

— George ? Bien sûr. Il est régulier. Tu veux que je lui passe un coup de fil ?

— Si tu peux. Je l'appellerai plus tard pour discuter. Il faut que j'aille demain là-bas pour m'occuper d'un membre du gang des Bouseux.

— Ah oui, ces salopards ! s'exclama Carr avec dégoût. Ils étaient dans le coin, avant. On les a foutus dehors.

— Ouais, eh bien, on a maille à partir avec eux, nous autres, en ce moment. J'apprécierais beaucoup que tu m'introduises, cela dit.

— Je lui téléphone tout de suite. Je lui dirai que tu vas l'appeler. Sois prudent avec ces mauvais garçons.

Greave arriva flanqué d'un gamin. Celui-ci portait un tee-shirt de marin rayé noir et blanc, un jean sale, et des baskets éculées. Le môme cachait une bonne livre de cheveux blonds crasseux sous une casquette Woody Woodpecker à longue visière.

— Je vous présente Greg, dit Greave, en indiquant le

gamin du pouce. L'homme à tout faire de l'immeuble à Eisenhower Docks.

Lucas fit un signe de tête.

— Ne racontez à personne que vous avez discuté avec moi, sinon ils vont me virer, demanda Greg à Lucas. J'ai besoin de ce boulot pour vivre.

— Greg dit que la veille de la mort de la vieille dame, la climatisation est tombée en panne et il s'est mis à faire vraiment chaud dans l'immeuble. Lui et Cherry ont passé la journée au sous-sol à tout démonter. Il dit qu'il a fait si chaud que presque tout le monde a ouvert les portes et les fenêtres.

— Ouais ?

— Ouais. (Greave lança une bourrade au gamin.) Raconte-lui.

— Ils ont tous ouvert en grand, confirma le môme. C'était la première journée vraiment chaude de la saison.

— Alors, ils sont peut-être entrés dans l'appartement de la vieille dame, Greave. Ils se sont servis d'une échelle et ont trouvé une façon d'ouvrir la fenêtre même quand elle est verrouillée. On sait que ça ne peut pas être la porte.

— Qu'est-ce qu'ils auraient fait après être entrés par la fenêtre ?

— Ils l'auraient étouffée.

— Le médecin légiste l'aurait vu. Et comment fait-on pour faire basculer une fenêtre quand elle est verrouillée ? Vous avez essayé ?

— Je n'ai pas encore trouvé la solution de cette énigme-là, admit Greave.

— On a essayé tant qu'on a pu, expliqua le gamin à Lucas. (Greave lui jeta un regard exaspéré.) C'est impossible.

— Il y a peut-être un moyen de le faire quand même, objecta Greave, sur la défensive. Rappelez-vous, Cherry s'occupe de l'entretien de l'immeuble, il a plus d'un tour dans son sac.

— Des tours de passe-muraille ? Écoutez, Cherry n'est pas plus malin que vous. S'il avait trouvé un moyen, vous l'auriez trouvé aussi. Quelle que soit la façon dont il s'y est pris, c'était silencieux. Le voisin n'a rien entendu. Il a dit que la nuit était d'un calme inquiétant.

— Je me disais que vous pourriez peut-être venir jeter un œil, proposa Greave. Voir si vous pensez à quelque chose.

— Je n'ai pas le temps, rétorqua Lucas en secouant la tête. Si on peut imaginer comment ils se sont introduits dans l'appartement et comment ils en sont sortis... Mais même si on y arrive, il faut découvrir comment ils l'ont tuée. C'était pas en l'étouffant.

— Ils ont dû l'empoisonner. Vous savez, à la façon dont les jockeys dopent les chevaux, et quand on les teste le résultat est négatif... Ça doit être comme ça qu'ils s'y sont pris — ils se sont procuré un poison indétectable, l'ont mis dans sa bière, et elle a passé l'arme à gauche.

— Impossible à prouver.

— Je sais bien. C'est ça, le truc. C'est indétectable, vous comprenez ?

— Non.

— Il n'y a pas d'autre solution.

Lucas sourit.

— Si c'est le cas, vous devriez vous allonger, vous mettre un chiffon mouillé sur le front et vous détendre, parce que vous ne réussirez jamais à faire condamner quelqu'un en vous fondant sur la théorie de la drogue indétectable.

— Peut-être. Mais je vais vous dire une autre chose à laquelle j'ai réfléchi : ça a forcément un rapport avec la bière. La vieille dame boit de la bière et prend des somnifères. Pour autant qu'on sache, c'est la chose qui saute le plus aux yeux, dans tout ce qu'elle a fait ce soir-là. Après, elle a été tuée. Cette merde *était* empoisonnée. D'une manière ou d'une autre.

— Peut-être qu'elle s'est masturbée, ce qui a fait battre le cœur en surrégime, et elle a claqué.

— J'y ai pensé.

— Ah bon ?

Lucas se mit à rire.

— Mais alors, comment expliquer que c'est Cherry qui a fait le coup ?

Lucas cessa de rire. Cherry *était* coupable.

— Vous m'avez eu, là, admit-il. (Il regarda le gamin.) Est-ce que tu crois que c'est Cherry ?

— Il est *capable* de le faire, affirma le môme. C'est un salopard. Il y avait un petit chien de l'autre côté de la rue, qui appartenait à un couple de vieux, et il faisait ses besoins sur la pelouse, alors Ray l'a attrapé avec un morceau de corde et l'a étranglé. Je l'ai vu faire.

— Vous voyez ! s'exclama Greave.

— Je sais qu'il est cruel, dit Lucas. (Puis à Greave :) Connell et moi, on va dans le Nord, demain matin, sur la trace d'un type.

— Je suis désolé, mon vieux. Je me rends compte que je ne vous aide pas beaucoup.

— Anderson fouille le fichier informatique pour faire des recoupements sur les délinquants sexuels récidivistes possédant une camionnette. Pourquoi ne jetteriez-vous pas un coup d'œil aux casiers judiciaires, pour chercher d'anciennes condamnations du même genre, et tout ce qui touche à un gang de motards appelés les Mauvaises Graines. Ou n'importe quel gang de motards, d'ailleurs. Signalez-nous tout ce que vous trouvez, même si c'est un peu éloigné de ce qui nous occupe.

Quand Lucas rentra chez lui, le téléphone sonnait : c'était Weather.

— J'en ai encore pour un moment.

— Qu'est-ce qui se passe ?

Il était contrarié. Non. Il était jaloux.

— Un môme s'est coupé le pouce à l'école avec le massicot. On essaye de le recoller.

Elle était à la fois surexcitée et fatiguée, les mots se télescopaient dans sa bouche.

— C'est difficile ?

— On a passé deux heures à essayer de trouver une artère d'une taille décente pour faire une perfusion, et George est en train de s'attaquer à une veine en ce moment même. Bon Dieu ! elles sont si petites, c'est comme du papier hygiénique, mais, si on y arrive, on pourra lui rendre l'usage de sa main, à ce gosse... Il faut que j'y aille.

— Tu rentreras très tard ?

— Si la veine tient le coup, j'en ai encore pour deux

heures. Sinon, il faudra en trouver une autre. Ça prendra du temps.

— A plus tard, alors.

Lucas avait déjà été amoureux, mais, avec Weather, c'était différent. Il était ébranlé, c'était un peu dur à maîtriser. Peut-être s'engageait-il trop profondément, songea-t-il. D'un autre côté, c'était une passion comme il n'en avait jamais vécu auparavant...

Et elle le rendait heureux.

Lucas se surprenait parfois à rire rien qu'en pensant à elle. Ça ne lui était jamais arrivé avant. Et la maison paraissait si vide, le soir, sans elle !

Il s'assit au bureau, remplit des chèques pour payer les factures de la maison. Quand il eut fini, il jeta les enveloppes timbrées dans un panier, sur la table dénichée chez un antiquaire, devant la porte d'entrée... la première chose qu'ils aient acheté ensemble.

— Doux Jésus !

Il se frotta le nez. Il était vraiment mordu. Mais l'idée de passer le restant de ses jours avec une seule femme...

CHAPITRE XV

Sara Jensen travaillait chez Raider-Garrote, un agent de change dans l'immeuble des opérations boursières. L'entrée du bureau était tout en verre et de l'autre côté de la vitre se trouvait une salle d'attente où les investisseurs pouvaient s'asseoir et regarder les chiffres de la Bourse de New York et du NASDAQ s'inscrire sur un tableau. En réalité, peu de gens se donnaient cette peine. La plupart — des hommes blancs et minces aux calvities naissantes qui portaient des lunettes, des serviettes en cuir, des costumes gris — restaient la bouche ouverte dans le couloir jusqu'à ce que leur numéro soit appelé, avant de s'éloigner précipitamment en marmonnant.

Koop traînait au milieu d'eux, les mains dans les poches, changeant chaque jour d'apparence. Un jour il était en jean, tee-shirt blanc, baskets et casquette de base-ball ; le lendemain en chemise à manches longues, pantalon kaki et mocassins.

A travers la vitre, en regardant par-dessus la tête des gens dans l'entrée, au-delà des rangées d'hommes en chemises blanches et de femmes bien habillées assis devant des ordinateurs et parlant au téléphone, on pouvait voir Jensen travailler dans un grand bureau séparé.

La porte en était la plupart du temps ouverte, mais peu de gens s'aventuraient à l'intérieur. Elle avait un casque téléphonique sur la tête presque toute la journée. Souvent, elle parlait dans l'appareil et lisait le journal en même temps. Une demi-douzaine d'ordinateurs s'alignaient sur une étagère derrière elle, et elle en allumait un de temps en temps, observant l'écran; il lui arrivait aussi de déchirer une bande de papier de l'imprimante, soit pour y jeter un coup d'œil, soit pour la ranger dans son porte-documents.

Koop n'avait pas la moindre idée de ce qu'elle pouvait faire. Il avait cru, tout d'abord, que c'était une sorte de supersecrétaire. Mais elle n'allait jamais rien chercher à l'extérieur, et personne n'avait l'air de lui donner d'ordres. Puis il remarqua que lorsqu'un des hommes en chemise blanche voulait lui parler, il lui témoignait une déférence manifeste. Elle n'était pas secrétaire.

En l'observant, il finit par soupçonner qu'elle faisait quelque chose de très compliqué, quelque chose d'éprouvant. En fin de journée, elle avait l'air hagard. Quand les chemises et les robes vieux jeu se levaient, s'étiraient, bavardaient et riaient, elle avait encore le casque du téléphone sur la tête. Quand elle finissait par s'en aller, sa serviette de cuir était bourrée de papiers.

Ce jour-là, elle partit un peu plus tôt que d'habitude. Il la suivit dans le couloir à ciel ouvert jusqu'au parking, la dépassa, détournant le visage, au milieu de la foule. Il fit la queue devant l'ascenseur, la tension lui crispant le dos et la nuque. Il n'avait jamais fait ça auparavant. Il n'avait jamais été aussi près...

Il sentit qu'elle s'approchait derrière lui, garda le dos tourné. Elle allait grimper au sixième, si elle se souvenait encore de l'endroit où était garée sa voiture. Il lui arrivait d'oublier, d'errer dans le parking en traînant sa serviette, et en cherchant des yeux le véhicule. Il l'avait vue faire. Aujourd'hui sa voiture était au sixième, en face de l'accès principal.

Il monta dans l'ascenseur quand les portes s'ouvrirent, tourna vers la gauche, appuya sur le bouton du septième étage, et recula au fond. Une demi-douzaine d'autres personnes montèrent avec elle, et il manœuvra de manière à se retrouver juste derrière elle, à quelques centimètres. Son parfum l'enivra. Une petite touffe de cheveux pendait sur la nuque de Jensen; elle avait un grain de beauté derrière l'oreille — mais il avait déjà vu ça avant.

Ce qui comptait, c'était cette odeur. *Opium*...

L'ascenseur démarra et un type devant perdit l'équilibre, fit un pas en arrière. Elle essaya de reculer, ses fesses vinrent heurter l'aine de Koop. Il ne bougea pas, le type devant marmonna : « Désolé », elle se tourna à demi vers Koop pour dire : « Désolée », puis ils arrivèrent au sixième étage.

Koop avait les yeux fermés, cherchant à retenir l'instant. Elle s'était *pressée* contre lui !

Apparemment, elle avait remarqué son corps sous la chemise, et avait été attirée par lui. Elle s'était *pressée* contre lui. Il pouvait encore sentir les courbes de son cul.

Koop sortit au septième étage, sonné, se rendit compte qu'il transpirait et bandait férocement. Elle l'avait fait exprès. Elle *savait*... Ou bien savait-elle vraiment ?

Koop se dépêcha de retourner à la camionnette. S'il arrivait derrière elle, elle lui ferait peut-être signe. C'était une femme qui avait de la classe, pas le genre à faire des avances explicites. Elle trouverait quelque chose d'autre, rien à voir avec le « Tu veux baiser ? » habituel. Il lança le moteur, descendit la rampe d'accès qui tournait sans arrêt, lui donnant le vertige. Les roues grinçaient en dévalant la spirale. Il voulait rester près d'elle.

A la sortie, il y avait trois voitures devant lui. Jensen n'était pas encore là... La première et la seconde s'en allèrent rapidement. Au volant de la troisième se trouvait une femme assez âgée, qui dit quelque chose à l'employé qui ramassait les tickets. Celui-ci sortit la tête à la vitre du guichet en pointant le doigt vers la gauche, puis vers la droite. La femme ajouta quelque chose.

Une auto s'approcha par-derrière, puis s'arrêta. Ça n'était pas elle. Puis un autre véhicule déboîta de la rampe, s'engageant sur la gauche dans l'allée réservée aux abonnés mensuels. Jensen avait une carte pour sortir. Il entr'aperçut son visage quand elle enfonça la carte dans la porte automatique. Elle se leva, et Jensen le dépassa.

— Enfoirés, qu'est-ce qui se passe ? Qu'est-ce que vous foutez ?

Koop klaxonna.

Il fallut dix secondes à la femme devant lui pour se retourner, puis elle haussa les épaules, et se mit à fouiner dans son sac à main. Ça lui prit un temps fou. Elle finit par tendre un billet à l'employé. Celui-ci dit quelque chose, et elle replongea dans son sac à main, avant d'en extraire le ticket de parking. Il prit le ticket, lui rendit la monnaie, puis elle lui dit encore quelque chose...

Koop klaxonna une nouvelle fois, la femme jeta un coup d'œil au rétroviseur, finit par démarrer, s'arrêta au bord du trottoir, tourna à gauche lentement. Koop lança l'argent et le ticket à l'employé.

— Gardez la monnaie !

— Je n'ai pas le droit de faire ça.

C'était un imbécile, une tante. Koop sentit l'onde de la colère lui remonter jusque dans la nuque. Encore une minute et...

— Putain, je suis pressé !

— Ça prend une seconde, dit l'employé du parking. (Il actionna la caisse enregistreuse et lui tendit deux pièces de vingt-cinq cents.) Voilà le compte, putain de mec pressé.

La porte se leva, et Koop fonça dans la rue en jurant. Jensen prenait souvent le même chemin pour rentrer chez elle. Il s'élança à sa poursuite, mettant toute la gomme, grillant des feux rouges.

— Allez, Sara ! lança-t-il au volant. Allez, où est-ce que tu es ?

Il la rattrapa au bout d'un kilomètre et demi. Se glissa dans la file.

Fallait-il se placer juste derrière elle ? Est-ce qu'elle lui ferait signe ?

Possible.

Il y réfléchissait toujours lorsqu'elle ralentit, tourna à droite pour se garer sur le parking d'une pharmacie. Koop la suivit, rangea la camionnette au bord de l'aire de stationnement. Elle resta dans la voiture pendant une minute, puis deux, cherchant quelque chose dans son sac à main. Puis elle balança ses jambes hors du véhicule, disparut dans la boutique. Avec tous les miroirs antivol, c'était difficile d'observer quelqu'un sans se faire remarquer.

Il attendit donc. Elle mit dix minutes à ressortir avec un petit sac. Une fois près de la voiture, elle chercha un moment dans son sac à main, marqua un temps d'arrêt, et recommença. Koop se redressa. Quoi ?

Elle n'arrivait pas à trouver ses clés. Elle retourna sur ses pas, vers le magasin, s'arrêta, fit volte-face, regarda pensivement le véhicule, et revint à pas lents. Elle se voûta, jeta un regard à l'intérieur, se redressa, furieuse, parlant toute seule.

Les clés. Elle les avait laissées dedans. Et elle avait verrouillé.

Il aurait pu l'aborder.

— Vous avez un ennui, ma petite dame ?

Mais, pendant qu'il l'observait, elle jeta un coup d'œil rapide autour d'elle, fit le tour de la voiture, se baissa, et glissa la main dans le pare-chocs arrière. Après avoir tâtonné un peu, elle en sortit une boîte noire. Des doubles de clés.

Koop se raidit. Lorsque les gens cachaient des doubles de clés dans leur voiture, ils y joignaient, en principe, un double des clés de la maison, à tout hasard. Et si c'était le cas — et si elle les avait changées sur le trousseau depuis qu'elle avait changé les serrures ?...

Il fallait qu'il voie ça de plus près.

Koop grimpa sur le toit dès que la nuit fut tombée. Jensen avait passé une robe de chambre, et il l'observa en train de lire, d'écouter la stéréo, de regarder un film sur la télé câblée. Il commençait à connaître ses petites habitudes : elle ne regardait jamais les émissions de variétés ou les débats, jamais les comédies. Elle regardait parfois les jeux télévisés. Et parfois aussi les rediffusions des actualités de la journée sur la chaîne du service public, tard le soir.

Elle aimait manger des glaces, qu'elle dégustait en prenant son temps, sa langue s'attardant langoureusement sur la cuillère. Lorsqu'elle était perplexe, qu'elle cherchait la solution de quelque chose, elle se grattait le haut des fesses. Elle s'allongeait quelquefois dans son lit, les jambes en l'air, regardant dans le vague derrière ses pieds. Elle faisait la même chose quand elle enfilait des collants — elle se laissait tomber sur le lit, glissait ses orteils au bout, puis levait les jambes au-dessus de sa tête et tirait. Il lui arrivait de déambuler dans l'appartement en se brossant les dents.

Un soir, elle avait apparemment accroché son propre reflet du regard dans une des portes coulissantes en verre du balcon, et elle s'était mise à prendre des poses de mannequin façon couverture de *Cosmo*. Elle était si proche que Koop avait l'impression qu'elle posait pour lui.

Elle se couchait à minuit toute la semaine. Deux amies lui avaient rendu visite, et, une fois, avant que Koop ne se mette à la suivre, elle n'était pas rentrée avant minuit. Un rendez-vous ? Cette idée le rendait fou furieux et il l'avait écartée.

Quand elle allait se coucher — une minute de quasi-nudité, de gros seins tremblants dans l'aquarium — Koop la quittait, allait acheter une bouteille de whisky Jim Beam, et rentrait chez lui.

Une maison aux environs des Cités jumelles dans le style ranch de banlieue, une non-entité qu'il avait louée meublée. Un service de jardinage s'occupait de tondre la pelouse. Koop ne faisait pas la cuisine, ni le ménage, ni quoi que ce soit d'autre à part regarder la télé et laver ses vêtements. Il y régnait une odeur de poussière, à laquelle venait se mêler, plus discrète, celle du bourbon. Oh ! bien sûr, il était venu avec Wannemaker. Mais rien qu'une heure ou deux, et au sous-sol ; cette odeur-là avait quasiment disparu...

Le lendemain matin, Koop rejoignit le centre-ville avant dix heures du matin. Il n'aimait pas vivre dans la journée, mais c'était important. Il l'appela à son bureau.

— Sara Jensen à l'appareil... Allô ? Allô ?

Elle avait une voix plus aiguë qu'il ne s'était imaginé, avec quelque chose de tendu. Quand son deuxième allô n'obtint pas de réponse, elle raccrocha vivement. Elle était donc au boulot.

Il se dirigea vers la rampe d'accès au parking, et enfila la spirale. D'habitude, elle était garée au cinquième, au sixième ou au septième étage, suivant son heure d'arrivée. Aujourd'hui, c'était au sixième, comme la veille. Il lui fallut grimper jusqu'au huitième pour trouver une place. Il descendit les étages à pied, regarda sous le pare-chocs, à l'arrière du véhicule de Jensen, trouva la boîte où étaient rangés les doubles de clés. Il l'ouvrit en s'éloignant. A l'intérieur se trouvaient une clé de contact, et une autre, flambant neuve.

Bingo.

Pénétrer dans l'appartement lui donna une sensation de

victoire. Comme un conquérant. Comme s'il était chez lui, avec sa femme.

Il resta une demi-journée sur place.

Dès qu'il entra, il ouvrit une boîte à outils devant la télé. Si quelqu'un venait, une femme de ménage par exemple, il pouvait dire qu'il était en train de la réparer... Mais personne ne se montra.

Il mangea des céréales dans un bol, avant de le laver et de le remettre en place. Il s'installa dans le salon, retira ses chaussures et regarda la télévision. Il se déshabilla, baissa les couvertures, et se roula dans les draps frais. Se masturba dans des Kleenex de Jensen.

S'assit sur la cuvette des W.-C. Prit une douche avec son savon. Se passa un peu de parfum sur la poitrine, là où il pouvait le respirer. Posa devant le miroir, reflet d'un corps blond presque imberbe, tout en muscles.

Ça, pensa-t-il, elle adorerait : il se mit de trois quarts profil, les biceps contractés, fesses serrées, menton baissé.

Il inspecta les tiroirs, trouva les lettres d'un homme. Il les lut, mais leur contenu était décevant : j'ai pris du bon temps, j'espère que toi aussi. Il examina un casier dans la chambre d'amis qui servait de petit bureau, trouva un classeur avec l'étiquette « Divorce ». Il n'y avait pas grand-chose dedans. Jensen était le nom de son mari — son nom de jeune fille, c'était Rose.

Il retourna dans la chambre, s'allongea, se frotta contre les draps, s'excita de nouveau...

A cinq heures, il était à la fois épuisé et ravi. Il vit l'heure sur le réveil de la commode, et se leva pour s'habiller et faire le lit : elle devait être en train de quitter le bureau.

Sara Jensen rentra chez elle quelques minutes avant six heures, un sac rempli de légumes sous un bras, une bouteille de vin et son sac dans l'autre main. L'odeur mouillée des radis et des carottes couvrit celle de Koop le temps d'entrer, d'aller au buffet de la cuisine, mais, quand elle eut déposé ses sacs pour retourner fermer la porte, elle s'immobilisa, fronça le sourcil, regarda autour d'elle.

Quelque chose clochait. Elle ne percevait l'odeur de

Koop que vaguement, inconsciemment. Le doigt glacial de la peur s'enfonça dans son cœur.

— Il y a quelqu'un ? appela-t-elle.

Pas un bruit. *Paranoïaque.*

Elle rejeta la tête en arrière, en reniflant. Il y avait quelque chose... Elle secoua la tête. Rien d'identifiable. A cran, elle laissa la porte ouverte, avança à pas rapides vers la chambre. Appela de nouveau. Silence.

Se refusant toujours à fermer la porte, elle inspecta la chambre d'amis-bureau, puis s'aventura dans la salle de bains, ouvrit même la cabine de douche. L'appartement était vide.

Elle alla fermer la porte, toujours inquiète. Rien de tangible. Elle se mit à déballer ses provisions, entassant les légumes dans le réfrigérateur.

Et se figea à nouveau. Elle revint à la chambre sur la pointe des pieds. Jeta un coup d'œil à gauche. La porte d'un placard était entrouverte. Celui dont elle ne se servait pas. Elle fit demi-tour, se précipitant vers la porte d'entrée, l'ouvrit, s'arrêta. Se retourna.

— Il y a quelqu'un ?

Un silence éloquent : personne. Elle marcha d'un pas furtif en direction de la chambre, jeta un regard à l'intérieur. La porte du placard était exactement comme elle l'avait laissée.

— Il y a quelqu'un ?

D'un ton plus calme. Elle prit la poignée, et, avec une frayeur d'enfant qui pousse la porte de la cave pour la première fois, l'ouvrit à la volée.

Il n'y a personne là-dedans, Sara !

— Je suis complètement cinglée, dit-elle à voix haute.

Le son de sa propre voix lui fit du bien, l'apaisa. Elle sourit et poussa du pied la porte du placard, avant de se mettre en chemin vers la cuisine. Elle s'arrêta pour regarder le lit.

On devinait vaguement la forme d'un corps, comme si quelqu'un s'était allongé sur le dessus-de-lit. Est-ce qu'elle avait fait ça ? Ça lui arrivait, quand elle enfilait un collant le matin.

Mais est-ce qu'elle s'était habillée d'abord, aujourd'hui, ou bien est-ce qu'elle avait commencé par faire le lit ?

Est-ce que sa tête était tombée sur l'oreiller, comme ça ?

A nouveau terrifiée, elle donna quelques petites tapes à la surface du lit. L'idée qu'il fallait jeter un coup d'œil au-dessous lui traversa l'esprit.

Mais si un monstre était pour de bon caché là-dessous...

— Je vais dîner dehors, prévint-elle à voix haute. S'il y a un monstre sous le lit, il ferait mieux de partir pendant mon absence.

Du silence, toujours plus de silence.

— Je m'en vais, annonça-t-elle, en quittant la pièce, et en regardant par-dessus son épaule.

Est-ce que le lit avait tremblé ?

Elle s'en alla.

CHAPITRE XVI

Le palais de justice de Carren County était un immeuble de pierre de taille du siècle dernier, sur la place principale de la bourgade. Sur la face est se dressait un kiosque délabré, face à une rue où s'alignaient des maisons en planches qui avaient vu des jours meilleurs. Une statue de bronze représentant un soldat de l'Union, couverte d'excréments de pigeons, défendait la face ouest avec son vieux fusil. Sur la pelouse, trois vieillards, tous en veste et coiffés de chapeaux, étaient assis, seuls, sur des bancs de bois séparés.

A proximité, un écureuil vaquait à ses occupations, les ignorant; lorsque Lucas et Connell les dépassèrent, les vieillards restèrent aussi immobiles et aussi impassibles que la statue.

Le bureau de George Beneteau était au fond, près d'un parking ombragé par de grands chênes aux longues branches. Lucas et Connell durent passer une porte de sécurité en acier, et suivre une secrétaire à travers un dédale de cloisons jusqu'au bureau de Beneteau situé dans un coin de l'immeuble.

Le shérif était un homme grand et mince, dégingandé, entre trente et quarante ans, habillé d'un costume gris, d'une cravate ficelle sous une pomme d'Adam proéminente, qui portait des lunettes de soleil d'aviateur cerclées de fer. Il avait un grand nez et un mince réseau de fines cicatrices sous les yeux : d'anciennes coupures dues à la pratique de la boxe. Un stetson beige était posé sur la corbeille à papier encastrée dans le bureau. Son sourire dévoila des dents blanches et régulières.

— Mademoiselle Connell, chef adjoint Davenport, dit-il. (Il se leva pour serrer la main de Lucas.) Quelle sale histoire, l'hiver dernier, à Lincoln County.

Ça ressemblait à une question.

— On n'est pas venus chercher les ennuis, déclara Lucas. (Il toucha sa cicatrice à la gorge.) On aimerait juste parler à Joe Hillerod.

Beneteau se rassit et joignit les mains. Connell portait des lunettes de soleil du même genre que les siennes.

— On sait que le parcours de Joe Hillerod et celui de notre tueur se sont croisés. Se sont *au moins* croisés.

Derrière, les mains jointes, le regard de Beneteau se posa sur elle.

— Vous voulez dire que le tueur, c'est peut-être lui ?

— C'est une possibilité.

— Hum. (Il se redressa, prit un stylo, dont il tapa la pointe sur le bureau.) C'est un salopard, ce Joe. Il est capable de tuer une femme s'il pense qu'il a une raison de le faire... mais il lui faudrait peut-être une bonne raison.

— Vous ne pensez pas qu'il est cinglé ? interrogea Lucas.

— Oh ! il est assez cinglé, répondit Beneteau en tapant la pointe du stylo. Peut-être pas comme l'est votre homme. Mais qui sait ? Possible que ça le fasse jouir quelque part de faire ça.

— Vous êtes sûr qu'il est dans la région ? demanda Lucas.

— Oui. Mais pas certain de l'endroit où il se trouve. (Ses yeux se dirigèrent vers une carte des environs punaisée au mur.) Sa camionnette n'a pas bougé depuis votre coup de fil d'hier, elle se trouve devant chez son frère. On est passés devant plusieurs fois en voiture.

Intérieurement, Lucas se mit à grommeler. Si on les avait vus !...

Beneteau devina ce qui lui passait par la tête, et étira un petit sourire sec.

— Mes gars se sont servis de leurs voitures personnelles, deux d'entre eux seulement, à deux heures d'intervalle. Leurs radios sont équipées de brouilleurs. On n'a rien à craindre.

Lucas hocha la tête, soulagé.

— Bien.

— Au téléphone, hier soir, vous avez mentionné les calibres .50 que vous avez trouvés sur les lieux de l'incendie. Les Hillerod ont des machines-outils dans cette casse.

— Ah bon ?

— Ouais. (Beneteau se leva, regarda l'avis de recherche d'une jeune fille disparue au mur, et se tourna vers Lucas.) Je me suis dit qu'il faudrait emporter un peu d'artillerie. A tout hasard.

La caravane s'ébranla, deux voitures de shérif et une fourgonnette banalisée, serpentant dans un lacis de départementales et de chemins de gravier, traversant des fermes reculées. Des vaches pouilleuses, occupées à ruminer dans des prés pelés et parsemés de souches d'arbres que l'humidité avait décolorées, tournèrent leurs têtes blanchâtres pour les regarder passer.

— Ils prétendent que c'est une casse de voitures, mais les ploucs locaux disent qu'en réalité c'est un centre de distribution de pièces détachées de Harley-Davidson volées, expliqua Beneteau. (Il roulait au milieu de la route, le poignet posé nonchalamment sur le haut du volant.) D'après ce qu'on sait, quand un type vole une moto en bon état dans les Cités jumelles, à Milwaukee, ou même à Chicago, il la ramène ici aussitôt. Ils la démontent en une heure à peu près, se débarrassent de tout ce qu'il y aurait d'identifiable, et déposent le motard à la gare routière de Duluth. Ça serait difficile à prouver. Mais on entend parler de motards qui vont là-bas sur le coup de minuit, et on ne revoit jamais les motos avec lesquelles ils sont arrivés.

— Où est-ce qu'ils vendent les pièces détachées ? demanda Connell, assise à l'arrière.

— Dans des réunions de motards, j'imagine, répondit Beneteau, en la regardant dans le rétroviseur. Dans les magasins spécialisés, il existe un marché important pour les vieilles Harley, et les pièces détachées les plus anciennes valent beaucoup de fric, si elles voient le jour, rapport à la loi.

Ils arrivèrent en haut d'une côte, et aperçurent une série de longs hangars face à la route, avec un tas de ferraille au rebut derrière une palissade de planches grises. Trois voitures, deux motos et deux camionnettes étaient garées en face de la rangée de baraquements. Aucun des véhicules n'était neuf.

— On y est, dit Beneteau en appuyant sur l'accélérateur. On va essayer de s'introduire à l'intérieur en vitesse.

Lucas jeta un coup d'œil à Connell. Elle avait une main enfoncée dans son sac à main. Son arme. Il glissa une main dans sa veste et toucha la crosse de son propre .45.

— Il faut y aller mollo, conseilla-t-il d'un ton détaché. On n'a aucune certitude, ils ne sont pas encore suspects.

— Pour l'instant, rectifia Connell.

Les yeux de Beneteau se levèrent de nouveau vers le rétroviseur.

— Votre gibier est dans le collimateur, dit-il à Connell d'une voix que le grasseyement local rendait nonchalante.

Ils traversèrent un petit pont de bois jeté sur une fosse d'écoulement d'eau, et, quand Beneteau entra sur l'aire de stationnement de la casse, les doigts de Lucas agrippèrent la poignée de la portière. Le deuxième véhicule continua à rouler sur environ trente mètres, jusqu'au fond du parking, tandis que la fourgonnette les suivait de près. Il y avait à l'intérieur quatre shérifs auxiliaires armés de M-16. Si quelqu'un ouvrait le feu avec un calibre .50, les M-16 le réduiraient au silence.

Le gravier qui tapissait le parking était plein d'huile, et les roues glissèrent sur les derniers mètres, soulevant un nuage de poussière.

— Allons-y ! grogna Beneteau.

Lucas sortit de la voiture un quart de seconde avant Connell. Il se dirigea vers la porte d'entrée, franchit le seuil, presque au pas de course, la main à la ceinture. Il y avait deux hommes au comptoir, un devant, un derrière, occupés à regarder un gros catalogue graisseux. Surpris, le type derrière le comptoir fit un pas en arrière, fit « Hé ! », et Lucas poussa la porte battante qui permettait d'y accéder, brandissant son insigne dans la main gauche :

— Police !

— Les flics ! cria l'homme.

Il portait un tee-shirt blanc couvert de taches d'huile, et un jean avec un lourd portefeuille en cuir qui dépassait de sa poche arrière, rattaché à la ceinture par une chaîne en laiton. L'autre homme, devant le comptoir, recula, les mains tendues devant lui. Connell était juste derrière lui.

— C'est vous, Joe ? demanda Lucas, avançant sur le type qui tenait la boutique.

Celui-ci resta sur place, et Lucas le poussa d'une bourrade à la poitrine, le forçant à reculer. Une porte s'ouvrait à la droite de Lucas, jusque dans les entrailles du bâtiment.

— C'est Bob, indiqua Beneteau, en entrant. Comment ça va, Bob ?

— Putain ! qu'est-ce que tu veux, George ? demanda Bob.

Un flic hurla dehors :

— Il y a des types qui s'enfuient...

Beneteau courut à la porte.

— Où est Joe ? interrogea Lucas, poussant Bob en arrière une deuxième fois.

— Bordel, d'où tu sors, toi ?

— Tenez-les en respect, dit Lucas à Connell.

Elle sortit son pistolet du sac à main, un gros automatique Ruger en acier inoxydable, qu'elle tenait à deux mains, le canon levé.

— Et, pour l'amour du Ciel, ne descendez personne, cette fois, si ça n'est pas absolument nécessaire !

— On peut plus rigoler ! répliqua Connell.

Elle abaissa le canon du pistolet vers Bob, qui avait fait un pas en arrière, se rapprochant de Lucas.

— Ne bouge plus, ou bien je vais te poinçonner un nouveau trou dans le nez !

Elle avait parlé d'une voix glaciale, et Bob se figea sur place.

Lucas libéra son arme de sa gaine et passa la porte du fond, s'arrêtant une seconde pour laisser à ses yeux le temps de s'habituer à l'obscurité. Les murs étaient couverts de rayonnages, et une douzaine de râteliers et d'étagères en métal pour les pièces détachées s'élevaient entre la porte et le mur du fond. Ils étaient encombrés de pare-chocs et de réservoirs de motos, de roues, de piles de bidons d'huile Quaker State, de boîtes de café pleines de clous rouillés, de vis et de boulons. Deux bidons de graisse à moteur ouverts traînaient par terre et deux énormes barils métalliques pleins d'ordures atteignaient le niveau de ses coudes. Une excroissance métallique, peut-être un châssis, reposait contre les poubelles improvisées. La seule lumière dans la pièce venait des fenêtres du mur du fond, et passait par les interstices de la porte qui s'y découpait sur la droite. L'atmosphère empestait l'huile et la poussière.

Lucas avança vers la porte, le canon de son arme levé, le doigt écarté de la détente. Puis, sur la gauche, entre deux râteliers, il vit une traînée blanche. Au-delà, une porte ouverte donnait sur des toilettes de la taille d'une cabine téléphonique, la cuvette tachée de brun juste en face de la porte. Il s'approcha de la traînée blanche, qui s'était échappée d'un petit sac en plastique. De la poudre. Cocaïne ? Il se baissa, leva son doigt jusqu'à ses narines, renifla. Ça n'était pas de la coke. Il se demanda s'il allait goûter : pour ce qu'il en savait, ça pouvait être un décapant quelconque pour motocyclette, quelque chose comme de la soude. Il en posa quand même une minuscule quantité sur sa langue, la morsure âcre fut instantanée : amphétamines.

— Merde !

Le mot fut prononcé tout près de ses oreilles, et Lucas sursauta. Une étagère vacilla et tomba vers lui, les boîtes remplies des pièces détachées les plus étranges glissaient sur les rayons. Quelque chose de lourd et de tranchant lui entailla le cuir chevelu, au moment même où son bras se tendait en avant pour retenir le lourd râtelier. Il le repoussa en arrière, chancelant, et un homme surgit à toute allure de la rangée suivante, courut jusqu'à la porte et sortit.

Lucas, qui se battait toujours avec l'étagère, conscient de la tiédeur humide qui se répandait dans ses cheveux, se libéra et s'élança à sa poursuite. En jaillissant dans la lumière, il entendit quelqu'un hurler et regarda sur la droite, vit Beneteau debout à découvert, le doigt pointé devant lui. Lucas regarda sur sa gauche, vit l'homme couper à travers le champ de débris, et courut dans sa direction.

Il le perdit dans les tas de ferraille au rebut. De vieilles voitures, datant surtout des années soixante. Il repéra l'avant d'une Pontiac 66 vert bouteille, exactement comme celle qu'il conduisait quand il était policier en uniforme, à ses débuts. Lucas poursuivit sa traque dans les monceaux de tôles froissées, en prenant son temps : le type n'avait pu franchir la palissade, il aurait fait du bruit. Il s'enfonça encore davantage : des ruines avec des numéros peints sur les portes, les victimes antédiluviennes de courses de stock-cars à la foire.

Il entendit un cliquetis sur sa gauche, sentit quelque chose de mouillé lui couler sur l'arcade sourcilière. Tendit la main et toucha : du sang. L'objet tombé du râtelier l'avait coupé, et il saignait abondamment. *Ça ne fait pas très mal*, pensa-t-il. Il se dirigea vers la gauche, fit le tour d'un tas, puis d'un autre...

Un motard mince, en jean, en tee-shirt noir maculé et lourdes bottes leva les yeux vers la palissade au fond du terrain. Il avait le teint foncé, et il était bronzé, en plus.

Il lorgna la tête sanglante de Lucas.

— Doux Jésus, qu'est-ce qui t'est arrivé ?

— Tu m'as balancé une saloperie, répondit Lucas.

L'homme eut un sourire de contentement, puis regarda le sommet de la clôture.

— Je n'y arriverai jamais, finit-il par dire. (Il revint vers Lucas.) Tu vas me tirer dessus ?

— Non, on veut juste te parler.

Lucas remit le pistolet dans sa gaine.

— Ouais, c'est ça, rétorqua l'homme, découvrant des dents jaunes. (Tout à coup, il allait vite.) Mais, d'abord, je vais te casser la gueule.

Lucas touchait la crosse du pistolet quand l'homme lança un large crochet. Il leva la main gauche, arma son poing à l'épaule, mit un court crochet au ventre du motard. L'estomac de celui-ci était une véritable planche de chêne. Il grogna, recula d'un pas, tourna.

— Tu peux me taper dans le ventre toute la journée, se moqua-t-il.

Il ne fit aucune tentative pour s'emparer du pistolet de Lucas.

Celui-ci secoua la tête, tournant sur la droite.

— Ça ne rime à rien, je vais te taper dans la gueule.

— Bonne chance !

Le motard s'approcha de nouveau, rapide mais inefficace, trois larges crochets lancés très vite. Lucas recula d'un pas, deux pas, prit le troisième coup dans l'épaule gauche, lui mit un crochet du droit dans le nez, sentit le cartilage céder sous l'impact. L'homme s'effondra, une main sur le nez, roula sur l'estomac, parvint à se relever en chancelant, le sang dégoulinait dans ses mains. Lucas toucha sa propre tête.

— Tu m'as cassé le nez, gémit l'homme, en considérant le sang qui coulait sur ses doigts.

— Tu t'attendais à quoi ? demanda Lucas, se tâtant le crâne avec précaution, du bout des doigts. Tu m'as ouvert la tête.

— Pas fait exprès. Tu m'as cassé le nez volontairement.

Beneteau courut vers eux, les regarda.

— J'abandonne, déclara l'homme.

Beneteau se trouvait à présent sur le parking. Il expliqua tranquillement la situation :

— Earl dit que Joe est dans la maison. (Earl était le type qui s'était battu avec Lucas.) Il crève de peur que Bob découvre qu'il nous l'a dit.

— D'accord, fit Lucas.

Il pressait une compresse sur son cuir chevelu. C'était la deuxième, la première était déjà trempée de sang.

— On va y aller, annonça Beneteau. Voulez-vous venir avec nous ? Ou bien retourner en ville pour faire soigner cette coupure ?

— Je viens. Et les mandats d'amener ?

— On a tout ce qu'il faut, un mandat de perquisition pour ici, et des mandats d'amener pour Joe et Bob. Il y a une grosse quantité d'amphétamines là-dedans, si c'est bien de ça qu'il s'agit.

— Aucun doute, c'en est. Il y en a probablement deux ou trois cents grammes qui traînent par terre.

— La plus grosse saisie de drogue qu'on ait jamais opérée, commenta Beneteau d'une voix où perçait la satisfaction.

Il jeta un regard vers le porche où Bob et Earl étaient assis sur un banc, menottes aux poignets. Ils avaient laissé filer le client ; Beneteau croyait qu'il était bien là pour acheter des pièces détachées.

— Ça m'étonne qu'Earl soit dans le coup, pour les amphés.

— On aura du mal à prouver ça, de toute manière. Je ne l'ai pas vu manipuler la drogue. Il prétend qu'il était là en train de chercher un transfo, quand tout le monde s'est mis à courir. Qu'un des types qui se sont enfuis dans les bois a paniqué, et a balancé la marchandise vers les toilettes avant de détaler. C'est peut-être la vérité.

Beneteau regarda vers le bois, et eut un petit rire.

— Ils sont coincés dans le marais. On peut pas les voir pour l'instant, mais ce soir, quand les moustiques seront de sortie, je leur donne à peu près un quart d'heure avant de se rendre. S'ils arrivent à tenir le coup — ils portaient des tee-shirts et des chemises à manches courtes.

— Allons chercher Joe.

Beneteau laissa la casse sous la garde d'une douzaine d'auxiliaires qui venaient d'arriver, y compris les spécialistes des laboratoires de la police. Ils reprirent les deux voitures du bureau du shérif et la fourgonnette pour aller chez les Hillerod.

Joe Hillerod vivait à une quinzaine de kilomètres de là, une maison tout en longueur faite de trois ou quatre cabanes montées ensemble sous un grand toit de papier goudronné. Une douzaine de stères de bois de chauffage avaient été entassés à l'arrière de la maison sur un terrain livré aux mauvaises herbes, un cône dont la forme rappelait celle d'un tipi. Trois voitures se garèrent devant.

— J'adore la façon dont vous vous y prenez, vous autres, à la cambrousse, dit Lucas à Beneteau quand ils s'approchèrent de la maison. En ville, on appellerait l'unité d'urgence...

— C'est un euphémisme libéral qu'on emploie dans le Minnesota pour dire les flics de choc, expliqua Connell à Beneteau qui approuva du chef et découvrit les dents.

— ... On se mettrait en embuscade, chacun à son poste, on passerait tous des gilets pare-balles, on prendrait des radios portables, on se glisserait dans la zone pour nettoyer et donner le signal, poursuivit Lucas. Puis on s'avancerait vers la maison, et l'unité d'urgence lancerait l'assaut... Ici, c'est on saute dans la bagnole, on arrive dans un nuage de poussière, et on arrête tout ce qui bouge. C'est super.

— La grosse différence, c'est que nous on arrive dans un nuage de poussière, vous autres, en ville, c'est un nuage de foutaises, ironisa Beneteau. Vous êtes prêts ?

Ils atteignirent la maison des Hillerod juste avant midi. Un chien jaune avec un collier rouge, couché sur le bitume devant la maison, quitta la route pour aller se cacher dans une fosse quand il vit les véhicules.

Un jeune homme au gros ventre et à la barbe style guerre de Sécession était assis sur les marches du perron, occupé à boire une bière et à fumer une cigarette. Il semblait tout ensommeillé. Une Harley était garée près du porche, et un casque blanc fendu reposait à côté sur l'herbe, comme un œuf de Pâques pondu par un condor.

Il se leva lorsqu'ils ralentirent, et, quand ils s'arrêtèrent, il courut à l'intérieur.

— C'est des ennuis, ça ! s'écria Beneteau.

— Allons-y, lança Connell.

Elle bondit hors de la voiture et fila vers la porte.

Lucas l'appela :

— Attendez ! attendez !

Mais elle continuait à avancer, à deux pas devant lui.

Elle franchit le seuil comme un ailier bouscule un arrière, juste à temps pour voir le gros grimper quatre à quatre une volée de marches au fond de la maison. Connell courut dans cette direction, Lucas criant toujours :

— Attendez une minute !

Dans une pièce du fond, un couple dénudé s'extirpait le plus furtivement possible d'un canapé-lit. Connell braqua le pistolet sur l'homme et cria :

— Pas un geste !

Lucas la dépassa et prit l'escalier. En montant il entendit Connell dire à quelqu'un :

— Gardez-les, je monte aussi.

Le gros s'était enfermé dans la salle de bains, la porte verrouillée, et actionnait la chasse d'eau des toilettes. Lucas défonça la porte d'un coup de pied, l'homme lui jeta un regard et plongea directement sur le toit par la fenêtre, dans une explosion de verre. Il entendit les flics crier dehors et courut dans le couloir, Connell sur les talons.

La porte du fond était fermée. Il donna un coup de pied juste sous la serrure, et la fracassa. Derrière, il y avait un autre couple en petite tenue, qui cherchait ses vêtements. L'homme avait quelque chose en main et Lucas cria : « Police, lâchez ça ! » en pointant son arme sur le type. Celui-ci leva des yeux encore gonflés de sommeil, et lâcha le revolver. La femme s'assit sur le lit et couvrit ses seins avec le drap.

Beneteau et deux auxiliaires arrivèrent, pistolets dégainés.

— Vous les avez eus ? (Il regarda derrière Lucas.) C'est Joe.

— Bon Dieu ! George, qu'est-ce que tu fous ? demanda Joe.

Beneteau ne répondit pas. Il regarda la femme :

— Ellie Rae, est-ce que Tom est au courant ?

— Non, répondit-elle, faisant le geste de se pendre.

— Oh ! bon Dieu ! s'exclama Beneteau en secouant la tête. Tout le monde descend, maintenant.

Un des auxiliaires les attendait près de l'escalier.

— Est-ce que vous avez regardé dans la salle à manger, shérif ?

— Non. Qu'est-ce qu'on a trouvé ?

— Venez donc jeter un coup d'œil.

L'auxiliaire les emmena à la cuisine, puis à travers un petit couloir voûté vers la salle à manger. Deux cents fusils semi-automatiques étaient entassés contre le mur. Cent cinquante armes de poing, luisantes de graisse WD-40, étaient empilées dans des cartons par terre.

Lucas émit un sifflement.

— Les cambriolages d'armureries, dans la banlieue des Cités jumelles.

— Du beau matériel, constata Beneteau, en s'accroupissant pour examiner les armes. Du matériel qui vient droit d'une armurerie, sans aucun doute.

Des M-1 Springfield, des Ruger Mini-14 et Mini-30, trois fusils d'assaut de la Marine à l'aspect étrange, un tas de Marlins, deux élégants Browning, un Heckler & Koch exotique.

Beneteau s'empara du H & K et le regarda.

— Il vaut au moins quinze cents dollars, ce flingue, je parie, déclara-t-il, visant par la fenêtre une boîte de café Folger dans la cour.

— Qu'est-ce que c'est cette histoire avec la femme, là-haut ? demanda Connell.

— Ellie Rae ? Elle et son mari tiennent le meilleur restaurant de la ville. Ou plutôt, elle le tient, et c'est lui qui fait la cuisine. Très bon cuisinier, mais, quand il déprime, il se met à boire. S'ils se séparent, il va passer son temps à se soûler, elle va s'en aller, et ça sera la fin du restaurant.

— Oh ! dit Connell.

Elle le regarda pour voir s'il blaguait.

— Hé, ce serait une grosse perte ! protesta Beneteau, sur la défensive. Il n'y en a que deux en ville et l'autre, c'est un trou innommable.

Joe Hillerod ressemblait beaucoup à son frère. Il avait les mêmes traits germaniques, grossiers et brutaux.

— Il y a quinze cents dollars en liquide dans mon portefeuille, et je veux qu'il y ait des témoins, parce que j'ai pas envie qu'ils s'évaporent, prévint-il d'un ton maussade.

Ellie Rae dit :

— Je suis témoin.

— Tais-toi, Ellie Rae ! lui ordonna Beneteau. Qu'est-ce que tu fais ici, de toute façon ?

— Je l'aime. C'est plus fort que moi.

Un auxiliaire aida le gros à entrer dans la pièce. Le sang dégoulinait sur sa tête, ses épaules et ses bras à cause de la fenêtre, et il traînait la jambe.

— Ce lièvre a sauté du toit, expliqua l'auxiliaire. Après avoir éclaté la fenêtre.

— Il balançait de la came aux toilettes, précisa Lucas. *(Un lièvre ? Ce type ressemblait plutôt à un mastodonte.)* Il en a laissé sur le siège, cela dit.

— Va voir, demanda Beneteau à l'un des auxiliaires.

Connell avait rangé son arme. Elle s'approcha d'Hillerod par-derrière, et tira à la lumière sa main entravée par les menottes.

— Qu'est-ce que c'est que ce bordel ? lança Hillerod, qui essayait de se retourner pour voir ce qu'elle faisait.

— Vous voyez ?

Lucas regarda. Hillerod avait un tatouage 666 entre le pouce et l'index.

— Ouais.

La femme qu'on avait trouvée dans le canapé-lit avait observé Connell, en particulier ses cheveux longs d'un demi-centimètre.

— On a abusé de moi, finit-elle par se plaindre. Les flics.

— Ouais ? fit Connell.

Lucas monta l'escalier, Connell sur ses talons. La chambre contenait un *water-bed* décrépit poussé contre le mur, une table de chevet et une commode contre le mur du fond, au pied du lit. Il y avait des magazines et des journaux éparpillés dans la pièce. Une planche à repasser se dressait dans un coin, à moitié enfouie sous des vêtements froissés, le fer reposant sur le côté, à son extrémité pointue.

Un long couteau pliable à manche de corne traînait sur la commode, au milieu d'une foule de cochonneries. Connell se baissa pour mieux voir, prenant bien soin de ne pas y toucher, le regarda.

— Bon Dieu ! Davenport. Les autopsies parlaient d'un couteau comme celui-ci. La forme de la lame correspond exactement.

Elle prit une pochette d'allumettes et s'en servit pour faire tourner le couteau. Sa voix trahissait son excitation.

— Il y a un truc poisseux à la charnière du couteau, là où il se replie : peut-être du sang.

— Oui, mais regardez les cigarettes.

Il y avait un paquet de Marlboro sur la table de nuit. On ne trouva pas trace de Camel dans toute la maison.

CHAPITRE XVII

Les Hillerod appelèrent un avocat nommé Aaron Capella. Il arriva au milieu de l'après-midi dans une Ford Escort poussiéreuse, parla avec le procureur, puis avec ses clients. Lucas alla se faire recoudre aux urgences de l'hôpital, eut droit à quatre points de suture, puis retrouva Connell pour un déjeuner tardif. Après ça, ils restèrent dans le bureau de Beneteau, déambulèrent un peu dans le palais de justice, attendant que Capella en ait fini avec les Hillerod.

Les techniciens de la police passèrent un coup de fil de la casse pour dire qu'ils avaient trouvé trois sacs de cinq cents grammes de cocaïne, dissimulés derrière un panneau au fond des toilettes. Beneteau était plus que satisfait : il passait à la télé, sur chacune des chaînes les plus importantes de Duluth.

— Vous allez me faire réélire, Davenport, dit-il à Lucas.

— Je vous enverrai la facture.

Ils discutaient dans le bureau du shérif, et ils virent Connell s'approcher dans l'allée extérieure. Elle revenait du café, une tasse de porcelaine à la main.

— C'est une jolie femme, affirma Beneteau, ses yeux s'attardant sur elle. J'aime bien sa façon d'aller au feu. Si vous me permettez, est-ce que vous deux... avez quelque chose en train ?

Lucas secoua la tête.

— Non.

— Hum. Elle est avec quelqu'un d'autre ?

— Pas que je sache, répondit Lucas.

Il était sur le point de dire quelque chose sur sa maladie, mais il hésita.

— Elle n'est pas lesbienne, ou quelque chose dans ce goût-là ?

— Non, elle n'est pas lesbienne. Écoutez, George... (Il n'arrivait pas à trouver quoi dire. Il finit par lâcher :) Écoutez, vous voulez son numéro de téléphone ?

Beneteau leva les sourcils.

— Eh bien, de temps en temps, je descends faire un tour en ville. Vous pigez ?

Aaron Capella était un pro. Beneteau le connaissait, et ils se serrèrent la main lorsque Capella entra dans le bureau. Beneteau présenta Lucas et Connell.

— J'ai parlé à mes clients, il s'agit encore d'une inqualifiable violation de leurs droits civils, dit-il à Beneteau d'un ton léger.

— Je sais, c'est une honte, approuva Beneteau, pince-sans-rire. Le droit des criminels à porter des armes volées en assurant la distribution de cocaïne et d'amphés.

— Je n'arrête pas de le répéter à qui veut l'entendre, et vous êtes le seul à m'écouter, reprit Capella. Allons-y, Bich nous attend.

Ils traversèrent le palais de justice. Beneteau et Capella parlaient du bateau de plaisance de ce dernier, qu'il avait au lac Supérieur.

— ... un type du Maryland me disait : « Un lac, c'est pas comme l'océan. » Alors je lui ai dit : « Où est-ce que vous naviguez ? » et il m'a répondu : « Au lac Cheasapeake. » Je lui ai dit : « On pourrait mettre six lacs de la taille du Cheasapeake dans le Supérieur, et avoir encore assez de place pour mettre Long Island au milieu sans déborder. »

Bich était le procureur, un homme sérieux au visage rouge, en costume anthracite.

— Ils viennent avec votre client, Aaron, déclara-t-il à Capella.

Ils le suivirent tous dans son bureau, s'installèrent sur les chaises, et Bich se mêla à la conversation qui portait toujours sur les bateaux, jusqu'à ce que Joe Hillerod soit conduit sous escorte dans la pièce.

La lèvre supérieure d'Hillerod se retroussa en un rictus incontrôlable quand il vit Beneteau. Il se laissa tomber dans un siège près de Capella.

— Comment ça se passe ?

Bich parla à Capella comme si Hillerod n'était pas là, mais ce qu'il disait était en réalité adressé à celui-ci : Capella et Bich avaient déjà passé tout ça en revue.

— Je vais vous dire une chose, Aaron, votre client est dans une sale passe, affirma Bich d'un ton doctoral. Il lui reste deux ans de conditionnelle. La possession d'une arme à feu le renverra sous les verrous. Pas de procès, ni ce genre de gaudrioles. Une simple audience fera l'affaire.

— On contestera la validité de la procédure.

Bich ne tint pas compte de la remarque de l'avocat.

— On l'a retrouvé dans une maison pleine d'armes volées. On peut le faire passer en procès pour possession d'armes en tant que repris de justice, et recel d'armes volées. Après, on peut l'envoyer dans le Minnesota, où il sera jugé pour cambriolage. Il retournerait à Waupun tirer le reste de sa peine, purgerait celle à laquelle il viendrait d'être condamné dans le Wisconsin, et finirait par le Minnesota. Ça peut durer assez longtemps.

L'avocat écarta les mains devant lui.

— Joe n'a rien à voir avec cette histoire d'armes. Il pensait qu'elles étaient légales. Un ami à lui les a laissées là, le type que vous avez coincé dans la salle de bains.

— Bien.

Bich roula des yeux.

— Mais on ne parle pas des armes, ça, c'est une autre question, reprit Capella. On peut parler, pas vrai ? C'est pour ça que Lucas et Miss Connell sont là, n'est-ce pas ? Pour avoir une petite discussion amicale ?

— S'il est coopératif, précisa Bich, pointant le doigt sur la poitrine d'Hillerod, il se peut qu'on oublie la violation de liberté sur parole, la détention d'arme. Là-dessus, on le tient déjà.

— Alors, de quoi parle-t-on ? demanda Capella.

Bich regarda Lucas.

— Voulez-vous l'expliquer à Mr. Hillerod ?

Lucas posa les yeux sur celui-ci.

— Je ne vais pas raconter de salades. Nous avons de bonnes raisons de penser que vous avez éventré des femmes. Six fois ou plus. Il faut qu'on vous pose quelques questions, et qu'on obtienne des réponses.

Hillerod, qui avait discuté avec Capella, savait ce qui l'attendait. Il se mit à secouer la tête avant même que Lucas ait terminé.

— Non, non, j'ai jamais fait ces saloperies-là, mon vieux.

— On a envoyé votre couteau au labo de la police, intervint Connell. Il semble qu'il y ait du sang sur la charnière.

— Ben merde ! dit Hillerod, et il eut un instant l'air mal à l'aise en pensant à ce qu'elle venait de dire. S'il y a du sang, c'est sûrement du sang d'animal. C'est un couteau de chasse.

— Ça n'est pas exactement la saison de la chasse aux daims, lui fit remarquer Lucas.

— S'il y a du sang sur ce bon Dieu de couteau, c'est du sang de daim — ou alors c'est vous qui l'avez mis pour me coincer, protesta Hillerod avec véhémence. Vous, les flics, vous avez le droit de faire n'importe quoi !

Capella lui coupa la parole.

— Mon client se souvient de la librairie à Madison.

— Il a bonne mémoire, s'étonna Bich. Il y a plusieurs années de cela, si je ne m'abuse.

— Je m'en souviens parce que c'est la seule librairie où j'aie jamais mis les pieds ! aboya Hillerod.

Capella continuait à parler.

— ... et on a un témoin de bonne réputation, qui a passé toute la nuit avec lui à Madison, et il est certain qu'elle s'en souviendra indépendamment de tout ce qu'on évoque ici. Sans aucune sollicitation de ma part ou de celle de Joe. Je déclare sous serment que nous n'avons pas pris contact avec elle, et que Joe est sûr qu'elle s'en souviendra.

— Vous avez un nom à nous fournir ? demanda Lucas.

— Vous pouvez avoir son nom et les circonstances dans lesquelles ils se sont rencontrés, répondit l'avocat. En fait, il l'a levée dans la librairie.

— Je n'ai rien à voir avec les flingues, dit Hillerod d'un ton maussade.

— Ce n'est pas de ça qu'on parle, l'arrêta précipitamment l'avocat. (Il donna une tape sur le genou d'Hillerod.) Ça ne fait pas partie du marché.

— On sait que notre tueur fume des Marlboro, dit Lucas en se penchant vers Hillerod. Tu fumes des Marlboro, n'est-ce pas ?

— Non, non, je fume des Merit, j'essaie d'arrêter. J'ai acheté des Marlboro juste cette fois.

— Votre client nous ment, fit observer Lucas à Capella. On sait qu'il fume des Marlboro depuis des années.

— Il dit qu'il fume des Merit, je ne vois aucune raison de ne pas le croire.

— Les Merit, c'est dégueulasse ! lança Bich. Pourquoi est-ce que vous fumiez des Merit ? Vous ne fumez rien d'autre ?

— Eh bien, j'essaie d'arrêter, expliqua Hillerod, en s'efforçant de ne pas rencontrer leurs regards. Je fume des Marlboro, mais je n'ai tué personne. Je fume aussi des Venture.

Le bluff au sujet des Marlboro avait échoué.

— On voudrait en savoir plus sur cette histoire de librairie, dit Connell.

— A Madison ? (Les yeux de Hillerod se firent vagues, puis il ajouta :) Comment est-ce que vous avez su ça ?

— On a un témoin, répondit Connell. Vous êtes parti avec une femme.

— D'accord, admit Hillerod. Ça doit être elle qui vous l'a dit.

— Non, ça n'est pas elle, rectifia Lucas. Notre témoin... c'est une femme, mais ça n'est pas votre amie. *Si* vous en avez une. Mais nous voulons savoir la vérité sur l'autre femme. Celle qu'on a retrouvée morte le lendemain.

— C'est pas moi. La femme avec qui je suis parti est toujours vivante. Et elle a dû vous dire que je n'ai jamais pu faire ça, parce que j'étais avec elle.

— Comment s'appelle-t-elle ? demanda Connell.

Hillerod se gratta le visage, en la fusillant du regard, mais elle le soutint sans broncher, comme une entomologiste considérant un spécimen de coccinelle pas particulièrement intéressant.

— Abby Weed, finit-il par avouer.

— Où est-ce qu'elle habite ?

Hillerod haussa les épaules.

— Je ne connais pas l'adresse, je sais y aller, c'est tout. Mais vous pouvez la joindre à l'université.

— Elle travaille à l'université ? demanda Lucas.

— Elle est professeur. Arts plastiques. Elle est peintre.

Lucas regarda Connell, qui roula des yeux.

— Vous étiez là-bas avec qui ? Dans la librairie...

— Je n'étais avec personne, j'y suis allé tout seul pour voir s'ils avaient un livre sur la moto, ils n'en avaient pas.

— Combien de temps êtes-vous resté ?

Hillerod haussa les épaules.

— Une heure...

— C'est long pour chercher un livre qui n'existe pas, ironisa Lucas.

— Je n'ai passé que cinq minutes à chercher le bouquin. Après, j'ai vu Abby qui me lançait des œillades, et j'ai traîné dans la boutique pour la baratiner un peu. Elle avait de gros... (il jeta un coup d'œil à Connell)... pare-chocs.

— Elle est rentrée avec vous ?

— On est allés chez elle.

— Vous y avez passé la nuit ?

— Merde, j'y ai passé quatre nuits ! précisa Hillerod avec un petit sourire, à l'intention de Connell. Chaque fois que j'essayais de sortir du lit, elle s'accrochait à ma queue... (Son sourire se fana, et il regarda Lucas.) Le putain de flic maison. Ce putain de flic a retenu mon signalement, pas vrai ?

— Quel flic ?

— Le flic dans la librairie.

Lucas le regarda un long moment, avant de poursuivre.

— Vous avez 666 tatoué sur la main.

Hillerod regarda le tatouage, et secoua la tête.

— Bon Dieu ! je savais bien que c'était idiot, le 666. Tout le monde le voulait. Je disais aux gens : les flics s'en serviront contre nous.

— Avez-vous vu quelqu'un dans la boutique qui ressemble à ça ? demanda Connell.

Elle lui tendit le portrait-robot.

Hillerod l'examina, puis son regard se posa avec curiosité sur Connell, Lucas, Bich et Capella, successivement.

— Eh bien, je n'ai vu personne d'autre. Pour autant que je me souvienne.

— Quoi ? Qu'est-ce que vous voulez dire : personne d'autre ? demanda Lucas.

Il haussa les épaules.

— Vous devriez le savoir. Ça ressemble à votre flic.

— Un flic ? (Connell regarda Lucas de nouveau.) Comment saviez-vous qu'il était flic ?

— La façon dont il me regardait. C'était un flic, obligé. Il a regardé ma main, puis moi, puis ma main. Il savait ce que c'était.

— C'était peut-être un prisonnier, songea Lucas.

Hillerod réfléchit un instant.

— Ouais. Peut-être. Mais moi, j'ai pensé que c'était un flic.

— Et il ressemblait à ce portrait ? interrogea Connell.

— Ouais. Il n'est pas tout à fait exact, je ne crois pas. Je ne m'en souviens pas très bien, mais il y a quelque chose qui cloche, dans la barbe, affirma-t-il, en étudiant le dessin. Et dans la bouche. Et il avait les cheveux plus plats... Mais il ressemble quand même à peu près à ça.

— Salopard, dit Connell amèrement. (Ils se tenaient près d'une fontaine, les avocats et les secrétaires circulant autour d'eux.) Le flic refait son apparition, Davenport... je le crois. (Elle fit un geste en direction du bureau de Bich, où attendait Hillerod.) Je ne peux pas croire qu'il ait inventé ça de toutes pièces. Il n'est pas assez malin.

— Il est trop tôt pour s'affoler. Il faut encore que le labo fasse son travail. On a le couteau.

— Vous le savez aussi bien que moi... On est sûrs que le flic de Saint Paul est en dehors du coup ?

— Saint Paul prétend qu'il l'est.

— Ils ne couvriraient pas quelqu'un dans une histoire pareille ?

Ça n'était pas vraiment une question.

— Impossible. J'ai parlé à un type de chez eux, et ils l'ont travaillé au corps.

— Bon Dieu ! (Elle secoua la tête.) On est revenus à la case départ.

Connell était au volant : elle avait envie de conduire la Porsche. Ils rejoignaient l'Interstate. Le soleil déclinait à l'horizon. Le pare-brise était couvert de millions de moucherons surgis des fossés qui longeaient les bas-côtés.

— George Beneteau a été étonnamment professionnel de bout en bout. Je veux dire... pour un shérif de province.

Lucas ne répondit pas pendant une minute, puis :

— Il a posé des questions à votre sujet. Si vous étiez mariée, ce genre de choses...

— Quoi ?

Lucas lui sourit et elle rougit.

— Il a dit... (Lucas prit un accent de cul-terreux, que Beneteau n'avait pas.) C'est une bien jolie femme.

— Vous mentez, Davenport.

— Je jure que c'est vrai. (Une minute plus tard, il ajouta :) Il voulait avoir votre numéro de téléphone.

— Vous le lui avez donné ?

— Je ne savais pas quoi faire, Meagan. Je ne savais pas s'il fallait que je lui dise que vous étiez malade ou quoi. Alors... oui, je le lui ai donné.

— Vous ne lui avez pas dit que j'étais malade ?

— Non, je ne le lui ai pas dit.

Ils roulèrent encore un moment en silence, puis Connell se mit à pleurer. Les yeux ouverts, la tête droite, ses grandes mains bien à plat sur le volant, elle se mit à sangloter, la respiration entrecoupée, les larmes lui coulant sur le visage. Lucas commença à dire quelque chose, mais elle secoua la tête et continua à rouler.

CHAPITRE XVIII

Evan Hart, debout, une main dans la poche, parlait à voix basse, l'air inquiet. Il avait le dos tourné au balcon, sa silhouette s'encadrait dans le carré noir de la fenêtre ; il était vêtu d'un costume bleu de coupe classique, et tenait un verre de scotch cubique dans la main gauche. Il avait enlevé sa cravate et l'avait rangée. Sara en voyait dépasser le bout sous le rabat de la poche de veste.

— Est-ce que vous en avez parlé à la police ?

Elle secoua la tête.

— Je saurais pas quoi leur dire.

Elle croisa les bras sur la poitrine, les frotta comme si elle avait froid.

— C'est comme avoir un fantôme chez soi. Je sens la présence de quelqu'un, mais je n'ai jamais rien *vu*. Il y a eu le cambriolage, et depuis... rien. On me dirait que je suis paranoïaque — à cause du cambriolage. Et je déteste qu'on me fasse la leçon.

— Ils auraient raison, en ce qui concerne la paranoïa. On ne peut pas être un bon courtier en Bourse si on n'est pas paranoïaque, répliqua Hart.

Il but une gorgée de Johnny Walker Black Label.

— Parce qu'il y a toujours quelqu'un qui veut réellement votre peau, précisa-t-elle, concluant ainsi la traditionnelle plaisanterie.

Elle déambula dans la pièce, dans sa direction. Elle avait un verre à la main, elle aussi, un Martini vodka avec trois olives. Elle regarda dehors, par la fenêtre, par-dessus l'immeuble d'en face, vers le parc.

— A dire vrai, j'ai un peu peur. Une femme a été tuée de l'autre côté de la rue, et le type qui était avec elle est encore dans le coma. C'est arrivé il y a quelques jours, peu de temps après le cambriolage. Ils n'ont arrêté personne pour l'instant — ils disent que les mômes des gangs ont fait le coup. Je n'en ai jamais vu dans le coin. On était en sécurité jusqu'à présent, en principe. J'allais me promener autour du lac, mais j'ai arrêté.

Le visage de Hart redevint sérieux. Il tendit la main et lui frôla le bras du bout des doigts.

— Vous devriez peut-être songer à déménager.

— J'ai un bail, rétorqua Sara, s'éloignant du balcon, pour s'approcher de lui. Et cet appartement est vraiment commode, pour aller au boulot. Il devrait être à l'abri des intrusions. Il *est* à l'abri des intrusions. J'ai changé les serrures, j'ai une porte blindée. Je ne sais pas...

Hart marcha jusqu'au balcon, regarda au-dehors, lui tournant le dos. Elle se demanda si elle le rendait nerveux.

— C'est un beau quartier. Et je crois qu'au fond il n'y a plus d'endroit où l'on soit complètement en sécurité. Ça n'existe plus.

Il y eut un moment de silence, puis elle demanda :

— Est-ce que je vous rends nerveux ?

Il se retourna, un sourire timide mourant sur ses lèvres.

— Ouais, un peu.

— Pourquoi ?

Il haussa les épaules.

— Je vous aime beaucoup trop. Vous êtes très séduisante... Je ne sais pas, je ne suis pas très doué pour ce genre de choses.

— Ça n'est pas très facile. Écoutez, venez vous asseoir près de moi, je mettrai la tête sur votre épaule, et nous aviserons.

Il haussa à nouveau les épaules.

— D'accord.

Il posa son verre, traversa la pièce, s'assit rapidement, passa son bras autour des épaules de Sara, et elle enfouit sa tête dans sa poitrine.

— Alors, c'est si désagréable ? demanda-t-elle, avant de se mettre à pouffer.

— Non, ça n'est pas désagréable du tout.

La voix d'Evan était empreinte de nervosité, mais il se prenait au jeu, et, quand elle leva la tête pour lui sourire, il l'embrassa.

Elle se sentait bien. Elle gagnait cent trente mille dollars par an, partait en vacances à Paris, à Mexico, à Monaco ; elle ne connaissait aucune femme aussi coriace qu'elle-même.

Mais une poitrine c'était... délicieux. Elle se pelotonna.

Koop agrippa le rebord du climatiseur, se hissa, et vit Jensen sur le canapé en compagnie d'un homme ; la vit tourner son visage vers lui, et le type l'embrasser.

— Oh ! putain de ma race ! lâcha-t-il à voix haute. Oh ! putain de ma race !

Son univers tremblait sur ses bases.

De l'autre côté de la rue, l'homme posa sa main sur la taille de Jensen, et remonta de quelques centimètres, sous son sein. Koop crut le reconnaître, avant de réaliser qu'il avait vu un type dans son genre à la télévision, dans un vieux film. Henry Fonda, c'était bien ça. Henry Fonda quand il était jeune.

— Salopard...

Sans réfléchir, Koop se leva, le télescope en main ; le canapé fondit sur lui. Leurs visages étaient soudés l'un à l'autre, et, pas de doute, le type reconnaissait le terrain. Reprenant conscience de lui-même, Koop se courba brusquement, la chaleur lui montant au visage. Il baissa les yeux et écrasa le poing sur le revêtement d'acier du climatiseur ; et, pour la première fois depuis — quand ? était-ce jamais arrivé ? —, ressentit quelque chose qui était peut-être une souffrance sentimentale. Comment pouvait-elle faire une chose pareille ? Ça n'était pas possible, elle lui appartenait...

Il regarda à nouveau l'appartement de Jensen. Ils parlaient à présent, un peu à l'écart l'un de l'autre. Puis elle inclina la tête sur son épaule, et ce fut presque pire que le baiser. Koop braqua le télescope sur eux et les observa avec tant d'intensité que sa tête se mit à lui faire mal. *Jésus-Christ Tout-Puissant, pourvu qu'ils ne baisent pas ! Je vous en prie, ne le faites pas ! Je vous en prie !*

Ils s'embrassèrent encore, et cette fois la main du type entoura le sein de Jensen, s'y attarda. Koop, souffrant le martyre, pivota sur lui-même, détourna les yeux, décida de ne plus regarder jusqu'à ce qu'il ait compté jusqu'à cent. Peut-être que cela se dissiperait. Il compta un, deux, trois, parvint à trente-huit, et, n'y tenant plus, se retourna.

Le type était debout.

Elle lui disait quelque chose ; le ravissement l'envahit brusquement. Il fallait qu'elle le fasse. Elle se préparait à mettre ce type dehors, bon Dieu ! Sinon, pourquoi se serait-il arrêté en si bon chemin ? Jésus, Marie, Joseph, elle était sur le canapé avec lui. Il la tenait, nom de Dieu ! Puis le type leva un verre, la regarda, dit quelque chose, et elle renversa la tête en arrière pour rire.

Non. Ça ne se présentait pas si bien que ça.

Puis elle fut sur ses pieds, marcha vers lui. Glissa deux doigts dans la boutonnière de sa chemise, dit quelque chose — Koop aurait vendu son âme pour savoir lire sur les lèvres —, se dressa sur la pointe des pieds, l'embrassa de nouveau, rapidement cette fois, et s'éloigna, ramassa un journal qu'elle agita dans sa direction, avant de dire encore quelque chose.

Ils discutèrent cinq bonnes minutes, tous les deux debout, se tournant autour. Sara Jensen le touchait sans arrêt. Ses caresses embrasaient le cœur de Koop. Quand elle touchait le type, la sensation se communiquait à son propre bras, sa propre poitrine.

Puis le type avança vers la porte. Il s'en allait. Ils souriaient tous les deux.

Elle se jeta dans ses bras, sur le seuil, le visage levé, et Koop pivota encore une fois, refusant de contempler le spectacle qui s'offrait à ses yeux, se mettant à compter : un, deux, trois, quatre, cinq... Il ne dépassa pas quinze avant de se retourner.

Elle était toujours dans ses bras, et il la plaquait contre la porte, bon Dieu !

Il faut que je lui fasse la peau, tout de suite !

Une impulsion irrésistible. Koop allait éventrer ce salopard dans l'allée. Ce mec marchait sur ses plates-bandes, on ne touchait pas à la femme de Koop...

Mais Koop s'attarda, ne souhaitant pas quitter son poste

d'observation avant que le type soit sorti. L'étreinte finit par se défaire, et Koop, à moitié accroupi, attendait qu'il s'en aille. Jensen lui tenait la main. Elle ne voulait pas le laisser partir. Le retenait par la manche...

— Pédé..., pensa-t-il, et il réalisa qu'il avait parlé à voix haute.

Répéta :

— Pédé, je vais t'arracher le cœur, mon pote, je vais t'arracher le cœur, putain de...

Et la porte d'accès au toit s'ouvrit. Un rai de lumière, choquant, aveuglant, traversa le toit et grimpa le long du climatiseur. Koop s'aplatit, tous les sens aux aguets, prêt à se battre, prêt à s'enfuir.

Les voix se mêlaient, à quelques mètres. Un cliquetis aigu puis un claquement sourd, quand on ouvrit la porte, puis lorsqu'elle se referma toute seule.

Les flics.

— Il faut faire vite.

Ça n'était pas les flics, c'était une voix de femme.

Une voix d'homme :

— Ça va être rapide, ça, je te le garantis, tu m'as tellement allumé que je vais pas pouvoir me retenir très longtemps.

La voix de femme :

— Et si Kari cherche le matelas mousse ?

— Elle s'en fout, le camping ne l'intéresse pas... allez, viens, on va derrière le climatiseur. Viens.

La femme pouffa et Koop les entendit fouler le gravier du toit, puis perçut le bruit du matelas qu'on déroulait. Il jeta un regard sur le côté, au-delà de l'extrémité du conduit d'aération, vers l'immeuble de Jensen. Elle était encore en plein baiser d'adieu, debout sur la pointe des pieds au seuil de la porte, et sa main à lui était au-dessous de sa taille, presque sur son cul.

Sous lui, à trois mètres de distance, l'homme disait :

— Laisse toucher tes... Oh ! bon Dieu, ils sont superbes !...

Et la femme :

— Oh ! si Bob et Kari pouvaient nous voir en ce moment... Oh ! Dieu, que c'est bon !...

De l'autre côté de la rue, Jensen refermait la porte. Elle

s'appuya contre le panneau, la tête renversée en arrière; une expression étrange, abandonnée, pas tout à fait un sourire, se peignit sur ses traits.

La femme :

— Ne le déchire pas, ne le déchire pas !...

L'homme :

— Bon Dieu ! t'es toute mouillée, t'es une petite salope en chaleur...

Koop, que la rage aveuglait, le cœur lui martelant la poitrine à grands coups, resta tapi en silence comme une souris, mais il était de plus en plus furieux. L'idée de sauter et de liquider ces deux gêneurs lui traversa l'esprit.

Il la rejeta aussi vite qu'elle s'était présentée. Une femme était déjà morte ici, et un homme était toujours dans le coma. S'il y avait encore deux victimes, les flics sauraient qu'il se passait vraiment quelque chose ici. Il ne pourrait plus jamais revenir.

De plus, il n'avait que son couteau. Il n'arriverait peut-être pas à tuer les deux d'un coup — et il ne pouvait voir le type. Si celui-ci était costaud, coriace, ça pouvait prendre du temps, et faire pas mal de bruit.

Koop se mordit la lèvre en les écoutant faire l'amour. La femme avait tendance à couiner, mais ça sonnait faux. Le type lui dit : « Ne me griffe pas », elle répondit : « Je ne peux pas m'en empêcher », et Koop pensa : *Doux Jésus !*

Et l'amoureux de Sara Jensen allait s'en sortir. Il valait mieux le laisser partir... Bon Dieu !

Il tourna la tête vers l'appartement de Jensen. Elle alla s'enfermer dans la salle de bains. Il savait par expérience que, dans ces cas-là, elle en avait pour un moment. Il se mit sur le dos et leva les yeux vers les étoiles, écouta le couple sur le toit, au-dessous de lui. *Bon Dieu !*

La voix de l'homme :

— Laisse-moi te le faire comme ça, allez !...

La femme :

— Doux Jésus, si Bob savait ce que je suis en train de faire !...

CHAPITRE XIX

Ce matin-là, quand Lucas arriva, Greave avait les pieds sur le bureau et parlait au téléphone. Anderson vint le trouver :

— Un type de la criminelle à Madison a interrogé une personne du nom d'Abby Weed. Il a dit qu'elle avait confirmé avoir rencontré Joe Hillerod dans une librairie. Elle ne se souvient pas de la date précise où ça s'est passé, mais elle se souvient de la discussion qu'ils ont eue, et ça collait avec ce qu'il avait dit. Elle a déclaré qu'elle avait passé la nuit avec lui, et elle n'était pas contente qu'on la questionne là-dessus.

— Bon Dieu ! fit Lucas, sans y mettre beaucoup de chaleur.

Hillerod n'avait pas l'air d'être le coupable, et il n'attendait rien de plus de cette piste.

— Est-ce que vous avez vu Meagan Connell ?

Anderson secoua la tête, mais Greave, toujours au téléphone, leva un doigt, dit encore quelques mots, puis couvrit le microphone de sa paume.

— Elle a appelé, elle a dit qu'elle était malade. Elle viendra plus tard.

Il retourna à sa conversation téléphonique.

Malade. Connell avait l'air très abattue, quand Lucas l'avait quittée la nuit précédente. Il n'avait pas voulu la laisser comme ça — il lui avait proposé de rentrer avec lui, et de passer la nuit dans la chambre d'amis, mais elle avait prétendu que ça allait.

— Je n'aurais pas dû vous parler des questions posées par Beneteau à votre sujet, avait déclaré Lucas.

Elle lui avait pris le bras.

— Lucas, vous avez eu raison de m'en parler. C'est une des choses les plus agréables qui me soient arrivées depuis un an.

Mais ses yeux étaient ineffablement tristes, et il avait tourné la tête pour éviter son regard.

Greave raccrocha et soupira.

— Vous en êtes où, sur les délinquants sexuels ? demanda Lucas.

— Ça n'a pas beaucoup avancé. (Il détourna les yeux.) A dire vrai, j'ai à peine commencé. Je pensais avoir un élément nouveau dans mon enquête sur le meurtre de la vieille dame.

— Nom de Dieu, Bob, oubliez ça ! le rabroua Lucas sans ménagement. On a besoin de ces informations, et il nous faut le plus de monde possible pour faire avancer cette enquête.

Greave se leva, s'ébroua comme un jeune chien. Il était un peu plus petit que Lucas, avait les traits un peu plus fins.

— Lucas, je n'arrive pas à oublier cette histoire. J'essaie, mais je n'y arrive pas. Je vous le jure, je mangeais une glace hier soir, et je me suis mis à me demander s'ils n'avaient pas empoisonné sa glace à elle.

Lucas se contenta de le regarder, et Greave secoua la tête au bout d'une minute environ.

— Ils ne l'ont pas fait, bien sûr.

Et ils dirent simultanément :

— Pas de preuve toxicologique.

Jan Reed trouva Lucas dans son bureau. *Elle a de très beaux yeux*, pensa-t-il. Des yeux d'Italienne. Dans lesquels on pouvait plonger sans problème. Il eut une mini-vision d'elle très masculine : Reed sur un lit, l'oreiller sous les épaules, la tête en arrière, à une demi-seconde de l'orgasme. Elle ouvrait les yeux au dernier moment, les levait vers lui, la chose la plus sexy de l'univers, à cet instant précis...

— Rien de neuf, dit-il, troublé. Rien du tout.

— Et les gens que vous avez arrêtés au cours de ce raid dans le Wisconsin ?

Il y avait une pointe d'amusement dans ses yeux. Elle savait l'effet qu'elle lui faisait.

Et elle savait qu'il y avait eu un raid.

— Une affaire sans rapport avec celle qui nous occupe, mais une sacrée histoire, mentit Lucas. (Il débita :) C'est un groupe qu'on appelle les Bouseux — formé à partir d'un gang de motards baptisé les Mauvaises Graines, originaire du nord-ouest du Wisconsin, et qui s'est transformé en organisation criminelle. Les flics l'appellent la Mafia des Bouseux. Bref, ce sont les types qui pillaient les armureries de banlieue. On a récupéré beaucoup d'armes.

— C'est en effet une histoire intéressante.

Elle prit des notes sur son calepin, puis posa la gomme de son crayon contre ses dents, d'un air pensif, érotique. Il commençait à être obsédé par les présentatrices télé fellatrices.

— Les armes, c'est une question brûlante... en ce moment.

Elle ménageait des pauses dans la conversation, comme si elle l'invitait à les remplir.

Elle en marqua une nouvelle, et Lucas demanda :

— C'est un nom anglais, Reed, c'est bien ça ?

— Oui je suis anglaise par mon père. Pourquoi ?

— Je me disais que vous aviez de superbes yeux italiens, on vous l'a déjà fait remarquer ?

Elle sourit et se mordilla la lèvre inférieure avec les incisives avant de répondre :

— Eh bien, merci...

Quand elle partit, Lucas l'accompagna à la porte. Elle marchait un peu moins vite que lui, et il se retrouva presque devant elle, à lui ouvrir la porte. Elle sentait bon. Il la regarda descendre le couloir. Elle n'avait pas la démarche athlétique. Elle se déplaçait d'une façon trop douce, trop fluide pour cela. Elle tourna la tête au bout du couloir pour voir s'il la regardait et, alors qu'elles ne se ressemblaient pas du tout, elle lui rappela Weather.

Le reste de cette journée se déroula comme une bande de

terre désolée, paperasses, vieux rapports et conjectures. Peu après deux heures, Connell fit son apparition, encore plus pâle que d'habitude. Elle avait travaillé sur les fichiers informatiques. Lucas lui parla du témoignage d'Abby Weed. Connell hocha la tête :

— Je les avais déjà rayés de la liste des coupables. Pincer les Hillerod, c'était notre bonne action de la journée, c'est tout.

— Comment vous sentez-vous ?

— Malade. (Puis, très vite :) Pas à cause de la nuit dernière. Non, à cause... du gros truc. C'est en train de revenir.

— Doux Jésus, Meagan !...

— Je savais que ça allait me retomber dessus. Écoutez, je vais aller discuter avec Anderson et aider Greave, pour les crimes sexuels. Je ne vois pas ce que je pourrais faire d'autre.

Elle sortit, mais revint dix secondes plus tard.

— Il faut qu'on l'ait, Lucas. Cette semaine, ou la suivante.

— Je ne sais pas...

— C'est tout le temps dont je dispose, cette fois... Et la prochaine rémission sera encore plus courte.

Lucas rentra chez lui assez tôt, et trouva Weather sur le canapé occupée à lire *The Robber Bride*, les jambes repliées sous elle.

— C'est l'impasse ?

— On dirait. La femme de Madison a confirmé l'alibi donné par Joe Hillerod. On s'est replongés dans la paperasse.

— Dommage. Ça avait l'air d'être un beau salaud.

— On l'a coincé sur le coup des armes, au moins. Il les avait presque toutes manipulées, les types de l'identité judiciaire ont pu obtenir de bonnes empreintes. Ils ont retrouvé des tenailles et un pied-de-biche dans sa camionnette, et les experts ont établi que les marques sur la porte d'une armurerie de Wayzata correspondaient à ces outils.

— Alors, qu'est-ce qui reste ? Dans l'affaire de meurtre.

— Bon Dieu ! je n'en sais rien. Mais j'ai l'impression que ça avance.

Lucas passa la dernière partie de la soirée dans son bureau, à parcourir le dossier compilé par Anderson — tous les éléments connus de l'affaire, avec les antécédents de crimes sexuels que Greave avait fini par rassembler. Weather vint à la porte en chemise de nuit de coton.

— Surtout, ne fais pas de bruit quand tu viendras te coucher. J'ai une opération très délicate demain.

— Ouais. (Il leva les yeux, les cheveux en désordre, l'air découragé.) Tu sais, il y a des tas de trucs dans ce dossier, et énormément de foutaises. On pourrait enquêter dessus pendant quatre ans sans avancer d'un millimètre.

Elle sourit, s'approcha de lui, arrangea ses cheveux à petites tapes. Il l'entoura de ses bras et l'attira à lui, pour mettre sa tête entre ses seins. Il y avait dans ce geste quelque chose d'animal : c'était si bon, si naturel. Maman.

— Tu finiras par l'avoir.

Une heure plus tard, il fut dérouté par la note d'Anderson concernant les sourds. A première vue, tout paraissait coller : un type avec une barbe, en route vers la librairie, en camionnette. Comment avaient-ils pu se planter autant sur les plaques minéralogiques ? Il jeta un coup d'œil à sa montre : une heure du matin, trop tard pour appeler Saint Paul. Il s'enfonça dans son siège et ferma les yeux. Il lui viendrait peut-être quelque chose à l'esprit...

CHAPITRE XX

Koop apporta sur le toit des tacos achetés dans un restaurant de la chaîne Taco Bell, jeta le sac au sommet du climatiseur, et s'y hissa. Il y avait encore assez de lumière pour que Sara Jensen puisse le voir si elle regardait par la fenêtre et il marcha en canard pour traverser la surface de l'abri jusqu'à ce qu'il se trouve derrière le conduit de ventilation du système.

Écartant les tacos, il sortit le télescope Kowa de sa boîte, et examina l'appartement. Où était le type, le blond ? Est-ce qu'il était revenu ? Son cœur tremblait...

Les rideaux des deux chambres étaient ouverts, comme d'habitude.

Pour le moment satisfait, Koop s'installa, ouvrit le sac de tacos, les dévora. Il renversa de la crème fraîche sur sa veste : *merde !* Il l'essuya avec une serviette en papier mais ça allait faire une tache de graisse. Il jeta la serviette par-dessus le rebord du climatiseur, se dit : *je ne devrais pas faire ça*, et nota, dans un coin de son cerveau, qu'il lui faudrait aller la ramasser avant de partir.

Elle arriva dix minutes plus tard. Sara sortit — se précipita — hors de la salle de bains. Elle était nue et la vue de son corps le secoua comme une décharge électrique, comme un sniff d'amphétamines. Il braqua le télescope sur elle quand elle s'assit devant la coiffeuse, et se mit à se maquiller. Il adorait assister à ça, le travail méticuleux sous les yeux, le lissage des cils, la sensuelle peinture de ses lèvres pleines. Il en rêvait, de ses lèvres...

Et il adorait regarder son dos nu. Elle avait des épaules

au dessin fluide, les crêtes de sa colonne vertébrale ondulaient du sommet de son cul rond jusqu'à la naissance du cou. Elle avait la peau fine et claire — un petit grain de beauté foncé sur l'omoplate gauche, le long cou si pâle...

Elle se leva, se tourna face à lui, l'air déterminé, les seins ballottants, le splendide triangle pubien... Elle fouilla dans la commode, elle cherchait quoi ? Des sous-vêtements ? Elle enfila une culotte, la retira, la jeta dans le tiroir, en sortit une autre beaucoup plus succincte, se contempla dans le miroir. Regarda une deuxième fois, recula, tira l'élastique, le laissa claquer contre ses hanches, se retourna pour examiner ses fesses.

Et Koop recommença à s'inquiéter.

Elle dénicha un soutien-gorge qui allait avec la culotte, un soutien-gorge à baleines peut-être : il avait l'air de lui remonter la poitrine. Elle n'en avait pas vraiment besoin, mais ça avait de l'allure. Elle se tourna encore une fois pour se regarder, tira de nouveau l'élastique de sa culotte.

Elle posa.

Elle était satisfaite de ce qu'elle voyait.

— Qu'est-ce que tu fais, Sara ? (Il la suivit avec le télescope.) Qu'est-ce que tu peux bien foutre ?

Elle disparut dans un placard et revint avec une robe foncée toute simple, d'un bleu très sombre, ou noire. Elle la tint devant ses seins, secoua la tête, retourna dans le placard. Revint avec un jean et une tunique blanche, les tint devant elle, les enfila. Se contempla, fit la grimace au miroir, secoua la tête, retourna au placard, réapparut avec la robe. Elle retira le jean, se déshabillant de nouveau pour lui, l'excitant cette fois encore. Elle prit la robe, la passa par-dessus sa tête, la lissa de la main.

— Tu sors, ce soir, Sara ?

Elle se contempla une nouvelle fois dans le miroir, une main sur le cul, puis enleva la robe, la jeta sur le lit et regarda sa commode d'un air pensif. Elle se dirigea droit dessus, ouvrit le tiroir du bas, et en sortit un survêtement bleu pâle en coton. Elle l'enfila, passa les bras dans les manches du sweat-shirt, retourna au miroir.

Koop fronça les sourcils : un survêtement ?

La robe était simple, mais élégante. Le jean décontracté, mais passable, presque partout dans les Cités jumelles. Mais le survêtement ? Peut-être était-elle simplement en train d'essayer sa garde-robe. Mais pourquoi avait-il une impression d'urgence ?

Koop se détourna, s'accroupit derrière la ventilation, alluma une Camel, puis pivota sur les genoux et retourna à son poste d'observation. Elle était debout devant le miroir, arrangeant ses cheveux avec la main, les recoiffait, leur redonnant la forme qu'ils avaient dans la journée.

Hum.

Elle s'arrêta soudain, se baissa vivement vers la glace, mettant la dernière touche à sa coiffure, puis se dépêcha — sautillant, même — de sortir de la chambre pour aller dans le salon, jusqu'à la porte d'entrée. Elle dit quelque chose avant d'ouvrir, un sourire aux lèvres.

Nom de Dieu !

Le blond était là. Il avait un menton à fossettes. Il portait un jean et une chemise de toile, et avait l'air aussi ébouriffé qu'elle. Elle recula d'un pas, tira sur la jambe du survêtement comme si elle allait faire la révérence.

Menton-à-fossettes se mit à rire, entra et se pencha en avant comme pour l'embrasser sur la joue, mais le chaste baiser s'enflamma, et ils restèrent un moment dans les bras l'un de l'autre, la porte toujours ouverte derrière eux. Koop se redressa, puis, à demi courbé, regarda son grand amour dans les bras d'un autre homme. Il grogna et balança sa cigarette dans leur direction, vers la fenêtre. Ils ne virent rien. Ils étaient trop occupés.

— Salopards !...

Ils ne sortirent pas. Koop les regarda s'approcher du canapé, en souffrant. Brusquement, il réalisa pourquoi elle avait rejeté le jean et hésité entre la robe et le survêtement : la facilité d'accès.

Un type ne peut pas glisser ses mains dans un jean serré. Pas sans un tas de préliminaires. Avec un pantalon de survêtement et un sweat-shirt, il n'y avait pas d'obstacle. Aucun problème pour passer les mains. Et c'était bien là qu'étaient les mains du blondinet, dans le pantalon lâche, le sweat-shirt flou de Sara, et elle frémissait sous ses caresses... avant qu'ils ne mettent le cap sur la chambre à coucher.

Le blondinet resta toute la nuit.

Koop fit de même, recroquevillé derrière la ventilation, sur l'abri du climatiseur, passant tour à tour de la conscience à l'inconscience — pas exactement le sommeil, quelque chose d'autre, qui ressemblait à un coma. A l'aube, avec sa veste légère, il eut très froid. Quand il bougeait, ça lui faisait mal. Vers quatre heures et demie, les étoiles s'estompèrent. Le soleil s'éleva dans un ciel d'un bleu sans défaut et brilla sur Koop, dont le cœur s'était changé en pierre.

Il le sentait : un roc dans la poitrine. Et pas la moindre pitié.

Il lui fallut attendre une heure en plein jour avant qu'il y ait du mouvement dans l'appartement de Sara Jensen. Elle se réveilla la première, roula sur elle-même, dit quelque chose au tas qu'on devinait de l'autre côté du lit. Puis il dit quelque chose à son tour — du moins Koop le pensa-t-il —, et elle se rapprocha de lui. Ils bavardèrent, tous les deux sur le flanc.

Deux ou trois minutes plus tard, le blondinet se leva en bâillant et en s'étirant. Il s'assit sur le lit, tout nu, le dos tourné à Koop, et baissa brusquement les couvertures. Sara était aussi peu vêtue que lui, et il s'abattit sur elle, plongeant la tête entre ses seins. Koop se détourna, les paupières pressées l'une contre l'autre avec violence. Il ne pouvait pas regarder.

Et il ne pouvait pas *ne pas* regarder. Il se retourna. Le blondinet suçotait l'un des tétons de Sara Jensen, et, le dos cambré, les mains dans les cheveux de l'homme, elle savourait chaque seconde. La pierre qu'il y avait dans le cœur de Koop s'effrita, remplacée par une colère froide, inextinguible. Cette putain se donnait à un autre homme. *Putain !...*

Mais il l'aimait quand même.

Ne pouvait s'en empêcher.

Ne put s'empêcher de regarder quand elle poussa le blondinet sur le lit, et que sa langue descendit de sa poitrine jusqu'à son nombril...

Le blondinet finit par s'en aller à sept heures.

Koop avait cessé de réfléchir bien avant. Il s'était contenté d'attendre une heure durant le couteau à la main. Il passait le fil le long de sa barbe de temps en temps, comme s'il se rasait. En fait, il se mettait au diapason de l'acier, de la lame...

Quand la porte se referma derrière le blondinet, Koop eut à peine une pensée pour Sara Jensen. Il aurait du temps à lui consacrer plus tard. Elle revint en vitesse à la chambre pour se préparer à aller au boulot.

Koop, affublé de ses lunettes et de sa casquette de base-ball, sauta à bas de l'abri du climatiseur. Il se maîtrisait juste assez pour jeter un coup d'œil au couloir de l'étage avant de s'y engouffrer. Il y avait un homme devant l'ascenseur. Koop se mit à jurer, mais soudain l'homme fit un pas en avant et disparut. Koop courut dans le couloir et prit l'escalier.

Il descendit comme s'il tombait, une longue course circulaire, sans avoir conscience ni des marches ni des paliers, une chute continue, ses jambes se détendaient, ses semelles crépitaient comme une rafale de mitraillette sur le béton.

Tout en bas, il examina le rez-de-chaussée par la porte vitrée de l'escalier. Trois ou quatre personnes, et la note qui signalait l'arrivée d'un ascenseur retentit, d'autres allaient sortir. Découragé, furieux, il regarda autour de lui, puis descendit encore un étage jusqu'au sous-sol. Et trouva une sortie de secours qui menait à l'arrière du bâtiment. Juste avant d'arriver à la porte, il vit une pancarte, lut les premiers mots de l'inscription, NE PAS, et il fut dehors. Quelque part derrière lui, l'alarme se déclencha, une sonnerie stridente comme le téléphone de King Kong.

Est-ce qu'il y avait une caméra ? Cette possibilité lui traversa l'esprit, avant de s'évanouir. Il s'inquiéterait de ça plus tard. Qu'il n'ait pas été vu dans l'immeuble, c'était ce qui comptait. Qu'il intercepte le blondinet dans la rue — c'était encore plus important.

Koop courut dans l'allée qui faisait le tour du bâtiment. Il y avait une douzaine de personnes dans la rue, en vêtements de bureau, certaines marchaient dans sa direction, d'autres s'éloignaient, avec des porte-documents, des sacs à main. Une canne.

Il plongea la main dans sa poche, serra le manche du couteau. Examina les visages, à plusieurs reprises. Celui du blondinet n'en faisait pas partie. Où pouvait-il se... ?

Koop releva sa casquette, regarda à droite et à gauche, se dirigea vers l'immeuble de Sara Jensen. Était-il déjà descendu ? Ou bien descendait-il lentement ? Ou encore, lui avait-elle donné une carte d'abonnement au parking et s'était-il garé là ? Il obliqua vers la sortie du parking, mais si le type était en Lexus ou en Mercedes, qu'est-ce qu'il allait bien pouvoir faire, poignarder la bagnole ? Il s'en sentait capable.

Une voiture apparut, conduite par une femme. Koop se retourna vers la porte — et le vit.

Le blondinet venait de sortir. Il avait les cheveux mouillés, les traits du visage adoucis, l'air comblé. Sa cravate, une bande de soie très classique, était enroulée autour de son col, mais dénouée. Il portait un imperméable sur le bras.

Koop se précipita sur lui. S'élança de la sortie du parking, bondissant jusqu'au trottoir. Il ne pensait pas, n'entendait rien, ne percevait rien ; il n'avait conscience que de la présence du blondinet devant lui.

Ne se rendait pas compte du bruit qui s'échappait de sa bouche, pas tout à fait un cri, plutôt un grincement, comme des freins en mauvais état...

N'avait pas conscience des gens qui se retournaient.

Le blondinet le vit venir.

L'expression de douceur quitta ses traits, remplacée par un froncement de sourcils abasourdi, puis par l'inquiétude quand Koop se rapprocha.

Koop cria « Salopard ! » et fondit sur lui, la lame sortant du poing, son long bras décrivant un arc de cercle, pour un puissant coup de pointe remontant vers le haut. Mais, à une vitesse qui stupéfia Koop, le blondinet fit un pas vers la droite, balança le bras et l'imperméable, heurta le poignet de son agresseur, écartant la main armée loin de son flanc gauche. Ils entrèrent en collision, et chancelèrent tous les deux : le type était plus lourd que Koop ne l'avait pensé, et en meilleure forme. Le cerveau de Koop se remit à fonctionner, mis en action par une étincelle de crainte. Il était là, en pleine rue, tournant autour d'un type qu'il ne connaissait pas...

Koop cria de nouveau et fondit sur sa proie. Il entendait le type crier « Attendez ! attendez !... » mais c'était lointain, comme si ça venait de la rive opposée d'un lac. Le couteau semblait faire son boulot tout seul et, cette fois, il blessa le blondinet à la main, son sang éclaboussa le visage de Koop. Il avança encore, puis tituba : on l'avait frappé. Il n'en revenait pas. L'homme l'avait frappé.

Il continua sa marche en avant, et le blondinet reculait sans cesse, en envoyant des crochets. Koop s'y attendait, désormais, et il les bloqua.

Et l'atteignit.

L'atteignit pour de bon.

Sentit le couteau s'enfoncer, remonter...

On le frappa encore, mais derrière la tête. Il pivota, il y avait un autre homme devant lui, et un troisième s'approchait, balançant sa serviette comme une matraque. Koop sentit que le blondinet, derrière lui, tombait par terre avec un long gémissement déchirant ; il faillit trébucher sur le corps en esquivant la serviette, fit un moulinet en direction du nouvel attaquant, le manqua, entailla le deuxième, celui qui lui avait tapé sur la tête, et manqua le coup suivant.

Ses agresseurs avaient tous les deux les cheveux foncés. L'un d'eux portait des lunettes, les deux montraient les dents, et il ne voyait rien d'autre : les cheveux, les lunettes, les dents. Et la serviette.

Le blondinet était à terre, Koop fit un faux pas, et regarda vers le bas, vit le sang écarlate sur la chemise, un quatrième homme hurla, et Koop s'enfuit à toutes jambes.

Il les entendait crier : « Arrêtez-le ! arrêtez-le !... » Il traversa la rue entre les voitures. Une femme sur le trottoir sauta hors de sa trajectoire. Son visage effrayé était blanc comme un linge ; elle portait une cravate rouge, un chapeau de la même couleur, elle avait de grosses dents chevalines. Il la dépassa.

Un des hommes le poursuivit seul pendant cinquante mètres. Koop s'arrêta brusquement et fit mine de marcher sur lui, alors il fit demi-tour et se mit à courir. Koop retourna vers le parc au pas de course, y pénétra, s'enfonça dans les allées herbeuses et ombragées.

Lancé à toute allure, saignant du nez, le couteau se

repliant comme par magie dans son poing, disparaissant dans sa poche. Il s'essuya le visage, retira la casquette et les lunettes, ralentit, se mit à marcher.

Et s'évanouit dans la nature.

CHAPITRE XXI

Les camions de la télévision étaient alignés sur le trottoir devant l'hôtel de ville. Il s'était passé quelque chose.

Lucas abandonna la Porsche au parking, et retourna au bâtiment en vitesse. Un reporter du *Star Tribune*, un type jeune aux cheveux en brosse, s'approchait en sens inverse, un calepin à la main. Il fit un signe de tête à Lucas et lui tint la porte.

— Du neuf, dans votre affaire ? s'enquit-il.

— Rien de sérieux. Qu'est-ce qui se passe ?

— Vous n'êtes pas au courant ?

Coupe-en-brosse fit mine de le regarder à deux fois, éberlué.

— J'arrive juste.

— Vous vous souvenez du couple qui s'est fait agresser près des lacs... de la femme qui s'est fait tuer ?

— Ouais ?

— Quelqu'un d'autre a été attaqué, de l'autre côté de la rue. Il y a quatre heures de ça. Je ne vous raconte pas de salades, Lucas : j'y suis allé. A quelques mètres. Un type a surgi de nulle part et fondu sur eux comme un maniaque, en plein jour. Avec un putain de cran d'arrêt long comme le bras. Il gueulait comme dans un film d'horreur, il avait une casquette sur la tête. Mais ça n'était pas une histoire de gang. Blanc contre Blanc. Le type qui s'est fait poignarder est avocat.

— Il est mort ? demanda Lucas.

Il se détendit un poil, rien à voir avec son affaire à lui.

— Pas encore. Il s'est fait découper en lanières et a pris

un coup de couteau dans le bide. Il est toujours en salle d'opération. Il avait passé la nuit chez sa petite amie. Le matin, il est sorti, et cet enfoiré lui est tombé dessus.

— Est-ce qu'elle a un mari, un ex-mari ?

— Je ne sais pas.

— Si j'étais vous, je poserais la question.

Le reporter leva son calepin, ouvert à une page couverte de gribouillis.

— Première question sur la liste. (Puis il s'exclama :) Waou !

Jan Reed traînait dans le couloir, attendant apparemment le début de la conférence de presse. Elle vit Lucas, leva le menton, sourit, se dirigea vers eux, et le reporter, sans remuer les lèvres, lâcha :

— Espèce de chien en rut !

— Moi, jamais ! marmonna Lucas.

— Lucas ! dit-elle en s'avançant. (De grands yeux. Comme des nappes d'eau bleue. Elle lui effleura le dos de sa main et lui demanda :) Est-ce que vous êtes sur cette affaire ?

Lucas se méprisait pour cela, mais il sentait le plaisir que lui procurait la compagnie de Reed envahir sa poitrine.

— Salut. Non. Mais on dirait que c'est une grosse histoire.

Il se balança sur ses chaussures, comme un joueur de basket près d'entrer sur le terrain.

Elle jeta un regard en arrière, vers la salle de presse.

— Assez spectaculaire, pour l'instant. Mais, en fin de compte, il se révélera peut-être que ça n'est qu'une histoire conjugale.

— Ça s'est passé juste en face de l'endroit où a eu lieu la précédente agression.

Elle eut un signe d'assentiment.

— Oui, c'est ça. C'est ce qui rend l'histoire intéressante. D'autre part, ce sont des Blancs.

— C'est obligatoire, maintenant, pour qu'une histoire soit juteuse ? demanda Coupe-en-brosse.

— Bien sûr que non, répondit-elle en riant. (Puis elle baissa la voix et ajouta, sur le ton de la confidence, en l'incluant dans les comploteurs :) Mais vous savez bien comment ça se passe.

Le reporter rougit jusqu'à la racine des cheveux.

— Je ferais mieux d'y aller.

— Quelle mouche l'a piqué? demanda-t-elle en le regardant s'éloigner. (Lucas haussa les épaules.) Vous avez le temps de prendre un café? Après la conférence de presse?

— Hummm, fit Lucas, en la contemplant. (Pas de doute, elle lui faisait de l'effet.) Passez donc à mon bureau.

— D'accord... mais votre cravate, votre col sont de travers. Voilà...

Elle arrangea son col et sa cravate, et, bien qu'il fût à peu près certain que rien ne clochait de ce côté-là, il y prit plaisir, et la sensation l'accompagna jusqu'au bout du couloir.

Connell était le parfait contraire de Jan Reed : une grande blonde solide qui transportait une arme de la taille d'un grille-pain et considérait le rouge à lèvres comme une des manifestations du péché originel. Elle l'attendait, de grands cernes noirs sous les yeux.

— Comment vous sentez-vous?

— Mieux. Encore un petit malaise matinal, répondit-elle pour écarter ce sujet de conversation le plus vite possible, chasser la maladie de ses préoccupations. Vous avez lu les histoires de crimes sexuels?

— Ouais. Il n'y a pas grand-chose à glaner.

Elle avait l'air en colère : pas contre Lucas, ni contre Greave, mais contre elle-même, ou contre le monde.

— C'est pas encore cette fois qu'on va l'attraper, n'est-ce pas? Il va falloir qu'il tue de nouveau quelqu'un pour qu'on lui mette la main dessus.

— A moins qu'on n'ait un putain coup de bol. Et je n'en vois aucun à l'horizon.

Jan Reed passa au bureau de Lucas après la conférence de presse, et ils se rendirent ensemble, par les passages aériens, jusqu'à un restaurant situé dans l'immeuble Pillsbury. Comme elle venait de s'installer dans le Minnesota, ils parlèrent du temps qu'il y faisait, des lacs, du théâtre Guthrie, et des autres villes où elle avait travaillé : Detroit, Miami, Cleveland. Ils trouvèrent une table pas trop proche des autres (Reed s'assit le dos à la porte — « On m'importune, quelquefois ») et commandèrent du café et des croissants.

— Alors, comment c'était, la conférence de presse ? demanda Lucas en fendant un croissant dans le sens de la longueur.

Reed ouvrit son calepin et y jeta un coup d'œil.

— Peut-être pas une histoire conjugale. Le type s'appelle Evan Hart. Sa petite amie a divorcé il y a sept ans. L'ex vit sur la côte Ouest, et il s'y trouvait ce matin. D'autre part, elle a dit que c'était un chic type. Qu'ils ont rompu parce qu'il était trop mou. Pas de pension alimentaire. Pas d'enfants. Une erreur de l'époque hippie. Et elle dit qu'elle n'a pas eu de liaison sérieuse depuis deux ans.

— Et Hart ? demanda Lucas. Est-ce qu'il a une ex ? Est-ce qu'il est bissexuel ? Qu'est-ce qu'il fait dans la vie ?

— Il est veuf, répondit Reed. (Le crayon jaune dans la bouche, elle tourna les pages. Une petite mèche de cheveux lui tomba sur les yeux et elle l'écarta ; Weather le faisait aussi.) Sa femme s'est tuée dans un accident de voiture. Il est avocat et exerce pour le compte d'une firme de courtage en Bourse, quelque chose en rapport avec les actions émises par la municipalité. Il ne vend rien, ça ne vient donc pas de là. Il n'a jamais ruiné personne.

— On n'a pas l'impression qu'il s'agisse d'un fou, pourtant. On dirait que ce type avait une raison d'être enragé.

— Oui, on dirait. Mais Jensen est dans tous ses états. L'autre agression s'était déroulée sous ses fenêtres.

— Exact. Jensen, c'est sa petite amie ? Elle est venue à la conférence de presse ?

— Ouais. Elle était là. Sara Jensen. Intelligente. Bien balancée, patronne de sa propre agence boursière, elle doit se faire dans les deux cent mille par an. S'habille en conséquence. Elle a des vêtements sensationnels — sans doute achetés à New York. Elle était vraiment en colère. Elle veut qu'on mette la main sur l'agresseur. En fait, on aurait dit qu'elle voulait sa peau, comme si elle était venue demander aux flics de le trouver et de le tuer.

— C'est une histoire très étrange. Les types de la criminelle doivent déjà en baver...

La conversation se poursuivit, sur d'autres sujets, Lucas y prenait plaisir, riait. Reed était jolie, amusante, et avait passé pas mal de temps dans la rue. Ils avaient ça en commun. Puis elle dit quelque chose à propos des gangs. Les gangs, c'était un mot de code pour dire les Noirs, et, pendant qu'il parlait, il se grava dans un coin du cerveau de Lucas. Reed, pensa-t-il au bout d'un moment, avait peut-être un beau cul et des yeux splendides, mais elle était un peu raciste. Le racisme devenait à la mode chez les gens raffinés, du moment qu'on l'exprimait avec assez de subtilité. Sauter une raciste, est-ce que c'était immoral ? Et si elle ne prenait pas son pied, mais vous, si ?...

Il souriait et hochait la tête et Reed parlait de quelque chose de sexuel, mais sans danger, la liaison, qui défrayait la chronique, entre une présentatrice et un cameraman, dont les rencontres avaient lieu dans un camion de la télévision, aux ressorts en mauvais état.

— ... Ils étaient dans Summit Avenue, devant la résidence du gouverneur, tout le monde entrait pour aller au bal, et un camion géant avec le logo TV3 sur le côté est pratiquement en train de sauter sur place, et le mari est devant, sur le trottoir, à faire les cent pas en la cherchant.

Reed jouait avec le couteau à beurre en bavardant, et ses doigts tournoyaient, une majorette et son bâton.

Comme Junky Doog, pensa Lucas. Qu'avait répondu Junky quand Greave lui avait demandé pourquoi un homme se mettait à découper les femmes en morceaux ? « Parce que les femmes font exprès de t'exciter. C'est pour ça. Peut-être parce que tu as vu une femme et qu'elle a commencé à t'exciter. Te mettre le grappin dessus, t'attraper par la queue... »

La Société de Jésus. SJ.

Ou bien...

Lucas demanda brusquement, en se redressant sur son siège :

— Comment est-ce que se présentait la blessure ?

— Quoi ?

Il lui avait coupé la parole au milieu d'une phrase.

— Celle du type de ce matin ? précisa Lucas avec impatience.

— Euh... on l'a poignardé à l'estomac, répondit Reed,

surprise par la rudesse soudaine de sa voix. Deux ou trois fois. Il était vraiment en mauvais état. Je suppose qu'ils sont encore en train de le rafistoler en salle d'opération.

— Avec un cran d'arrêt. Le môme du *Strib* a dit que c'était un cran d'arrêt.

— C'est ce qu'a rapporté un témoin. Pourquoi ?

— Il faut que j'y aille, dit Lucas en regardant sa montre.

Il jeta une poignée de dollars sur la table.

— Je suis désolé, mais il faut que je fonce. Je m'excuse...

A présent, elle avait vraiment l'air abasourdie, mais il se mit à courir, dès qu'il fut hors de vue. Son bureau était fermé, il n'y avait personne aux alentours. Il descendit le couloir jusqu'à la brigade criminelle et trouva Anderson en train de manger un sandwich œufs-crudités à son bureau.

— Est-ce que vous avez vu Connell ?

— Oui, elle vient d'aller aux toilettes dames.

Il avait un morceau de blanc d'œuf sur la lèvre.

Lucas se rendit aux toilettes dames et poussa la porte.

— Connell ? cria-t-il. Meagan ?

Au bout d'un moment une voix résonna entre les murs de faïence. Un « Ouais ? » émis à contrecœur.

— Venez voir !

— Mon Dieu...

Elle mit deux minutes à sortir, Lucas marchait de long en large dans le couloir, en essayant de garder la tête froide. C'était très improbable, pensait-il. Mais la blessure avait l'air d'être du même genre...

Connell sortit enfin, enfonçant sa chemise dans sa jupe.

— Quoi ?

— Le type qui s'est fait agresser ce matin... Il s'est fait ouvrir l'estomac par un type armé d'un cran d'arrêt.

— Lucas, la victime était un homme, ça s'est passé en plein jour, ça ne correspond à rien...

Elle n'avait pas l'air de saisir.

— Il avait passé la nuit chez Sara Jensen.

Elle n'avait toujours pas l'air de saisir.

Lucas dit :

— *SJ*.

CHAPITRE XXII

Ils retrouvèrent Sara Jensen à l'hôpital Hennepin, bouleversée, qui faisait les cent pas dans la salle d'attente de l'antenne chirurgicale. Un flic en uniforme était assis sur une chaise en plastique et lisait *Road & Track*. Ils emmenèrent Jensen dans une salle de consultation, fermèrent la porte, et l'obligèrent à s'asseoir.

— Il était temps que quelqu'un commence à prendre cette histoire au sérieux, commença Jensen. Il a fallu qu'Evan se fasse poignarder pour que vous vous décidiez... (Elle parlait d'une voix mesurée, mais où la peur transparaissait, et suggérait qu'elle était à bout de nerfs.) C'est ce bon Dieu de cambrioleur. Si vous le retrouviez...

— Quel cambrioleur ? demanda Lucas.

La pièce sentait l'alcool à quatre-vingt-dix degrés, la peau et le sparadrap.

— Quel cambrioleur ? (La colère la fit élever la voix, presque hurler.) Quel cambrioleur ? Quel cambrioleur ? Le type qui a cambriolé mon appartement !

— On n'est pas au courant, expliqua rapidement Connell. On travaille à la criminelle. On cherche un homme qui tue des femmes depuis des années. Il a gravé les initiales *SJ* sur les deux dernières. On n'est pas sûrs qu'il s'agisse des vôtres, mais c'est une possibilité. La technique de l'attaque perpétrée contre Mr. Hart ressemble à celle dont il s'est servi contre les victimes. Il semble qu'il ait utilisé une arme du même type. Il correspond aux descriptions qu'on nous a faites de l'assassin...

— Oh ! mon Dieu ! s'exclama Jensen, la main sur la

bouche. J'ai vu le reportage sur TV3, l'homme à la barbe. Le type qui a attaqué Evan avait une barbe.

Lucas hocha la tête.

— C'est lui. Connaissez-vous quelqu'un qui ressemble à ça? Quelqu'un avec qui vous êtes sortie, quelqu'un avec qui vous êtes en relation. Peut-être quelqu'un que vous avez éconduit. Ou bien peut-être simplement quelqu'un qui vous observe, quelqu'un dont vous sentez la présence au bureau.

— Non. (Elle réfléchit de nouveau.) Non. Je connais un ou deux types qui portent la barbe, mais je ne suis jamais sortie avec eux. Et ils ont l'air d'être tout à fait ordinaires... De toute façon, ça n'est pas eux. C'est ce bon Dieu de cambrioleur! Je crois qu'il est revenu dans mon appartement.

— Parlez-nous de ce cambrioleur, lui demanda Lucas.

Elle leur raconta tout : le cambriolage initial, la disparition de ses bijoux et de sa ceinture, l'odeur de salive sur son front. Elle leur parla de l'impression qu'elle avait eue qu'on avait fait des visites dans son appartement depuis — et qu'il s'agissait du même homme.

— Mais je n'en suis pas sûre. Je croyais que je devenais folle. Mes amis pensaient que c'était dû au cambriolage, que j'imaginais des choses qui n'existaient pas. Mais je ne crois pas : l'appartement n'était pas comme d'habitude, il y avait quelque chose de bizarre dans l'atmosphère. Je crois qu'il vient dormir dans mon lit. (Elle rit, un jappement bref, à peine amusé.) On dirait les sept nains, dans *Blanche Neige* : on a mangé mon porridge. On a dormi dans mon lit.

— Vous dites que la première fois qu'il est venu, il vous a touchée — embrassée sur le front.

— Léchée, plutôt, rectifia-t-elle en frissonnant. Je m'en souviens vaguement, comme d'un rêve.

— Et comment est-il entré? demanda Lucas. Est-ce qu'il a forcé la porte?

Il n'y avait eu aucun bruit, expliqua-t-elle, et la porte était intacte, il devait donc avoir une clé. Mais elle était la seule à en posséder une, avec le gérant de l'immeuble, bien sûr.

— Comment est-il? Le gérant?

— Un vieillard...

Ils firent la liste : qui avait la clé, qui pouvait l'obtenir, qui pouvait en faire un double. Ça faisait plus de monde qu'elle ne l'aurait cru. Les employés de l'immeuble, la femme de ménage. Et les endroits où l'on confiait le trousseau de clés au portier pour qu'il gare la voiture ? Il y avait eu quelques portiers.

— Mais j'ai changé les serrures après le cambriolage. Il aurait fallu qu'il ait le trousseau au moins deux fois.

— C'est quelqu'un de l'immeuble, alors, dit Connell à Lucas.

Elle lui avait pris le poignet pour attirer son attention. Elle était malade, mais c'était une force de la nature, et elle le serrait avec l'énergie du désespoir.

— Si quelqu'un est vraiment retourné dans l'appartement, objecta Lucas. En tout cas, le voleur était un pro. Il savait ce qu'il voulait et où ça se trouvait. Il n'a pas saccagé l'appartement pour découvrir le butin. Un monte-en-l'air.

— Un monte-en-l'air ? demanda Jensen, dubitative.

— Je vais vous dire une chose : le cinéma a tendance à les montrer sous un jour romantique, mais les véritables monte-en-l'air sont cinglés. Ce qui les excite, c'est de se faufiler dans un appartement pendant que ses occupants y sont. La dernière chose que souhaitent la plupart des cambrioleurs, c'est de tomber sur les propriétaires. Les monte-en-l'air adorent ça. Ils se défoncent tous, héroïne, cocaïne, amphétamines, PCP. Un bon nombre d'entre eux ont des viols à leur actif. Beaucoup finissent par tuer quelqu'un. Je ne veux pas vous effrayer, mais c'est comme ça.

— Oh ! mon Dieu !...

— La façon dont s'est déroulée l'agression semble indiquer que le type était au courant de ce qui s'est passé entre vous et Mr. Hart, intervint Connell. Est-ce que vous avez parlé de lui à qui que ce soit dans l'immeuble ?

— Non, je n'ai aucun ami proche dans l'immeuble. Mes rapports avec les voisins se réduisent à leur dire bonjour dans le couloir. Evan est resté chez moi pour la première fois hier soir. C'était la première fois qu'on dormait ensemble. Ça ne s'était jamais produit auparavant. Qui que ce soit, l'agresseur savait, pour nous deux.

— Avez-vous dit qu'il allait vous rendre visite à quelqu'un au boulot ?

— J'ai un ou deux amis qui savaient qu'il y avait quelque chose entre nous.

— Il nous faudra leurs noms, dit Lucas. (S'adressant à Connell :) Une personne travaillant dans le même bureau a peut-être eu occasionnellement accès à son sac à main ; elle aurait pu se procurer les clés de cette façon. Il faut également examiner les appartements voisins. Les gens qui vivent à l'étage. (A Jensen :) Est-ce que vous avez l'impression d'être l'objet de l'attention de quelqu'un dans votre immeuble ? Une petite sensation de malaise ? Quelqu'un qui aurait l'air désireux de vous croiser le plus souvent possible, ou bien de vous parler, ou encore quelqu'un qui ne perdrait pas une occasion de vous détailler ?

— Non, non, je ne vois pas. Le gérant est un très chic type. Quelqu'un de vraiment droit. Pas une personne refoulée ou bizarre, ni un chef scout, ni rien de ce genre. Pour moi, c'est comme mon père. Mon Dieu, ça me fout la trouille, de penser qu'on m'espionne !

— Et quelqu'un d'extérieur ? demanda Lucas. Est-ce qu'il y a un immeuble en face de chez vous, d'où on pourrait vous observer ? Un voyeur quelconque ?

Elle secoua la tête.

— Non. Il y a un immeuble en face — celui où cette femme s'est fait tuer la semaine dernière —, mais je suis au dernier étage, plus haut que leur toit. J'ai une vue plongeante sur le parc au-delà de cet immeuble, et l'autre côté du parc est une zone résidentielle. Aucun bâtiment ne s'élève à la hauteur du mien là-bas. D'autre part, c'est à plus d'un kilomètre et demi.

— D'accord...

Lucas l'étudia un petit moment. Elle était très différente des autres victimes. En la regardant, un petit doute l'envahit. Elle était à la mode, elle était intelligente, elle était coriace. Elle ne leur témoignait aucune déférence particulière, n'avait pas l'air mélancolique, ne donnait pas l'impression de gâcher sa vie.

— Il faut que je m'absente de cet appartement, reprit Jensen. Est-ce qu'un policier pourrait m'accompagner pour aller chercher quelques affaires ?

— Vous pouvez avoir la protection d'un flic jusqu'à ce

qu'on attrape ce type, la rassura Lucas. (Il tendit la main pour lui toucher le bras.) Mais j'espère que vous ne partirez pas. On peut vous loger dans un autre appartement de l'immeuble, et vous faire escorter : des policiers femmes armées, en civil. On voudrait prendre ce type au piège, pas l'effrayer et le perdre dans la nature.

Connell s'en mêla :

— Nous n'avons aucune piste, madame Jensen. On en est presque réduits à attendre qu'il tue quelqu'un d'autre, dans l'espoir de trouver quelque chose de concluant. C'est la première embellie qu'on ait eue dans cette affaire.

Jensen se leva et se détourna d'eux, frissonna, regarda Lucas :

— Quelles sont ses chances de parvenir jusqu'à... moi ?

— Je ne vous raconterai pas d'histoires : il y a toujours un risque. Mais il est très mince. Et si on ne lui met pas la main dessus, il peut attendre qu'on ne puisse plus vous escorter et recommencer à vous traquer. Il y a quelques années nous avons eu une affaire comme ça, un type d'environ vingt-cinq ans qui s'en est pris à une femme qui avait été son professeur en seconde. Il avait pensé à elle pendant tout ce temps-là.

— Oh ! mon Dieu !... (Puis, soudain :) D'accord, allons-y. Piégeons-le.

Le flic en uniforme qui se trouvait dans la salle d'attente frappa à la porte, passa sa tête à l'intérieur, et dit à Jensen :

— Le Dr Ramihat vous demande.

Jensen saisit l'avant-bras de Lucas, y enfonça les ongles, tandis qu'ils sortaient dans le couloir pour se rendre à la salle d'attente. Ils y trouvèrent le chirurgien occupé à tirer avidement sur une cigarette et à manger un Twinkie.

— Il y a pas mal de dégâts, expliqua-t-il avec un léger accent indien. On ne peut rien garantir à l'heure qu'il est, mais son état s'est stabilisé et on a arrêté l'hémorragie. A moins d'un imprévu, il a d'assez bonnes chances de s'en sortir. Il y a un risque d'infection, mais il est en assez bonne forme et il devrait pouvoir en venir à bout.

Jensen s'effondra sur une chaise, la tête dans les mains, et se mit à pleurer. Ramihat lui tapait sur l'épaule d'une main, en mangeant un second Twinkie avec la main qui tenait la cigarette. Il fit un clin d'œil à Lucas. Connell entraîna celui-ci à l'écart :

— Si on arrive à la contrôler, il est à nous, affirma-t-elle tranquillement.

Ils passèrent le restant de la matinée à tout organiser. Sloan vint travailler avec Lucas, Connell et Greave, à faire les vérifications nécessaires sur tous les gens ayant eu accès aux clés de Jensen.

Après quelques discussions, Jensen décida qu'elle voulait bien rester dans l'appartement, si son escorte y séjournait avec elle. De cette façon, elle n'avait pas besoin de déménager quoi que ce soit, et évitait, dans le cas où il vivait dans l'immeuble, que le tueur ne la voie le faire.

Hart sortit du bloc opératoire à trois heures de l'après-midi. Il s'accrochait toujours à la vie.

CHAPITRE XXIII

Koop était encore fou de rage en quittant les lacs. Il ne pouvait repenser à ce type, au lit avec Jensen, sans avoir des bouffées de chaleur, étrangler le volant de la camionnette, le serrer de toutes ses forces, sans hurler contre le pare-brise...

Quand il parvenait à se calmer, il pouvait encore la voir, en fermant les yeux, comme il l'avait vue la première nuit, étendue dans les draps, son corps s'imprimant contre le tissu et la chemise de nuit...

Puis il la revoyait penchée sur Hart, et il se mettait à crier, à étrangler le volant. Ça le rendait dingue. Mais pas complètement. Il gardait assez de raison pour savoir que les flics allaient peut-être lui tomber dessus. Quelqu'un avait pu le voir monter dans la camionnette, et noter le numéro de la plaque.

Koop avait étudié le sujet à Stillwater : il savait comment les hommes se faisaient arrêter et emprisonner. La plupart finissaient par parler aux flics alors qu'ils auraient dû se taire. Bon nombre d'entre eux gardaient des pièces à conviction autour d'eux, qui pouvaient permettre de les inculper — des téléviseurs, des stéréos, des montres, des armes, des objets avec des numéros de série.

Certains gardaient des vêtements tachés de sang. D'autres laissaient du sang derrière eux, ou bien du sperme.

Koop avait réfléchi à tout ça. S'il se faisait prendre, il s'était juré qu'il ne dirait rien. Rien. Et il se débarrasserait de tout ce qu'il portait ou dont il s'était servi pendant un crime : il n'allait pas laisser le moindre indice aux flics. Il essaierait de se fabriquer un alibi — n'importe lequel, du moment qu'un avocat pouvait en tirer quelque chose.

Il était encore, psychologiquement, en train de s'enfuir après l'agression contre Hart, quand il se débarrassa du blouson et de la casquette. Le sang de Hart avait maculé le blouson, une grande tache d'un noir suspect. Il le fourra avec la casquette dans un sac poubelle qu'il abandonna sur une pile attendant le passage des éboueurs, dans une rue résidentielle d'Edina. Le camion de ramassage des ordures n'était qu'à quelques pâtés de maisons de là. Le sac serait à la décharge avant midi. Il jeta les lunettes par la vitre dans l'herbe haute d'un fossé qui longeait la route.

Mit la radio sur une station qui diffusait des bulletins d'actualités non-stop. Foutaises, foutaises, et encore des foutaises. Rien sur lui.

Il s'arrêta dans un magasin, acheta un pack de six bouteilles d'eau minérale, un savon, un seau en plastique, un paquet de rasoirs Bic. Il poursuivit sa route vers le sud en direction de Braemar Park, grimpa à l'arrière de la camionnette, se rasa au-dessus du seau. Son visage était irrité par le feu du rasoir; quand il regarda dans le miroir, il se reconnut à peine. De nouvelles rides étaient apparues sur ses traits depuis la dernière fois qu'il s'était rasé complètement, et sa lèvre supérieure semblait s'être fondue en une ligne mince, sévère.

Il ne se décidait pas à balancer le couteau ou les clés de l'appartement. Il nettoya le couteau du mieux qu'il put, se servant de ce qui restait d'eau minérale, aspergea l'arme blanche et les clés de W-D 40, les mit dans un sac poubelle, fit un nœud au bout, marcha jusqu'en haut d'une côte à l'entrée du parc, et l'enterra près d'un grand chêne. Il récupérerait tout ça dans une semaine ou deux... s'il était encore libre.

Lavé, débarrassé de toutes les pièces à conviction qui auraient permis de l'incriminer sur-le-champ, Koop mit le cap vers l'est, hors de Saint Paul.

En passant dans White Bear Avenue :

« La police se trouve sur les lieux d'une brutale tentative de meurtre, survenue il y a un peu plus d'une heure au sud de Minneapolis. L'endroit où s'est déroulée l'agression est situé à moins d'un pâté de maisons de l'immeuble où une femme a été tuée et un homme grièvement blessé la semaine dernière ; cet homme est toujours dans le coma, et ne reprendra peut-être pas conscience. Les témoins de l'agression de ce matin ont déclaré qu'un homme grand, barbu, portant des lunettes à montures d'acier a attaqué l'avocat Evan Hart à la sortie de l'appartement d'une amie. Celui-ci est encore à l'antenne chirurgicale de l'hôpital Hennepin, dans un état jugé critique. L'agresseur s'est enfui, peut-être à bord d'une berline Taurus couleur menthe. Les témoins ont déclaré avoir vu celui-ci taillader Hart à coups de couteau... »

Une berline Taurus ? Un grand ? Il faisait un mètre soixante-quinze.

Un homme de race blanche, ou un Noir à la peau claire...

Quoi ? Ils croyaient qu'il était noir ? Koop regarda la radio avec stupéfaction. Il n'avait peut-être même pas besoin de s'enfuir.

Quand même : il roula pendant une heure et demie, cessant de capter les radios des Cités jumelles à une centaine de kilomètres de la ville. Il s'arrêta dans un grand magasin d'articles de sport le long de l'Interstate 94, acheta une chemise, un sac de couchage, une canne à pêche bon marché avec un moulinet, une boîte pour ranger son équipement et des appâts. Il jeta les sacs et les reçus, mit le papier aux ordures, et prit la direction du nord, réfléchissant à son itinéraire. Arrivé à Cornell, il acheta du pain, de la viande, et un pack de bière, en prenant soin de conserver le reçu avec la date et l'heure, le froissant dans le sac en papier kraft qu'il jeta sous le siège avant. Avant de sortir du parking, il essaya de trouver par terre des reçus du même genre abandonnés par des clients pressés, mais n'en vit aucun.

Au nord de Cornell, il tourna pour entrer au Brunet Island State Park et se gara sur un terrain de camping vide derrière une rampe d'amarrage pour bateaux de plaisance. Il y avait deux remorques à bateaux à proximité, accrochées à des camions. Dès qu'il fut seul sur la jetée, il fouilla dans une boîte à ordures. Il y avait deux sacs en papier kraft froissés à l'intérieur ; il ouvrit le premier, qui était vide, mais trouva un reçu dans le second, pour des articles d'épicerie. Il n'y avait pas l'heure, mais la date et le nom du magasin y figuraient, les achats avaient été faits la veille.

Il le rapporta dans la camionnette et le jeta à l'arrière.

Il ne voyait qu'un seul bateau sur l'eau, si éloigné qu'il en distinguait à peine les occupants. Koop n'avait rien d'un grand pêcheur, mais il prit la canne à pêche et le moulinet, y attacha un appât mobile, et revint à la rampe. Personne aux alentours. Se baissant dans les broussailles, il s'approcha d'un des camions, dévissa le bouchon de la valve d'un pneu et la tira vers le haut avec ses ongles. Quand le pneu fut complètement à plat, il jeta le bouchon dans les herbes.

Cela fait, il attendit ; se promena sur les berges, lançant sa ligne de temps à autre. Il pensait à la trahison de Jensen. Comment est-ce qu'une femme pouvait faire ça ? Ça n'était pas loyal...

Perdu dans ses pensées, il fut contrarié de constater, un moment plus tard, que ça mordait. Il arracha un petit poisson de l'hameçon, et le lança dans les herbes. Rien à foutre.

Au bout d'une heure, un petit bateau de pêche en aluminium fendit l'eau en direction de la jetée. Deux hommes en salopettes de fermier descendirent du bateau et se dirigèrent vers le camion dont il avait dégonflé le pneu. Le plus âgé des deux amena la remorque jusque dans l'eau, tandis que l'autre se tenait du côté du camion opposé au pneu à plat, et tira le bateau vers la rampe. Une fois qu'ils eurent chargé le bateau, l'homme qui se trouvait sur la jetée cria quelque chose, et le conducteur sortit de la voiture pour regarder le pneu. Koop se rapprocha d'eux tout en lançant sa ligne.

— Vous avez un problème ?

— Pneu à plat.

— Hum.

Koop rembobina sa ligne et marcha vers eux. Le conducteur parlait à son ami d'emmener le bateau, de se cramponner au volant, et d'aller en ville faire réparer le pneu.

— J'ai une pompe dans la camionnette, dit Koop. Peut-être que ça tiendra assez longtemps pour aller en ville.

— Eh bien...

Les fermiers se regardèrent, puis le conducteur demanda :

— Où est votre camionnette ?

— Juste là, vous voyez...

— On pourrait essayer, reprit le conducteur.

Koop prit la pompe dans la camionnette.

— Beau bateau, dit-il pendant qu'ils gonflaient le pneu. J'ai toujours eu envie d'avoir un Lund. Ça fait longtemps qu'il est à vous ?

— Deux ans, répondit le conducteur. J'ai mis de l'argent de côté pendant dix ans pour cet engin ; il est parfaitement au point.

Quand le pneu fut regonflé, ils le regardèrent un moment, puis le conducteur déclara :

— On dirait que ça tient.

— L'air s'échappe peut-être très lentement, c'est peut-être une toute petite fuite, avança Koop. Vous avez vérifié les pneus ce matin ?

— Je n'en suis pas sûr, dit le conducteur en se grattant la tête. Écoutez, merci beaucoup, je crois bien qu'on va descendre en ville avant qu'il ne se dégonfle de nouveau.

Donc, il avait les reçus, et on l'avait vu pêcher à la ligne ; il enregistra la plaque d'immatriculation du bateau. Il fallait qu'il réfléchisse : il valait peut-être mieux qu'il ne se souvienne pas de tout, juste que c'était un Lund de couleur rouge et que les deux dernières lettres étaient *LS*... Ou bien que le premier chiffre était un 7. Il fallait qu'il réfléchisse.

En repassant par la ville, il s'arrêta au magasin d'où venait le reçu qu'il avait trouvé dans la boîte à ordures, acheta un sandwich et une canette de bière, avant de mettre le reçu et le sac en papier sous le siège de la camionnette. Ils se souviendraient peut-être de son visage, ou peut-être pas — mais il y était passé, il pouvait décrire l'endroit, et même la jeune femme qui l'avait servi. Trop grosse. Elle portait une salopette vert foncé, d'une coupe à la mode.

Un peu avant cinq heures, il mit le cap sur les Cités jumelles. Il voulait être à portée de radio, pouvoir écouter les bulletins d'actualités. Voir s'ils étaient à sa recherche...

Autant qu'il pouvait en juger, ça n'était pas le cas. Une des émissions du soir était consacrée à l'agression du matin, et à celle qui avait eu lieu la semaine précédente, mais les gens qui appelaient la station étaient tous des cinglés.

Hum.

Ils cherchaient quelqu'un d'autre...

Koop retourna dans le parc, récupéra le couteau et les clés. Cela fait, il se sentit mieux.

A une heure du matin, il n'était pas complètement saoul, mais presque. Il roulait, roulait, sillonnait les Cités jumelles, de plus en plus obsédé par Jensen.

Peu après, il passa devant chez elle. Il y avait de la lumière à ses fenêtres. Dans la rue, un homme promenait un petit chien argenté en laisse. A une heure et quart, Koop repassa. Il y avait toujours de la lumière. Elle veillait tard; n'arrivait pas à trouver le sommeil, après cette bagarre — pour Koop, c'était une bagarre. Le blondinet l'avait cherché, il avait baisé sa femme. A quoi est-ce qu'il s'attendait, après ça?

A une heure et demie, l'appartement de Jensen était encore éclairé, et Koop décida de grimper à son poste d'observation. Il savait bien qu'il n'aurait pas dû courir le risque; mais il allait le faire. Il se sentait irrésistiblement attiré, comme un clou par un aimant.

A une heure trente-cinq, il entra dans l'immeuble qui faisait face à celui de Jensen, prit l'escalier. Physiquement, il était en forme, se déplaçait avec autant de sûreté de mouvement et de discrétion que d'habitude. C'était son esprit qui était perturbé...

Il inspecta le couloir. Vide. Qu'il soit silencieux, c'était logique, tout le monde avait peur. Il alla jusqu'à l'entrée du toit, grimpa une dernière volée de marches, poussa la porte, la referma précipitamment derrière lui. Il resta sur place un moment, la poignée dans la main, l'oreille tendue. Rien. Il fit un pas sur le côté et leva les yeux vers la fenêtre de Jensen, mais, de cet angle, il ne pouvait rien voir.

Il traversa le toit, se dirigeant vers l'abri du climatiseur, agrippa le rebord et se hissa. Il rampa jusqu'à la ventilation et risqua un coup d'œil en coin. Pas âme qui vive. Il se tassa derrière le conduit et y appuya son dos. Regarda les étoiles.

Il pensait à ce qu'il était devenu, depuis que la passion s'était emparée de lui. Il fallait que ça cesse. Il savait qu'il fallait que ça cesse, ou bien il était cuit. Il ne pouvait concevoir qu'une seule manière d'y mettre fin — et c'était une façon qui le remuait. Mais il faudrait qu'il la possède avant, si c'était possible.

Avant de la tuer.

Koop passa sa tête au coin de la ventilation et la surprise la lui fit presque rentrer dans les épaules. Presque, mais pas tout à fait. Il avait des réflexes et un entraînement de monte-en-l'air, et avait appris tout seul à ne pas bouger trop vite. De l'autre côté de la rue, à la fenêtre de Jensen, un homme regardait dehors. Il était à deux mètres de la fenêtre, comme s'il veillait à ne pas être vu de la rue. Il portait un pantalon de couleur sombre et une chemise blanche, mais pas de veste.

Il portait aussi un baudrier et une gaine, à l'épaule.

Un flic. Ils savaient. Ils l'attendaient.

CHAPITRE XXIV

Weather se pelotonna sur le canapé. La télévision diffusait les programmes de la chaîne CNN, et Lucas regardait sans voir, pensif.

— Aucun résultat ? demanda-t-elle.

— Rien du tout. (Il ne la regarda pas, pinçant sa lèvre inférieure, les yeux fixés sur l'écran. Il était fatigué, son visage était gris.) Ça fait trois jours. Les médias nous font une vie infernale.

— Je ne m'inquiéterais pas trop pour les médias, si j'étais toi.

Là, il daigna tourner la tête.

— C'est parce que dans ton métier vous enfouissez vos erreurs le plus profond possible.

Il souriait en le disant mais ça n'était pas un sourire agréable.

— Je parle sérieusement. Je ne comprends pas...

— Les médias, c'est comme la fièvre, expliqua Lucas. La température se met à monter. Les gens ont peur, dans leurs quartiers, et commencent à appeler les conseillers municipaux. Ceux-ci paniquent — c'est à peu près tout ce qu'ils font, les politiciens, ils paniquent —, et se mettent à passer des coups de fil au maire. Le maire appelle le chef de la police. Celle-ci est elle-même un politicien désigné par le maire, alors elle panique. Et la merde redescend la voie hiérarchique.

— Je ne comprends pas la réaction de panique. Vous faites tout ce que vous pouvez.

— Il faut se rapporter à la première règle de Davenport sur la façon dont tourne le monde.

— Je ne crois pas l'avoir déjà entendue.

— C'est simple. « Un politicien n'a aucune chance, aucune, d'obtenir un meilleur boulot ailleurs le jour où on le met à la porte. »

— C'est tout ?

— C'est tout. Ça explique tout. Ils s'accrochent à leur boulot par tous les moyens. C'est pour ça qu'ils paniquent. S'ils perdent les élections, ils sont bons pour retourner laver les bagnoles.

Au bout d'un moment de silence, Weather demanda :

— Comment va Connell ?

— Mal.

Connell avait les traits tirés, des cernes noirs sous les yeux, les cheveux perpétuellement hérissés sur la tête comme si elle avait mis ses doigts dans une prise électrique.

— Il y a quelque chose qui cloche, affirma-t-elle. Le type s'est peut-être rendu compte de notre présence. Peut-être que toute cette histoire sort de l'imagination de Jensen.

— Peut-être.

Ils attendaient dans le salon de Jensen, des piles de journaux et de magazines à leurs pieds. Il y avait un téléviseur dans la chambre d'amis, mais ils ne pouvaient pas écouter la chaîne stéréo, de peur d'être entendus dans le couloir.

— Ça avait l'air de coller, pourtant.

— Oui... Mais vous savez ce que ça peut être ?

Connell avait trente centimètres de paperasses empilées à portée de la main, des fiches signalétiques et les procès-verbaux des entretiens avec les employés de l'immeuble, les locataires de l'étage de Jensen, et tous les locataires ayant un casier judiciaire. Elle les avait feuilletées compulsivement toute la soirée.

— Un membre de la famille de quelqu'un qui travaille ici. Cette personne rentre chez elle, et laisse échapper qu'on est là.

— La grande question, c'est les clés. Un cambrioleur a un certain nombre de façons de se procurer une clé, mais deux — c'est un problème.

— C'est forcément un employé.

— Ça pourrait être le portier d'un grand restaurant. J'ai connu des portiers qui étaient en cheville avec des cambrioleurs. On voit arriver une voiture, on prend le numéro d'immatriculation, à partir de ça, on obtient l'adresse et on a déjà la clé.

— Elle dit qu'elle n'a pas fait garer sa voiture par un portier depuis qu'elle a changé les serrures.

— Elle a peut-être oublié. C'est peut-être pour elle quelque chose de si routinier qu'elle ne s'en souvient pas.

— Je parie que c'est quelqu'un de son bureau — quelqu'un qui aurait accès à son sac à main. Vous savez, un coursier par exemple, quelqu'un qui puisse aller et venir dans son bureau sans qu'on le remarque. Il emprunte la clé, il fait faire un double...

— Mais ça pose un autre problème. Il faut s'y connaître, pour faire un double, et se procurer le matériel.

— Alors, c'est un type qui travaille avec un cambrioleur. Le cambrioleur a le savoir-faire, et le type a accès aux clés.

— Ça se tient, admit Lucas. Mais à son bureau, personne n'avait le profil.

— Le petit ami de quelqu'un du bureau ; une secrétaire prend les clés, les laisse traîner...

Lucas se leva, bâilla, déambula dans l'appartement, s'arrêta pour contempler une photographie noir et blanc encadrée. Il n'y avait pas grand-chose sur la photo, une fleur dans un pot arrondi, un escalier quelque part à l'arrière-plan. Les connaissances de Lucas en matière d'œuvres d'art étaient réduites, mais l'image donnait l'impression d'en être une. Une minuscule signature signalait que c'était l'œuvre d'André quelque chose, quelque chose avec un *K*. Il bâilla de nouveau, se frotta la nuque, et observa Connell qui parcourait des papiers.

— Comment ça allait, ce matin ?

Elle leva les yeux.

— Ça m'a vidée.

— Je ne comprends pas très bien comment ça marche, la chimiothérapie.

Elle posa la feuille de papier.

— En fait, le genre de chimiothérapie à laquelle je suis

soumise, c'est du poison. Ça s'attaque au cancer, mais aussi à mon corps. (Elle parlait d'une voix neutre, communiquant une information, comme un commentateur médical à la télévision.) Ils ne peuvent se servir de la chimiothérapie qu'un certain temps, après, ça fait trop de dégâts. Alors, ils arrêtent le traitement, et mon corps se remet des effets de la chimio, mais le cancer aussi. Le cancer gagne chaque fois un peu de terrain. Ça fait deux ans que j'ai commencé. Je suis tombée à sept semaines d'intervalles entre deux traitements. Ça fait cinq semaines que j'ai arrêté. Je commence à le sentir de nouveau.

— Ça fait très mal ?

Elle secoua la tête.

— Pas encore. Je n'arrive pas à décrire ce que ça fait. Une sensation de vide, de faiblesse, puis de maladie, la pire grippe au monde. D'après ce que j'ai compris, ça deviendra douloureux à la fin, quand ça atteindra la moelle osseuse... J'espère avoir la force d'opter pour des mesures radicales d'ici là.

— Doux Jésus ! s'exclama-t-il. (Puis :) Quelles sont les chances que la chimiothérapie vienne à bout du cancer ?

— Ça arrive, répondit-elle, l'ombre d'un sourire fantomatique passant sur ses lèvres. Mais pas pour moi.

— Je ne crois pas que je pourrais supporter ça.

La porte qui donnait sur le balcon était fermée. Lucas s'en approcha, restant à deux mètres de la vitre, pour regarder le parc. Belle journée. La pluie avait cessé, et le ciel bleu pâle était parsemé de nuages de beau temps, dont les ombres passaient sur le lac. Une femme mourante.

— Mais l'autre problème, reprit Connell, quasiment comme si elle parlait toute seule, en dehors de la clé, je veux dire, c'est : pourquoi est-ce qu'il n'est pas venu ici ? Rien depuis quatre jours.

Lucas, qui songeait encore au cancer, dut s'arracher à ses pensées.

— Vous parlez toute seule, observa-t-il.

— C'est parce que je deviens folle.

— Vous voulez une pizza ? demanda Lucas.

— Je ne mange pas de pizza. Ça bouche les artères, et ça fait grossir.

— Quel genre de pizza vous ne mangez pas ?

— Saucisse et champignons.

— Je vais la faire livrer au gérant. Je descendrai la chercher quand elle arrivera, dit-il en bâillant encore. Ça me rend dingue, d'attendre.

— Pourquoi est-ce qu'il ne vient pas ? (La question posée par Connell était purement rhétorique.) Parce qu'il sait qu'on est là.

— On n'a peut-être pas encore attendu assez longtemps.

Connell continua :

— Comment peut-il savoir qu'on est là ? Premièrement : s'il nous voit. Deuxièmement : s'il entend parler de nous. Bon, s'il nous voit, comment est-ce qu'il sait qu'on est des flics ? Il ne peut pas le savoir — sauf si c'est un flic lui-même, et qu'il reconnaît les gens qu'il voit défiler. Et, dans le cas où il entend parler de nous, d'où est-ce que viennent les fuites ? On a déjà parlé de ça.

— Saucisse et champignons ?

— Et surtout pas d'anchois.

— Ne vous inquiétez pas. (Lucas prit le téléphone, fronça le sourcil, raccrocha, et revint à la porte vitrée.) Est-ce que quelqu'un est allé voir sur le toit d'en face ?

Connell leva les yeux.

— Ouais. Mais Jensen avait raison. C'est au-dessous de ses fenêtres. Elle ne ferme même pas les rideaux.

— L'abri du climatiseur est au même niveau. Venez voir. Regardez-moi ça !

Connell se leva et alla jeter un coup d'œil.

— Il n'y a aucun moyen de grimper là-dessus.

— C'est un monte-en-l'air. Et s'il arrive à se hisser là-dessus, il voit dans l'appartement. Qui est allé inspecter le toit ?

— Skoorag — il s'est contenté de faire un petit tour. Il a dit qu'il n'y avait rien là-haut.

— Il faut qu'on aille voir.

Connell regarda sa montre.

— Greave et O'Brien seront là dans une heure. On peut y aller à ce moment-là.

O'Brien avait un sac en papier avec un magazine glissé à l'intérieur, qu'il essayait de cacher à Connell. Greave dit :

— J'ai réfléchi : et si on les ramassait tous les trois, les frères et Cherry, qu'on les sépare, on leur dit qu'on a un tuyau, et que le premier à cracher le morceau aura l'immunité ?

Lucas sourit, mais secoua la tête.

— Pas une mauvaise idée, mais il faut avoir une piste au départ. Sinon, ils vont vous dire d'aller vous faire foutre, ou, pire encore, le type qui a commis le meurtre est celui qui se met à table. Il s'en sort, et Roux vous suspend par les couilles à sa fenêtre. Donc : il faut une piste.

— J'ai quelque chose, répliqua Greave.

— Quoi ?

— Le cafard.

— O'Brien avait *Penthouse* dans son sac, observa Connell.

— On s'ennuie beaucoup, dans ce boulot, repartit Lucas d'un ton léger.

— Essayez de réfléchir un peu à ce que je vais vous dire. Et si une femme venait bosser avec des magazines pornos, des photos d'hommes avec des pénis géants ? Et qu'elle reste assise devant vous, regarde les photos, puis vous regarde, puis retourne aux photos. Est-ce que vous ne trouveriez pas ça un peu dégradant ?

— Moi, personnellement, non, répondit Lucas, impassible. Je me dirais qu'il s'agit d'une opportunité supplémentaire que m'offre mon métier.

— Allez au diable, Davenport, vous vous en tirez toujours par une pirouette !

— Pas toujours. Mais j'ai un sens très développé des moments où l'on peut s'en sortir par une pirouette. (Puis, pendant qu'ils traversaient la rue :) C'est ici que la femme a été tuée, et que le type s'est fait démolir.

Ils montèrent les marches et appuyèrent sur la sonnette du gérant de l'immeuble. Un petit moment plus tard, une porte s'ouvrit au rez-de-chaussée, et une femme entre deux âges jeta un coup d'œil à l'extérieur. Ses cheveux n'étaient pas tout à fait bleus. Lucas exhiba son badge et elle les fit entrer.

— Je vais trouver quelqu'un pour ouvrir l'accès au toit,

dit la femme quand Lucas lui eut expliqué ce qu'ils voulaient. C'est horrible, que ce pauvre homme se soit fait poignarder, l'autre matin.

— Est-ce que vous étiez là, quand cet homme et cette femme ont été attaqués dehors ?

— Non, il n'y avait personne. Je veux dire : à part les locataires.

— D'après ce que j'ai compris, le type était entre la porte extérieure donnant sur la rue et la porte intérieure, quand il a été attaqué.

La femme acquiesça du menton.

— Une seconde plus tard il était à l'intérieur. Sa clé était dans la serrure.

— Salopard ! fit Lucas. (Puis, s'adressant à Connell :) Si quelqu'un voulait se procurer une clé, sans qu'on puisse le deviner... Cette agression n'avait aucun sens, alors on l'a attribuée aux mômes des gangs. Le problème, c'est que la brigade qui s'occupe des gangs n'a entendu parler de rien. Ils auraient dû, pourtant.

Le concierge s'appelait Clark, et il leur ouvrit la porte du toit, la bloquant avec une bouteille de détergent vide pour l'empêcher de se refermer. Lucas traversa l'étendue de gravier et de papier goudronné. Greave et O'Brien étaient dans l'appartement de Jensen, debout, on distinguait les deux policiers, le haut du buste, à partir des épaules, et la tête.

— On ne voit pas grand-chose d'ici, observa Lucas.

Il se tourna vers l'abri de la climatisation.

— Ça m'a l'air assez haut, dit Connell.

Ils en firent le tour : c'était un cube gris, avec trois côtés métalliques sans aucun signe distinctif. Rien de notable, hormis une porte de service fermée à double tour et une étiquette de garantie avec un numéro d'appel. Il n'y avait pas d'accès au sommet.

— Je peux aller chercher un escabeau, proposa Clark.

— Faites-moi la courte échelle, dit Lucas.

Il retira sa veste et ses chaussures, Clark joignit les mains. Quand ses épaules dépassèrent le rebord, il se hissa lui-même à la force du poignet.

La première chose qu'il vit, ce furent les mégots, quarante ou cinquante, que l'eau avait tachés, sans filtre. Bon Dieu ! un des mégots était tout frais, et il marcha en canard dans sa direction avant de l'examiner.

— Qu'est-ce qui se passe ? interrogea Connell.

— Un million de mégots de cigarettes.

— C'est sérieux ? Quelle marque ?

Marchant toujours en canard, Lucas revint au bord, baissa les yeux et dit :

— Camel sans filtre, rien d'autre.

Connell regarda vers l'autre côté de la rue.

— Est-ce que vous pouvez voir dans l'appartement ?

— Je vois les chaussures d'O'Brien.

— Ce salopard *savait*. Il est venu ici, il a regardé, et il nous a vus. *On était tout près de lui, putain.*

Le technicien du labo de la police prit le mégot avec une pince à épiler, le mit dans un sac.

— On peut essayer, affirma-t-il à Lucas. Mais, je serais vous, je ne compterais pas trop là-dessus. Il arrive qu'un échantillon de peau reste collé au papier à cigarette, parfois assez pour faire une empreinte ADN ou bien trouver un groupe sanguin, mais ces mégots sont restés là un petit bout de temps. (Il haussa les épaules.) On va essayer, mais je serais vous, je ne retiendrais pas mon souffle en attendant.

— Quelles sont les chances d'obtenir une empreinte ADN ? demanda Connell.

Il haussa les épaules de nouveau.

— Je viens de dire qu'on essaierait.

Connell regarda Lucas.

— On a déjà fait chou blanc, avec les empreintes ADN.

— Ouais, deux fois.

— Il faut se dépêcher.

— Bien sûr. (Il regarda l'immeuble d'en face. Sloan lui fit un signe du bras.) On va mettre un télescope infrarouge là-bas, au cas où il reviendrait. Bon Dieu ! J'espère qu'on ne l'a pas effrayé pour toujours.

— S'il n'est pas mort de peur, c'est qu'il est dingue.

— On sait qu'il est dingue, répondit Lucas. Mais, s'il nous a repérés, il doit être dans un état de frustration effroyable. J'espère qu'il ne va pas passer sa rage sur une autre victime. J'espère qu'il va d'abord venir voir...

CHAPITRE XXV

La maison de John Posey était une demeure à trois étages, sorte de gâteau feuilleté en brique blanche et cèdre, dominant sur sa face arrière un étang entouré de saules pleureurs où s'ébattaient les canards. D'une rue qui faisait un angle de quatre-vingt-dix degrés avec celle de Posey, Koop pouvait voir l'arrière du bâtiment. Deux balcons donnaient sur l'étang, l'un au-dessus de l'autre, légèrement décalés.

Un panneau d'avertissement était planté dans la cour près de la porte, un signal d'alarme. Koop connaissait le système : portes électroniques ultra-sensibles, ça ne ratait jamais, en principe couplé avec des détecteurs de mouvement balayant le rez-de-chaussée.

Si les détecteurs repéraient quelque chose, ils composaient automatiquement le numéro d'une compagnie de sécurité dans un délai d'une à deux minutes. La permanence rappelait alors la maison pour vérification, et, si elle n'était pas satisfaite du résultat obtenu, elle appelait les flics. Si on coupait les fils du téléphone, une alarme se mettait à retentir à la permanence. Si les autres téléphones du quartier n'étaient pas coupés, les flics rappliquaient.

Ce qui ne voulait pas dire que le coup était impossible. Pas du tout. Par exemple, Posey avait un chien, un vieux setter irlandais. Le setter se tenait souvent à la fenêtre, même quand Posey n'était pas là. S'il y avait un détecteur de mouvement, ou bien il était débranché, ou bien il protégeait d'autres endroits de la maison où le chien n'allait pas.

Koop attendrait que Posey s'en aille, et il entrerait,

décida-t-il. Il ne se cacherait pas, il n'essaierait pas d'être subtil et discret. Forcer l'entrée et rafler le butin.

Koop n'était pas en état de faire preuve de subtilité. Il pensait constamment à Jensen. Se repassait les vidéos mentales. Il la voyait dans d'autres femmes — dans un geste, une façon de marcher, de tourner la tête.

Jensen était une écharde enfoncée sous sa peau. Il pouvait essayer de l'ignorer, mais ne pouvait chasser son image. Tôt ou tard, il fallait qu'il s'occupe d'elle. Garde du corps ou non.

Mais Koop savait comment faisaient les flics. Ils la surveilleraient un moment, puis, s'il ne se passait rien, ils se lanceraient aux trousses de quelqu'un d'autre que lui.

La question était la suivante : est-ce qu'il pouvait attendre ?

A huit heures et demie, Koop s'arrêta sur un parking du centre-ville. Il suivit une Nissan Maxima sur la rampe d'accès, se gara quelques emplacements plus loin, sortit lentement de la camionnette. Les propriétaires de la Maxima prirent l'ascenseur ; Koop prit les plaques de leur voiture.

Il les rapporta dans la camionnette, fit un pas en arrière pour se dérober à la vue des occupants d'une voiture qui déboucha sur la rampe, puis accrocha les plaques volées par-dessus les siennes avec des agrafes en acier. Ça lui avait pris deux minutes.

Posey avait une vie sociale très active, et sortait presque tous les soirs, la plupart du temps pour aller dans des bars. Koop vérifia qu'il était absent en appelant une première, puis une deuxième fois, et encore une troisième. N'obtenant pas de réponse, il rentra.

La nuit était tiède, humide et sentait l'herbe coupée. Tout le quartier bourdonnait au rythme des climatiseurs dissimulés sur les côtés des résidences. Les portes et les fenêtres seraient certainement fermées pour conserver la fraîcheur, et il pouvait se permettre de faire un peu de bruit, si ça se révélait nécessaire.

A quatre rues de la maison de Posey, un groupe d'adolescents, trois filles, deux garçons, se tenaient à un carrefour, occupés à fumer, longs cheveux et longues chemises sorties du jean ; ils le regardèrent avec des yeux rétrécis quand il passa en camionnette.

Quelques lumières brillaient encore, sur les porches, et des échos d'une musique insipide s'échappaient d'un garage ouvert et allumé. Il y avait quelques voitures — pas beaucoup — garées dans la rue ; c'était un quartier trop aisé pour ça.

Il dépassa la maison. Tout avait l'air normal — Posey laissait d'habitude deux lumières allumées. Koop avait un paquet de cocaïne sur lui : il prit une ligne, puis une autre, tira ses outils vers lui, sous le siège, et ramena le camion devant la maison. S'arrêta dans l'allée. Attendit une seconde, inspectant la rue, ramassa ses outils, sortit du camion, avança jusqu'à la porte d'entrée et appuya sur la sonnette.

Le chien aboya ; fort, ça s'entendait de la rue. Personne ne vint à la porte. Le chien continua à aboyer. Koop passa devant l'entrée principale, jeta un dernier coup d'œil aux alentours, puis se dirigea du côté du garage.

Il n'y avait pas de fenêtre, le garage était en face de celui de la maison voisine, également sans fenêtre. Entre les deux, on ne pouvait pas le voir. Dans son dos, par contre, c'était une autre histoire. Il s'arrêta au coin du garage, et inspecta les maisons de la rue suivante, face à celle de Posey. Certaines étaient éclairées, et il y avait un homme qui lisait le journal à la fenêtre, deux pavillons plus loin. D'accord...

Koop portait un survêtement de jogging dont le blouson s'ouvrait sur un tee-shirt blanc. Il avait dans les poches une paire de gants pour conduire. Un compas de marin, appelé « palet de hockey », était fourré dans un des gants, et une petite lampe de poche en plastique dans l'autre. Il trimballait un pied-de-biche de trente-cinq centimètres dans sa jambe de pantalon, le bout recourbé accroché à la taille.

Il attendit deux, trois minutes, le cœur battant, puis remonta la fermeture Éclair du blouson et enfila les gants. Pratiquement invisible, il se faufila au coin de la maison en rasant les murs, jusqu'à ce qu'il se retrouve derrière un épicéa nain, d'où il inspecta le premier balcon.

La base du balcon était à deux mètres cinquante au-dessus de lui. Il courba l'épicéa, trouva une branche assez solide pour son poids, à soixante centimètres du sol ; il y grimpa, sentant fléchir l'épicéa au passage, mais réussit à agripper le barreau inférieur de la rambarde d'une main, puis de l'autre. Il se hissa en se tortillant comme un chimpanzé, s'égratigna la rotule sur le rebord de béton. Il attendit quelques secondes, ignorant la douleur, l'oreille tendue, n'entendit rien, et tenta d'éprouver la rigidité de la rambarde.

C'était du solide. Il y monta, prenant soin de ne pas perdre l'équilibre, agrippa la rambarde du deuxième balcon, et ses pieds quittèrent leur appui. Quand le mouvement de balancement ralentit, il se hissa et grimpa sur le deuxième balcon.

Il s'arrêta de nouveau pour écouter. Le chien avait cessé d'aboyer. Bien. Il était à présent au deuxième étage, devant une pièce apparemment inutilisée. Il avait remarqué que la chambre de Posey se trouvait dans un coin du premier étage. Cette pièce-ci devait être une chambre d'amis, si la carte fournie par le déménageur était exacte. Et il n'y avait pas de signal d'alarme, à moins que Posey ne soit un vrai paranoïaque.

Comme il n'entendait rien, il se redressa et examina les portes vitrées coulissantes. Le rail n'était pas bloqué, ce qui rendait les choses plus faciles. Il essaya la porte, au cas où elle aurait été ouverte. Elle ne l'était pas. Il sortit le pied-de-biche de son pantalon, et appuya lentement, avec précaution, la pointe de l'outil contre le verre, qui céda, presque silencieusement. Il recommença, juste au-dessus, pesant de tout son poids... Le verre céda encore.

La troisième fois, il se désagrégea, laissant une ouverture de la taille de son poing. Ça n'avait pas fait plus de bruit qu'une quinte de toux. Il passa la main dans le trou, déverrouilla, tira sur la poignée, et la porte coulissa. S'interrompit. Tendit l'oreille. Une fois à l'intérieur, il alluma la lampe de poche. Oui. Une chambre à coucher, elle aussi inutilisée, semblait-il.

Il traversa la pièce, la porte de la chambre était fermée, sortit le compas, attendit que l'aiguille se stabilise, et la passa le long du panneau. L'aiguille resta stable, sauf à hauteur de la poignée de la porte où elle trembla. La porte n'était pas protégée ; il ne s'était pas attendu qu'elle le soit, mais vérifier, ça ne prenait qu'un instant.

Il l'ouvrit, s'attendant plus ou moins à trouver le chien devant lui, mais le couloir était vide, à peine éclairé par les lumières du rez-de-chaussée.

Il descendit l'escalier lentement, l'oreille tendue. Rien. Il avança dans le couloir.

Puis : le crissement des pattes du chien sur le lino de la cuisine, accompagné d'un *woof* hésitant. Quelques jappements, ça n'était pas grave, mais si le chien en faisait trop... Il empoigna le pied-de-biche par le bout aplati.

Le chien pointa son museau au coin de la cuisine, le vit, aboya. Un vieux chien aux jambes raides, le poil du museau qui blanchissait...

— Viens, petit chien, viens ! dit Koop, la voix douce. Viens par ici...

Il s'approcha du chien, la main gauche en avant, la droite dans le dos. Le chien recula, dressé sur ses pattes, grondant, mais laissa Koop venir plus près de lui...

— Viens, petit chien !

Un pas de plus, un seul...

Woof.

Il sentait le danger, tentait de s'écarter.

Koop étendit le chien raide mort comme on écrase une mouche. Le pied-de-biche atteignit l'animal au milieu du crâne, et il tomba sans un gémissement, à peine un dernier *woof.* Mort en touchant le sol. Ses pattes s'agitèrent convulsivement sur le lino.

Koop se détourna. Plus besoin d'être silencieux. Il examina la porte d'entrée. Il y avait un bloc métallique avec une serrure et la lampe rouge du signal d'alarme : le système était armé, mais il n'était pas certain de ce que cela signifiait. Il passa de nouveau le compas le long de la porte d'accès au sous-sol. Rien, cette fois encore. Ça ne devait concerner que les portes donnant sur l'extérieur.

Il ouvrit, fit un pas. Tout allait bien. Descendit en bas de l'escalier — et, au moment même où il pénétrait dans le sous-sol, il entendit le rapide *bip-bip-bip* du signal d'alarme, un poil plus sonore que le tic-tac d'un réveil.

— Merde !

Il avait une minute. Dans un coin de son esprit, il

commença son compte à rebours. *Soixante, cinquante-neuf...*

Le coffre était là, comme l'avait dit le déménageur. Il fit la combinaison du premier coup et jeta un coup d'œil à l'intérieur. Deux sacs, deux boîtes à bijoux. Il les sortit. L'un des sacs contenait de l'argent liquide. Le second était aussi lourd qu'une batterie de voiture. De l'or probablement. Pas le moment d'y réfléchir.

Trente, vingt-neuf, vingt-huit...

Il courut en haut de l'escalier, jusqu'à la porte d'entrée, le signal d'alarme émettant son *bip-bip-bip*. Il tapa sur le bloc métallique avec le pied-de-biche, le réduisant au silence. Ça n'empêchait pas l'appel téléphonique, mais, si quelqu'un passait dans la rue, il n'entendrait rien.

Koop passa la porte, retourna à la camionnette. Jeta les outils et les sacs de fric sur le siège avant, mit le moteur en marche, recula dans la rue.

En pensant : *douze, treize, quatorze...*

A *zéro*, il avait tourné au coin de la rue, et se dirigeait vers le bas de la colline — la Septième Rue Ouest. Quinze secondes plus tard, il était pris dans une circulation dense. Il n'avait pas vu l'ombre d'un flic.

Koop examina les sacs dans le parking d'un Burger King. Le premier contenait quatre mille cinq cents dollars en liquide : des billets de vingt, de cinquante et de cent. Il y avait cinquante pièces d'or dans le second, des Krugerrands. C'était déjà un des meilleurs coups qu'il ait jamais faits. Dans la première boîte, il trouva une chaîne en or avec une croix incrustée de dix diamants. Les diamants étaient petits, mais pas minuscules. Il n'avait aucune idée de leur valeur. Assez grande, pensa-t-il, si les diamants étaient authentiques. Dans la seconde, il découvrit une paire de boucles d'oreilles qui allaient avec le collier.

Une vague de plaisir l'envahit. Le meilleur coup qu'il ait jamais fait. Puis il repensa à Jensen, et son plaisir reflua.

Merde! Il considéra l'or sur ses genoux. Il n'avait pas besoin de ça. Il pouvait se procurer de l'argent quand il voulait.

Il savait ce qu'il voulait.

Il la voyait chaque fois qu'il fermait les yeux.

Koop passa devant l'immeuble de Jensen. L'appartement était éclairé. Il ralentit, il avait entrevu une ombre, à la fenêtre. Est-ce qu'elle était nue ? Ou est-ce que c'était plein de flics, là-haut ?

Il ne pouvait pas s'attarder. Les flics surveillaient peut-être les alentours.

Il pensa au chien, aux pattes éraflant le lino. Il se demanda pourquoi ils faisaient ça...

L'intensité de ses émotions s'accrut avec la tombée de la nuit : l'euphorie d'avoir raflé un tel butin chez Posey ; la frustration devant les lumières aux fenêtres de Jensen. Il roula jusqu'à Lake Street, verrouilla les portes de la camionnette, et se mit à boire. Il passa au *Flower's Bar*, au *Lippy's Lounge*, au *Bank Shot*, et chez *Skeeter* où il joua au billard avec un motard. Acheta un autre paquet de coke au *Lippy's*, et en sniffa la presque totalité assis dans les toilettes de l'établissement.

Au bout d'un moment la cocaïne lui colla une migraine féroce, contractant les muscles de sa nuque, comme des ressorts de suspension bandés au maximum. Il acheta un demi-litre de bourbon, revint à la camionnette, le but, et se mit à faire de la gymnastique : le pont, et des pompes de marines.

A une heure, il reprit la direction du centre, complètement saoul. A une heure cinq, ivre, il vit une femme qui rentrait à l'hôtel situé aux abords de Lyndale. Un peu hésitante, un peu craintive. Ses hauts talons claquaient dans la rue...

— Je vais la baiser ! dit-il à voix haute.

Il n'avait pas de chiffon imbibé d'éther, mais il avait son couteau, et ses muscles. Il dépassa la femme, rangea la camionnette le long du trottoir, la mit au point mort. Il ouvrit le siège du passager, tâtonna dans le compartiment secret jusqu'à ce qu'il mette la main sur le sac, en sorte le couteau, et rejette les clés dans la boîte. Fit une petite prise de cocaïne, puis une seconde. Sa main chercha la casquette de base-ball derrière le siège, et il s'en coiffa.

— Je vais la baiser ! répéta-t-il.

Elle arrivait à la hauteur de l'arrière de la camionnette, sur le trottoir. C'était une nuit chaude, pour le Minnesota, mais elle portait une gabardine trois quarts assez légère. Koop avait un tee-shirt sur lequel on pouvait lire « Coors ».

Hors de la camionnette, faisant le tour par l'avant, un gorille.

La femme le vit venir. Cria « Non ! ».

Laissa tomber son sac.

Les sens aiguisés par la cocaïne enregistraient tout, l'intensité était décuplée.

Une rage inépuisable lui servait de combustible :

— JE VAIS TE BAISER !

Koop avait hurlé, la lame jaillit, et elle recula, affolée. Il agrippa l'épaule de l'imperméable.

— Monte dans ce putain de camion !

Il voyait le blanc de ses yeux, que la terreur soudaine révulsait, il tira sur le vêtement. Qui lui resta dans la main, la femme s'était débattue, glissée hors de l'imperméable, et avait tenté de s'enfuir en courant. Elle sauta dans les plates-bandes, piétinant des pétunias roses, perdit une de ses chaussures, et se mit à crier ; une odeur d'urine se répandit dans l'air nocturne.

Et elle hurlait. Un cri perçant, suraigu, très puissant, dont l'écho semblait se répercuter sur les trottoirs.

Koop, ivre et défoncé, les dents aussi massives que des pierres tombales, était sur elle :

— Ferme ta sale gueule !

Il la frappa d'un revers de main, lui faisant perdre l'équilibre. La femme tenta de ramper en sanglotant.

Koop la prit par un pied, la traîna hors des plates-bandes ; elle tenta de se raccrocher aux pétunias...

Et se remit à hurler ; plus rien d'articulé, un hurlement, et Koop, de plus en plus furieux, la traînait vers la camionnette.

Puis une voix fit, venue d'en haut :

— Arrête ça tout de suite, salopard, ou j'appelle la police.

Ce fut au tour d'une voix d'homme, ensuite :

— Laissez-la tranquille !...

Deux personnes criaient aux fenêtres de l'immeuble d'en face, une au deuxième ou au troisième étage, l'autre au cinquième ou au sixième. Koop leva les yeux, et la femme se remit à sangloter.

— Allez vous faire foutre ! leur gueula Koop.

Puis l'éclair d'un flash brilla dans la nuit : la femme avait pris une photo de lui. Koop paniqua, se tourna pour s'enfuir. La femme, à sa merci sur le trottoir, le regardait, tentant de s'arracher aux doigts refermés sur ses chevilles.

Doux Jésus ! Elle l'avait vu de près, à quelques centimètres de distance à peine.

Un autre éclair.

La voix de l'homme :

— Lâchez cette femme, la police va venir, allez-vous-en !

Une clarté soudaine, encore, mais diffusant une lumière régulière, cette fois : on le filmait.

La rage bouillonna en lui, comme de la lave ; le couteau avait une vie propre.

Koop saisit la femme à la gorge, la souleva, elle ruait comme un animal à l'abattoir.

Et le couteau eut raison d'elle. Elle lui échappa des mains, retomba sur le trottoir, quasiment comme si elle avait une syncope.

Koop baissa les yeux. Ses mains étaient couvertes de sang ; ça dégoulinait sur le trottoir, le liquide était noir, à la lueur des réverbères...

— Laissez cette femme, allez-vous-en !...

Ça allait sans dire. La panique s'était emparée de lui, et il courut au camion, monta dedans, mit le moteur en marche.

Il tourna au carrefour suivant, puis au suivant encore.

Deux minutes ne s'étaient pas écoulées qu'il était déjà engagé dans l'embranchement de l'Interstate. Au-dessous, c'était bourré de voitures de flics, gyrophares en marche, toutes sirènes hurlantes. Koop quitta l'Interstate un peu plus tard, redescendit en ville, et mit le cap au sud. Longeant des rues transversales de moindre importance, et des ruelles.

Il resta en ville une dizaine de minutes, puis prit la voie express pour foncer à l'aéroport. Prit un ticket de parking, monta la rampe, se gara. Rampa derrière le siège.

— Enfoiré ! souffla-t-il.

Pour l'instant, il était en sécurité. Il rit, but la dernière gorgée du demi-litre de bourbon.

Il sortit, remonta son pantalon, fit le tour de la camionnette et s'installa à l'arrière.

En sécurité, pour le moment.

Il roula sa veste de survêtement en boule pour s'en servir comme oreiller, s'allongea et s'endormit.

Éloïse Miller mourut dans une flaque de sang noir avant l'arrivée des flics.

A Saint Paul, un flic en uniforme regarda Ivanhoé, le chien, et se demanda qui diable avait bien pu faire ça...

CHAPITRE XXVI

— On a des photos de lui, dit Connell.

Lucas la trouva sur le seuil d'un petit appartement au cinquième étage, s'éloignant d'une femme aux cheveux gris. Connell était plus survoltée que jamais, un rouleau de pellicule trente-cinq millimètres dans le poing.

— Des photos de lui et de la camionnette.

— On m'a dit qu'on avait un film.

— Ah ! mon vieux, vous allez voir...

Connell l'emmena au bas des marches.

Au quatrième, deux flics parlaient à un homme mince en robe de chambre.

— Pourriez-vous passer la bande ? demanda Connell.

L'un des flics jeta un coup d'œil à Lucas et haussa les épaules.

— Comment ça va, patron ?

— Ça va. Alors, qu'est-ce qu'on a ?

— Mr. Hane a filmé l'agression avec sa caméra vidéo, répondit le plus âgé des deux flics, désignant l'homme en robe de chambre de son stylo.

— Je n'ai pas réfléchi, expliqua l'homme. Je n'ai pas eu le temps.

Le plus jeune flic appuya sur le bouton du magnétoscope. L'image apparut, claire et nette : l'image d'une clarté violente inondant la fenêtre. Au bas de l'écran, ce qui avait l'air d'être deux paires de jambes en train de danser.

Ils se levèrent tous et regardèrent en silence. La bande se dévidait : ils ne pouvaient rien voir de l'autre côté de la fenêtre, sauf les jambes.

— Si on ramène ça au labo, on devrait pouvoir obtenir une estimation de la taille du type, déclara Lucas.

L'homme en robe de chambre, l'air lugubre, comme un chien policier rentré bredouille, s'excusa.

— Je suis désolé.

Le plus vieux des flics tenta d'expliquer :

— Vous voyez, la lumière se reflétait presque directement dans l'objectif, du coup, où qu'il l'oriente, ce qu'il voulait filmer se trouvait derrière.

— J'étais bouleversé...

Dans le couloir, Lucas demanda :

— Comment sait-on qu'on n'a pas exactement la même chose sur la pellicule photo ?

— Parce qu'elle est sortie les prendre sur la terrasse, répondit Connell. Il n'y avait pas de fenêtre entre elle et le tueur pour renvoyer la lumière... Il y a un labo, où ils développent les photos dans l'heure à Midway, ouvert toute la nuit.

— Il y a peut-être un meilleur...

Elle secoua la tête.

— Non. On m'a dit que le développement automatique était ce qu'il y avait de plus fiable pour la pellicule Kodak. C'est à peu près partout la même qualité.

— La femme assassinée, dans la rue, vous l'avez suffisamment regardée ?

— Beaucoup trop. (Elle leva les yeux vers Lucas.) Il est sorti de ses gonds. C'était un tueur sournois, furtif, et maintenant, c'est Jack l'Éventreur.

— Et vous ?

— Il y a très longtemps que je suis sortie de mes gonds.

— Je voulais dire... Vous tenez le coup ?

— Je tiens le coup.

L'employé était tout seul, occupé à développer de la pellicule. Il pouvait tout arrêter, disait-il, et avoir des tirages en un quart d'heure, gratuitement.

— Vous êtes sûr que vous n'allez pas les bousiller ? demanda Lucas.

L'employé, un étudiant osseux en tee-shirt « Stone Temple Pilots », haussa les épaules.

— Une chance sur mille, peut-être moins. Vous n'aurez rien de mieux ailleurs.

Lucas lui tendit la pellicule.

— Allez-y.

Dix-sept minutes plus tard, le gamin dit :

— Le problème, c'est qu'elle a essayé de prendre une photo à cinquante ou soixante mètres, en pleine nuit, avec ce tout petit flash. Ce genre de flash est censé éclairer le visage de quelqu'un à trois ou quatre mètres.

— Il n'y a rien, là-dessus ! vociféra Connell, en postillonnant.

— Si, il y a quelque chose — vous pouvez voir, là ! protesta le gamin, indigné, en examinant l'un des tirages, presque noir.

La photo présentait une traînée jaune au milieu, sans doute un réverbère, au-dessus de ce qui était peut-être le toit d'un camion.

— C'est exactement ce qu'on obtient quand on prend des photos la nuit avec ces putains d'appareils photos.

Il se passait quelque chose sur ces images, mais ils ne pouvaient dire quoi au juste. C'étaient de simples traînées de lumière qui étaient peut-être une femme que l'on tuait à coups de couteau.

— Je n'en reviens pas ! s'exclama Connell.

Elle s'écroula sur le siège de la voiture, malade.

— Je n'ai confiance ni dans les témoins oculaires ni dans les photos, déclara Lucas.

Trois rues plus loin, Connell demanda précipitamment :

— Arrêtez-vous, s'il vous plaît. Là, au coin.

— Quoi ?

Lucas s'arrêta.

Connell sortit et se mit à vomir. Lucas sortit du véhicule à son tour, s'avança vers elle. Elle leva les yeux tant bien que mal, tenta de sourire.

— Ça s'aggrave. Il faut faire vite, Lucas.

— Ils vont se déchaîner, prévint Roux.

Elle avait allumé deux cigarettes en même temps, celle

qui était restée sur le rebord de la fenêtre se consumait toute seule.

— On l'aura, affirma Lucas. On maintient la surveillance chez Sara Jensen. Il y a beaucoup de chances qu'il essaie de pénétrer dans l'appartement.

— Cette semaine, reprit Roux. Il faut que ça soit cette semaine.

— Très bientôt.

— Promis ?

— Non.

Lucas passa la journée à mener l'enquête de routine liée à l'assassinat d'Éloïse Miller, à lire les rapports, et à appeler d'autres flics. Connell fit de même, ainsi que Greave. Les résultats des investigations menées sur les lieux du crime arrivèrent dans la journée. Le type était costaud et puissant, la femme s'était effondrée sous ses coups comme une poupée de chiffon.

Il y avait trois témoins oculaires : l'un d'eux disait que le tueur portait la barbe, et les autres, non. Deux témoins déclaraient qu'il avait une casquette, l'autre prétendait qu'il avait les cheveux noirs. Tous les trois étaient sûrs qu'il roulait en camionnette, mais ils étaient incapables d'en préciser la couleur exacte. Quelque chose et blanc. Il n'y aurait pas eu assez de poussière dans la rue pour relever les empreintes des pneus, même si deux voitures de flics et une ambulance n'étaient pas passées dessus.

Puis il y eut le rapport d'autopsie. Rien d'intéressant. Pas d'ADN possible. Pas d'empreintes digitales. Le labo était encore à la recherche de poils ou de cheveux.

A quatre heures, il abandonna la partie. Il rentra chez lui, fit une sieste. Weather rentra à six heures.

A sept heures, ils étaient tous deux étendus, la sueur séchait sur leurs épidermes. Au-dehors, par la fenêtre entrouverte de quelques centimètres, ils entendaient les voitures passer dans la rue, à cinquante mètres à peine, et, parfois, le murmure de voix tranquilles.

Weather se redressa sur un coude.

— Ta faculté de recul par rapport à ce que tu fais m'épate. (Elle traça un cercle sur sa poitrine du bout du doigt.) Si j'étais dans une impasse avec un problème comme celui que tu dois résoudre, je serais incapable de penser à quoi que ce soit d'autre. De faire ce qu'on vient de faire.

— Attendre fait partie du jeu. Ça a toujours été comme ça. Bien obligé d'attendre que le gâteau ait fini de cuire pour le manger.

— Pendant ce temps-là, des gens se font assassiner.

— Il y a toujours des gens qui meurent pour de mauvaises raisons. Quand on était dans le bois, l'hiver dernier, je t'ai suppliée de ne pas m'accompagner. Tu as refusé de rester derrière, du coup, je suis encore vivant. Si tu n'avais pas été là...

Il toucha la cicatrice sur sa gorge.

— Ça n'est pas la même chose, objecta-t-elle. (Elle toucha la cicatrice à son tour. Pour l'essentiel, c'était elle qui l'avait tracée.) Les gens meurent par hasard. Deux voitures se rentrent dedans, et quelqu'un meurt. Si le conducteur de l'une d'entre elles avait hésité cinq minutes supplémentaires au feu précédent, les véhicules ne seraient pas entrés en collision, et personne ne serait mort. C'est la vie. La chance ou la malchance. Mais ce que tu fais, toi... quelqu'un va peut-être mourir, parce que tu n'arrives pas à venir à bout d'un problème dont les solutions existent. Ou bien, comme l'hiver dernier, tu te surpasses, tu résous un problème insoluble et beaucoup de gens qui auraient dû mourir vivent...

Il ouvrit la bouche pour lui répondre, mais elle l'en empêcha avec de petites tapes sur la poitrine.

— Je ne critique pas. Je constate. Ton boulot est vraiment... bizarre. Ça ressemble plus à de la magie, ou bien à de la divination qu'à une science. Je suis une scientifique. Comme tous les gens avec qui je travaille. C'est routinier, la science. Ce que tu fais toi, c'est... fascinant.

Lucas émit un gloussement proprement stupéfiant, aigu, qui ne ressemblait à rien de ce à quoi elle était habituée, venant de lui. Pas un rire, ni un ricanement. Un gloussement. Elle baissa les yeux sur lui.

— Bon Dieu ! je suis content que tu vives avec moi,

Karkinnen. Des conversations comme celle-ci me tiendraient éveillé pendant des semaines, tu es meilleure que les amphés.

— Je suis désolée...

— Non, non. (Il se dressa sur un coude pour lui faire face.) J'en ai besoin. Personne n'a jamais regardé au fond de moi auparavant. Je crois qu'on peut vieillir et se rouiller beaucoup plus vite s'il n'y a jamais quelqu'un d'autre pour se donner la peine de regarder au fond de soi.

Quand Weather se leva pour aller dans la salle de bains, Lucas se leva et déambula dans l'appartement, à la recherche de quelque chose, sans savoir quoi au juste. Une photo d'Éloïse Miller, morte, s'était gravée dans sa mémoire : une femme sortie pour nourrir le chien d'un ami en voyage. Elle n'avait fait le chemin qu'une fois, tard le soir. Une fois de trop.

Lucas entendit Weather faire couler l'eau dans la salle de bains, et eut une pensée coupable pour les charmes de Jan Reed. Il soupira et écarta la journaliste de ses préoccupations. Il n'était pas censé penser à ça.

Ils en savaient si long, sur le tueur, songea-t-il. Son aspect général, sa taille, sa force, ce qu'il faisait, le genre de véhicules dans lesquels il roulait, s'il se servait effectivement d'une Taurus verte en plus de la camionnette. En ce moment même, Anderson tentait de faire des recoupements entre des listes de propriétaires de deux types distincts de véhicules, Taurus vertes et camionnettes.

Mais il y avait trop d'éléments contradictoires, dans ce qu'ils savaient. En procès, ça ne pardonnait pas.

Suivant ce qu'on croyait ou non, le tueur était un Blanc ou un Noir à peau claire, grand ou petit, un policier (ou peut-être un taulard), un usager de la cocaïne qui roulait en camionnette bleue et blanche, ou peut-être rouge et blanche, ou encore en berline Taurus de couleur verte. Il mettait des lunettes, ou non, et, bien qu'il soit à peu près acquis qu'il portait la barbe à un moment donné, il se pouvait très bien qu'il l'ait à présent rasée. Ou non.

Super.

Et même si ces détails étaient éclaircis, ils n'avaient pas

l'ombre d'une preuve pour le faire condamner. Peut-être que le labo découvrirait quelque chose, songea-t-il. Peut-être parviendraient-ils à trouver l'ADN grâce à une cigarette, et peut-être qu'il y aurait un code génétique correspondant dans la banque de données. Ça s'était déjà vu.

Et peut-être aussi que les cochons allaient se mettre à voler.

Lucas entra dans la salle à manger, joua quelques notes au piano. Weather lui avait offert de lui apprendre à jouer — elle avait donné des leçons quand elle était étudiante —, mais il lui avait répondu qu'il était trop vieux.

— On n'est jamais trop vieux, avait-elle rétorqué. Tiens, reprends un peu de vin.

— Je suis trop vieux. Je ne peux plus assimiler ce genre de truc. Mon cerveau n'enregistre pas, avait insisté Lucas, en prenant son verre. Mais je sais chanter.

— Tu sais chanter ? s'était-elle étonnée. Quoi, par exemple ?

— J'ai chanté *I love Paris* en concert au lycée, avait-il répondu, sur la défensive.

— Est-ce que je dois te croire ?

— Comme tu veux, mais c'est vrai.

Il avait bu une gorgée de vin.

Elle aussi, puis elle avait posé son verre sur une petite table, et fouillé, légèrement ivre, dans les partitions, avant de lancer :

— Ha ! ha ! elle le prend au mot. Voici la musique de *I love Paris*.

Elle s'était mise au piano, et il avait chanté ; remarquablement bien, lui avait-elle dit.

— Tu as une jolie voix de baryton.

— Je sais. Mon professeur de musique disait que j'avais un organe vibrant, et puissant.

— Ah !... Elle était jolie ?

— C'était un homme. Tiens, reprends un peu de vin.

Lucas pianota encore un peu, puis s'en fut dans la chambre à coucher, repensant aux témoins oculaires. Ils en avaient plus d'une douzaine, maintenant. Un certain nombre se trouvaient trop loin, au moment des faits, pour avoir vu grand-chose ; deux d'entre eux avaient eu si peur qu'ils aggravaient la confusion, plus qu'ils n'étaient utiles ; deux hommes avaient vu le visage du tueur pendant l'attaque perpétrée contre Evan Hart. L'un disait qu'il était blanc, l'autre que c'était un Noir à peau claire.

Et d'autres avaient vu le tueur trop longtemps auparavant pour s'en souvenir...

Weather était nue, penchée au-dessus de l'évier, les cheveux pleins de shampooing.

— Si tu me touches les fesses, j'attends que tu dormes et je te défigure, prévint-elle.

— Tu seras bien avancée, quand tu m'auras coupé le nez...

— Je ne parlais pas de te couper le nez !

Il s'appuya contre le chambranle.

— C'est quelque chose que les femmes ne comprendront jamais. Un cul vraiment bien fait, c'est une beauté tellement sublime qu'il est presque *impossible* de se retenir d'y toucher.

— Oui, eh bien, résiste à la tentation.

Lucas l'observa un moment, avant de poursuivre :

— A propos, il y a des sourds qui croient avoir vu la camionnette du tueur. Ils en étaient certains. Mais ils ont donné une immatriculation qui n'existe pas — CUL.

Il lui toucha les fesses.

— Je te jure, Lucas, que ce n'est pas sous prétexte que je ne peux pas me défendre pour l'instant que tu vas... !

— Comment se fait-il qu'ils soient si sûrs d'eux, et qu'ils aient donné un mauvais numéro ?

Weather cessa de se savonner la tête.

— Beaucoup de sourds ne savent pas lire l'anglais.

— Quoi ?

Elle le regarda par-dessous son aisselle, la tête toujours dans le lavabo.

— Ils ne savent pas lire l'anglais. C'est une langue très difficile à apprendre, si on ne l'entend pas. Des tas de sourds ne prennent pas la peine de le faire. Ou n'apprennent que le strict nécessaire, juste assez pour lire les menus et reconnaître les arrêts d'autobus.

— Et comment font-ils pour communiquer ?

— Ils communiquent par signes.

— Je voulais dire : avec le reste du monde.

— Très souvent, ça ne les intéresse pas. Les sourds ont une culture à eux, ça leur suffit, ils n'ont pas besoin du reste du monde.

— Ils ne savent ni lire, ni écrire ? s'étonna Lucas.

— Pas l'anglais. Il y en a beaucoup qui ne savent pas, en tout cas. C'est très important ?

— Je ne sais pas. Mais je le saurai bientôt.

— Ce soir ?

— Tu avais d'autres projets ?

Il toucha de nouveau les fesses de Weather.

— Pas vraiment. Il faut que j'aille me coucher.

— Je vais peut-être passer un coup de fil. Il n'est même pas dix heures.

Annalise Jones était sergent dans la police de Saint Paul. Lucas réussit à la joindre chez elle.

— C'est un interne qui s'est chargé de la traduction. Un étudiant de St. Thomas. Il avait l'air de savoir ce qu'il faisait.

— Vous n'avez pas d'interprète permanent ?

— Si, mais il était absent.

— Comment est-ce que je pourrais obtenir leurs noms ? Ceux des sourds, je veux dire ?

— A cette heure-ci ? Il faudrait que je téléphone.

— Ça vous serait possible ?

A onze heures il avait un nom et une adresse dans St. Paul Avenue. A environ trois kilomètres. Il prit sa veste. Weather, couchée, l'appela d'une voix ensommeillée.

— Tu sors ?

— Juste un petit moment. Il faut que j'en aie le cœur net.

— Sois prudent...

Les maisons, sur St. Paul Avenue, étaient pour la plupart des pavillons construits durant l'après-guerre, auxquels on avait ajouté des éléments ou qu'on avait transformés, avec de petites cours bien tenues, et des garages situés derrière le bâtiment principal. Lucas descendit l'avenue en lisant les numéros, jusqu'à ce qu'il trouve le bon. Il y avait de la lumière aux fenêtres. Il fit quelques pas sur le trottoir, et appuya sur la sonnette. Au bout d'un moment, il entendit des voix, puis une ombre passa devant les rideaux des fenêtres, la porte d'entrée s'ouvrit de trente centimètres, une chaîne de sécurité tendue dans l'intervalle. Un petit homme âgé passa la tête.

— Oui ?

— Lucas Davenport, de la police de Minneapolis. (Il montra son insigne et la porte s'ouvrit plus largement.) Est-ce que Paul Johnston habite ici ?

— Oui. Il a des ennuis ?

— Non, il n'a pas d'ennuis. Mais il a fait une déposition aux policiers de Saint Paul concernant une affaire en cours, et j'ai besoin de lui parler.

— A cette heure-ci ?

— Je suis désolé, mais c'est assez urgent.

— Eh bien, je pense qu'il est chez les Warren. (Il se tourna et appela quelqu'un à l'intérieur de la maison.) Shirley ? Est-ce que Paul est chez les Warren ?

— Je crois.

Une femme en robe d'intérieur rose s'avança dans l'entrée, la main serrée sur les pans de la robe.

— Qu'est-ce qui se passe ?

— C'est un policier. Il cherche Paul...

Les Warren étaient une famille de sourds de Minneapolis, et leur domicile était une sorte de lieu de rassemblement pour leurs semblables. Lucas se gara à deux maisons de là, au bout d'une longue file de voitures, toutes groupées autour de chez les Warren. Un homme et une femme étaient assis sur le perron ; ils buvaient de la bière et le regardèrent s'approcher. Il traversa la largeur du trottoir, et dit :

— Je cherche Paul Johnston.

Les deux échangèrent un coup d'œil, puis l'homme lui répondit par signes, et Lucas secoua la tête. L'homme haussa les épaules, émit un coassement étranglé ; alors

Lucas sortit son insigne, le leur montra, pointa l'index vers la maison et répéta :

— Paul Johnston ?

La femme soupira, leva un doigt et disparut à l'intérieur. Elle revint un peu plus tard, suivie d'une adolescente blonde, longue et mince comme un fil, au visage étroit et aux yeux gris. La femme se rassit, tandis que la blonde demandait :

— Est-ce que je peux vous aider ?

— Je suis un policier de Minneapolis et je cherche Paul Johnston, qui a contacté la police de Saint Paul au sujet d'une affaire sur laquelle nous travaillons.

— Les meurtres. On en a parlé ensemble. Ça n'a jamais eu de suite.

— D'après ce que j'ai compris, Saint Paul a enregistré une déposition.

— Ouais, mais on n'en a plus jamais entendu parler... Attendez, je vais le chercher.

Elle retourna à l'intérieur et Lucas attendit, en évitant de poser les yeux sur les deux sourds assis devant la maison. Ils le sentaient et paraissaient trouver ça drôle. De temps en temps, il croisait tout de même leurs regards, et leur faisait un signe de tête ou bien levait les sourcils, il se sentait alors particulièrement stupide.

L'adolescente tout en longueur revint avec un homme trapu aux cheveux foncés, qui examina Lucas de près, et poussa un grognement inarticulé, empreint de mauvaise humeur. Des lunettes trop grandes aux verres épais donnaient à ses yeux un aspect lunaire. Il se tenait au-dessous de la lampe du porche, et l'éclairage nimbait ses longs cheveux d'un halo de lumière.

— Je ne sais pas parler par signes, signala Lucas.

La blonde :

— Sans blague ? Qu'est-ce que vous voulez savoir ?

— Ce qu'il a vu. On a un numéro minéralogique, mais il s'agit forcément d'une erreur. L'État n'autorise pas la vulgarité ou ce qui pourrait y ressembler, alors, il n'existe aucune plaque avec CUL.

La fille ouvrit la bouche pour dire quelque chose, puis se tourna vers Johnston, ses mains se mirent à fendre l'air. Une seconde plus tard, Johnston secoua la tête, l'air exaspéré, et lui répondit par signes.

— Il dit que le type du poste de police était un incapable.

— Je ne le connais pas.

La blonde employa à nouveau le langage des signes et Johnston lui répondit.

— Il avait peur qu'ils aient mal lu, mais ce crétin du poste de police ne savait pas communiquer par signes, traduisit-elle, en regardant ses mains.

— Ça n'était pas CUL ?

— Oh si ! C'est pour ça qu'ils s'en sont souvenus. Le mec les a presque renversés, Paul a vu la plaque, et s'est mis à rire, parce qu'il y avait marqué CUL et que le type était un trou-du-cul.

— Des plaques avec CUL, ça n'existe pas.

— Et dans l'autre sens ?

— Dans l'autre sens ?

Elle hocha la tête.

— Pour Paul, que ce soit écrit dans un sens ou dans l'autre, ça ne fait pas beaucoup de différence. Il connaît à peine quelques mots, et ce CUL lui a sauté aux yeux. C'est pour ça qu'il s'en est souvenu. Il savait bien que c'était dans l'autre sens. Il a essayé d'expliquer tout ça, mais je suppose que tout n'a pas été compris. Paul dit que le type du poste de police était un nul illettré.

— Doux Jésus ! Alors la plaque, c'était LUC ?

— C'est ce que dit Paul.

Lucas regarda Paul, le sourd hocha la tête.

CHAPITRE XXVII

Lucas, occupé au téléphone, entendit Connell courir dans le couloir, et sourit. Elle surgit en trombe dans le bureau. Son visage, qui n'était pas maquillé, avait la couleur de la cendre ; fatigué, les traits tirés.

— Qu'est-ce qui se passe ?

Lucas mit la main sur le microphone.

— Il se peut qu'on ait enfin un peu de chance. Vous vous souvenez des sourds ? Saint Paul a mal compris le numéro d'immatriculation.

— Comment est-ce qu'ils ont pu faire pour le comprendre de travers ? exigea-t-elle de savoir, les poings sur les hanches. C'est stupide.

— Une minute, s'il vous plaît. (Il ajouta, dans le combiné :) Vous pouvez envoyer ça ? Le faxer ? Ouais. J'ai le numéro. Et, écoutez, j'apprécie beaucoup ce que vous avez fait. J'appellerai votre chef dans la matinée et je le lui dirai.

— Alors ? questionna Connell quand il eut raccroché.

Lucas fit pivoter son siège pour lui faire face.

— Le sourdingue qui a vu la plaque — ils ont mal traduit ce qu'il disait. L'interprète ne comprenait pas bien le langage des signes ou quelque chose comme ça. J'ai regardé ce rapport une demi-douzaine de fois au moins et je me disais : comment est-ce qu'ils ont pu se tromper là-dessus ? Et jusqu'à ce soir je ne m'étais pas déplacé pour poser la question. La plaque, c'était LUC, c'est-à-dire cul, dans l'autre sens.

— Je n'arrive pas à y croire.

— C'est pourtant ce qui s'est passé.

— Impossible que ce soit aussi simple.

— Peut-être pas. Mais il y a mille plaques immatriculées LUC dans l'État, dont deux cent soixante-douze camionnettes. Et le sourd avait l'air de savoir ce qu'il disait.

Anderson entra avec deux gobelets pleins de café. Il s'assit et se mit à boire alternativement dans les deux.

— Vous avez les renseignements ?

— Ils sont en train de vous les faxer.

— Il y a sûrement une meilleure façon de faire. De tout faire en même temps. Il faut mettre un logiciel au point.

— Ouais, ouais, allons voir ça.

Greave, en jean et tee-shirt, les rejoignit pendant qu'ils traversaient les couloirs plongés dans l'obscurité, en direction du placard qui servait de bureau à Anderson, à la brigade criminelle. Lucas lui expliqua ce qu'ils allaient faire.

— On va examiner tout ce qu'Anderson réussira à sortir de sa banque de données. On cherche un flic, ou quelqu'un qui a fait de la prison, en particulier pour crimes sexuels et tout ce qui concerne le cambriolage.

A quatre heures du matin, n'ayant toujours rien trouvé, Lucas et Connell allèrent ensemble à la machine à café.

— Comment vous sentez-vous ?

— Aujourd'hui, un peu mieux. Hier, ça n'allait pas très fort.

— Hum.

Ils regardèrent le café s'écouler dans un gobelet, et Lucas ne savait pas très bien comment poursuivre la conversation. Alors il dit :

— Il y a beaucoup plus de paperasses que je ne m'y attendais. J'espère qu'on parviendra à en venir à bout.

— Oh ! on y arrivera. (Elle prit une gorgée de café, et regarda le liquide couler dans le gobelet de Lucas.) Je n'en reviens pas, que vous vous soyez aperçu de cette erreur, sur la plaque ! Je n'arrive pas à comprendre comment vous est venue l'idée de vérifier.

Lucas pensa au cul de Weather, sourit et répondit :

— Ça m'a tout simplement traversé l'esprit.

— Vous savez, quand je vous ai rencontré, je me suis dit que vous étiez juste un costume de plus. Vous savez, un costard. Grand, costaud, élégant et viril, achète des complets bien coupés, plaît aux femmes, tape sur l'épaule des copains, et grimpe dans la hiérarchie.

— Vous avez changé d'avis ?

— En partie. (Elle avait pris l'air songeur, comme s'il s'agissait d'une question grave, nécessitant une réflexion en profondeur.) Je crois toujours qu'il y a une part de vérité là-dedans — mais, à présent, je pense aussi que, sous certains aspects, vous êtes plus intelligent que moi. Vous n'avez rien d'un costard, sous cet angle-là.

Lucas était gêné.

— Je ne crois pas être plus intelligent que vous, marmonna-t-il.

— Ne prenez pas ces compliments trop au sérieux, répliqua Connell sèchement. J'ai dit, *sous certains aspects*. Pour le reste, vous êtes quand même un costard.

A six heures du matin, un jour perçant traversa les fenêtres, un pan de lumière froide comme de la glace. Greave leva les yeux d'une pile de papiers.

— J'ai trouvé quelque chose d'intéressant.

— Ouais ?

Lucas leva les yeux. Ils avaient retenu sept possibilités, et aucune ne l'emballait. Sur le lot, un flic, un vigile.

— Un type appelé Robert Koop. Il était gardien de prison. Il a démissionné il y a six ans. Il roule en camionnette Chevrolet S-10 rouge et blanc, modèle 1992, pas d'assurance, prix net dix-sept mille trois cent quarante dollars.

— Pour l'instant, ça a l'air de coller, commenta Connell.

— S'il était gardien de prison, il n'avait probablement pas beaucoup d'argent, poursuivit Greave comme s'il réfléchissait à voix haute. Il prétend travailler dans un gymnase appelé *Two Guy's*...

— Je connais, dit Lucas.

— Et il déclare un revenu annuel de quinze mille dollars depuis qu'il a quitté la prison. Comment fait-il pour rouler dans un véhicule à dix-sept mille dollars flambant neuf ? Et il a payé comptant, après qu'ils lui eurent repris son ancienne voiture pour une valeur de sept mille dollars.

— Hum.

Lucas s'approcha pour jeter un coup d'œil, et Connell s'extirpa de son siège.

— Il vit à Apple Valley. Combien ça vaut une maison, là-bas ? Cent cinquante mille ?

— Cent cinquante mille pour une maison et une camionnette à dix-sept mille dollars, c'est pas mal, pour un type qui en gagne quinze mille par an.

— Il économise en sautant le déjeuner, probablement, ironisa Greave.

— Il saute plusieurs repas par jour, à mon avis, rectifia Lucas. Où sont les renseignements donnés par le permis de conduire ?

— Je les ai...

Greave replia plusieurs feuilles de papier, et trouva.

— Un mètre soixante-quinze, quatre-vingts kilos, dit Lucas. Petit et lourd.

— Petit et costaud, peut-être, suggéra Connell. Comme notre homme.

— Quel est son numéro d'immatriculation ? demanda Anderson.

Ses mains pianotaient sur les claviers. Ils bénéficiaient d'un accès limité aux banques de données du service de renseignements. Lucas lut le numéro sur le formulaire de demande, et Anderson le tapa sur l'ordinateur.

Une seconde plus tard, il s'exclama, surpris :

— Bon Dieu ! on a mis en plein dans le mille.

— Quoi ?

C'était le premier véritable succès qu'ils aient eu dans leurs recherches. Lucas et Connell se rapprochèrent d'Anderson pour regarder par-dessus son épaule. Quand le dossier apparut sur l'écran, ils découvrirent une longue liste de numéros minéralogiques relevés devant *Steve's Fireside City*. Le service de renseignements pensait que ce magasin de poêles et de cheminées servait de couverture à un receleur, mais n'avait jamais obtenu assez d'informations pour opérer une arrestation.

— Un fourgue de haut vol, observa Lucas, lisant entre les lignes du rapport. Quelqu'un qui s'occuperait de l'orfèvrerie, des bijoux, des Rolex, ce genre de choses. Pas des stéréos, ni des magnétoscopes.

— Peut-être qu'il achetait une cheminée, suggéra Greave.

— Il n'a pas les moyens, après la camionnette, répliqua Lucas. (Il prit son carnet d'adresses dans sa veste, le feuilleta.) Tommy Smythe, Tommy... (Il composa un numéro et demanda, un peu plus tard :) Mrs Smythe ? Lucas Davenport à l'appareil, de la police de Minneapolis. Excusez-moi de vous déranger, mais je voudrais parler à Tommy... Oh ! doux Jésus, je suis désolé... Oui, merci.

Il griffonna un nouveau numéro sur son carnet.

— Divorcé, expliqua-t-il à Connell.

— De qui s'agit-il ?

— Directeur adjoint de la prison de Stillwater. On allait à l'école ensemble... C'est un costard, lui aussi. (Il composa un autre numéro, attendit.) Tommy ? Lucas Davenport. Oui, je sais l'heure qu'il est, je n'ai pas dormi de la nuit. Est-ce que tu te souviens d'un gardien appelé Robert Koop, à Stillwater, il y a six ans ? Il avait démissionné.

Smythe se souvint.

— ... l'ai jamais pris sur le fait, mais il n'y avait aucun doute. Il a été balancé par deux types qui ne se connaissaient pas. On lui a dit qu'on était sur le point de le faire inculper. C'était ça ou bien il foutait le camp. Il a préféré partir. On n'avait pas assez d'éléments pour le poursuivre autrement qu'en pure perte, raconta la voix ensommeillée.

— D'accord. Est-ce qu'il courait des bruits sur son compte, des problèmes sexuels par exemple ?

— Pas que je sache.

— Est-ce qu'il était en cheville avec des cambrioleurs ?

— Je ne me souviens pas de tous les détails, mais il l'était, oui. Je crois que son principal client, c'était Art Mac Clatchey, qui avait été un cambrioleur d'envergure, des années auparavant. Il a déconné, tué une vieille dame pendant un coup, et s'est fait pincer. Ça s'était passé à Afton.

— Un monte-en-l'air ?

— Ouais. Pourquoi ?

— Écoute, tout ce que tu pourras trouver dans les archives qui pourrait faire la lumière sur leurs relations, on appréciera. Ne pose pas de question dans la population pénitentiaire. On essaie d'éviter les fuites.

— Est-ce que je peux te demander pourquoi tu veux savoir tout ça?

— Pas encore.

— On ne risque pas d'avoir des ennuis, n'est-ce pas?

— Je ne vois pas comment. S'il y a le moindre risque, je te préviendrai.

Lucas raccrocha et mit les autres au courant.

— Il revendait de la drogue aux prisonniers. De la cocaïne et des amphétamines. Un de ses principaux clients était un vieux monte-en-l'air nommé Mac Clatchey.

— De mieux en mieux. Et maintenant?

— On finit d'éplucher les fiches, au cas où on tomberait sur un autre candidat ayant le profil. Après, on va discuter avec Roux. On veut examiner ce Robert Koop d'un peu plus près. Mais on va le faire en douceur.

Il y avait onze possibilités quand ils finirent, mais la bonne, c'était Robert Koop. Ils rassemblèrent les informations glanées dans les divers bureaux délivrant les papiers officiels — carte grise des véhicules, permis de conduire, et un vieux permis poids lourds émis dans le comté de Washington — et ce qu'ils avaient obtenu de l'administration des impôts.

A l'époque où il travaillait à Stillwater, Koop avait vécu à Lakeland. Une vérification auprès du département des impôts sur la propriété foncière établit que la maison où habitait Koop était la propriété d'un couple de Lakeland. Koop était apparemment du genre locataire. La maison d'Apple Valley, d'après le percepteur de Dakota County, était louée elle aussi. Son propriétaire actuel avait une adresse en Californie, et les timbres fiscaux révélaient un emprunt-logement de cent quinze mille dollars, datant de 1980.

— Si le propriétaire doit rembourser cent quinze mille dollars... voyons, moi, c'est quatre-vingt mille. Bon Dieu! je ne vois pas comment il pourrait la louer au-dessous de quinze cents dollars par mois, commenta Greave. Ce qui est bien au-dessus des moyens de Koop.

— Pas grand-chose à tirer des archives, signala Anderson. Des empreintes digitales faites à Stillwater, et un autre jeu, pris à l'armée. J'essaie d'obtenir ses antécédents militaires.

Le téléphone sonna. Lucas décrocha, écouta, remercia et raccrocha.

— Roux, expliqua-t-il à Connell. Elle vient d'arriver. Allons discuter avec elle.

Ils obtinrent Sloan et Del en renfort, et une camionnette avec des vitres sans tain, équipée de radios à système de brouillage incorporé, fournies par le service de renseignements. Lucas et Connell étaient tous les deux dans sa voiture à elle ; Sloan et Del prenaient chacun la sienne. Greave et O'Brien se servaient de la camionnette. Ils se retrouvèrent dans le parking d'un magasin Target et choisirent un restaurant où ils pourraient attendre.

— Connell et moi, on prendra le premier quart, déclara Lucas. On peut faire une rotation toutes les deux heures ; quelqu'un peut traîner aux alentours de sa maison pendant qu'on déplace la camionnette pour la relève... On va lui passer un coup de fil tout de suite, voir s'il est là.

Connell appela. On lui répondit, elle demanda Mr. Clark au département peinture.

— Il est chez lui, indiqua-t-elle en coupant la communication sur le téléphone cellulaire. Il avait la voix endormie.

— Allons-y, dit Lucas.

Ils passèrent devant la maison de Koop, un bâtiment remarquablement anodin dans un secteur où l'on semblait mettre un point d'honneur à différencier sa maison des autres. Ils se garèrent un peu au-dessus, à deux rues de là. La pelouse était bien tenue mais pas impeccable, d'une couleur verte artificielle semblant indiquer que l'entretien en était assuré par un service spécialisé. Il y avait un garage pour deux voitures avec une seule porte. Des stores en bois étaient baissés devant les fenêtres, bouchant la vue. Aucun journal ne traînait ni sur la pelouse ni sur le porche.

Lucas gara la camionnette et passa entre les sièges pour se glisser à l'arrière, où se trouvaient deux sièges, une glacière vide, et une radio dont ils ne devaient pas se servir. Connell examinait la maison avec des jumelles.

— Ça a l'air on ne peut plus normal, observa-t-elle.

— Il va pas mettre un panneau publicitaire devant chez lui, ironisa Lucas. Il y a quelques années, dans une affaire, le type vivait dans un quadruplex. Tout le monde disait que c'était un très bon voisin. C'était probablement vrai, sauf quand il sortait tuer des femmes.

— Je m'en souviens. Le chien enragé. Vous l'avez tué.

— Il le fallait.

— A votre avis, comment est-ce que ça se serait passé, au tribunal, je veux dire, s'il ne s'était pas fait descendre?

Lucas eut un petit sourire.

— Vous voulez dire, si je ne l'avais pas abattu à coups de revolver... En fait, on avait des preuves, il n'avait aucune chance. C'était sa deuxième attaque sur la même femme.

— Elle l'obsédait?

— Non, je crois qu'il était simplement hors de lui. Furieux contre moi, à vrai dire. On le surveillait, et il s'en est rendu compte, a glissé entre les mailles du filet, et s'est lancé à la poursuite de la femme. C'était presque... pour nous narguer. Il était complètement givré.

— On n'a encore rien de concluant, contre Koop.

— C'est le moins qu'on puisse dire. Ça m'inquiète, d'ailleurs.

Ils discutèrent un moment, puis la conversation s'éteignit lentement. Il ne se passa rien. Au bout de deux heures, ils firent le tour du pâté de maisons, échangèrent leur véhicule contre celui de Sloan et d'O'Brien, allèrent s'asseoir au restaurant avec Del et Greave.

— On voulait aller au cinéma, déclara Del. On a tous des récepteurs électroniques.

— Je pense qu'il ne faut pas bouger, dit Connell, anxieuse.

— On en reparlera quand vous aurez bu quinze tasses de café. J'en ai marre d'aller pisser sans arrêt.

Del et Greave prirent la relève, puis ce fut à nouveau le tour de Lucas et de Connell. O'Brien avait encore apporté *Penthouse* avec lui, et l'avait oublié dans la camionnette. A la moitié de leur quart, Connell se mit à le lire, à regarder les images, à rire de temps en temps. Lucas détournait nerveusement le regard.

Del et Greave étaient dans la camionnette lorsque Koop commença à se remuer. Leurs récepteurs électroniques retentirent simultanément, et tout le monde les regarda, dans le restaurant.

— Un congrès de médecins, expliqua Sloan à un banlieusard bouche bée quand ils s'en allèrent.

— Qu'est-ce que tu vois, Del ? interrogea Lucas.

— La porte du garage est en train de se lever. On voit la camionnette, une Chevrolet rouge et blanche.

La première fois qu'ils virent Koop, il sortait de son véhicule pour se rendre dans un restaurant de la chaîne Denny's.

— Pas de barbe, nota Connell, en l'examinant à la jumelle.

— L'affaire Hart a fait pas mal de bruit, fit remarquer Lucas. Il a dû se raser. Deux témoins de l'agression contre Miller ont dit qu'il était bien rasé.

Sa démarche trahissait une puissance contenue, comme un ressort prêt à se détendre. Il portait un jean et un tee-shirt. Il avait un corps de pierre, taillé dans la masse.

— Un haltérophile, observa Lucas. Un bon Dieu de gorille !

— Je l'ai perdu de vue, il est dans un des boxes de devant, intervint Sloan. Vous voulez que j'aille faire un tour à l'intérieur ?

— Laissez-moi y aller, demanda Connell.

— Attendez une minute, dit Lucas. (Il rappela Sloan.) Est-ce qu'il est tout seul ?

— Ouais.

— N'y allez pas, sauf si quelqu'un vient le voir. Sinon, restez à l'écart. (Puis s'adressant à Connell :) Vous feriez mieux de ne pas vous montrer. Si ça ne donne rien et qu'on ait besoin de vous pour protéger Jensen, il vaut mieux que votre visage ne lui soit pas familier.

— D'accord.

Elle fit un signe de tête.

Lucas retourna à la radio.

— Sloan, est-ce qu'il peut voir sa camionnette, de là où il est ?

— Non.

— On va aller voir, dit Lucas.

Ils s'étaient arrêtés dans une station de lavage automatique de voitures.

La voiture de Connell traversa la rue, et s'arrêta juste à côté du véhicule de Koop. Lucas sortit, jeta un regard vers la camionnette par-dessus le toit de la voiture, et se rassit sur le siège passager.

— Doux Jésus !

— Quoi ? (Elle était surprise.) Vous n'allez pas voir ?

— Il y a un paquet de Camel sur le tableau de bord.

— Quoi ?

Elle n'avait pas l'air de comprendre.

— Camel sans filtre, précisa-t-il.

Connell regarda Lucas, les yeux écarquillés.

— Oh ! mon Dieu ! souffla-t-elle. C'est lui.

Lucas prit la radio.

— Sloan, tout le monde, ouvrez les oreilles. On a une confirmation, sur ce type. Restez calmes et à l'écart. Il va nous falloir une équipe de soutien...

CHAPITRE XXVIII

Ils continuaient à faire suivre Koop pas à pas, tout en exposant l'affaire, au siège de la police. Thomas Troy, du bureau du procureur, déclara qu'ils manquaient encore de présomptions suffisamment fondées pour lui mettre la main au collet.

Celui-ci et Connell, assis avec Roux dans le bureau de cette dernière en compagnie de Lucas et de Mickey Green, un autre assistant du procureur, passèrent en revue les éléments dont ils disposaient :

— La femme tuée dans l'Iowa a raconté à une amie qu'elle avait rendez-vous avec un flic. Mais Koop n'a jamais été flic, fit observer Troy.

— Hillerod l'a vu à Madison, et affirme que Koop avait reconnu son tatouage de prisonnier, avança Connell.

— Ça, c'est de la divination, dit Troy, et les perceptions extrasensorielles ne donnent rien, à la barre des témoins.

— D'autre part, ajouta Green, Hillerod n'arrive pas à se souvenir à quoi ressemble Koop, sans compter qu'en plus d'un casier judiciaire chargé il vient d'être arrêté pour une série de délits sérieux et une violation de liberté sur parole. La défense claironnera qu'il est prêt à dire tout ce qu'on veut pour une remise de peine. Et, en fait, on a d'ores et déjà passé un marché avec lui.

— Il a été vu en train de se débarrasser d'un cadavre par deux témoins, qui ont donné une description de lui et de sa camionnette, continua Connell.

— Les descriptions sont contradictoires, même en ce qui concerne le véhicule, répliqua Troy. Ils ont vu ce type la nuit, de loin. L'un d'entre eux est un revendeur de crack, de son propre aveu, et l'autre un type qui traînait avec ce trafiquant de drogue.

— Les Camel, dit Connell.

— Il doit y avoir cinquante mille fumeurs de Camel dans les Cités jumelles. Et la plupart roulent en camionnette et en camion, objecta Troy.

— Il a le même aspect que l'agresseur de Hart — costaud et musclé.

— *Grand*, costaud et musclé, ont dit les témoins, coupa Troy. Koop est petit. D'autre part, l'agression contre Hart n'a pas forcément de rapport avec les attaques perpétrées contre des femmes. L'homme qui s'en est pris à Hart avait une barbe et portait des lunettes. Koop a le visage rasé, le port des lunettes n'est pas requis sur son permis de conduire, et il n'avait pas de lunettes sur le nez, ce matin. Les témoins se sont révélés incapables de l'identifier quand on leur a présenté son portrait au milieu d'autres photos.

— Vous travaillez contre nous ! fulmina Connell.

— Foutaise ! Je ne fais qu'ébaucher une tactique élémentaire pour la défense. Un bon avocat mettrait votre dossier en pièces, au procès. Il nous faut une preuve. Rien qu'une. Trouvez-la-moi, et on l'aura !

Koop passa le premier jour de la surveillance dans sa camionnette, à rouler sans but, sur de longs itinéraires compliqués. Il s'arrêta au gymnase *Two Guy's*, y passa deux heures, avant de repartir, ne s'arrêtant que pour manger dans des restaurants fast-food, et une fois pour prendre de l'essence.

— Je crois qu'il s'est rendu compte qu'on le suivait, déclara Del sur une des radios équipées de brouilleur automatique, pendant qu'ils attendaient dans les embouteillages, sur l'Interstate 94 entre Saint Paul et Minneapolis. A moins qu'il ne soit cinglé.

— On le sait ça, qu'il est cinglé, râla Connell. La question c'est : qu'est-ce qu'il fait ?

— Il n'est pas en mission de repérage, intervint Lucas, dans une troisième voiture. Il se déplace trop vite pour ça. Et il ne revient jamais en arrière. Il se contente de rouler. Il n'a pas l'air de savoir où il va — il est sans cesse à tourner en rond, ou à s'engager dans des impasses.

— Eh bien, il faut faire quelque chose, proposa Del. Parce que, s'il ne nous a pas encore vus, ça va venir. Il va nous entraîner dans un coin de banlieue où il va falloir faire demi-tour, et on va lui passer sous le nez une fois de trop. Où diable est passé le soutien logistique ?

— On est là, répondit le type de l'équipe de soutien à la radio. Dès que ce fils de pute s'arrête, on lui colle une étiquette.

A trois heures, Koop s'arrêta dans un restaurant Perkins et s'installa dans un box. Pendant que Lucas et Connell le surveillaient du dehors, Henri Ramirez, du service de renseignements, se glissa sous la camionnette pour y accrocher un transmetteur électronique actionné à distance par télécommande, avec une pile autonome. Il plaça un clignotant infrarouge plat au milieu du toit du véhicule. Si Koop grimpait sur le toit, il le verrait. Sinon, l'appareil était invisible, et on pouvait suivre la camionnette la nuit, par avion.

A neuf heures, dans les dernières lueurs du jour, Koop sortit du dédale de routes qui entouraient le lac Minnetonga et prit la direction de l'est, vers Minneapolis. Il n'y avait plus aucun véhicule ouvrant la voie. Cela s'était révélé impossible. Toutes les voitures qui le filaient étaient loin derrière lui. La camionnette radio suivait en silence, l'avion de surveillance faisait tout le boulot. De là-haut, le type qui surveillait Koop en se servant de lunettes infrarouges signala qu'il ne le perdait pas de vue, et le suivit à la trace, rue par rue, dans les Cités jumelles.

— Il va chez Jensen, indiqua Lucas à Connell, en suivant l'itinéraire de Koop sur la carte.

— Je ne sais plus où je suis.

— On approche des lacs. (Lucas fit un appel radio, pour prévenir les autres :) On décroche, on va chez Jensen.

Il appela chez Jensen, mais son téléphone ne répondait pas. Il appela le standard de la police et obtint le numéro du gardien de l'immeuble.

— On a un problème, et on a besoin d'aide...

Le gardien attendait près de la porte du garage de l'immeuble. Lucas se gara sur une place réservée aux véhicules de handicapés.

— Qu'est-ce que vous voulez que je fasse ? demanda le gardien, en lui tendant une clé de l'appartement de Jensen.

— Rien, répondit Lucas. Rentrez chez vous. On aimerait bien que vous restiez près du téléphone. Attendez là. Abstenez-vous de sortir dans le couloir, je vous en prie.

A l'adresse de Connell :

— S'il vient ici, il est fait. Si on l'attrape chez Jensen, c'est une preuve qu'il la traque, et que c'est lui le fumeur de Camel sur l'abri du climatiseur, en face. L'agression au couteau le rattache aux assassinats, et au mégot de Camel trouvé sur Wannemaker.

— Vous croyez qu'il va venir ? demanda-t-elle pendant qu'ils se pressaient vers l'ascenseur.

— Je le souhaite. Mon Dieu ! que je le souhaite ! On en finirait avec cette histoire.

Ils entrèrent dans l'appartement de Jensen, et Lucas alluma. Puis il sortit son .45 de sa gaine pour une ultime vérification du matériel.

— Qu'est-ce qu'il fait ? demanda Lucas.

— Il avance très lentement, mais il avance, répondit par radio le type de l'avion. Là, là... on l'a perdu, il est sous des arbres, ou une connerie comme ça, attendez, j'ai vu le signal, je le vois, ça y est, il a redisparu...

— Je le vois, appela Del. Je suis garé sur le parking du magasin de motos, et il vient vers moi. Il accélère, mais il est sous les arbres, il va en sortir dans une sec...

— Je l'ai retrouvé, fit-on de l'avion. Il fait le tour du pâté de maisons. Il ralentit...

— Il roule très lentement, reprit Del. Je suis dans la rue, à pied, il est juste devant l'immeuble, il roule au pas, il est presque à l'arrêt. Non, il s'éloigne.

— Il s'en va, signala le type de l'avion une minute plus tard. Il se dirige vers le rond-point.

— Est-ce qu'il t'a vu, Del ?

— Impossible.

— Ah ! merde ! dit Connell.

— Ouais.

L'énergie soudaine qui les avait gonflés s'échappait de Lucas, comme d'un ballon crevé. Il fit deux fois le tour de la pièce.

— Nom de Dieu ! Nom de Dieu ! Qu'est-ce qu'il a ? Pourquoi est-ce qu'il n'est pas venu ?

Koop traversa le centre-ville et fit halte à un bar près de l'aéroport, où il but trois bières en solo, paya ses consommations, acheta une bouteille dans une boutique spécialisée dans la vente d'alcool située dans la même rue, et mit le cap sur son domicile.

Les lumières s'éteignirent quelques minutes après deux heures.

Lucas rentra chez lui. Weather dormait. Il lui donna une tape affectueuse sur les fesses avant de se coucher lui aussi.

Koop reprit la route le lendemain, traversant les banlieues est et sud de Saint Paul. Ils le filèrent jusqu'à une heure du matin, lorsqu'il finit par s'arrêter dans un restaurant Wendy's. Lucas roula jusqu'à un McDonald's un peu plus bas dans la rue. Il se sentait au bout du rouleau, vieilli, et plein d'ennui ; il prit un double *cheeseburger*, un cornet de frites, un *milk-shake*, et revint à la voiture à grands pas. Connell mangeait des morceaux de carottes crues dans une boîte Tupperware.

— George Beneteau a appelé, hier, pendant qu'on était au boulot, déclara Connell quand ils eurent épuisé tous les autres sujets de conversation.

— Ah ouais ?

Elle avait le chic pour le laisser sans voix.

— Il a laissé un message sur mon répondeur. Il voudrait qu'on sorte manger un steak ensemble ou quelque chose comme ça.

— Qu'est-ce que vous allez faire ?

— Rien, répondit-elle carrément. Je ne peux pas affronter ça. Je pense que je l'appellerai demain et que je lui expliquerai.

Lucas secoua la tête et engloutit ses frites. Il espérait qu'elle ne se mettrait pas à pleurer, comme la fois précédente.

Elle s'en abstint. Mais, un peu plus tard, tandis qu'ils escortaient Koop sur le pont de Lake Street, elle dit :

— Cette fille de la télé, Jan Reed... Vous avez l'air de vous entendre assez bien.

— Je m'entends bien avec beaucoup de journalistes, précisa Lucas, mal à l'aise.

— Je voulais dire que vous avez l'air d'être ami-ami.

— Oh ! pas vraiment.

— Mmm.

— Mmm quoi ?

— J'y réfléchirais à deux fois, si j'étais vous. C'est une de ces choses au sujet desquelles je vous soupçonne, vous savez, de n'être qu'un costard.

— Pas très futé.

— Vous m'ôtez les mots de la bouche.

Koop s'arrêta devant un magasin Firestone, mais ne quitta pas son véhicule. L'équipe de la camionnette de surveillance l'observait du parking d'un magasin Best Buy, et indiqua par radio qu'il semblait regarder un restaurant Denny's de l'autre côté de la rue.

— Il a mangé il y a moins d'une heure, observa Lucas. (Ils étaient un peu plus loin, garés devant un marchand de voitures d'occasion, un peu trop en évidence.) Allons jeter un coup d'œil aux voitures d'occasion.

Ils s'exécutèrent, et purent surveiller Koop à travers le pare-brise d'une vieille Buick. Au bout de dix minutes sur le parking Firestone, Koop mit le moteur en marche, roula jusqu'au restaurant Denny's où il entra.

— Il cherche à dépister une surveillance, dit Lucas. (A la radio :) Del, est-ce que tu pourrais y aller ?

— J'y vais... (Puis, quelques secondes plus tard :) Merde ! il ressort. Je vais faire le tour.

Koop sortit avec un café dans une tasse en carton. Lucas saisit le bras de Connell alors qu'elle s'apprêtait à rejoindre la voiture, et approcha la radio de son visage.

— On va rester une minute par ici. Vous restez à ses trousses. Hé, Harvey ?

Harvey était le responsable de la camionnette de surveillance.

— Ouais ?

— Est-ce que vous pourriez braquer une caméra vidéo sur la façade du Denny's, pour voir qui en sort ?

— Comme si c'était fait.

— Il n'est pas resté assez longtemps, expliqua Lucas à Connell. Il a parlé à quelqu'un. Pas assez longtemps pour que ça soit un ami, alors ça devait être pour affaires.

— Sauf si son ami n'était pas là, objecta Connell.

— Ça a *trop* duré pour ça... (Il ajouta, au bout d'un moment :) Nous y voilà. Oh ! Merde, Harvey, faites un gros plan sur ce type, vous vous souvenez de lui ?

— Je ne...

— Schultz Tout Court, dit Lucas.

Del, à la radio, tout en filant le train à Koop :

— *Notre* Schultz Tout Court ?

— Absolument, répondit Lucas.

Schultz monta dans une Camaro rouge et sortit prudemment de sa place de parking en marche arrière.

— Venez, dit Lucas à Connell, l'entraînant vers la voiture.

— Qui est-ce ?

— Un fourgue. Très prudent.

Une fois au volant, Lucas resta à distance respectable de Schultz, et appela une voiture de patrouille.

— Obligez-le à s'arrêter le long du trottoir. Et attendez.

Les policiers en uniforme débouchèrent à un carrefour et obligèrent Schultz à s'arrêter un peu bas dans la rue, sous un érable d'un vert éclatant. Lucas et Connell leur passèrent devant, et garèrent leur véhicule. Sur le trottoir, un gamin en tricycle contemplait la scène, les gyrophares clignotant, le flic debout derrière la portière ouverte. Schultz observait ce dernier dans son rétroviseur, et ne vit pas s'approcher Lucas qui venait au-devant de lui.

— Schultzie ! s'exclama Lucas, en se penchant à la vitre, les mains sur le toit. Comment vas-tu, mon vieux ?

— Ah ! merde, qu'est-ce que tu veux, Davenport ?

Schultz, choqué par cette apparition soudaine, essayait de ne rien laisser paraître.

— Ce que tu viens d'acheter à Koop, répondit Lucas.

Schultz était un petit homme au visage rond, à la peau marbrée. Il avait des favoris de couleur foncée, que le rasoir avait du mal à policer. Ses yeux étaient légèrement protubérants, et, quand Lucas prononça le mot « Koop », ils semblèrent sortir un peu plus de leurs orbites.

— Je n'arrive pas à croire que ce cinglé-là soit de ton ressort, dit Schultz au bout d'un moment, en ouvrant la portière.

— En fait, il ne l'est pas, ironisa Lucas.

Connell était debout de l'autre côté de la voiture, la main dans son sac.

— Qui c'est, la gonzesse ? demanda Schultz, en la désignant d'un signe de tête.

— Flic de l'État. Dis donc, est-ce que c'est une façon, ça, de parler du gouvernement ?...

— Je t'emmerde, Davenport, répliqua Schultz, en s'appuyant contre le capot. Bon, qu'est-ce qu'on fait ? J'appelle mon avocat, ou quoi ?

— Schultzie ! fit Lucas en ouvrant les bras.

— Schultz tout court, rectifia celui-ci.

Thomas Troy portait un chandail bleu de l'armée et un jean. Il avait l'air d'un type soigné, mais dur à cuire, un lieutenant-colonel de parachutistes. Il secouait la tête.

— On n'a pas assez d'éléments sur les meurtres proprement dits, même si on l'a vu rôder autour de chez Jensen. On peut faire semblant, cela dit, et l'embarquer.

— Comment ? demanda Roux. Qu'est-ce que vous suggérez ?

— On l'arrête pour cambriolage. Schultz nous en a assez dit là-dessus pour qu'on puisse le faire condamner. Si on ne trouve rien sur les meurtres ou le harcèlement de Jensen, eh bien... on le coincera au moins pour cambriolage, et, dans le rapport remis au juge avant la sentence, on fera savoir qu'on pense qu'il a quelque chose à voir avec ces assassinats. Si on tombe sur le bon juge, on peut obtenir qu'il soit condamné à une peine supérieure à celle prévue, et le faire enfermer pendant cinq ou six ans.

— Cinq ou six ans ?

Connell se leva de son siège.

— Asseyez-vous ! fit Troy sèchement.

Elle s'exécuta.

— Si vous trouvez quelque chose pendant la perquisition, ça nous ouvre plus de possibilités encore. Si on trouve des preuves qu'il a fait d'autres cambriolages, il écopera d'un ou deux ans de plus. Si on obtient des preuves qu'il a espionné Jensen, on repassera au tribunal pour un nouveau procès et on obtiendra encore quelques années de plus. Et s'il y a quoi que ce soit dans l'enquête qu'on arrive à rattacher directement aux meurtres — n'importe quel élément supplémentaire, même minuscule, à ajouter à ceux que vous avez déjà —, on peut s'arranger pour que les procès qui en découlent aient lieu après les autres, de manière que la publicité suscitée par les deux premiers le fasse condamner lourdement dans les autres.

— C'est vraiment parier sur les résultats, fit observer Lucas.

— Tout ce qu'il vous faut, c'est quelques poils de Wannemaker ou de Marcy Lane, et, avec ce que vous avez déjà comme présomptions, ça suffira. Si vous me donnez *quelque chose* — une arme, un cheveu, deux gouttes de sang, une empreinte —, on en tirera le maximum.

Connell regarda Lucas, puis Roux.

— Si on continue à le filer, on le verra peut-être approcher quelqu'un.

— Et s'il la tue dès qu'ils sont dans la camionnette ? demanda Roux.

Lucas secoua la tête.

— Il ne fait pas toujours ça. Wannemaker avait des traces de liens sur les poignets. Il l'a gardée un moment, peut-être une journée, pour pouvoir la maltraiter un peu.

— Il n'a pas fait ça avec Marcy Lane. Il n'a matériellement pas pu passer plus d'une heure avec elle, indiqua Connell, d'un ton lugubre.

— On ne peut pas se permettre de prendre le risque, objecta Roux. On serait cinglés de le faire.

— Je ne sais pas, reprit Troy. Il suffirait qu'il sorte un couteau et les jeux sont faits.

— Alors, on attend ?

Lucas regarda Connell, puis secoua la tête.

— Je pense qu'il faut l'arrêter.

— Pourquoi ? demanda Connell. Pour lui coller cinq ou six ans, au mieux ?

— On ne l'a surveillé que deux jours et une nuit. Et s'il séquestre quelqu'un dans sa cave, en ce moment ? Et s'il rentre chez lui et qu'il la tue pendant qu'on reste assis dehors ? On sait qu'il a déjà retenu une de ses victimes prisonnière pendant un moment.

Connell déglutit, et Roux se redressa pour dire :

— Si c'est une hypothèse fondée...

— Les chances sont très réduites que ce soit le cas.

— Même réduites, je ne veux pas prendre le risque. Arrêtez-le tout de suite.

CHAPITRE XXIX

Koop était au magasin d'alcools *Modigliani's Wine & Spirits* quand les flics lui mirent la main dessus. Il avait le bras dans l'armoire frigorifique, et s'apprêtait à en retirer un pack de bière, lorsqu'un homme au visage rougeaud, en costume gris bon marché, l'interpella :

— Monsieur Koop ?

Celui-ci réalisa qu'un Noir corpulent s'était avancé à la hauteur de son coude, et qu'un flic en uniforme était posté à la sortie. Ils avaient surgi du néant comme par magie ; comme s'ils avaient un don pour ça.

Koop fit « Ouais ? » et se redressa. Son cœur se mit à battre un peu plus vite.

— Monsieur Koop, nous sommes des policiers de Minneapolis, lui expliqua l'homme au visage rougeaud. Nous allons vous arrêter.

— Pour quelle raison ?

Koop avait les pieds bien à plat, les mains devant lui, et se forçait à rester immobile. Mais son dos et ses bras étaient agités de contractions involontaires. Il avait déjà pensé à la possibilité d'être appréhendé, la nuit, avant de s'endormir, ou quand il regardait la télévision. Il y avait pensé souvent, c'était un de ses cauchemars favoris.

Résister aux flics pouvait attirer sur sa tête une inculpation plus grave que n'importe laquelle des charges qu'ils avaient déjà contre lui. Au placard, les taulards disaient toujours que si les flics en avaient vraiment après quelqu'un, et que cette personne leur en offrait la possibilité, ils pouvaient très bien l'abattre sans autre forme de procès. Évidemment, c'était surtout les nègres qui racontaient ça. Les Blancs ne voyaient pas les choses comme ça. Mais tout le monde était d'accord sur une chose : la meilleure chance de s'en sortir, c'était quand même un bon avocat.

Le flic au visage rougeaud répondit :

— Je crois que vous êtes au courant.

— Je ne suis au courant de rien ! protesta Koop. Vous êtes en train de faire une erreur. Vous vous trompez de personne.

Il jeta un coup d'œil en direction de la porte. Peut-être qu'il *fallait* s'enfuir à toutes jambes. Le rougeaud n'avait pas l'air très impressionnant. Il courrait plus vite que le Noir, et il pouvait partir comme une balle, foncer dans le flic à la porte et le balayer sur son passage. Il possédait assez de puissance pour ça... Mais il ne savait pas ce qui l'attendait dehors. Et ils étaient armés. Il sentit que les flics attendaient quelque chose, le regardaient pour voir s'il se décidait dans un sens ou dans un autre. Tout ce qui se trouvait dans le magasin lui apparaissait avec une acuité particulière, les rangées de bouteilles d'alcool marron, les cocktails tout prêts dans leur conditionnement de plastique vert, les tas de canettes de bière, le bord supérieur des paquets de chips, les carreaux noirs et blancs par terre. Koop se raidit, sentit que les flics puisaient au plus profond d'eux-mêmes. Ils étaient prêts, et n'avaient pas l'air particulièrement effrayés à l'idée de se mesurer à lui.

— Tournez-vous, s'il vous plaît, et mettez vos mains sur le haut de l'armoire frigorifique, ordonna le rougeaud.

Sa voix parvint à Koop comme si elle venait de très loin. Mais il y avait quelque chose de dur dans le ton du type. Peut-être que Koop n'était pas de taille, après tout. Peut-être qu'ils n'en feraient qu'une bouchée. Et il ne savait pas encore pourquoi on l'appréhendait. Si ça n'était pas trop sérieux, si c'était pour avoir acheté de la cocaïne, mieux valait ne pas résister...

— Tournez-vous !...

Le ton était péremptoire, cette fois. Koop jeta un dernier regard vers la porte, souffla, et finit par se tourner.

Le flic vérifia qu'il ne portait pas d'arme sur lui avec des tapes jusqu'au bas des vêtements, vite, mais minutieusement. Koop l'avait fait lui-même suffisamment souvent à Stillwater pour apprécier son professionnalisme.

— Laissez retomber vos mains derrière vous. Nous allons vous passer les menottes, par précaution, monsieur Koop.

L'homme au visage rougeaud était poli et sec, la tension qu'avait fait naître la perspective d'avoir à se battre s'était envolée.

Le flic noir commença :

— Vous avez le droit de voir un avocat...

— Je veux un avocat ! lança Koop, interrompant l'énumération de ses droits.

Les menottes se refermèrent sur ses poignets, et il banda instinctivement ses muscles, refrénant un spasme de ce qui devait être de la claustrophobie, l'impossibilité soudaine de se mouvoir comme on l'entend. Le flic au visage rougeaud le prit par le coude et le fit pivoter, tandis que l'autre finissait sa litanie.

— Je veux un avocat, répéta Koop. Tout de suite. Vous êtes en train de faire une erreur, et je vais vous faire un procès.

— C'est ça. Avancez par là, on va aller dans la voiture, fit le rougeaud.

Ils marchèrent le long d'une rangée de paquets de chips et de sauce aux haricots et le flic noir lui dit :

— Bon Dieu ! on dirait un perroquet. Coco veut un avocat ?

Mais il lui sourit amicalement. Sa poigne était dure autour du bras de Koop.

« Je veux un avocat. » En taule, on disait qu'après vous avoir prévenu de vos droits les flics essayaient d'avoir l'air amicaux, de vous faire parler sur n'importe quel sujet. Après vous avoir mis le grappin dessus, au moment où vous vouliez leur faire plaisir — parce que vous aviez un peu peur, que vous vouliez éviter qu'ils ne vous tapent dessus — et vous parliez. Ne dites rien, recommandait-on en prison. Rien du tout, à part « Je veux un avocat ».

Ils sortirent sous l'œil éberlué d'un client et du vendeur.

— Je suis le détective Kershaw et celui qui est derrière vous, c'est le détective Carrigan, le célèbre danseur irlandais, lui expliqua le rougeaud. Nous aurions besoin des clés de la camionnette, pour la ramener au poste de police. Nous pouvons aussi la faire soulever par la grue du camion de la fourrière, et la faire remorquer, si vous ne donnez pas les clés.

Deux voitures de patrouille se faisaient face sur le parking, avec quatre flics supplémentaires devant. Beaucoup pour une interpellation de routine dans une histoire de coke, pensa Koop.

— Les clés sont dans ma poche droite, indiqua Koop.

Il voulait à tout prix savoir pourquoi on l'avait arrêté. Cambriolage ? Meurtre ? Quelque chose à voir avec Jensen ?

— Hé, il parle ! s'exclama le flic noir.

Il lui mit une tape amicale sur l'épaule, et ils restèrent sur place tandis que le rougeaud sortait les clés de la camionnette et les lançait à un policier en uniforme en disant :

— Le camion de la fourrière est en route.

A Koop, Kershaw précisa :

— La voiture noire, là-bas.

Lorsqu'ils lui ouvrirent la portière arrière, Koop protesta :

— Je ne sais pas pourquoi on m'arrête. (Il ne pouvait pas s'en empêcher, ne pouvait garder le silence. La portière béante ressemblait à une bouche affamée.) Pourquoi ?

Carrigan le prévint : « Attention à votre tête », posa une main au sommet du crâne de Koop, le fit monter dans la voiture en douceur, avant d'ajouter : « A votre avis ? » et de fermer la porte.

Les deux détectives passèrent quelques minutes à discuter avec les flics en uniforme, laissant mijoter Koop sur le siège arrière. La portière n'avait pas de poignée intérieure, il lui était impossible de sortir du véhicule. Les mains liées dans le dos, il avait du mal à s'asseoir, devait se tenir droit sur le siège trop mou. Il en émanait une odeur d'urine et de désinfectant. Un spasme de claustrophobie panique le secoua de nouveau, un truc auquel il ne s'attendait pas. Fichues menottes ! Il s'arc-bouta, les tendit au maximum, les dents serrées ; aucune chance. Dehors, les flics ne le regardaient toujours pas. Il n'était qu'un insecte. Pourquoi diable... ?

Puis Koop pensa : *Ils me ramollissent un peu avant de passer aux choses sérieuses.*

Il avait fait la même chose en prison quand ils devaient faire une enquête, après une rixe par exemple. Quand les flics reviendraient dans la voiture, l'un d'eux le regarderait amicalement, et lui dirait : « Alors, qu'est-ce que tu en penses ? »

Les flics en civil parlèrent encore pendant une minute aux policiers en tenue, avant de se diriger vers la voiture, en grande conversation, comme si Koop était la dernière chose présente à leur esprit. Il y avait une vitre de séparation entre l'avant et l'arrière. Le Noir conduisait, et, après avoir mis le contact, il regarda son partenaire installé sur le siège passager et lui demanda :

— Et si on s'arrêtait au *Taco Bell* ?

— Oooh ! bonne idée.

Quand ils se mirent à rouler, le flic au visage rougeaud se tourna vers lui, sourit et dit :

— Alors, qu'est-ce que tu en penses ?

— Je veux un avocat, répondit Koop.

Le rougeaud recula sa tête d'un centimètre ou deux de l'autre côté de la vitre, et son regard s'assombrit. Il ne put s'en empêcher et Koop faillit sourire. Lui aussi pouvait jouer à ce jeu-là, songea-t-il.

CHAPITRE XXX

Lucas et Connell assistèrent à l'arrestation sur le parking d'une station-service Super America, de l'autre côté de la rue, appuyés contre la voiture de Connell, en mangeant des crèmes glacées. Koop sortit, Kershaw marchait un pas derrière lui, la main sur le coude droit du suspect.

— Je voulais l'avoir, dit Connell entre deux bouchées.

— Pas pour cambriolage.

— Non. (Elle regarda sa montre.) Les mandats de perquisition devraient être prêts.

Carrigan et Kershaw poussaient Koop dans la voiture. Les bras de ce dernier étaient tendus en arrière et les muscles ressortaient comme des cordes. Lucas fit une boule avec l'emballage de sa glace et la projeta vers une poubelle ; elle rebondit et atterrit sur la chaussée.

— Je veux aller regarder la maison de plus près, poursuivit Connell. On se retrouve là-bas ?

— Ouais. Je vais rester ici jusqu'à ce qu'ils ouvrent la camionnette — s'il y a quelque chose d'intéressant à l'intérieur, je vous le dirai.

Lucas voulait que ce soient les techniciens du labo de la police qui ouvrent le camion.

— Il y a peut-être un ou deux poils, là-dedans, qui feront la différence, expliqua-t-il au policier en uniforme qui avait les clés. Attendons.

— D'accord. Qui c'était, ce type ?

— Un monte-en-l'air. Il n'a pas fait d'histoires.

— Il m'a flanqué les jetons, avoua le flic en uniforme, les yeux revenant au magasin. J'étais devant la porte, et il a regardé dans ma direction, comme s'il allait s'enfuir. Il avait des yeux de fou, mon vieux. Il était sur le point de craquer. Vous avez vu ses bras ? Je n'aurais pas aimé avoir à me battre avec lui.

Les techniciens arrivèrent cinq minutes plus tard. Une cartouche de Camel sans filtre à moitié entamée était posée sur le siège avant. Un sac de sel et de sable, des câbles, une boîte à outils et d'autres choses sans intérêt traînaient à l'arrière.

Lucas fouilla méticuleusement et ne trouva rien. Il sortit les clés fournies par Koop. Il y avait deux clés pour la camionnette, ce qui ressemblait à deux clés pour la maison, et une cinquième. Peut-être celle de Jensen. Mais elle n'avait pas l'air assez neuve. Il fallait vérifier.

— Une belle trousse de cambrioleur par ici, annonça l'un des techniciens.

Lucas fit le tour, gagna l'arrière du véhicule. Malheureusement ça ne consistait en rien d'autre qu'un choix un peu inhabituel d'outils ordinaires. Il fallait d'abord prouver la culpabilité du cambrioleur. Le technicien prit une petite lime en métal et l'examina à la loupe, comme Sherlock Holmes.

— Il y a des traces de cuivre, là-dessus, déclara-t-il.

— Ça peut nous être utile. (Koop fabriquait donc lui-même ses clés, à la main.) Et pas de couteau ? de corde ?

— Non.

— Nom de Dieu ! Bon, refermez la camionnette et ramenez-la au labo, dit Lucas, déçu. On veut tout ce que vous pouvez trouver — les empreintes, les cheveux, la peau, les sécrétions. Tout ce que vous pouvez.

Lucas abandonna la Porsche le long du trottoir, et avança dans l'allée qui menait jusqu'à la maison de Koop. La porte d'entrée et les portes latérales étaient ouvertes, et deux fourgonnettes banalisées étaient garées dans l'allée, avec la Chevrolet grise de Connell. Lucas était presque aux marches du perron, quand il vit deux ménagères du quartier descendre la rue ; l'une d'elles poussait un landau. Lucas revint vers elles.

— Bonjour, fit-il.

La femme qui poussait le landau avait des bigoudis sur la tête, recouverts par un foulard en rayonne. L'autre avait des cheveux filasse, avec des mèches cuivrées. Elles s'arrêtèrent.

— Vous êtes de la police ?

Les voisins étaient toujours au courant.

— Oui. Avez-vous vu Mr. Koop ces temps-ci ?

— Qu'est-ce qu'il a fait ? demanda la femme aux mèches cuivrées.

Le bébé du landau avait une tétine dans la bouche, et regardait fixement Lucas avec des yeux bleu pâle.

— Il a été arrêté dans une affaire de cambriolage.

— Je te l'avais dit, fit Mèches cuivrées à Bigoudis. (A Lucas :) On a toujours su que c'était un criminel.

— Pourquoi ? Qu'est-ce qu'il faisait ?

— Il ne se levait jamais le matin, expliqua-t-elle. On le voyait à peine. De temps en temps quand il sortait ses poubelles. Point final. Il ne sortait jamais dans la cour. La porte du garage se levait dans l'après-midi, et il s'en allait. Il revenait au milieu de la nuit, sur le coup de trois heures du matin, la porte du garage se levait et il ne sortait plus de sa maison. On ne le voyait *jamais*. La seule fois où je l'ai vu, sauf pour les poubelles, c'était il y a deux ans quand il y avait eu cette tempête de neige, à Halloween. Il est sorti déblayer l'allée à la pelle. Après ça, il a toujours fait appel à un service spécialisé pour le faire.

— Est-ce qu'il portait la barbe ?

Mèches cuivrées regarda Bigoudis, et elles se tournèrent ensemble vers Lucas.

— Bien sûr. Il a toujours eu la barbe.

Un élément de plus, pensa Lucas. Ils parlèrent pendant encore une minute, puis Lucas les laissa pour entrer dans la maison.

Connell était dans la cuisine, en train de griffonner sur un bloc-notes jaune.

— Vous avez trouvé quelque chose ? demanda Lucas.

— Pas grand-chose. Et la camionnette ?

— Rien pour l'instant. Pas d'arme ?

— Des couteaux de cuisine. Mais ce type ne se sert pas d'un couteau de cuisine. J'en mettrais ma main au feu.

— Je viens de parler à ses voisines. Elles ont dit qu'il avait toujours eu la barbe.

— Hum. (Connell plissa les lèvres.) C'est intéressant... Venez, on va jeta un coup d'œil à la cave.

Lucas la suivit dans un petit escalier qui partait de la cuisine. Le sous-sol était complètement aménagé. A gauche, par une porte entrouverte, Lucas pouvait voir une machine à laver, un séchoir à linge, un panier à linge sale, et un chauffe-eau sur le sol carrelé. La chaudière devait être aussi dans cette pièce, hors de vue. Le sol de la partie la plus large de la cave était tapissé d'une moquette de laine grossière bicolore datant des années soixante-dix. Un canapé, un fauteuil et une petite table avec une lampe étaient collés contre le mur. Le centre de la moquette était recouvert d'une bâche de peintre en bâtiment en plastique, de trois mètres sur quatre. Un technicien passait l'aspirateur sur les bords de la bâche.

— Est-ce que ce plastique était là ? demanda Lucas.

— Non, c'est moi qui l'ai mis, répondit Connell. Venez par ici jeter un coup d'œil aux fenêtres.

Les fenêtres étaient obstruées par des feuilles de contreplaqué, épaisses d'un demi-centimètre.

— Je suis sortie pour regarder du dehors, raconta Connell. Il a peint l'extérieur en noir, alors, à moins de s'agenouiller et d'examiner les ouvertures des fenêtres, on dirait que le sous-sol est plongé dans l'obscurité. Il s'est donné beaucoup de mal pour faire ça : les bords sont calfeutrés au mastic.

— Ouais ?

— Ouais. (Elle baissa le regard sur la bâche.) Je pense que c'est là-dessus qu'il a tué Wannemaker. Sur un morceau de plastique. Il y a deux paquets de trois bâches dans la pièce débarras. Il n'y en a qu'un d'ouvert. L'autre ne contenait plus qu'une seule bâche. Je faisais un petit tour par ici, et il m'a semblé qu'un rectangle plus mat se dessinait sur la moquette. Après, j'ai remarqué que le mobilier était orienté vers quelque chose au milieu. Quand j'ai vu les bâches... (Elle haussa les épaules.) J'ai étalé le plastique et ça collait parfaitement.

— Doux Jésus !... (Il regarda le technicien.) Vous avez trouvé quelque chose ?

Le technicien hocha la tête :

— Une tonne de cochonneries : je ne crois pas que cette moquette ait jamais été nettoyée, et ils ont dû la poser il y a quinze ans. Ça va être un vrai cauchemar de faire le tri.

— Bon, c'est quand même quelque chose.

— Il n'y a pas que ça, dit Connell. Là-haut dans la chambre.

Lucas la suivit de nouveau dans l'escalier. La chambre de Koop était austère, presque militaire, bien que le lit fût défait et sentît la sueur. Lucas vit tout de suite de quoi il s'agissait : un flacon de parfum *Opium* sur la commode.

— Vous n'y avez pas touché ?

— Pas encore. Mais ça n'aurait rien changé.

— Jensen a dit qu'il l'avait pris chez elle. Si ses empreintes à elle sont encore dessus...

— Je l'ai appelée. Son flacon à elle faisait trente centilitres. Elle s'offre un flacon de trente centilitres tous les ans à Noël, parce que ça dure presque exactement un an.

Lucas examina la bouteille de parfum : quinze centilitres.

— Elle en est sûre ?

— Certaine. Bon Dieu ! je croyais qu'on le tenait.

— Il faut vérifier quand même. Elle se trompe peut-être.

— Oui, on vérifiera — mais elle en était sûre. Ce qui nous amène à la question : pourquoi *Opium* ? Est-ce qu'il est obsédé par les parfums ? Ou bien est-ce qu'il est allé en acheter parce que ça lui rappelle Jensen ?

— Hum, fit Lucas.

— Eh bien ? C'est la femme, ou le parfum ?

Elle le regardait, s'attendant qu'il tire un lapin de son chapeau. Il le pouvait, peut-être. Lucas ferma les yeux. Au bout un moment, il finit par dire :

— C'est parce que c'est celui de Jensen. Il est entré la nuit dans son appartement, il est allé dans sa chambre, et quelque chose l'a allumé. Le parfum. Ou bien de la voir là. Mais le parfum lui rappelle ce moment-là. Il est possible, s'il s'est mis à disjoncter sérieusement, qu'il ait utilisé toute la bouteille volée chez elle.

— Vous croyez que ça suffit ? La barbe rasée, et la bouteille de parfum ?

Il secoua la tête.

— Non. Il faut qu'on trouve quelque chose de concluant. Quelque chose.

Connell s'approcha de Lucas et fixa son regard dans le sien. Elle avait le teint cireux, pâle comme une chandelle.

— J'ai encore eu un malaise, ce matin. Dans deux semaines, je n'arriverai plus à marcher. Je serai de nouveau sous chimio, je commencerai à perdre mes cheveux. Je ne serai plus capable de réfléchir correctement.

— Bon Dieu ! Meagan...

— Je veux la peau de ce salopard, Lucas ! Je ne veux pas qu'il se balade en rigolant pendant que je pourris sous la terre. Vous savez que c'est lui, et je le sais aussi.

— Alors ?

— Il faut qu'on discute. Il faut qu'on trouve quelque chose.

CHAPITRE XXXI

Koop sortit de prison un peu après midi, cligna les yeux sous le soleil éclatant ; son avocat lui parlait, à quelques pas derrière lui, une veste de sport sur le bras.

Koop était près de craquer. Il avait l'impression d'avoir une grosse fissure au milieu du crâne, sur le point de s'ouvrir en deux et de laisser échapper un ver gris mouillé, de la taille d'un tuyau d'aspirateur.

Il n'aimait pas la prison. Il n'aimait pas ça du tout.

— Pas un mot à quiconque, vous vous en souviendrez ? interrogea l'avocat en agitant son doigt en l'air.

Il avait appris à ne pas l'agiter à la face de ses clients après que l'un d'entre eux eut failli le lui arracher. Il répétait cet avertissement pour la vingtième fois au moins, et Koop lui fit un signe de tête pour la vingtième fois également, sans l'entendre. Il regardait autour de lui, toute la tension de ces dernières heures s'apaisait, il sortait de sa gangue, comme une momie dont on aurait déroulé les bandelettes.

Bon Dieu ! Il avait de la peine à garder son empire sur lui-même.

— D'accord.

— Rien de ce que vous pouvez raconter aux flics ne vous sera d'aucun secours. Rien. Si vous voulez parler à quelqu'un, c'est à moi qu'il faut le faire, et si c'est vraiment important, je leur parlerai. Compris ?

— Je ne passe aucun marché, répliqua Koop. Je ne veux pas en entendre parler.

— Y a-t-il une chance que vous retrouviez le type qui vous a vendu cette camelote ?

L'avocat avait l'air d'un facteur sous PCP. Il avait un aspect assez ordinaire, mais la peau du visage était trop tirée, les traits étaient trop rigides. Et, quoiqu'il articulât chaque mot, ceux-ci étaient en surnombre, prononcés trop rapidement, noyés dans un torrent de « Je pense » et de « On ferait peut-être mieux ». Koop n'arrivait pas à suivre, et n'y prêtait plus beaucoup attention.

— Qu'est-ce que vous en pensez ? Hein ? Est-ce qu'il y a une chance qu'on le retrouve ?

Koop finit par entendre, haussa les épaules, et répondit :

— Peut-être. Mais qu'est-ce qu'il faut que je fasse, si je le retrouve ? Que j'appelle les flics ?

— Non, non. Non non non. Non. Non. Vous m'appelez. Vous ne dites rien aux flics.

Les yeux de l'avocat étaient aussi inexpressifs que de vieux jetons de poker en carton. Koop le soupçonnait de ne pas croire un traître mot de son histoire.

Koop lui avait raconté qu'il avait acheté la croix de diamants et les boucles d'oreilles qui allaient avec à un garçon blanc — un garçon au sens littéral, un adolescent — habillé d'une chemise kaki de la garde nationale du Minnesota, qui rôdait autour de l'hôtel *Duck Inn*, à Hopkins. Le gamin avait une tignasse de cheveux foncés, et une boucle d'oreille, avait-il raconté. Il avait prétendu avoir emporté le tout pour deux cents dollars. Le môme était conscient de se faire arnaquer, mais ne savait pas comment s'en débarrasser autrement.

— Comment expliquer que vous ayez revendu ça à Schultz ? avait demandé l'avocat.

Koop avait répliqué :

— Diable, tout le monde connaît Schwartz. Les flics l'appellent Schultz Tout Court. Quand on a quelque chose à vendre dont la provenance est douteuse, on en parle à Schultz. Si j'étais un aussi redoutable cambrioleur que le disent les flics, je ne serais jamais allé voir ce gars-là. Il est quasiment payé par eux.

L'avocat l'avait regardé un long moment, avant de conclure :

— D'accord. D'accord. D'accord. Bon, alors, vous

n'avez pas eu d'emploi stable depuis le début de la récession, vous avez vu dans cette histoire une occasion de vous faire un peu d'argent et maintenant vous le regrettez. On est d'accord ?

Koop n'y voyait pas d'objection.

L'avocat toujours sur les talons, en train de jacasser, Koop mit ses mains sur ses oreilles, comme pour revisser sa tête sur ses épaules. L'avocat fit un pas en arrière et demanda :

— Ça va ?

— J'ai horreur de cet endroit, répondit Koop, en regardant pardessus son épaule.

Koop avait mal. Presque chaque muscle de son corps le faisait souffrir. Il pouvait supporter la première partie de la détention. Il supportait qu'on l'oblige à se courber et à écarter les fesses. Mais son sang refluait massivement à la seule approche d'une cellule. Ils avaient dû le forcer pour qu'il entre, le pousser en avant, et, une fois à l'intérieur, quand la porte s'était refermée, il était resté assis un moment, tandis que l'angoisse montait et lui nouait la gorge.

— Saloperie ! avait-il dit à voix haute, en examinant les recoins de sa cellule.

Ils étaient si proches. Et l'espace avait l'air de rétrécir à vue d'œil.

A ce moment-là, il aurait pu craquer. Plutôt que de céder à la pression qui pesait sur lui, il se mit à faire des abdominaux, des pompes, le pont, des flexions très bas sur les jambes, à se dresser sur les orteils, à refaire des pompes mais claquées, à lever la jambe. Il hissa le poids de son propre corps, en posant le pied sur la couchette, jusqu'à ce que ses jambes déclarent forfait. De sa vie entière, il ne s'était jamais entraîné si durement ; il ne s'arrêta que lorsque les forces lui manquèrent. Puis il s'endormit ; il rêva de boîtes avec des mains, et de trous avec des dents. Il rêva de barreaux. Lorsqu'il se réveilla, il recommença à faire de la gymnastique.

Vers le milieu de la matinée, le lendemain, ils l'avaient emmené voir son avocat. Celui-ci lui dit que les flics avaient embarqué la camionnette et fouillé sa maison.

— Est-ce que c'est la seule charge qui pèse contre vous ? La seule ? La seule ? insista-t-il. (Il avait l'air un peu étonné.) Les flics passent votre vie au peigne fin. L'examinent à la loupe. Ce qu'ils ont contre vous pour l'instant, c'est une histoire mineure. Mineure.

— Que je sache, ils n'ont rien d'autre contre moi, avait répondu Koop.

Mais il avait pensé : *Merde!* Peut-être que les flics savaient autre chose.

Il revit l'avocat au palais de justice, pour l'inculpation. Sur ses conseils, il renonça à l'audience préliminaire. Le réquisitoire fut rapide, une formalité : cinq mille dollars de caution, le prêteur sur gages qui se portait garant pour lui était là pour prendre livraison de la camionnette.

— Ne déconnez pas avec la camionnette, lui lança Koop. Je viendrai vous voir avec la somme en liquide, dès que je l'aurai.

— Ouais, on verra, fit le prêteur.

Il avait dit ça négligemment. Il connaissait le refrain.

— Ne déconnez pas avec ça ! gronda Koop.

Le ton déplut au prêteur sur gages, et il ouvrit la bouche pour répondre quelque chose de cinglant, mais, quand il vit les yeux de Koop, il comprit qu'il risquait sa vie. Il le rassura : « On n'y touchera pas », et il était sincère. Koop se détourna, le prêteur déglutit et se demanda pourquoi on laissait sortir ce genre d'animal de prison, une fois qu'on l'avait bouclé.

Koop ne savait pas encore ce qu'il allait faire. Pas exactement. Mais il était certain qu'il ne voulait pas retourner en taule. Il ne le supporterait pas. La prison, c'était la mort. Il ne passerait aucun marché avec la justice, rien qui puisse l'envoyer sous les verrous.

Il avait de grandes chances d'être acquitté, disait son avocat : le dossier contre lui semblait reposer entièrement sur le témoignage de Schwartz.

— En fait, ça m'étonne qu'ils aient pris la peine de vous arrêter. Ça m'étonne, répétait l'avocat.

Toutefois, s'il était condamné, Koop allait devoir purger une petite peine — certainement moins d'un an, bien qu'il puisse écoper de six ans en théorie. Après le verdict, l'État étendrait la liberté sous caution le temps d'une enquête préliminaire à son emprisonnement. Il serait encore libre pendant un mois au moins...

Mais, s'il était condamné, Koop le savait déjà, il s'enfuirait. Le Mexique. Le Canada. L'Alaska. Mais la prison, plus jamais...

L'avocat lui avait dit où récupérer son véhicule.

— J'ai vérifié, ils ont fini de l'examiner.

Il lui fallait sa camionnette. Elle était à *lui*, lui donnait un sentiment de sécurité. Et si les flics avaient décidé de le tenir à l'œil ? Et s'ils le filaient jusqu'à la banque, là où était planqué son magot ? Il avait besoin d'y avoir accès, il lui fallait de l'argent pour payer le prêteur.

Attends, attends, attends...

Le procès n'aurait pas lieu avant un mois. Nul besoin de s'en occuper dans le quart d'heure. S'ils l'avaient placé sous surveillance, il s'en apercevrait. Sauf s'ils avaient collé un émetteur sur la camionnette. Koop colla ses mains sur sa tête et appuya : il tentait de la remettre en place.

Il récupéra la camionnette — c'était une formalité, comme à l'église, les bureaucrates s'en foutaient, à partir du moment où on était en possession des papiers nécessaires — et rentra chez lui. Deux grognasses du quartier remontaient la rue et se réfugièrent sur une pelouse quand elles le virent, tirant un landau sur l'herbe avec elles.

Salopes, fit-il à leur intention.

Il avait appuyé sur la télécommande de la porte du garage bien avant d'y parvenir, et roula jusqu'au box qui l'attendait à l'intérieur, le panneau retombant derrière lui. Il passa la maison en revue pendant une dizaine de minutes. Les flics l'avaient fouillée de fond en comble. Rien n'avait été abîmé. Rien ne manquait, autant qu'il pouvait en juger. Le sous-sol semblait avoir été épargné.

Il traversa l'entrée à grands pas. Un fauteuil était installé en face de la télévision. « Saloperie ! » hurla-t-il. Il donna un coup de pied dedans et le tissu s'affaissa. Koop, haletant, regarda autour de lui dans la pièce, vers le long mur qui menait aux chambres à coucher. De l'aggloméré. D'un beige anodin, un peu sale. « Saloperie ! » hurla-t-il à la cloison. Son poing s'abattit ; l'aggloméré se désagrégea, un trou qui ressemblait à un cratère à la surface de la lune. « Saloperie ! » Il frappa encore une fois, un trou supplémentaire apparut. « Saloperie !... »

Il se déplaça latéralement dans le couloir, tout en hurlant et en cognant dans le mur. Il ne s'arrêta qu'une fois au bout de la cloison, regarda en arrière. Neuf trous de la taille du poing, à hauteur d'épaule. Et il avait mal. Hébété, il regarda sa main : les phalanges n'étaient plus qu'une masse sanglante. Il les porta à sa bouche, lécha les plaies. Le sang, ça avait bon goût.

Haletant, soufflant comme un cheval, Koop chancela jusqu'à sa chambre.

Le flacon de parfum fut la première chose qui lui sauta aux yeux, sur la commode. Il le déboucha, renifla, ferma les yeux, la revit.

Chemise de nuit blanche, triangle noir, lèvres pleines...

Koop se mit un peu de parfum sur le bout des doigts, sous le nez, resta là, le corps agité de vagues soubresauts, les yeux fermés, en vadrouille...

Finalement, tandis que l'odeur capiteuse de Sara Jensen lui montait à la tête, et que la douleur l'aidait à reprendre pied sur terre, il prit une lampe de poche et retourna au garage. Il se mit à examiner la camionnette sous toutes les coutures, centimètre par centimètre, boulon par boulon, léchant ses phalanges lorsque le sang se mettait à coaguler...

CHAPITRE XXXII

Lucas rôdait au rayon des accessoires masculins, derrière un présentoir de portefeuilles tournant, prenant soin de ne pas perdre de vue le haut de la tête de Koop. Il portait une serviette en cuir gras. Koop s'attardait au rayon des vêtements pour hommes, les mains dans les poches, sans toucher à rien, ni s'intéresser à quoi que ce soit.

Le signal électronique retentit. C'était Connell.

— Qu'est-ce qu'il fait ?

— Il tue le temps, répondit Lucas. (Une petite dame d'un certain âge s'arrêta pour le regarder et il se détourna.) Vous le voyez ?

— Il est à deux allées de distance.

— Attention ! Vous êtes trop près. Sloan ?

— Ouais, je l'ai dans le collimateur. Je vais me diriger vers la sortie nord. C'est la plus proche. Je vais le suivre dans le couloir aérien s'il prend cette direction-là.

— Bien. Del ?

— J'arrive aux vêtements pour hommes. Je ne le vois pas, mais je m'approche de Connell. Je la vois.

— Vous êtes tout près de lui. Il est derrière l'étalage de chemises, pépia Connell.

— Excusez-moi, pourriez-vous me dire où se trouvent les peignoirs pour hommes ?

Lucas fit volte-face et baissa les yeux sur la petite dame d'un certain âge. Elle avait des boucles qui s'enroulaient autour des oreilles comme un agneau, et de petites lunettes aux verres épais.

— Près du pilier où vous pouvez voir le panneau sortie.

— Merci, fit-elle, avant de s'éloigner cahin-caha.

Lucas traversa la boutique Ralph Lauren et pénétra dans la boutique Guess. Une blonde en robe noire s'avança vers lui :

— *Évasion ?*

— Quoi ?

Il fit un pas vers elle. Elle recula et brandit une bouteille cylindrique comme pour se défendre.

— Un coup de vaporisateur ?

Du parfum pour hommes.

— Oh ! non, je suis désolé, s'excusa Lucas, en poursuivant sa route.

La femme le suivit du regard.

Koop se déplaçait, et Connell l'appela.

— Il se dirige vers la porte nord. Toujours aussi lent.

— Ça y est, je l'ai repéré ! annonça Lucas.

Sloan :

— Je m'engage dans le couloir aérien.

— Je vais prendre la place de Sloan, prévint Del. Meagan, vous avez été la plus exposée, ou bien vous allez loin devant, ou vous restez en arrière.

— Il est trop tôt pour prendre le couloir aérien devant lui, lui fit observer Connell. Je reste derrière.

— Je reste en liaison avec vous, dit Lucas.

Il avança jusqu'à une vitrine qui présentait des serviettes Coach et put contempler le dos de Koop. Celui-ci s'était arrêté de nouveau, à dix mètres tout au plus, et enfonçait le doigt dans une rangée de blousons de cuir. Lucas fit un pas en arrière, concentré sur Koop, quand une main lui accrocha le coude. Un jeune homme en costume se trouvait dans son dos, flanqué d'un second, sur la gauche. La vendeuse de parfums était derrière eux.

— Puis-je vous demander ce que vous faites ? demanda le type en costume.

Un membre de la sécurité du magasin, un dur, aux dents plombées. Lucas recula brutalement derrière l'étalage, hors de vue de Koop, les deux vigiles trébuchant pour le suivre. La poigne de l'homme de la sécurité se resserra sur le bras de Lucas.

— Je suis un flic de la brigade criminelle de Minneapolis en mission de surveillance, expliqua-t-il, la voix basse et coupante comme une hachette. (Il plongea la main dans sa poche, sortit l'étui de son insigne et l'ouvrit.) Si vous me faites repérer, je vais vous arracher les testicules et vous les enfoncer dans les oreilles.

— Doux Jésus !

L'homme de la sécurité contempla l'écouteur à l'oreille de Lucas, puis son visage, et l'expression de ce qui semblait être de la rage. Il pâlit.

— Désolé.

— Foutez le camp de ce coin du magasin tous autant que vous êtes ! (Il pointa le doigt dans la direction opposée.) Allez par là. Allez-y séparément. Ne marchez pas dans les allées et ne regardez pas en arrière.

Roux ne vivait plus. Savoir Connell en première ligne l'effrayait tellement qu'elle avait même songé à se remettre aux Gauloises.

Mais Jensen était venue la voir la veille, habillée d'un costume qui indiquait clairement sa position sociale, portant une serviette en cuir du même calibre, et elle n'y était pas allée par quatre chemins : le seul moyen de prendre le tueur, c'était de lui tendre un piège.

Roux, coincée entre le marteau et l'enclume, avait choisi l'enclume.

— Merci, avait dit Connell à Jensen en sortant dans le couloir. Il faut du cran, pour accepter de faire ça.

— J'ai tellement envie d'avoir sa peau que ça me fait mal aux dents, avait répliqué Jensen. Quand est-ce qu'il est libéré ?

— Demain matin, avait répondu Connell, son regard devenant vague comme si elle contemplait le futur.

— Et vous ? reprit Jensen à l'intention de Lucas. Est-ce que je vous ai dit que vous me rappeliez mon frère aîné ?

— Il doit avoir beaucoup d'allure, ironisa Lucas.

— Bon Dieu ! je suis malade et ce mec fait tout pour m'enfoncer ! grogna Connell. Cette nausée est insupportable...

Ils n'avaient pas lâché Koop d'une semelle depuis qu'il avait quitté la prison. Ils l'avaient raccompagné chez lui, et quasiment bordé au moment de se mettre au lit. La filature se passait entièrement à vue : tous les dispositifs émetteurs avaient été temporairement enlevés de la camionnette. En réfléchissant sur son arrestation, Koop finirait peut-être par se demander comment ils l'avaient retrouvé et coincé dans ce magasin d'alcools.

Le lendemain, il était sorti de chez lui plus tôt que d'habitude. Il était allé au gymnase pour s'entraîner. Puis il avait roulé jusqu'à un parc, et s'était mis à courir. Un vrai cauchemar. Ils n'avaient pas prévu ça, ils étaient tous en chaussures de ville. Ils l'avaient perdu de vue une demi-douzaine de fois, mais pas plus d'une minute ou deux chaque fois, quand il courait sur les collines.

— Il ne faut pas prendre ce type à la légère, dit Lucas en le regardant revenir au pas de course à sa camionnette. Il vient de courir quatre kilomètres et demi à fond de train. Il y a des boxeurs professionnels en plus mauvaise forme que ça.

— J'en fais mon affaire, lança Connell.

— Sornettes.

Le Ruger était glissé dans une poche de son sac, et elle le sortit d'un seul mouvement continu. Elle avait de grandes mains. Elle actionna le magasin.

— Je le ferai, insista-t-elle.

Après le parc, Koop était retourné chez lui, où il était resté une heure, avant de sortir de nouveau et de finir par entraîner toute l'équipe à sa suite dans les couloirs aériens, jusque chez Jensen.

— Où va-t-il ? demanda Connell, quand Lucas la rattrapa. (Elle lui prit le bras, leur donnant à tous les deux un aspect différent, celui d'un couple dans la foule.) Ça y est, il va chez elle ?

— Il en prend le chemin, lui indiqua Lucas. (Ils se rapprochaient un peu trop, et il l'obligea à se retourner, parla dans la radio.) Sloan, Del, il est à vous, maintenant. Il arrive.

— Il est cinq heures moins dix, dit Connell. A peu près l'heure où elle sort du boulot.

Sloan appela.

— Où est-il ?

Del :

— Il s'est arrêté au milieu, il regarde la rue.

Lucas tira Connell sur le côté.

— Marchez jusqu'à l'entrée, jetez un coup d'œil. S'il regarde par ici, ne revenez pas.

Elle hocha la tête, prit l'allée qui menait au couloir aérien, jeta un regard sur la gauche, continua à avancer dans la même direction, tourna la tête en arrière.

— Il regarde dehors, c'est tout.

Elle attendit un peu, et revint vers Lucas, non sans avoir lancé un nouveau coup d'œil dans le couloir aérien.

— Il bouge, indiqua-t-elle à la radio.

— Je l'ai, annonça Del. Il est sorti du couloir aérien.

— J'arrive, prévint Lucas. Rendez-vous aux bureaux de Raider-Garrote, dans l'immeuble des opérations boursières.

Un autre grand magasin les en séparait, mais Koop ne s'attarda pas. Il avançait vite, à présent, en regardant sa montre. Il traversa le couloir aérien suivant, Sloan loin devant lui. Del bifurqua, puis courut jusqu'au prochain couloir aérien pour traverser parallèlement à Koop, en se retournant de temps en temps vers l'équipe de surveillance. Lucas et Connell se séparèrent, à nouveau célibataires. Connell portait son énorme sac d'une seule main comme un porte-documents. Lucas mit un chapeau.

— Sloan ?

— Ça se précise, mon vieux, répondit Sloan, d'une voix essoufflée. Il va se passer quelque chose. Je dépasse les bureaux de Raider-Garrote. Je vais rester là, au cas où il chercherait à entrer et à faire des siennes.

— Bon Dieu ! Del, magne-toi !...

— J'arrive, j'arrive !...

Connell revint vers Lucas.

— Qu'est-ce qu'on fait ?

— On s'approche, mais pas trop. Je vais appeler Sara.

Connell s'éloigna, la main posée sur le sommet de son sac. Lucas tâtonna dans sa poche de poitrine, sortit le téléphone cellulaire, appuya sur le bouton des numéros en mémoire et le chiffre 7. Un peu plus tard, la sonnerie retentit et Jensen décrocha.

— Ça y est ! dit Lucas. Il est devant votre porte. Évitez de le regarder dans les yeux si vous pouvez faire autrement.

Il verrait dans votre regard le piège qu'on est en train de lui tendre.

— D'accord. J'étais sur le point de m'en aller.

Elle avait parlé sur un ton calme ; il avait l'impression qu'un petit sourire se dissimulait dans sa voix.

— Vous prenez l'ascenseur vers le haut ?

— Comme toujours.

Lucas appela les trois autres, leur expliqua la situation. Del arriva et ils démarrèrent tous en même temps. Sloan les interrompit :

— Le voilà. Connell est juste derrière lui.

— On arrive, l'avertit Lucas. Del y va le premier. Sloan, tu ferais mieux de sortir de son champ de vision. Qu'est-ce qu'il fait ?

— Il regarde dans les bureaux par les portes vitrées... J'aperçois Connell...

Del titubait devant, le parfait rôdeur de couloir aérien, un peu saoul, nulle part où aller, le genre qui reste à l'intérieur jusqu'à ce que les boutiques soient fermées, et qui sort dans la rue, à la nuit tombée. Les gens détournaient les yeux de lui, ou bien leurs regards le traversaient sans le voir, mais il ne retenait l'attention de personne.

— Je viens de le croiser, fit-il à Lucas. Il regarde à l'intérieur comme s'il essayait de lire les chiffres aux tableaux d'affichage. Jensen s'apprête à sortir.

— Moi, je viens de le dépasser, signala Sloan. Del, tu ferais mieux de rester à l'écart une minute.

— J'arrive, dit Lucas.

Il y eut un moment de silence. Lucas était un peu trop en évidence, traînant dans le couloir aérien, et il traversa, se dirigeant vers un kiosque à journaux découpé comme une entaille dans la cloison du couloir. Sloan intervint à la radio.

— Jensen est sortie. Il s'éloigne en prenant le même chemin que moi, il vient vers toi, Lucas.

— Je vais au kiosque. Je lui emboîte le pas quand il passe.

Un peu plus tard, Sloan appela :

— Bon Dieu ! Lucas, planque ta radio ! Je crois qu'il arrive.

Lucas l'éteignit, la glissa dans une poche, prit un exemplaire de *The Economist*, l'ouvrit, tourna le dos à l'entrée. Une seconde plus tard, Koop pénétra dans le kiosque et regarda autour de lui. Lucas lui jeta un regard en coin. La boutique était juste assez grande pour eux deux et l'adolescente qui s'ennuyait derrière le comptoir vitré où étaient exposés les chewing-gums et autres sucreries. Koop prit un magazine, le feuilleta. Lucas sentit que celui-ci se tournait vers le couloir aérien, jetant un nouveau coup d'œil dans la direction du tueur. Koop avait le dos tourné, et il regardait par-dessus le magazine. Il attendait Jensen.

Sloan passa sans s'arrêter. Koop était assez proche pour que Lucas puisse respirer la légère odeur qui émanait de lui, la sueur de l'athlète vieillissant. Les gens défilaient devant le kiosque, tandis que les bureaux fermaient les uns après les autres dans l'immeuble. Certains portaient encore l'uniforme des années quatre-vingt, complet bleu et chaussures de jogging, pour aller courir après le boulot. Koop ne jeta pas un regard vers Lucas : son attention était entièrement concentrée sur le couloir aérien.

Un homme entra.

— Donnez-moi un paquet de Marlboro et une boîte de mouchoirs en papier.

La jeune fille lui remit les articles voulus, il paya, ouvrit le paquet de cigarettes, et les jeta dans la poubelle, n'en gardant que deux, avant de s'éloigner.

— Il ne veut pas que sa femme le sache, expliqua la jeune fille à Lucas.

— Je suppose.

Merde ! Koop allait le regarder.

Celui-ci n'en fit rien. Il remit le magazine sur le rayon où il l'avait trouvé et se précipita au-dehors. Lucas regarda dans sa direction. Dans le couloir aérien, il vit les cheveux blonds de Connell et les cheveux noirs de Jensen. Il posa son magazine à son tour, et emboîta le pas à Koop. Il put à nouveau se servir de la radio.

— Ils viennent vers toi, Sloan. Où es-tu, Del ?

— J'arrive par-derrière. Sloan m'a dit que tu étais

coincé, alors je suis resté en arrière au cas où il aurait pris cette direction-là. J'arrive.

— Ascenseurs ! grogna Connell.

— J'arrive, répondit Lucas. Del, Sloan, prenez l'ascenseur tout de suite.

Sloan et Del accusèrent réception, et Lucas ajouta :

— Greave, vous êtes prêts ?

— On est prêts.

Ils étaient dans la fourgonnette, dans la rue.

— Ascenseur, dit Lucas.

Il sortit le récepteur de son oreille, le mit dans sa poche. Koop était face à la porte de l'ascenseur, attendant qu'il revienne. Il serait le premier à y monter. Quatre autres personnes l'attendaient, Connell et Jensen comprises. Cette dernière se trouvait juste derrière le large dos de Koop, les yeux posés sur la naissance du cou. Connell était à côté d'elle. Lucas se faufila devant Connell.

Le signal lumineux devint blanc, et les portes coulissèrent. Koop entra, appuya sur un bouton. Lucas pénétra dans la cabine d'ascenseur juste derrière lui, se tourna de l'autre côté, et appuya sur le bouton correspondant à l'étage de Jensen. Connell se glissa du côté opposé à Lucas, dans un coin où Koop ne pouvait distinguer son visage. Lucas était au fond de l'ascenseur, tourné de trois quarts vers Connell. Pas une seule fois Koop ne les avait regardés en face, mais il n'était pas question de répéter la manœuvre avant au moins deux jours.

Jensen entra en dernier, avec une autre femme, se plaça devant Koop. Les portes se refermèrent et l'ascenseur démarra. Lucas ne pouvait pas voir Koop. Il dit à Connell :

— Longue journée.

Elle répondit :

— Comme toujours... Je crois que Del a attrapé un rhume.

Conversation d'ascenseur. La femme à côté de Jensen se tourna pour regarder Lucas, et Jensen recula un peu, sa croupe vint cogner l'entrejambe de Koop.

— Désolée..., marmonna-t-elle, en jetant un coup d'œil vers lui.

Lucas et Connell sortirent derrière elle. Les portes se refermèrent et Koop monta encore. Il était garé au septième.

— J'ai vu ce que vous avez fait, dit Connell en souriant. Vous êtes une salope diabolique.

— Merci.

— Ne recommencez pas, lui conseilla Lucas en marchant à sa voiture. Pour l'instant, on tient le bon bout. Si on en fait un peu trop, on est baisés.

Koop suivit Jensen jusqu'à un petit centre commercial ; attendit dehors pendant qu'elle faisait ses courses.

— Il va le faire ! lança Connell. (Elle parlait d'une voix à la fois sinistre et ravie, comme le survivant d'une catastrophe aérienne, brûlé au troisième degré.) Il n'a pas quitté la porte des yeux depuis qu'elle est entrée. Il est complètement fasciné. Il va le faire.

Koop suivit Jensen jusqu'à son appartement, un essaim de flics autour de lui, devant, derrière, dans les rues parallèles, à tour de rôle. Jensen entra dans le parking. Koop s'arrêta, observa les alentours pendant plusieurs minutes sans bouger de son véhicule, puis se mit à errer sur les Interstates. Il fit un tour complet des Cités jumelles, par l'I-494 et l'I-694.

— Retournes-y, salopard ! sifflait Connell. Retournes-y.

A neuf heures, ils s'arrêtèrent à un feu, et regardèrent deux hommes d'âge moyen sur un parcours de golf handicap trois. L'un avait les cheveux blancs, l'autre une coupe en brosse, ils essayaient de jouer dans les dernières lueurs du jour qui déclinait rapidement. Coupe-En-Brosse manqua le trou à soixante centimètres, Lucas secoua la tête, et Koop redémarra.

Dix minutes plus tard, il était sur l'Interstate 35, cap au nord. Sur la boucle du périphérique qui ramenait vers Minneapolis — et ensuite, tel un satellite à l'orbite dégradée, il reprit lentement la direction de l'appartement de Jensen.

— Il y va ! fit Lucas. Je vous lâche, je vais y aller de mon côté, j'y serai avant lui. S'il change de destination, prévenez-moi.

Il suivit un itinéraire qui le faisait passer par des rues écartées. Connell appela Jensen sur le téléphone cellulaire. Une minute plus tard, ils pénétraient sur le parking de Jensen, et abandonnaient la voiture.

— Où est-il ? demanda Lucas, à la radio.

— Il approche, répondit Greave. (Greave était dans la fourgonnette.) Je crois qu'il cherche une place.

— Tous à vos postes ! ordonna Lucas.

Puis l'ascenseur arriva, Connell et lui y montèrent.

Jensen était à sa porte.

— Il va venir ?

— Peut-être, répondit Lucas, en entrant dans l'appartement. Il est là, dehors.

— Il va venir, dit Connell, je le sens. Il va venir.

CHAPITRE XXXIII

Depuis le moment où il était sorti de prison, Koop se consumait de désir pour cette femme.

Il n'arrivait pas à penser à autre chose.

Il avait fait de la gymnastique, les muscles encore douloureux de son séjour derrière les barreaux, jusqu'à ce qu'il parvienne enfin à se décontracter. Il avait pris une douche, et s'était remis à penser à Jensen.

Il était allé courir dans Braemar Park, sur les collines. Il était descendu dans un restaurant de la chaîne Arby's, avait commandé un sandwich et était sorti sans. La vendeuse avait dû le rattraper sur le parking. Il pensait à Sara Jensen.

Ensuite, dans l'ascenseur, il s'était retrouvé dos à dos avec un grand type, Sara juste devant lui. A la moitié de l'ascension, elle avait fait un pas en arrière, avait encore frotté ses fesses contre lui. Oui.

Elle était au courant de son existence, aucun doute.

C'est la deuxième fois.

Pas d'erreur possible.

Koop roula dans les Cités jumelles, à peine conscient du trajet qu'il effectuait, et se retrouva en route vers l'immeuble de Jensen, juste après la tombée de la nuit. Il descendit la rue, et leva les yeux. La lumière ne se diffusait pas comme d'habitude. Elle avait à moitié tiré les rideaux de la chambre.

Koop eut la sensation du danger. Est-ce qu'ils avaient découvert son observatoire sur le toit ? Est-ce qu'ils l'attendaient là-haut ? Mais, si tel avait été le cas, elle n'aurait jamais tiré les rideaux. Ils auraient tout laissé comme d'habitude.

Quelle importance ?...

Il allait monter de toute façon.

— Il est entré, prévint Greave. Il avait une clé.

Greave était encore dehors, dans la fourgonnette. Del et Sloan avaient pris l'ascenseur dès qu'il était devenu clair que Koop cherchait à se garer. Sloan attendrait dans un appartement. Del était en route vers le toit.

— Il a attaqué le couple d'en face, cette femme de l'autre côté de la rue. Pour prendre les clés du type, dit Connell. Ça ne fait aucun doute.

— Oui, approuva Lucas.

Connell était assise par terre dans la cuisine, sous le buffet. Lucas était dans le couloir entre le salon et la chambre de Jensen. Celle-ci avait partiellement tiré les rideaux, ne laissant qu'une fente de soixante centimètres à la fenêtre. Lucas avait fait une objection :

— On devrait tout laisser comme d'habitude.

— Erreur, avait-elle répliqué. Je sais ce que je fais.

Elle paraissait si sûre d'elle-même qu'il l'avait laissée faire. Il se leva et avança vers sa chambre.

— Caméras, lança-t-il. Action !

Elle se leva. Elle portait un peignoir blanc en tissu-éponge, et exhibait des jambes et des pieds nus.

— Je suis prête, annonça-t-elle. Tenez-moi au courant de ce qu'il fait, dès que Del vous le dira.

Ils avaient décidé qu'elle lirait au lit. Koop verrait l'essentiel de la scène par la fente entre les rideaux. Elle prit des numéros du *Wall Street Journal* et de l'*Investor's Daily*, les étala autour d'elle, et se laissa tomber sur le lit.

— Je suis un peu nerveuse.

— Souvenez-vous : quand je vous dis de sortir, vous sortez immédiatement.

Ils avaient obtenu la possibilité de se servir d'un autre appartement sur le même palier, chez une vieille femme que le gardien de l'immeuble leur avait indiquée. Elle avait accepté de les laisser utiliser son appartement, si elle pouvait y rester pendant l'action. Ça n'enchantait pas Lucas, mais elle n'avait pas voulu en démordre, et il avait fini par céder. Elle était là, en train d'ouvrir la porte à Sloan.

Greave attendait dehors, dans la fourgonnette, avec deux autres types du service de renseignements.

Si Koop pénétrait dans l'immeuble de Jensen, Greave et ses collègues couperaient le courant des ascenseurs avec la commande du poste d'entretien situé au rez-de-chaussée, avant de bloquer les issues. Del descendrait du toit, par l'escalier, se cacherait dans un placard sur le palier de Jensen.

Lorsque Koop arriverait chez Jensen, ils attendraient qu'il s'en prenne à la porte — qu'il essaie de l'ouvrir, de la crocheter, de la fracturer. Lucas donnerait alors le signal, Sloan marcherait sur Koop à un bout du couloir, et Del à l'autre. Lucas et Connell surgiraient de l'appartement. Quatre contre un.

Connell avait sorti son pistolet, pour une vérification de dernière minute. Elle l'avait chargé avec des balles de sécurité, qui faisaient de massifs cratères dans la viande, mais tombaient en morceaux dès qu'elles percutaient un mur. Elle tenait l'arme le canon en l'air, le doigt sur le morceau de métal qui protégeait la détente, la joue contre le magasin.

— Sur le toit. Il est sur le toit ! appela Del, posté sur celui de l'immeuble de Jensen.

Il haletait : il n'avait précédé Koop que de trente secondes. Il ajouta, un peu plus tard :

— Il est sur le climatiseur.

Koop se hissa, rampa jusqu'au conduit d'aération protecteur, jeta un regard de l'autre côté de la rue. Sara était là, sur le lit, en train de lire. Il l'avait vue faire ça au moins vingt fois, fouiner dans ses papiers. Il braqua le télescope Kowa sur elle et vit qu'elle scrutait de longues listes de chiffres. Sa concentration semblait intense. Elle tourna une page.

Elle portait un peignoir blanc en tissu-éponge, c'était la première fois qu'il le voyait. Ça lui plaisait. Ça faisait ressortir ses cheveux foncés, son teint mat, son air tragique, comme rien d'autre. Si ses cheveux avaient été mouillés, elle aurait ressemblé à une vedette de cinéma, sur un plateau...

— Il est sur le climatiseur, dit tranquillement Lucas à l'adresse de Jensen.

Rien dans son attitude ne montra qu'elle avait entendu, et pourtant, c'était le cas.

— Il l'observe au télescope, signala Del. Bon Dieu ! il doit avoir l'impression d'être avec elle dans la chambre.

— Je n'en doute pas, murmura Connell dans son casque radio.

Lucas la regarda : elle avait toujours la joue collée à la crosse de l'arme.

Jensen posa son journal et descendit du lit, se dirigea vers la salle de bains. Ça ne faisait pas partie du scénario.

— Qu'est-ce qui se passe ? demanda Lucas.

Elle ne répondit pas, fit couler l'eau dans la baignoire un petit moment, et revint. Le peignoir était ouvert. Lucas ne voyait que son dos, mais il avait l'intuition que...

Jensen sortit de la salle de bains. Le peignoir s'était ouvert, et elle ne portait qu'une culotte dessous. Ses seins étaient splendides dans le tissu-éponge, alternativement exposés et cachés. Elle était apparemment contrariée par quelque chose. Elle passa quelques minutes à faire les cent pas devant l'intervalle entre les rideaux, la poitrine parfois offerte au regard, parfois dérobée. C'était le meilleur strip-tease auquel Koop ait jamais assisté. Le cœur lui remontait dans la gorge chaque fois qu'elle passait devant la fenêtre.

Elle se laissa tomber sur le lit de nouveau, face à lui, appuyée sur le coude, un sein découvert, avant de se remettre à fouiner dans ses papiers. Puis elle roula sur le dos, les jambes nues et repliées, les pieds à plat sur le lit, les genoux en l'air, la tête sur l'oreiller, le peignoir ouvert, les seins qui s'affaissaient sous leur propre poids...

Le tableau était si affolant que Koop grogna d'excitation. Il supportait à peine d'assister à cette scène. Il n'arrivait *absolument* pas à en détacher ses yeux.

Lucas déglutit, jeta un coup d'œil à Connell. Elle ne voyait rien de tout ça. Elle était assise en train de fixer le buffet sans le voir. Il retourna à Jensen. Les yeux de celle-ci s'étaient portés une fois vers lui, et il avait cru voir l'ombre d'un sourire sur ses lèvres. Doux Jésus ! Il se mit à ressentir ce que ressentait Koop, le magnétisme animal de cette femme. Il émanait d'elle une étrange séduction à l'italienne, de quoi vous mettre les hormones sur des charbons ardents. Comment avait-elle hérité d'un nom comme Jensen ? Il fallait que ce soit le nom de son ex-mari ; ce qui bouillonnait sur ce lit n'avait rien de scandinave.

Lucas déglutit une deuxième fois.

S'il y avait eu un manuel de police politiquement correct, ce stratagème aurait été interdit. Mais Lucas n'avait rien à objecter : si ça ne forçait pas Koop hors de sa tanière, rien n'y parviendrait.

Sara sortit du lit, le peignoir toujours ouvert, alla dans la salle de bains, et ferma la porte. Quand elle faisait ça, il y en avait en général pour un moment.

Koop retomba derrière le conduit de ventilation, tenta d'allumer une cigarette. Se rendit compte que le tabac était mouillé, et qu'il était en nage.

Inutile d'insister. Il bandait comme jamais. Il chercha son couteau, appuya sur le cran d'arrêt. La lame jaillit comme une langue de serpent.

Il était temps d'y aller.

— Il est descendu, signala Del. Bon Dieu de merde ! Il est descendu. Il traverse le toit, il passe la porte.

— Vous avez entendu, Greave ?

— On l'a dans le collimateur.

Lucas entra dans la chambre.

— Sara. C'est le moment d'y aller.

Jensen sortit de la salle de bains, le peignoir fermé.

— Il va venir ?

— Peut-être. Il n'est plus sur le toit, en tout cas.

Elle se sentait vulnérable ; lui aussi, il avait assisté au spectacle.

— Mettez vos pantoufles.

Jensen mit ses pantoufles, prit un tas de vêtements dans les bras, son sac à main, et ils attendirent, attendirent... Elle se tenait près de Lucas, et il avait l'impression de la protéger, d'être son grand frère, en quelque sorte...

— Il a passé la porte, appela Greave. Il traverse la rue.

— Je descends, dit Del.

Greave :

— Il a aussi la clé de cet immeuble-là, il entre...

— Il arrive, annonça Lucas à Jensen. Allez-y.

Jensen sortit, courut en peignoir dans le couloir, avec son sac à main et ses vêtements, comme une môme courant faire la sieste. Connell s'était relevée. Elle revint au salon, avec le même air rêveur au fond des yeux, l'arme à la main...

Lucas l'accompagna, lui prit le bras.

— Ne faites pas de conneries. Vous avez l'air bizarre. Si vous lui tirez dessus, vous risquez de toucher Del ou Sloan. Ils vont arriver à toute vitesse...

Elle leva les yeux vers lui.

— D'accord.

— Écoutez, je ne plaisante pas, reprit-il brutalement. Ce n'est pas le moment de...

— Je vais très bien... Il y a longtemps que j'attends cet instant. Maintenant, il est à nous. Et je suis encore vivante.

Pas rassuré pour autant, Lucas la quitta, et passa dans la cuisine.

Dès que Koop ouvrirait, Lucas se propulserait dans l'ouverture avec tout le poids de son corps. L'impact de ce choc inattendu était censé renvoyer Koop dans le couloir. Del et Sloan surgiraient, et Lucas rabattrait la porte dans l'autre sens, se précipiterait dehors, sans laisser au tueur le temps de reprendre ses esprits. Greave et les deux autres arriveraient par l'escalier...

Ils le tenaient. Ils avaient peut-être déjà assez d'éléments pour un procès, rien qu'avec la violation de domicile, dans l'immeuble d'en face, et celle de la vie privée dont Koop s'était rendu coupable en épiant Jensen.

Mais s'il forçait la porte, ils pouvaient le coincer pour tout le reste. S'il tentait seulement de la forcer...

Koop entra dans l'immeuble et marcha rapidement droit sur la porte de service, l'ouvrit et prit l'escalier. Avant qu'elle ne se referme, il entendit *flap-click*. Quoi ? Il s'immobilisa, tendit l'oreille. Rien. Rien du tout. Il s'élança, s'arrêtant à chaque palier pour écouter, avant de monter jusqu'au suivant d'un pas feutré.

— Il a pris l'escalier, appela Greave. Il n'est pas dans l'ascenseur. Il est dans l'escalier.

— Bien reçu, dit Lucas. Del ?

— Je suis prêt.

— Sloan ?

— Prêt.

Koop grimpait l'escalier de béton en colimaçon. Qu'est-ce que c'était ce *flap-click* ? Ça ressemblait à une course dans l'escalier, un pas précipité et une porte qu'on refermait. De quoi qu'il ait pu s'agir, ça venait de là-haut. Peut-être même de l'étage de Jensen. Koop arriva en haut, tendit la main vers la poignée de porte. Et s'interrompit. *Flap-click* ?

Il y avait encore une volée de marches au-dessus de lui, qui menait au toit de l'immeuble. Est-ce qu'il était si pressé que ça, au fond ? Non, pensa-t-il. Monte-en-l'air : lentement mais sûrement...

Il monta le dernier étage, se servit de sa clé — celle de Sara — pour accéder au toit. Belle nuit. Les étoiles brillaient doucement, l'air était chargé d'humidité, un reste de la tiédeur de la journée. Il avança silencieusement jusqu'au bord. L'appartement de Jensen, c'était le troisième balcon en partant du bout.

Il regarda dans le vide. Le balcon de Jensen était à quatre mètres environ au-dessous de lui. Une chute d'un mètre cinquante, s'il s'accrochait au rebord. Rien du tout. Sauf s'il le manquait — dans ce cas-là, c'était l'éternité qui l'attendait en bas. Mais il ne pouvait pas le manquer. Le balcon faisait deux mètres de large et quatre de long.

Il regarda l'immeuble d'en face, où il avait passé tant de nuits délectables. Il y avait quelques lumières, encore, mais peu de fenêtres dont les rideaux n'aient pas été tirés, et personne devant.

Quatre mètres. *Flap-click*.

— Putain, où est-ce qu'il est ? demanda Del, dans son placard. Greave ? Vous le voyez.

— Il doit être dans l'escalier, répondit Greave. Vous voulez que j'aille voir ?

— Non, non, ne bougez pas, intervint Lucas.

Connell écoutait cette conversation dans les écouteurs, et faillit ne pas entendre le léger *whop* à cinq ou six mètres de distance. Avec le « Non, non » de Lucas dans les oreilles, elle ne sut même pas d'où ça venait, et lança un regard sur la droite sans réfléchir.

Koop atterrit devant la porte vitrée ouverte du balcon, sur les pieds, en pliant les genoux pour amortir le choc. La première chose qu'il vit, là, dans l'aquarium, ce fut une blonde, un pistolet près du visage, en train d'attendre, en face de la porte d'entrée.

Koop n'eut pas besoin de réfléchir. *Il savait*. Il n'y avait plus d'échappatoire. La rage était en lui, à fleur de peau, prête à éclater.

Koop hurla et s'avança vers la femme appuyée contre le mur, au pas de charge...

Lorsque Connell le vit enfin, il n'était plus qu'à deux mètres cinquante, elle n'eut qu'une fraction de seconde pour réagir. Le hurlement qu'il avait poussé la paralysa, les mots qui résonnaient encore à ses oreilles aggravèrent la confusion, et Koop la frappa juste après, du plat de la main, sur le côté de la tête. Le coup l'étourdit, la sonna pour le compte, puis il fut sur elle, le sang emplit sa bouche, et le pistolet avait disparu.

Lucas entendit le hurlement, se retourna, vit Koop franchir d'un bond la distance qui le séparait du salon, hurla « Il est là, il est là ! » dans la radio, et courut vers l'endroit où Koop et Connell, emmêlés, s'affrontaient. Le pistolet de cette dernière tomba, dérapa sur la moquette, et disparut à moitié sous le canapé. Koop lui tournait le dos, penché sur Connell. Lucas ne pouvait pas se servir de son arme, pas avec Connell à proximité ; il choisit de la lever au-dessus de sa tête et de cogner sur la nuque de Koop. Celui-ci sentit venir le coup : il se tourna à moitié en se redressant, un œil localisant Lucas, et l'arme prête à s'abattre. Koop eut le temps de rentrer la tête, de lever l'épaule pour se couvrir, le canon du pistolet l'atteignit dans le gras du muscle, il se rétablit sur ses pieds, et se jeta sur Lucas.

Ça n'était pas un match de boxe. Koop s'élança vers Lucas, et celui-ci le cueillit avec un large crochet du gauche, qui ne ralentit pas plus le tueur que si on l'avait frappé avec de la guimauve. Les bras de Koop se nouèrent autour des côtes du policier.

Lucas et Koop chancelèrent, soudés l'un à l'autre comme des danseurs ivres, rebondissant contre le mur de la cuisine, la pression écrasante des bras de Koop autour de sa poitrine broyant les côtes de Lucas. Celui-ci le frappa légèrement à la tempe avec le pistolet, sans avoir assez de puissance pour réussir un coup décisif. Quand il eut l'impression que sa colonne vertébrale allait céder, il pressa l'arme contre l'oreille de Koop et appuya sur la détente. La balle alla se perdre dans le plafond.

La détonation, à quelques millimètres de son oreille, rejeta la tête de Koop en arrière, le sonna, ce que les coups n'avaient pas réussi à faire. Lucas put enfin respirer, mais mal : une douleur fulgurante lui traversa la poitrine de part en part, comme si un os avait été touché. Des côtes cassées. Il inspira et martela le visage de Koop, qui recula d'un pas, avant de cueillir Lucas d'un court crochet dans les côtes. Lucas les sentit céder sous l'impact, se sentit partir en arrière, rentra les coudes pour se protéger dans un geste dérisoire. Il bloqua un coup de cette manière, frappa faiblement Koop au visage, le coupant sans le stopper, et le tueur se remit à le broyer dans son étreinte ; Lucas se tortillait, essayait de taper, ils rebondissaient tous les deux au petit bonheur dans la cuisine. Lucas entendait les autres cogner contre la porte d'entrée de l'appartement, hurler au-dehors, il se contorsionna pour regarder dans cette direction, Koop l'écrasait, le broyait...

Connell atterrit sur le dos de Koop. Elle avait des ongles

courts et carrés, mais de grandes mains et des doigts puissants qu'elle enfonça dans les petits yeux du tueur, à quelques centimètres du visage de Lucas. Il vit les doigts plonger loin dans les orbites, et pensa, quelque part dans un coin de sa tête : *Bon Dieu, elle lui a crevé les yeux!...* Et elle planta ses dents à la base du cou de Koop, le visage déformé par la haine, comme un animal enragé.

Koop cria et lâcha Lucas qui le frappa encore au visage, le coupant une nouvelle fois, toujours sans parvenir à l'envoyer à terre. Les doigts de Connell s'enfoncèrent plus profondément dans les yeux du tueur, et celui-ci se baissa brusquement, tentant de la projeter par-dessus lui. Ses pieds quittèrent le sol et se nouèrent autour de la taille du tueur, ses doigts cherchant à perforer le crâne, et Koop hurlait, se débattait, tandis que Lucas se rapprochait, sans cesser de lui cogner dessus.

Puis Koop frappa à l'aveuglette d'une large manchette du revers de la main qui cueillit Lucas sur le côté de la tête pendant qu'il avançait. Il perdit conscience pendant un moment, comme si on avait éteint dans toute la maison. Tout devint noir, et il perdit l'équilibre, roula au sol, allant heurter le buffet; se remit sur pied tant bien que mal, retourna vers les deux corps emmêlés. Koop essayait de se débarrasser d'elle.

Mais elle était toujours à califourchon sur le tueur, et elle poussait des cris stridents, comme une folle...

La porte s'ouvrit à la volée et Sloan surgit, le pistolet à la main, pointé sur eux, Lucas vacillant devant lui tandis que Koop chancelait en arrière, en direction du balcon.

Connell le sentit heurter la rambarde du balcon, juste au-dessous des hanches. Elle baissa les yeux. Elle était dans le vide. Elle dénoua ses jambes, se mit debout sur la rambarde, vit Lucas s'approcher...

Et celui-ci hurla :

— MEAGAN !...

Connell, toujours agrippée à Koop, détendit ses jambes puissantes, rua en arrière, et ils passèrent tous les deux par-dessus la rambarde, s'enfonçant dans la nuit.

Lucas, à deux pas, plongea en avant, réussit à toucher le

pied de Koop, qui lui échappa des mains, entra lui-même en collision avec la rambarde, sentit que Sloan le rattrapait. Il se pencha et les vit tomber.

Connell avait les yeux ouverts. Elle avait relâché son étreinte autour de la tête de Koop pendant la chute, et, à la fin, leurs deux corps aux membres épars se superposaient, formant une étoile, comme des parachutistes en chute libre.

Jusqu'au trottoir.

Et pour toujours.

— Jésus-Christ Tout-Puissant! fit Sloan.

Son regard passa de Lucas à la rambarde et revint se poser sur Lucas. Le sang coulait du nez de ce dernier, dégoulinait sur sa chemise, il était penché au balcon, blessé, une épaule cinquante centimètres plus bas que l'autre...

— Bon Dieu ! Lucas...

CHAPITRE XXXIV

Lucas regardait la télévision, assis dans son fauteuil en vinyle. Un film sur une famille d'Américains moyens, en fait des insectes géants cherchant à faire sauter une centrale nucléaire ; l'un des gamins insectes fumait de l'herbe. Il n'arrivait pas à suivre, y prêtant une attention minimale.

Il ne voulait plus penser à Connell. Il avait pensé à elle sans arrêt, passant en revue tous les gestes qu'il aurait pu tenter pour l'empêcher de sauter. Il s'était tout d'abord persuadé qu'elle était prête à mourir. Qu'elle le voulait. Que ça valait mieux que le cancer.

Puis il avait cessé de le croire. Elle était morte. Il ne voulait pas qu'elle soit morte. Il avait encore des choses à lui dire. Trop tard.

A présent, il avait cessé de penser à elle. Elle lui reviendrait en mémoire dans quelques heures, pendant des jours encore, et des semaines. Il n'oublierait jamais ses yeux, levés vers lui...

Des yeux de fantôme. Il allait les avoir en tête pendant longtemps.

Mais pas maintenant.

Une porte s'ouvrit au fond de la maison. Weather n'était pas censée rentrer avant au moins trois heures. Lucas se leva à grand-peine, avança vers la porte.

— Lucas ? s'enquit Weather d'une voix inquiète.

Ses hauts talons claquèrent sur le carrelage de la cuisine. Lucas était dans le couloir.

— Ouais ?

— Comment se fait-il que tu sois debout ? demanda-t-elle.

Elle était en colère.

— Je croyais que tu avais une opération.

— J'ai reporté.

Elle le regarda gravement, à quelques mètres de distance. C'était une petite femme, coriace.

— Comment ça va ?

— Ça me fait mal quand je respire... Est-ce que le camion de télé est toujours dehors ?

— Non. Ils sont partis.

Elle portait une grosse boîte.

— Tant mieux. Qu'est-ce que c'est que ça ?

— Un plateau-repas pour manger devant la télé. Je vais te l'apporter pour que tu n'aies pas à bouger.

— Merci...

Il lui fit un signe de tête et retourna en boitillant au fauteuil en vinyle, où il s'assit avec précaution.

Weather jeta un coup d'œil à la télévision.

— Qu'est-ce que tu peux bien être en train de regarder ?

— Je ne sais pas.

Les médecins des urgences l'avaient gardé pour la nuit, surveillant sa tension artérielle. Il y avait un risque de commotion cérébrale, avaient-ils dit. L'un d'eux, qui ne paraissait pas plus de dix-sept ans, avait ajouté que Lucas ne pourrait éternuer sans avoir mal, et ce jusqu'au milieu de l'été suivant. Il avait l'air assez content de son diagnostic.

Weather jeta son sac sur un autre fauteuil, agita les bras.

— Je ne sais pas quoi faire, finit-elle par dire, les yeux baissés sur lui.

— Qu'est-ce que tu veux dire ?

— J'ai peur de te toucher. A cause des côtes cassées. (Elle avait les larmes aux yeux.) J'ai besoin de te toucher, alors, je ne sais pas quoi faire.

— Viens t'asseoir sur mes genoux. Assieds-toi très doucement, c'est tout.

— Lucas, je ne peux pas faire ça. Ça va exercer une pression sur tes côtes.

Elle fit un pas vers lui.

— Tant que je ne fais pas de mouvements brusques, ça va. C'est ça qui fait mal. Si tu te pelotonnes sur mes genoux...

— Tu es sûr que ça ne va pas te faire mal ?

Cela ne se révéla qu'un tout petit peu douloureux, et il se sentit beaucoup mieux, ensuite. Il ferma les yeux et s'endormit, la tête de Weather sur la poitrine.

A six heures, ils regardèrent les actualités tous les deux. Roux était triomphante.

Et généreuse, et attristée, tout à la fois. Elle paradait avec les détectives qui avaient travaillé sur l'affaire, à l'exception de Del, qui avait horreur qu'on voie son visage. Elle mentionna Lucas une demi-douzaine de fois, le présentant comme le cerveau de toute l'opération. Elle fit un portrait émouvant de Connell, une femme qui luttait pour les droits de toutes les autres, et s'était vouée corps et âme à la destruction du monstre.

Le maire parla à son tour. La direction de la police criminelle de l'État était créditée d'une grande part de ce succès. Le président du syndicat des employés municipaux de l'État affirma que la perte de Connell était irréparable. Sa mère avait pris l'avion de Bimidji, et pleura à l'antenne.

C'était de l'excellente télévision, présentée en majeure partie par Jan Reed.

— J'ai eu si peur ! dit Weather. Quand ils ont appelé...

— Pauvre Connell..., fit Lucas.

Jan Reed avait des yeux splendides.

— Que Connell aille se faire foutre, lança Weather. Et toi aussi. C'était pour moi que j'avais peur. Je ne savais pas quoi faire, si tu mourais.

— Tu veux que je quitte la police ?

Elle le regarda, sourit et répondit :

— Non.

Un autre reportage télévisé montra des images de la façade de la maison de Lucas. Pour quelle raison, il n'en avait aucune idée. Un autre encore avait été tourné sur le toit de l'immeuble d'en face de chez Jensen, avec une vue plongeante sur son appartement. Le mot aquarium fut employé.

— Ça glace le sang, commenta Weather.

Elle frissonna.

— Une Finlandaise au sang chaud ? répliqua Lucas. Difficile à croire.

— Eh bien, c'est le cas. Ça me glace.

Lucas la regarda, pensa à son cul, l'autre jour dans la salle de bains. Ce cul si esthétique qui les avait menés jusque-là...

Il lui demanda de quitter ses genoux, se leva, ses articulations craquaient et le faisaient souffrir. Il s'étira prudemment comme un vieux matou arthritique, morceau par morceau. Un sourire apparut sur ses lèvres et il eut tout à coup l'air content.

Un changement si soudain que Weather fit un pas en arrière.

— Qu'est-ce qui se passe ? demanda-t-elle. (La douleur l'avait peut-être un peu perturbé.) Tu ferais mieux de t'asseoir.

— Tu es une belle femme, avec une tête bien faite, et un cul au-dessus de la moyenne.

— Quoi ?

Elle était perplexe.

— Il faut que j'aille en ville.

— Lucas, c'est impossible.

Elle était en colère, à présent.

— Je suis défoncé à l'Advil. Ça devrait aller. D'ailleurs, les toubibs m'ont dit que la blessure n'était pas grave, ça va être un peu douloureux, c'est tout.

— Lucas, j'ai déjà eu une côte cassée. Je sais ce que c'est. Qu'est-ce qui peut être assez important pour... ?

— C'est important. Et ça ne me prendra pas longtemps. Quand je reviendrai, tu pourras m'embrasser pour me faire passer la douleur.

Il marcha prudemment en direction du garage, chaque bleu, chaque contusion se rappelant à son bon souvenir durant le trajet. Weather le suivait.

— Je devrais peut-être te conduire là où tu vas.

— Non, ça va, je t'assure.

Dans la cuisine, il prit le téléphone, composa un numéro, obtint la brigade criminelle, et demanda Greave.

— Je pensais que vous n'étiez pas en état de communiquer pour l'instant, mon vieux, s'étonna celui-ci.

— Vous vous souvenez de ce gamin qui servait d'homme à tout faire, à Eisenhower Docks ?

— Ouais ?

— Dénichez-le. Gardez-le sous le coude. Je vous retrouve là-bas. Et apportez un téléphone cellulaire. Il faudra que je passe un coup de fil.

Quand Lucas arriva, Greave l'attendait au rez-de-chaussée. Il était en jean et en tee-shirt sous une veste légère en coton, la gaine du pistolet passée dans la ceinture un peu à gauche au-dessus du pubis, comme Lucas. Le môme était assis sur une chaise en plastique, l'air effrayé.

— Qu'est-ce qui se passe, monsieur ? demanda-t-il.

— Allons voir sur le toit, dit Lucas, en les entraînant vers l'ascenseur.

Une fois à l'intérieur, il appuya sur le bouton du dernier étage.

— Qu'est-ce qu'on va faire là-haut ? demanda Greave. Vous avez trouvé quelque chose ?

— Eh bien, Koop, c'est de l'histoire ancienne, alors il faut bien résoudre cette affaire, expliqua Lucas. Comme ce môme ne veut rien dire, je me suis dit qu'on allait le suspendre dans le vide du haut du toit en le tenant par les chevilles, jusqu'à ce qu'il parle.

— Monsieur ?

Le gamin se recroquevilla contre la cloison de l'ascenseur.

— Je blague, le rassura Lucas.

Il grimaça un sourire douloureux, mais le môme continua à se tasser dans un coin. Au dernier étage, ils montèrent la volée de marches permettant d'accéder au toit, entrebâillèrent la porte, et Lucas demanda :

— Est-ce que vous avez apporté le téléphone ?

— Ouais. (Greave fouilla dans sa poche et en sortit l'appareil.) Expliquez-moi, bon Dieu !

Lucas avança jusqu'à l'abri du climatiseur. Le métal peint de fraîche date ne présentait aucune tache de rouille.

— Quand est-ce qu'on a installé ça ? demanda-t-il au gamin.

— Quand ils ont rénové l'immeuble. Ça fait peut-être un an.

La plaque de l'entreprise qui s'en était chargée était posée assez haut sur l'abri du climatiseur, comme celle qu'il avait vue sur celui de l'immeuble en face de chez Sara Jensen. Lucas ouvrit le téléphone portable et composa un numéro.

— Lucas Davenport, chef adjoint de la police de Minneapolis, dit-il à la femme qui répondit à l'autre bout de la ligne. Je voudrais parler au responsable du service après-vente. Oui, c'est en rapport avec des réparations effectuées sur une de vos installations.

Greave et le môme l'observèrent pendant qu'il attendait.

— Oui, Davenport. D-a-v-e-n-p-o-r-t. Nous enquêtons sur un meurtre. Nous avons besoin de savoir si vous avez réparé le climatiseur de l'immeuble Eisenhower Docks le mois dernier. Vous l'aviez installé il y a un an. Hein ? Eh bien, appelez le service et posez-leur la question. Et rappelez-moi ensuite... D'accord. (Lucas regarda Greave, l'oreille collée au téléphone. Il lui dit en souriant :) Il faut qu'il regarde sur son ordinateur la liste des travaux effectués, mais il n'en a aucun souvenir.

— Quoi ?

Greave était aussi perplexe que Weather lors de son départ. Il contempla le climatiseur puis le gamin. Celui-ci haussa les épaules.

Lucas reprit sa conversation au téléphone :

— Vous n'en avez pas fait ? Il est sous garantie, n'est-ce pas ? Hm-hm. Et ça couvrirait toutes les réparations, pas vrai ? D'accord. Écoutez, un détective nommé Greave viendra vous voir un peu plus tard dans la journée pour prendre une déposition. Il essaiera de passer avant cinq heures.

Lucas coupa la communication, replia le téléphone portable, le rendit à Greave, et regarda le gamin.

— Quand je t'ai parlé, tu m'as dit que tu avais aidé Ray à réparer le climatiseur.

— Ouais. Il était en panne.

— Mais il n'est venu personne de la compagnie qui l'a installé ?

— Pas que je sache.

Le môme déglutit.

— Qu'est-ce que vous avez trafiqué, dans le climatiseur ? demanda Lucas.

— Je n'en sais rien, je me suis contenté de lui passer les tournevis, et de l'aider à démonter certaines parties, monsieur.

— Les conduits de ventilation ?

— Les gros tubes, rectifia le gamin.

« Conduits », ce n'était pas un mot qu'il employait souvent.

— Vous n'avez pas touché au moteur ?

— Non, monsieur, pas moi en tout cas. Ni qui que ce soit d'autre, d'ailleurs. Les tubes, c'est tout ce qu'on a bricolé.

— Quoi ? demanda Greave. Quoi ? Quoi ?

— Ils l'ont congelée, dit Lucas.

Greave eut un demi-sourire.

— Vous déconnez ?

— Eh bien, peut-être pas exactement congelée. Ils l'ont tuée par hypothermie, expliqua Lucas. C'était une vieille femme, un peu maigre en raison de troubles du fonctionnement de la thyroïde. Elle prenait des somnifères tous les soirs avec un verre de whisky, peut-être deux. Cherry le savait. Apparemment, elle blaguait souvent sur ses médicaments. Alors, il a surveillé sa fenêtre jusqu'à ce que la lumière s'éteigne, il a attendu une demi-heure, et mis la climatisation. Ils ont envoyé l'air froid destiné à l'immeuble entier dans son appartement. Je vous parie qu'il faisait plus froid là-dedans que dans un réfrigérateur.

— Doux Jésus ! dit Greave, en se grattant le menton. Ça serait suffisant ?

Lucas hocha la tête.

— Tout le monde dit qu'il faisait chaud parce que la climatisation était en panne. Les photos du corps la montrent recroquevillée sous un drap, pas sous une couverture, parce qu'il faisait effectivement chaud quand elle s'est couchée. A son âge et vu son poids, c'était le genre de personne susceptible de succomber à l'hypothermie. La seule chose qui pouvait la rendre encore plus vulnérable, c'était l'alcool. Dont elle avait consommé un ou deux verres.

— Hum, commenta Greave.

— Le truc qui ne laisse aucun doute, poursuivit Lucas, c'est que les agents immobiliers marrons les plus minables de la ville n'ont pas appelé le service après-vente. La climatisation est sous garantie. Le responsable vient de me dire qu'ils se chargeaient de toutes les pannes pendant cinq ans. Il m'a dit que s'il tombait même une vis de ce truc, ils venaient la remettre en place.

— Je ne vois pas..., commença Greave, qui n'y croyait pas encore.

— Souvenez-vous des photos. Elle était sur le flanc, recroquevillée en position fœtale, comme si elle avait essayé de se protéger du froid dans son sommeil. Mais les somnifères l'avaient assommée. Elle n'a pas réussi à se lever. Et ça a marché : ils l'ont tuée. Non seulement ça a marché, mais il n'y avait aucune trace. Pas de preuve toxicologique. Les portes étaient fermées, les fenêtres aussi, les détecteurs de mouvement en service. Ils l'ont tuée par refroidissement.

Greave regarda le gamin.

— Bon Dieu ! J'ai aidé Ray à démonter les tubes et à les remettre en place, mais je n'avais aucune idée de ce qu'il faisait ! se défendit celui-ci.

— Ils ont essayé la climatisation après qu'il eut bricolé les conduits, je parle, reprit Lucas.

— Oui, ils disaient qu'ils voulaient voir ce que ça donnait, confirma le môme.

— Mon cul ! fit Greave, une lueur soudaine au fond de l'œil. Ils ont congelé la vieille chouette.

— Je crois, dit Lucas.

— Est-ce que je peux les arrêter ? demanda Greave. Laissez-moi faire ça, d'accord ?

— C'est vous qui êtes chargé de l'affaire, répliqua Lucas. Mais si j'étais vous, j'essaierais de jouer les uns contre les autres. Allez discuter avec Troy. Offrez un marché à l'un d'entre eux. Ce sont tous des enfoirés, il n'y en a pas un pour racheter l'autre. Maintenant que vous savez comment ils s'y sont pris, il y en aura automatiquement un pour se mettre à table.

— Ils l'ont congelée, répéta Greave, qui n'en revenait pas.

— Ouais, dit Lucas en regardant la ville autour de lui. (Il distinguait un lambeau de Mississippi au loin.) Ça glace le sang, pas vrai ?

Lucas s'arrêta pour avoir une conversation avec Roux et lui parla de la congélation.

— Est-ce que vous êtes sortie d'affaire ?

— Pour l'instant. (Elle n'avait pas l'air contente.) Mais vous savez...

— Quoi ?

Elle avait une liasse de papiers d'un centimètre et demi d'épaisseur à la main.

— Il y a eu sept attaques de banques ces deux derniers mois, la même bande. Deux ici, une à Saint Paul, quatre en banlieue. Les banquiers commencent à faire pression sur moi.

— C'est du ressort des fédéraux, en principe, fit remarquer Lucas. Ce sont les fédéraux qui s'occupent des attaques de banques.

— Les fédéraux ne veulent pas être élus sénateurs.

— Oh ! quelle galère ! grogna Lucas.

En partant, il tomba sur Jan Reed, plus séduisante que jamais.

— Oh ! mon Dieu, que j'ai eu peur ! s'exclama-t-elle, et elle avait effectivement l'air inquiète. (Elle lui toucha la poitrine, la main ouverte.) On m'a dit que vous aviez salement dégusté.

— Ça n'est pas si grave que ça.

Il essaya de rire, l'air viril, mais ne réussit qu'à grimacer de douleur.

— Vous avez l'air amoché. (Elle jeta un coup d'œil à sa montre.) J'ai encore une heure devant moi, avant de retourner à la station... Est-ce que vous avez le temps de terminer le café et les croissants que nous avions entamés l'autre jour ?

Doux Jésus, qu'elle était jolie !

— Mon Dieu, j'aimerais beaucoup. Mais, vous savez... il faut que je rentre chez moi.

Achevé d'imprimer sur les presses de

BUSSIÈRE

GROUPE CPI

à Saint-Amand-Montrond (Cher)
en octobre 2002

POCKET - 12, avenue d'Italie - 75627 Paris Cedex 13
Tél. : 01-44-16-05-00

— N° d'imp. : 25413. —
Dépôt légal : février 1998.

Imprimé en France